송 · 욱 · 문 · 학 · 연 · 구

송욱 문학 연구

박종석 저

좋은날

2000년 4월 15일은 송욱(宋稶, 1925~1980)이 작고한 지 꼭 20주기가 되는 해이다. 이 책은 송욱의 문학 세계에 대한 일종의 보고서이다. 보고서라 하는 이유는 송욱의 문학 세계가 한국문학사에서 다소간 묻혀 있기 때문에 이를 알린다는 의미를 내포한 것이다. 지난 1996년 8월부터 시작한 필자의 연구가 이제 2권의 책으로 묶이게 되었다. 이 책은 2권 중 제1권에 속하는 것으로 송욱의 문학 세계에 대한 연구이다. 제2권은 송욱의 일대기를 중심으로 학계, 문단의 활동 및 작품, 저술 활동을 정리한『송욱평전』이다.

이 책은 송욱의 시와 시론 연구를 목적으로 하였다. 송욱은《文藝》(1949~1954)지에 서정주의 추천을 받아 시작 활동을 전개하면서 동시에 비평 활동을 활발히 전개했다. 특히 이 책은 그의 시와 시 비평에 나타난 시론, 시 창작과 그의 주체적 시론과의 상관 관계에 대해 집중적으로 논의한 내용을 담고 있다.

송욱에 대한 기존 논의는 그의 대표적 시집인『何如之鄕』을 중심으로 언어의 특징과 풍자 정신을 밝히는 데에 집중되었다. 그리고 송욱이 만해의 『님의 沈黙』을 연구한 점과 만해에 몰두하면서 가진 불교적 선(禪)의 세계를 송욱 문학 연구에서 언급하지 않았다. 그래서 송욱의 전시집을 대상으로 시세계의 지속성과 변화 양상을 검토할 필요성이 있는 것이다. 또한 시론에 대한 연구는 객관적이고 논증적인 비판보다는 주마간산격의 평설에 그치고 있음을 알 수 있다. 따라서 송욱의 비평서에 나타난 비평 태도와 내용을 심층적으로 검토하여 송욱의 시론을 새롭게 조망할 필요성이 있다.

본고의 주 연구 대상은 5권의 시집(시선집 포함)과 『詩學評傳』, 『文學評傳』, 『님의 沈黙-全篇解說』 등이다. 본고는 문학반영론적 관점을 통해 시에 나타난 현실 반영의 태도를 염두에 두고 연구하였다. 문학반영론은 작게는 작가의 전기적 영향을 염두에 둔 방법론이기 때문에 자연스럽게 이 부분이 원용되었다. 그리고 송욱이 시를 어떻게 장치했는가라는 방법적인 미학을 연구하였다. 특히 방법론의 미학은 시어의 형태와 시적 내용을 중심으로 고찰하였다. 또한 시론을 검토하는 방법론은 송욱이 수용한 외래적 시론을 검토한 다음, 그 시론의 한국 문학 비평의 타당한 적용과 비판을 통한 그의 주체적 시론의 가능성을 모색하였다. 이는 송욱의 서구문학론 검토와 서구문학론에 따른 한국시의 실천 비평-황진이, 김소월, 김기림, 정지용-이라는 두 가지 조건을 갖추었을 때, 논의를 진행하였다. 이는 실천 비평을 통해 그가 추구하는 시론이 무엇인지를 파악해 낼 수 있기 때문이다. 또한 뉴크리티시즘, 모더니즘이 서양 시론에 대한 한국시의 적용, 검토인 점과 달리 동양 정신의 미학이라 할 수 있는 불교적 세계관, 즉 선(禪)을 통한 만해 연구는 송욱 시론의 대조가 되는 점에서 연구 가치가 있다. 그리고 시 창작과 외국 시론을 통해서 표출된 주체적 시론이 어떤 관련성이 있는지 아울러 검토하였다.

송욱은 전후 한국 현대시와 시론의 새로운 가능성을 확대했다. 즉 시의 내용과 형식을 미학의 차원으로 끌어올렸으며, 시론을 학문적 차원으로 상승시키는 데 이바지하였다. 5권의 시집을 통해서 1950년대 전후의 비극적 인식을 보여 주었고, 1960년대 타락한 시대상과 사회를 비판하는 데 있어 독특한 방법적인 미학을 보여 주었다. 그리고 한자음의 반복을 통한 시대성 비판과 비문서술화(非文敍述化)로 날카로운 풍자성을 보여 준 것이다. 또 초월적 정신 세계를 담는데 동양 정신의 패러디화라는 새로운 미학을 시도하였다. 이는 송욱 시가 갖는 전후시사에 있어 독자적인 의의라 할 수 있다.

송욱은 서구문학론의 수용과 비판을 주체적으로 소화하여 주체적 비평 의식을 가진 시론가이다. 그래서 학문을 바탕으로 한 체계적인 실제 비평의 성과는 이후 비평가들에게 모범이 되었다. 또한 김소월, 김기림, 정지용 등과 같은 한국시사의 중심 부분에 대한 비판은 한국시 비평사에서 의미 있는 내용이다. 그리고 송욱은 1960년대 한국 시론 연구에 앞장서서 체계적인 연구, 분석적인 태도, 다양한 문학론의 소개 및 접목 등은 한국시 비평의 수준을 높였다는 점에서 문학사적 의의를 지닌다.

송욱의 시 창작과 주체적 시론과의 상관 관계는 접목과 변용으로 나타났다. 우선 뉴크리티시즘의 비판을 통해서 주장한 내면 공간은 선취(禪趣)와 무하유향(無何有鄕)의 정신 세계로 접목되어 그의 시에 표현되었다. 모더니즘 비판을 통해서 강조한 역사 의식은 현실 비판의 접목으로 나타났다. 또한 뉴크리티시즘, 모더니즘 비판을 통해서 줄곧 주장한 리듬에 대한 인식이 그의 시에서는 한자음의 반복으로 변용되었다. 만해 연구를 통해서 밝힌 산문시에 대한 가치는 송욱 시에서는 연작시 형태로 접목되었다. 그리고 송욱 시창작의 패러다임은 비문서술화(非文敍述化), 성유화(性喩化), 용사(用事)의 패러디화 등이다.

송욱의 『詩學評傳』과 『文學評傳』, 『님의 沈默 - 全篇解說』 등을 검토

한 결과, 그의 비평 태도는 반드시 방법과 근거를 아울러 밝히는 원전 비평의 단계, 구조 분석을 통한 작품의 객관적인 특징을 밝히는 단계, 작품의 정신적 가치 체계를 밝히는 단계로 압축할 수 있다. 이는 송욱이 『文物의 打作』에서 밝힌 작품의 정리, 평가와 독자의 쉬운 이해를 돕는 비평의 기능을 실천한 것이다. 그리고 철저한 그의 연구 태도는 후대 연구자들의 한 본이 될 것이다.

필자의 아둔함으로 송욱의 정신 세계와 문학 세계를 온전히 이해하지는 못했다. 그래서 이 책을 출판하는 데에도 아쉬움이 많다. 그러나 필자는 시일을 두고 송욱 문학과 철학을 탐색하는 일에 천착할 것이다. 이 책의 출판으로 인해 학계에 많은 연구자들이 송욱에 대해 관심을 가져주길 바랄 뿐이다. 그리고 한 가지 욕심을 낸다면, 한국문학사에서 송욱 문학의 독자성이 인정되는 연구가 계속 이어지길 바란다는 것이다.

끝으로 나의 학문적 열정을 보살펴 주신 차한수, 최학출 교수님께 이 지면을 빌려 고마움을 전한다. 최상윤, 신진, 강은교, 김성언 교수님과 모교의 은사님에게도 감사드린다. 또한 인연의 소중함을 깨우쳐 주신 김재홍 교수님께도 감사드린다. 정일근 시인과 정성욱 주간은 이 책을 출판하는데 도움을 주었다. 그리고 나의 조그만 연구에 깔끔하게 원고를 읽어 준 김동곤 선생에게 감사의 말을 전하고 싶다.

— 蔚山 無鄕山房에서
2000년 6월에 저자 씀.

송욱 문학 연구

■ 차 례

■ 책머리에 ……………………………………………………………… 4

I. 서 론 …………………………………………………………… 11

연구 목적 / 13

선행 연구 검토 / 20

연구 범위 및 방법 / 28

II. 시 세계의 지속과 변화 양상 ………………………………… 33

전통성과 모더니티의 갈등 / 35

현실 비판의 방법적 검토 / 60

탈사회성과 자연 추구 / 92

초월 지향성의 양상 / 110

III. 외래적 시론 비판과 주체적 시론 모색 ……………………… 139

외래적 시론 비판과 주체적 시론 모색 / 141

뉴크리티시즘과 모더니즘 비판 / 149

　　주체적 시론과 가능성 / 230

Ⅳ. 시 창작과 주체적 시론의 접목과 거리 ·························· 255

　　시 창작과 주체적 시론의 접목과 거리 / 257

　　시질(詩質)의 접목과 거리 / 261

　　시형(詩形)의 접목과 패러다임 / 267

Ⅴ. 결 론 ·· 275

　　결 론 / 277

■ 부 록 ··· 285

　　송욱 연구의 연대별 목록(1957~1998) / 287

　　참고문헌 / 292

　　찾아보기 / 308

I. 서 론

연구 목적

본고는 송욱(宋稶, 1925~1980)[1]의 시와 시론 연구를 목적으로 한다. 송욱은 《文藝》(1949~1954, 통권 21호)지에 「薔薇」(1950. 3), 「비오는 窓」(1950. 4), 「꽃」(1953. 初夏號)이 서정주에 의해 추천되어 시작 활동을 하면서 동시에 비평 활동을 활발히 전개했다. 특히 본고는 그의 시와 시 비평에 나타난 시론, 시 창작과 그의 주체적 시론과의 상관 관계에 대해 집중적으로 살피고자 한다. 이는 송욱 시의 특징과 시론에 대한 공시적 탐구임과 동시에 한국 문학사의 통시적 연구의 일면을 파악하는 일도 병행하게 된다.

---

1) 송욱 선생의 출생과 사망에 대한 정확한 연도를 파악하기 위하여 연구자는 몇 가지 내용을 검토했다. 이는 송욱에 대한 기존 사전류의 오류를 바로잡는 작업이기도 하다. 가령 《한국 현대 문인 대사전》(아세아문화사, 1990)에는 사망 연월일을 1980년 4월 21일로 정리해 놓았다. 이는 송욱의 사망일과 무려 5일이나 차이가 난다.
  송욱 선생의 주민등록표에 의하면, 주민등록번호는 250419-1023115이다. 출생지는 충남 홍성이고, 본적은 서울특별시 종로구 화동 135번지다.

무엇보다도 송욱은 6·25라는 참극 속에서 시작 활동을 시작했다. 그리고 4·19 혁명과 5·16 군사 쿠데타를 겪으면서 시와 비평 활동을 전개했으며, 유신 시대에 작업을 마쳤기에 그의 시와 시론에는 시대의 질곡과 역사의 아픔이 짙게 배어 있음을 볼 수 있다. 그만큼 그의 문학적 응전이 가열했다는 뜻이 될 수 있다. 이 점에서 송욱은 50년대 당대부터 비평계의 관심을 불러일으키기에 충분히 문제적이었다고 하겠다.

가령 "송욱의「何如之鄕」은 김삿갓 같은 〈싸타이어〉, 〈윗트〉를 보여 주었고, 子音이나 母音의 同一音節을 중첩시켜 한국어가 발휘할 수 있는 최대의 〈韻律쑈오〉를 기도하고자 했다는 노력이 言語의 音相에만 급급하여 意味構造에 실패하였고, 〈싸타이어〉가 社會 批評에까지 파급되기엔 너무 荒唐하여 일종의 〈빠로디〉 같다"[2]는 평가는 그의 시에 대한 시사적 의미를 보여 준 것이라 할 수 있다. 또 다른 비평가는 "〈위트〉와 〈諷刺〉로 구성된 이 世態萬華鏡을 읽고 나서 다시 한번 現代와 現代性의 特性을 생각하게 한「何如之鄕」은 이러한 풍자적 효과를 위한 두 가지 곤란한 위험이 내포되어 있다. 즉 풍자적 효과를 일으키는 쾌감은 순간적인 것이어서 영속성이 희박한데 송욱은 그렇지 못하고, 또한 언어의 陰影이 단순하기 때문에 高度의 暗示性을 획득하지

1980년 4월 16일 0시 5분 서울대 병원에서 급환으로 세상을 떠났다(향년 55세→ 이는 당시 언론에서 보도된 내용이다. 80년 4월 15일 오후 11시 30분에 성북동 자택의 서가에서 급환으로 사망했다. 언론 보도 내용과의 차이는 댁에서 서울대 병원까지 이송하여 최종 진단하여 사망 시각을 정했기에 차이가 있는 것이다. 이 내용은 연구자와 장남 송정렬 씨의 면담 내용이다. 서울, 1996. 8. 21). 장지는 경기도 양주군 모란 공원 묘지다.

출생과 사망 사이의 문단 활동은 그의 작품, 서울대학교 교수 근무 기록 일지와 김용성의「송욱 연보」(《한국일보》, 1982. 12. 25), 그리고 장남 송정렬 씨의 면담 내용을 토대로 삼는다.

2) 이어령,「1957년 시총평」,《사상계》, 1957. 12, 254~255쪽.

못하여서 단조한 비평밖에 되지 못한다"[3]고 지적한다. 그러나 송욱이 우리들이 이미 닳도록 써온 언어의 그 조직과 질서를 해체하는 것에서 시작했다는 점과 소리를 내어 읽어야만 하는 절대조건의 극한적 의의를 띠는 그의 시적 표현은 지금까지 우리가 갖는 문학적 재산 목록에 없던 반발자세(反撥姿勢)만은 확실하다[4]는 평가는 송욱 시가 1950년대 시단에 새로움을 보여 준 것이라 할 수 있다. 이와 같은 평가는 송욱 시 연구에 대한 단초를 제공하는 것이다.

먼저 송욱 시의 연구는 다음과 같은 내용에 중점을 두기로 한다.

첫째, 1950년대 전후의 비극적 현실을 어떻게 시화했으며, 동시에 언어의 조직과 질서를 해체하여 기성 세대에 반발함으로써 이룩한 독특한 시 세계를 검토한다.

둘째, 시대 상황과 현실을 시화하는 방법론에 대한 연구이다. 송욱의 시 창작 방법론에 대한 탐구는 위의 첫째 연구의 의미가 동시에 드러나기 때문에 이 둘의 변증법적 응답을 이루는 방향으로 진행한다.

셋째, 송욱 시의 시어에 대한 고찰을 통하여 1950~70년대까지 기법의 한 변모 양상을 파악할 수 있다. 특히 시가 고도의 압축된 언어 예술이라는 점을 고려한다면, 그의 시어에 대한 남다른 노력은 한국 시사의 한 패러다임으로 볼 수 있다. 이는 송욱의 모국어에 대한 애착을 엿볼 수가 있다.

넷째, 송욱 시에서 추구하는 시 세계가 한국 시사에서 정신사적 의미와 창작 방법론을 어떻게 확대·변모시켰는가를 밝히는 것도 중요한 내용이 되겠다.

아울러 1960년대 시 비평의 새로운 지평을 보여 준 송욱 시론에 대한 연구도 병행하고자 한다. 송욱은 주로 번역에만 경사되었던 당대 국

---

3) 유종호, 「인상-8월의 시-」, 《사상계》, 1958. 9, 329~330쪽.
4) 박목월, 「瘦雲錄 -1958년도 시문학 총평-」, 《사상계》, 1958. 12, 332~333쪽.

내의 외국 문학계에서 독창적이요 선구적인 하나의 시도로 볼 수 있는 『詩學評傳』을 출간하였다.[5] 그는 『詩學評傳』을 통해 서구 문학과 비평을 소개했을 뿐만 아니라, 서구 문학 이론을 토대로 하여 1930년대의 대표적 시인, 비평가인 정지용과 김기림을 평가하는 실천적인 비평의 한 전형을 보여 주었다. 더불어 한국인으로서 외국 문학에 한계를 느끼는 지점에서 가장 남다른 애착으로 독보적인 연구 성과인 한용운 시집 『님의 沈默』을 전편 해설하는 중요한 업적을 남겼다. 특히 타고르와의 비교 문학적인 연구는 우리 나라 비교 문학에 새로운 지평을 열었다.

송욱이 비평 활동을 시작한 1950년대 후반은 몇 가지 점에서 중요한 의미를 지닌다. 서구시와 시론의 번역이 이루어지면서 한국 현대시가 범세계적인 면모를 개방해 가기 시작했다는 점이고, 또한 시론 내지 비평이 활성화되었다는 것이다. 특히 구체성과 논리적 체계성을 갖춘 이어령, 유종호, 김종길, 송욱 등이 본격적인 비평과 연구를 전개했다는 점이다.[6]

최동호는 1950~60년대를 대표하는 시론가로 송욱과 김종길, 정한모 등을 꼽았다.[7] 그 이유는 송욱의 역사 감각이나 지적 의식(『詩學評傳』(1963), 『文學評傳』(1969))과 김종길의 진실과 형식의 통합(『詩論』(1965), 『眞實과 言語』(1974) : 70년대에 간행된 것이지만, 이론이나 방법 그리고 관심의 대상 등이 『詩論』의 연장선에 있으며, 60년대 중반 이후에 발표한 상당 부분의 글도 묶여 있으므로 함께 연결해 검토해야 함), 그리고 정한모의 전통의 맥락과 검증(『現代詩論』(1973) : 상당 부

---

5) 김종길, 「아카데미시즘과 나르씨시즘-宋稶 著 『詩學評傳』을 두고-」(《사상계》, 1963. 9), 『詩에 대하여』, 민음사, 1986, 358~371쪽 참고.
6) 김재홍, 「해방 후의 현대시 개관」, 『한국 대표시 평설』(증보판), 문학세계사, 1993, 310쪽. 이 외에 현대 시조의 작단 형성, 여류 시단의 본격적 형성 등을 들고 있다.
7) 최동호, 「60년대 詩論의 세 방향」, 『현대시의 정신사』, 열음사, 1985, 108~117쪽 참고.

분 60년대 중반부터 발표, 『現代詩文學史』(1973) : 《現代詩學》誌에 연
재된 것은 1969년 3호부터이다. 이 연대기적 사실과 더불어 60년대에
왕성한 주체성이나 전통 논의에 대한 의미 회답 때문) 등으로 파악했기
때문이다.[8] 또한 한국 현대시 비평사에 있어 시론의 이론적 근거를 마
련한 김기림(金起林)의 『詩의 理解』(1950)와 최재서(崔載瑞)의 『文學
原論』(1957), 송욱의 『詩學評傳』(1963) 등은 해방 이후의 중요한 역저
라고 할 수 있기 때문에 본고와 관련하여 송욱을 주목한다.[9]

특히 8·15와 6·25 이후 가속화된 외래 문예 사조의 유입은 두드
러진 현상임을 부인할 수 없다. 시에서뿐만 아니라,[10] 적어도 비평에
관한 한 영미 비평이 압도적이기 때문에 영미 현대 비평이 한국 비평
에 끼친 영향은 그대로 서구 현대 비평이 한국 비평에 끼친 영향이라
해도 크게 다를 바가 없기 때문이다.[11] 이러한 외래 문예 사조의 상황

---

8) 60년대의 비평적 논리를 다룬 글을 소개하면 다음과 같다(권성우, 「60년대 비평
  문학의 세대론적 전략과 새로운 목소리」, 『1960년대 문학 연구』, 예하, 1993,
  11~30쪽 참고).
  김치수, 「문학의 기능과 비평의 자세」, 《사상계(181호)》, 1968. 5.
  김윤식, 「앓는 세대의 문학」, 《현대문학》, 1969. 10, 「60년대의 문학」, 《월간문
  학》, 1969. 12.
  정한모, 「60년대 한국 현대시의 한 방향」, 『한국 현대시의 현장』, 박영사, 1983,
  250쪽.
  특히 정한모는 60년대의 주목할 만한 시인 가운데 시론가는 이승훈, 오세영, 이
  건청, 홍신선, 오규원 등을 꼽았다. 그는 4·19 세대 비평가의 비평적 논리의 원형
  을 추적하기 위하여 백낙청(「새로운 창작과 비평의 자세」, 《창작과 비평(창간
  호)》, 1966)과 김현(「한국 비평의 가능성」, 《68문학》, 1968), 그리고 김주연(「새
  시대의 문학의 성립」, 《68문학》, 1968)에 대하여 적고 있다.
9) 서준섭, 「한국 현대 문학 비평사에 있어서의 시 비평 이론 체계화 작업의 한 양상」,
  《비교 문학》(제5집), 한국 비교 문학 연구회, 1980. 12, 105쪽.
10) 김종길, 「우리 시에 끼쳐진 영시의 영향-시를 중심으로 하여-《대구일보》, 1957.
  가을)」, 『시론』, 탐구당, 1965, 112~116쪽 참고.
11) 유종호, 「영미 현대 비평이 한국 비평에 끼친 영향」, 『동시대의 詩와 眞實』, 민음
  사, 1982, 287~288쪽.

속에서 주목할 만한 비평가가 송욱이라는 사실을 부인할 사람은 없을 것이다. 따라서 송욱의 시론 연구는 한국 현대시 비평사에서 중요한 위치를 차지한다.

엘리어트는 "비평가는 총체적(總體的) 인간, 확신과 원칙을 가진 그리고 지식과 인생 경험을 가진 사람이라야만 한다"[12]고 하였다. 송욱처럼 문학 비평가로서 갖추어야 될 '총체적' 조건을 갖춘 이도 드물 것이다. 그 이유는 송욱의 시론 연구에서 충분히 밝혀질 것이다. 그래서 본고는 문학 비평의 고뇌를 보여 준 송욱의 비평론에 대한 연구를 하고자 한다. 특히 송욱의 시 비평 활동에 나타난 시론을 추출할 것이다. 그래서 시론 연구는 다음 내용에 중점을 두고자 한다.

첫째, 서양 시론의 비판적 수용으로 한국 문학의 실질적인 적용 가능성을 열어 놓고자 했던 그의 주체적 시론이 무엇이며, 그 시론이 1960년대에 어떤 역할을 수행했는가를 검토한다.

둘째, 뉴크리티시즘, 모더니즘 등 서구 비평 이론의 수용으로 한국 문학의 정점이라 할 수 있는 황진이, 김소월과 김기림, 정지용 등을 어떻게 평가했는지를 검토한다.

셋째, 한국 문학 비평계에서 1960년대는 순수·참여 논쟁과 전통론에 대한 논쟁의 시대였다. 이 때 송욱이 논쟁의 밖에 있었던 이유는 무엇인가? 그의 비평적 태도가 유독 엘리어트의 전통론에 집착하여 이룩된 그의 시와 시론의 성과는 무엇인가? 본고는 이러한 물음을 검토한다.

넷째, 그의 체계적이고 학문적인 비평 태도가 끼친 비평사적 의의와 한계점을 찾고자 한다.

현대의 무서운 공백기에서 외국 시인과 견줄 수 있는 현대 시인은

---

12) 엘리어트(최종수 역), 「비평의 한계(1956)」, 『문예 비평론』, 박영사, 1976, 236쪽.

이 나라에서는 만해뿐이라는 송욱의 만해 연구는 눈여겨볼 필요성이 있다. 송욱은 한국 시사의 중심이라 할 수 있는 김소월과 정지용, 김기림을 비판하면서 만해를 극찬했다. 그래서 송욱은 만해의 문학 정신의 집약인 『님의 沈默』에 대한 연구 결과를 내놓았다. 만해 시에 대한 대표적 연구 결과인 『님의 沈默-全篇解說』에 나타난 송욱의 비평 철학과 시론은 빠뜨릴 수 없기에 본고에서 다루고자 한다.

가장 훌륭한 시인은 가장 놀라운 비평가(엘리어트, 오오든, 보들레르, 발레리 등)임을 강조한 송욱의 의식적 측면을 들여다본다면, 송욱역시 훌륭한 시인과 비평가임을 지향한다고 할 수 있다. 이 점에서 송욱 문학의 총체성에 대한 의미를 밝히기 위해서는 그의 시와 시론에 대한 종합적 연구는 필연적이다. 그래서 송욱 시에 나타난 시 창작 기법과 그의 비평 태도에 나타난 주체적 시론의 상관 관계를 연구할 것이다. 이는 송욱의 시 세계에 대한 시적 성과와 시론의 간격을 가늠할수 있으며, 동시에 송욱 시의 시사적 의미와 시론사적 위치를 파악하여 한국 문학사 속에서의 그 기여도를 판단할 수 있을 것이다.

선행 연구 검토

송욱에 관한 연구사는 시(집)에 관한 월·단평(작품론·작가론 포함),[13] 시(집)에 관한 학위 논문(학위 논문 속의 부분적 논의 포함), 비평에 관한 월·단평, 논문(학위 논문 포함) 순으로 주요 연구의 관점을 정리하도록 하겠다.

송욱 시의 연구자들은 시어의 기법적인 측면과 기법을 통한 내용적 측면을 구별하여 연구를 진행하였다. 그래서 시의 언어적 특성, 실험 정신과 풍자 정신을 밝히는 데에 집중하였다. 이는 1950년대 이어령, 유종호, 박목월로부터 1990년대 조동구, 이지엽에 이르기까지 대체적인 경향이다. 시(집)에 관한 월·단평의 경우 구체적인 작품 분석은 드문 편이고, 분석하더라도 몇몇 작품에 국한되었다. 특히 송욱의 대표적인 시집이라 할 『何如之鄕』을 중심으로 언어의 특징과 풍자 정신

---

13) 송욱 시(집)에 관한 월·단평(작품론·작가론 포함)의 시대별 목록 정리는 〈송욱 연구의 연대별 목록〉 참고.

을 밝히는 데에 집중되었음을 볼 때, 송욱 시 세계의 특징과 그 변모 양상을 간과해 버렸다는 지적을 받게 된다. 다만 이들의 논의가 송욱 시의 중요성을 부각시킨 공과는 있을 것이다. 그 가운데 이지엽은 우리 민족의 최대 비극인 한국 전쟁으로 인해 양분된 남북한 시를 객관적으로 분석, 평가하기 위해서 전후시라는 테두리에서 송욱의 「何如之鄕」, 「海印戀歌」 시를 연구했다. 그리고 한국 전쟁 시기의 남한시의 한 흐름을 풍자와 역설로 파악하였다. 특히 당시의 제도화된 말들의 의미 연쇄를 제거하여 현실적인 의미의 경계선을 무너뜨리고 말의 고유적인 힘을 극대화하여 당시 현실을 적극적으로 풍자하고자 노력했던 점이 척박한 전후 한국 시단에 활력을 주었다고 평가한다.[14] 이 역시 송욱 시의 언어에 대한 탐색에 그치고 있음을 알 수 있다.

시(집)에 관한 학위 논문의 경우는 본격적인 연구이기 때문에 송욱의 시 세계의 일면을 알 수 있다. 시(집)에 관한 학위 논문은 윤정룡, 진순애, 조미영, 이순욱, 김은영 등이 송욱 시 세계를 밝히고 있다. 이들은 송욱 시의 특징인 언어 실험을 밝히는 방법론으로 접근하였다. 즉 모더니즘 측면에서 윤정룡, 김은영이 논의하였고, 진순애는 은유 구조론으로, 조미영은 현상학의 창작 방법론으로, 그리고 이순욱은 문학 사회학과 풍자의 해석 방법으로 접근하여 시 세계를 밝혔다. 송욱 시에 대한 이들 논의를 기법적 측면과 기법을 통한 시 세계의 특징을 정리하면 다음과 같다.

윤정룡은 1950년대 한국 모더니즘의 정신을 연구하면서 모더니스트들의 공적을 시어에 대한 끊임없는 단련으로 파악하였다. 그래서 초기에는 단순히 새로운 이미지 창조에 치중했다면 시어 그 자체의 사물성을 철저히 추구한 시인이 송욱이라는 평가를 했다. 이러한 평가의 근

---

14) 이지엽, 『한국 전후시 연구』, 태학사, 1997.

거로 송욱은 거의 한국어만으로 시작을 시도하면서도 한국어가 가지고 있는 언어 자질에 대해서 끊임없이 실험을 했고, 그의 실험이 언어에 대한 도전이면서 동시에 세계에 대한 도전이라는 평가를 했다.[15]

진순애는 송욱 시의 50년대의 특징과 60·70년대의 후기시 특징을 은유 구조론으로 고찰하였다. 상상력과 언어 형상미에 기초한 송욱 시를 단어의 형태와 소리에 의한 재료를 다루어 창작한 초기시의 특징과 말을 생물로 존재케 하는 의식을 투영한 후기시의 특징으로 밝혔다.[16]

조미영은 송욱이 현상학을 창작 방법론, 구성 원리로 삼았다고 인식하는 데서 논의의 출발을 잡아, 초기 시집(『誘惑』, 『何如之鄕』)에서 세계를 부정적으로 인식하였다고 밝혔다. 그 원인은 악(惡)이 세계의 초석이라는 죄의식에 있다는 것이다. 그리고 『月精歌』로 대변되는 중기 시는 상상력에 의해 자아와 세계의 화해 기능이 존재하고 있음을 보여주며 자신이 세계-내-존재임을 확인한다고 하였다. 그리고 신체의 매개체 역할, 말과 사물의 의미를 현상학적 관점에서 접근하였다.[17]

이순욱은 송욱 시가 언어 유희적인 풍자로 현실 비판의 치열성을 드러내지만 부분적으로 현실 도피적인 성향을 노정한다고 평가하였다.[18]

김은영은 50년대 시 유형 중에 송욱이 모더니즘 시에 속해 있음을 전제하고, 50년대 시의 특성 가운데 일상어의 활용과 산문화의 확대라는 평가를 했다.[19]

---

15) 윤정룡, 『1950년대 한국 모더니즘 시 연구』, 서울대 대학원 박사 학위, 1992.
16) 진순애, 『송욱 시의 은유 연구』, 성균관대 대학원 석사 학위, 1994.
17) 조미영, 『송욱 시 연구』, 서울대 대학원 석사 학위, 1994. 6.
18) 이순욱, 『1950년대 한국 풍자시 연구 -송욱, 전영경, 민재식을 중심으로-』, 부산대 대학원 석사 학위, 1995.
19) 김은영, 『1950년대 시의 유형과 특성에 관한 연구』, 아주대 대학원 석사 학위, 1995. 8.

  시론(비평론)에 관한 월·단평과 논문을 살펴보자. 송욱 시론에 대해 김종길, 박철희, 이상섭, 이기철, 김유중, 한원균, 진순애, 이숭원 등이 논의하였다. 이들의 평가는 송욱의 비평서가 해방 후 비평 문학의 초기를 형성했다는 긍정적인 평가와는 달리 비평 내용에 대해서는 부정적 평가를 내리고 있다. 이들의 평가 내용을 검토하면 다음과 같다.

  김종길은 송욱의 노작 『詩學評傳』이 주로 번역에만 골몰했던 국내 외국 문학계에서 독창적이요 선구적인 하나의 시도로 의의를 가질 수 있지만, 이 저서가 독자를 염두에 두고 씌어진 것이라기보다는 저자 자신의 개인적인 모색의 자취를 그대로 드러낸 한 시학도의 사사로운 노트북과 같다는 것이다. 그래서 저서의 내용 태반이 저술이라기보다는 해설이며 구성을 가진 이론이기보다는 단편적인 자료의 나열로 되었다는 혹평을 가했다. 심지어는 『詩學評傳』의 내용까지를 재구성하여 중요 대목을 지적하고 비판했다.[20]

  박철희는 『詩學評傳』에 대한 개략적인 설명과 동시에 이 저서가 가진 장단점을 소개하고 있다. 현대시가 난해한 것은 시의 이론과 방법이 없었기 때문인데, 이러한 때에 『詩學評傳』은 의미가 있다는 것이다. 만해와 타고르의 구체적 예증을 통한 비평과 황진이의 시 분석은 탁견이지만 소월의 시론에 대한 비판은 매우 추상적 진술로 나타난다고 하면서, 특히 한 구절의 비교만으로 동서양의 배경의 차이를 밝힌다는 것은 수긍되기 어렵다는 평가를 했다.[21]

  이상섭은 송욱의 두 번째 평론집이라 할 『文物의 打作』에 대한 서평을 적었다. 서양 문학의 경험에서 송욱은 모국어로 된 뛰어난 작품은

─────────────

20) 김종길, 「아카데미시즘과 나르씨시즘 ─宋稶 著 『詩學評傳』을 두고─(《사상계》, 1963. 9)」, 『詩에 대하여』, 민음사, 1986.
21) 박철희, 「전통과 외래 사조」(1967), 『서정과 인식』, 이우, 1982.

오직 황진이의 시조 몇 수와 소월과 만해의『님의 沈默』뿐이라고 하였
다. 여기서 이상섭은 만해에 대한 송욱의 논의를 주목하였다. 그래서
한용운에 대한 송욱의 논의를 현상태로서는 보다 완전한 글이 되기 이
전에 송 교수 자신의 개인적 노트 상태에 머문 듯한 인상이 없지 않다
고 하여 김종길과 함께 부정적 평가를 했다.[22] 특히 김종길과 이상섭은
송욱과 함께 영미 문학을 연구하고 비평 활동을 전개했다는 점에서 이
들의 부정적 평가는 주목해야 할 필요성이 있다.

  이기철은『詩學評傳』과『文學評傳』을 소개하면서 주로『詩學評傳』
의 김소월, 김기림 비판을 언급하였다. 그리고 송욱의 비평 태도를 비
판을 위한 비판에 가까운 것이라고 하였다. 이런 비판 태도가 결국은
우리 시에 대한 비평은 비판으로만 일관되었을 뿐 장점이나 의미를 찾
아낸 곳은 한 곳도 없다는 것이다.[23]

  김유중은『詩學評傳』,『文學評傳』,『文物의 打作』등이 사상적 공백
기를 헤쳐나가기 위한 대응 방식의 모색에 놓여져 있는 송욱 시론의
중심축임을 밝혔다. 그리고 그는 이러한 대응 방식 위에 놓인 시론을
전통과 역사에 대한 인식과 연관된 것으로 파악하였다. 또한 1960년
대 문학사적인 측면에서 문화를 바라보는 주체적인 시각에 상당한 위
험 요소가 도사린다고 지적한다.[24]

  한원균는 송욱 시와 비평이 갖는 문학사적 의미를 우리 문학의 보편
성 탐색이라는 노력의 일환으로 밝혀내는 데 목적을 두고 있다. 그 결
과 송욱 문학의 본체는 전후의 좌절적 분위기 속에서 자기 시대의 진
정한 문학 정신은 어디에서 찾을 수 있는가에 대한 진지한 반성을 수

---

22) 이상섭,「부끄러운 한국 문학과 경이로운 동양 사상」,《문학과 지성》, 1978, 겨울호.
23) 이기철,「송욱의 비판적 시론」,『시학』, 일지사, 1985.
24) 김유중,「사상의 창조와 실험 정신 -송욱의 시론-(《현대문학》, 1991. 7)」,『한국
    현대 시론사』, 모음사, 1992.

행한 데 놓인다고 보았다. 송욱이 갖는 문학사적 의의에 대해서 첫째
는 1930년대 모더니즘 운동과의 관련성, 둘째는 동시대적 문학 사상
과의 관련성, 셋째는 1960년대 문학의 주조 모색과의 관련성을 들고
있다.[25]

진순애는 송욱의 시론 및 문학 논리를 '전통 단절'과 '전통 부재'라
는 전통의 이중적 의미 구조로서 출발해야 한다고 전제하고 있다. 그
리고 송욱 시론이 30년대 모더니즘과 10년대 상징주의의 비판을 통해
궁극적으로 지향하는 이상적 구도가 상징주의적 모더니즘에 있음을
밝혔다.[26]

이숭원은 『詩學評傳』과 『文學評傳』이 비평 정신의 불모지와 같았던
1960년대 문화적 상황 속에서 비평 정신의 고양을 도모하고 방법론
을 모색했던 저서로 평가했다. 『詩學評傳』에서 역사 의식의 귀중함은
알고 있었으나 스스로 올바른 역사 의식을 갖지 못했기 때문에 우리
의 문학을 볼 때 왜곡된 시각을 갖지 않을 수 없다는 것이다. 또한 현
대시란 전통 의식(역사 의식)과 내면성(정신성)이 결합된 시인데, 전
통 의식은 엘리어트의 생각을 따른 것이고 내면성은 상징주의와 관련
된 것으로 파악한 송욱의 태도에 대해 후진국 지식인의 자기 한계를
드러낸다고 주장하였다. 『文學評傳』에서는 6·25와 5·16 동안 이데
올로기가 지배했을 때에 그의 이데올로기 비판의 태도는 그의 비평
정신의 지성적 수준을 한 단계 높이는 데 기여했다는 것으로 평가하
였다.[27]

---

25) 한원균, 『송욱 문학 연구』, 경희대 대학원 석사 학위, 1992.
26) 진순애, 「송욱 시론의 비교 문학적 연구」, 『초강 송백헌 박사 회갑 기념 논총』, 충
    남대 국어국문학과, 1995.
27) 이숭원, 「송욱론 -비평 정신의 고양과 방법의 모색-」, 『한국 현대 비평가 연구』,
    강, 1996.

이 외에도 송욱 문학에 대한 연구론자들의 개별적인 저서(연구)에 송욱의 이름만 언급된 경우 혹은 개괄적인 설명인 것도 다수 있다.[28]

기존 논의를 검토한 결과, 앞선 논자들의 평가는 송욱 문학에 대한 관심도와 문학사적인 위치를 확인하는 단서였음을 알 수 있다. 그러나 송욱 시에 대한 연구는 「何如之鄉」에 집중된 논의가 많았음을 알 수 있다. 시 세계의 특징과 그 변모 과정이 시인의 문학 세계를 비추어 준다면 텍스트 전반의 정치한 의미 해독의 연구가 선행되어야 할 것이다. 그렇지 않다면 한 시인의 시 세계를 단편적으로 인식하여 왜곡된 세계 인식의 태도로 시 세계를 기술하게 된다. 가령 윤정룡과 같이 송욱 시가 한국어에만 골몰했다는 식의 태도나 조미영과 같이 송욱의 동양적 무(無)가 인간 생활에 대한 경험을 구체적으로 드러내지 못했다고 하는 평가는 송욱에 대한 올바른 평가라기보다는 부분적이거나 왜곡된 평가라는 것이 연구자의 판단이다. 왜냐하면 송욱 시에 나타난 한자음의 독특한 배치나 송욱 시 세계의 사상적 정점인 초월 세계는 송욱 문학 이해의 핵이기 때문이다. 또한 송욱 시와 시론에서 중요한 산문성을 단순하게 취급하여 송욱 시의 특징으로 내세우는 것은 진지하게 논의되어야 할 문제이다. 송욱 시와 만해의 『님의 沈默』에 나타난 불교적 세계관인 선(禪)의 세계를 언급하지 않은 점도 이들이 쉽게 간과해 버린 연구 태도이다. 그래서 송욱의 모든 시집을 대상으로 시 세계의 지속성과 변화 양상을 검토할 필요성이 제기되는 것이다. 물론 앞선 논자에 대한 연구자의 평가가 타당하다는 점은 본고에서 논의가 될 것이다.

이상에서처럼 송욱의 시론에 대한 연구가 구체적이면서 논증적인 비판보다는 주마간산격의 평설에 그치고 있음을 알 수 있다. 그리고 송

---

28) 〈송욱 연구의 연대별 목록〉 참고.

욱 시론이 나타난 비평서에 대해 대체적으로 부정적인 평가를 하고 있
다. 따라서 송욱의 비평서에 나타난 비평 태도와 내용을 심층적으로
검토하여 송욱 시론이 새롭게 조망되어야 할 필요성이 있다. 이와 같
은 연구를 통하여 송욱 문학이 한국 문학사에서의 위치를 정립하는 데
있어 객관성을 확보하고, 한국 문학을 정리하여 살찌울 수가 있는 계
기가 될 것이다.

연구 범위 및 방법

　본고의 주 연구 대상은 5권의 시집(시선집 포함)과『詩學評傳』(일조각, 1963),『文學評傳』(일조각, 1969),『님의 沈默-全篇解說』(과학사, 1974)이다.[29] 시집을 대상으로 한 이유는 송욱의 시 세계를 밝히고자 하는 것이고,『詩學評傳』과『文學評傳』, 그리고『님의 沈默-全篇解說』을 대상으로 한 것은 송욱의 비평 태도에 나타난 시론을 밝히고자 하는 의도에서이다.

　송욱 시 세계의 연구 방법론은 그가 지향하는 시 세계의 출발점으로 볼 수 있는 첫 시집『誘惑』으로부터 모든 시집에 숨어 있는 시 세계의 미학과 그 미학을 드러내는 시적 장치인 방법론을 밝히는 것이다.

　본고는 문학이 현실 반영이라는 문학 반영론적 관점을 통해 시에 나타난 현실 반영의 태도를 염두에 두고 연구하게 된다. 문학 반영론은

---

29) 연구의 필요상 추가되는 저서는 참고로 한다. 참고 저서는 〈참고 문헌〉의 1. 기본
　　자료에 있음.

작게는 작가의 전기적 영향을 염두에 둔 방법론이기 때문에 송욱 시연구에서 자연스럽게 이 부분이 원용될 것이다. 현실 반영이 작가(시인) 의식의 표현이기 때문에 의식의 한 현상으로 송욱의 독특한 시 세계를 들여다볼 수 있다. 시인의 독특한 시 세계를 천착하기 위해서 시인이 어떻게 시를 미학적으로 장치했는가라는 미학 연구가 아울러 이루어져야 하기 때문에 미학 역시 연구할 것이다. 그래서 미학의 특징을 밝히는 작품의 구조 분석도 원용된다. 특히 방법론의 미학은 시어의 형태-성유화(性喩化), 비문서술화(非文敍述化), 용사(用事)의 패러디화-와 시적 표현-언어 형태, 한자음의 반복, 초월 세계의 선취(禪趣), 무하유향(無何有鄕) 등-을 중심으로 고찰할 것이다. 그리고 송욱이 운율에 대한 애착을 보였던 만큼 운율에 대한 시적 성과를 통한 시사적 의미 역시 추출하고자 한다. 그래서『何如之鄕』에 나타난 운율에 대한 그의 방법적 특성으로써 한자음의 반복에 주목할 것이다.

시집은 작가의 정신 세계가 고리처럼 연결된 한 개의 의미 있는 장식이다. 낱개의 고리가 한 시집이라면, 연결된 고리가 의미를 지니듯이 각 시집은 연결된 하나의 정신 세계라 볼 수 있다. 따라서 각 단위의 시집 연구를 통해 연결된 공통성을 찾는 작업이 필요하다. 이는 시집에서 드러난 공통성을 송욱 시의 독자적인 시 창작의 패러다임으로 볼 수 있기 때문이다. 물론 이 연구는 송욱 시집에 드러난 공통 분모를 찾는 동시에 변별되는 시 세계를 탐구하는 것, 즉 시 세계의 지속과 변화 양상을 탐구하는 것이다. 따라서 모든 시집은 이런 연장선상에 있음을 전제로 한다.

그의 시론 연구는 시 세계의 연구 방법론과는 거리가 있다. 송욱은 한국 문학의 올바른 이해를 위해 서구 문학론의 수용을 검토하였다. 그렇기 때문에 서구 문학론을 수용하여 서구 시인의 작품만을 대상으로 분석하였을 경우, 그의 시론을 밝히는 보조적인 것으로 삼았다. 물론 작

품 분석에 대한 연구는 바로 그의 작품 분석 태도와 방법론이 연구 대
상이 될 수 있을 것이지만 한국 작품에 대한 실천 비평-황진이, 김소월,
김기림, 정지용-이 이루어졌을 경우에만 연구 대상으로 삼았다. 그 이
유는 한국시에 대한 깊은 애정과 이해를 바탕으로 한 실천 비평을 통해
그가 추구하는 시론이 무엇인지를 파악해 낼 수 있기 때문이다. 그래서
송욱의 서구 문학론 검토와 서구 문학론에 따른 한국시의 실천 비평이
라는 두 가지 조건을 갖추었을 때, 논의를 진행하고자 한다. 즉 송욱이
수용한 외래적 시론을 검토한 다음, 그 시론의 한국 문학 비평의 타당
한 적용과 비판을 통한 주체적 시론의 가능성을 모색하는 것이다. 가령
송욱은 뉴크리티시즘의 시작 원리(아이러니, 패러독스)에 대해 깊은 관
심을 보였다. 뉴크리티시즘의 시작 원리는 한국시에 대한 실천 비평의
타당성과 한계점을 밝힌 그의 주체적 시론을 알 수 있는 외래적 시론의
적용 방법이다. 모더니즘에 대한 송욱의 한국시의 실천 비평의 시론 검
토도 이와 같다.

　또한 뉴크리티시즘, 모더니즘이 서양 시론에 대한 한국시의 적용,
검토인 점과 달리 동양 정신의 미학이라 할 수 있는 불교적 세계관, 즉
선(禪)의 원리를 통한 만해 연구는 송욱 시론에 대조가 되는 점에서
연구 가치가 있다고 판단된다. 그리고 그의 시 창작과 외국 시론을 통
해서 표출된 주체적 시론이 어떤 관련성이 있는지를 아울러 검토할 필
요성이 있기 때문에 이와 같은 방법론으로 접근하는 것이다.

　"문학 연구란 창작과 비평을 직접 도와 주는 것이기 때문에"[30] 송욱
문학 연구는 그의 시 창작과 비평의 상관 관계를 검토할 수 있다. 그래
서 송욱의 시 창작 태도와 주체적 시론이 어떤 관점에서 접목되었으
며, 또한 어떤 지점에서 변용되어 거리를 가지는가를 검토할 것이다.

---

30) 「第三章 바슈라아르 詩學과 物質的 想像力」, 『文學評傳』, 222쪽.

이런 연구 방법론을 택한 이면에는 송욱이 비평 대상으로 삼은 상당수가 서구와 한국에서 주목한 시인이면서 동시에 비평가들이라는 점도 간과할 수는 없기 때문이다.

Ⅱ. 시 세계의 지속과 변화 양상

전통성과 모더니티의 갈등

본장에서는 《文藝》지에 추천을 받았던 시 작품과 함께 총 21편의 시가 실려 있는 『誘惑』(1954) 시집을 통해 송욱의 시 세계를 밝히는 것이 목적이다. 『誘惑』은 송욱 시의 출발점으로 그의 시 세계가 어떻게 관류하는지를 보여 준다. 이 시집은 영문학에 있어 비극적 운명의 모델이라 할 수 있는 셰익스피어 비극의 주인공을 통해서 현실의 고뇌를 표현하고 있고, 또한 불교적인 세계를 관류하는 작품들로 이루어져 있다. 물론 연구 과정에서 『誘惑』을 두 관점으로 파악하게 되는 이유가 드러나게 될 것이다.

1. 비극적 현실과 생명 의식

현대시는 인간적 고뇌의 문제를 주제로 시화할 때 설화 주인공을 수용하는 양상으로 나타나는 경우가 많았다.[1] 이에 반해서 송욱 시의 몇 작품은 영문학의 금자탑이라 할 수 있는 셰익스피어 작품에 등장하는 주인공(줄리엣, 햄릿, 맥베스 등)을 수용하고 있다. 왜 그러한 태도를 취했는지를 더듬어 볼 필요성이 있다. 이는 송욱의 학문과 연관성이 있는 것으로 이해한다면 영문학자였기 때문으로 볼 수 있을 것이고,[2] 다른 측면에서 본다면 인간의 열애에 대한 비극의 운명을 표현했다고 볼 수 있다. 그리고 1950년대 시대 상황과 결부한다면 셰익스피어 작품에 나타난 비극적 갈등을 시대의 비극적 상황으로 시화했다고 볼 수 있다. 어쨌든 분명한 사실은 비극적 갈등이 송욱 초기시의 특징인 것만은 분명하다.

비극적 갈등을 보여 준 셰익스피어 작품의 주인공(「'쥬리엣트'에

---

1) 설화적 소재를 바탕으로 한 대표적인 시인은 김소월, 서정주, 전봉건(장시 「춘향연가」), 김춘수(「처용단장」), 강은교(「춘향이의 꿈노래」) 등이다. 이 외에도 김영랑(「춘향」), 박재삼(「춘향이 마음」), 송수권(「춘향이 생각」), 이성교(「망부석」), 최하림(「춘향비가」) 등을 꼽을 수 있다(임문혁, 『한국 현대시와 설화』, 계명문화사, 1996, 10쪽 참고).

2) 송욱, 「外來文學 受容上의 제문제점」, 『文物의 打作』, 문학과 지성사, 1978, 69쪽.
"영문과에 진학을 하였는데 영문과를 택한 이유는 시를 쓰는 데 여러 가지 모범으로 삼을 만한 작품을 많이 읽어야 하는데, 그 당시 내가 가장 자신 있던 외국어는 영어이고 또 영시는 상당히 풍부할 것이다. 그러니 영시를 배워 내가 시를 쓰는 데 도움을 받자는 의도에서였읍니다. 그러니까 나는 처음부터 영문학 자체를 위해 영문학을 공부해 보겠다는 생각은 전혀 없었고 근본 목적은 한국말로 시를 쓰는 데 도움을 얻기 위한 것이었읍니다. 그러나 공교롭게도 내가 시인으로서 가장 많은 영향을 받은 것은 영국의 시인이 아니고 프랑스의 보들레르(연구자 : 시 창작의 영향이 프랑스의 상징주의였다는 점과 김소월, 정지용을 보들레르와 비교 연구한 데서도 확인된다)였읍니다. 또한 영문과에 다니는 동안 가장 영향을 받고 좋아했던 사람은 엘리어트(특히 「何如之鄉」), 로렌스(대표작 「薔薇」)였읍니다(서울 대학교 사대 영문과 학술 강연회 1972. 5. 18)."
서울 대학교 영어영문학과 교수 근무 기록에 의하면, 숙명 여자 대학교(1949~1951, 시간강사), 해군사관학교(1951~1953, 교관), 서울 대학교(1954~1980)에서 교수한 것으로 적혀 있다. 이 가운데 미(美) 시카고 대학 교환 교수로 근무(1957. 7~1958. 6)한 적이 있다.

게」)에서 인간 열애에 대한 그의 고뇌를 살펴보자. 『로미오와 줄리엣』
은 널리 알려진 작품으로 두 집안(캐풀럿Capulet과 몬테규
Montague)의 숙원(宿怨) 때문에 남녀의 사랑을 이루지 못한 비극적
인 내용이다.[3] 「'쥬리엣'에게」는 이들 남녀의 비극적인 사랑의 모티
브를 수용하여 시화했다.

> 그대와 나는
> 밤 하늘에 부딪힌
> 번갯불이니,
> 눈물이 설레는
> 바다를 간다.
>
> 어느 별이 당기는
> 망석중인데
> 두 볼을 고이는
> 줌안에 들어,
> 붉은 피가 아로새긴
> 이름이든가.
>
> .... 중 략 ....
>
> 그대는 내 가슴에
> 하늘이기에
> 쫓기면 저승이라.

---

3) 이덕수, 「명분과 본질 -그 이중의 갈등 구조 : 로미오와 쥴리에트(Romeo and
Juliet)」, 『비극적 갈등 양식과 셰익스피어 비극』, 형설출판사, 1995, 78쪽.
　"비평가들의 견해를 종합해 보면 로미오와 쥴리에트의 비극은 외부의 힘 즉 운명
이나 또는 운명적으로 규정지어진 환경 때문이라는 견해와 주인공 자신들이 가지고
있는 내부적 동기 즉 성격적 또는 윤리적 결함 때문이라는 견해가 맞서고 있음을 알
수 있다."

끝내 두 발이
· 착고를 낀다.
―「'쥬리에트'에게」중에서

'그대와 나는 / 밤 하늘에 부딪힌 / 번갯불' 처럼 운명적으로 불꽃 튀는 사랑에 빠졌음을 표현하고 있다. 그러나 이러한 운명적 만남이 '눈물이 설레는 / 바다를 가' 야 한다는 망망대해의 방황의 시작임을 적고 있다. 망망대해는 방황의 노정이다. 방황의 노정에 선 인간은 괴로울 수밖에 없고, 이러한 괴로움은 눈물을 동반할 수밖에 없다. 이처럼 바다를 방황하는 것은 인간의 운명이다. 그래서 인간은 운명론자가 될 수밖에 없다. 남녀간의 사랑이 비극적 운명이라면 송욱이 줄리엣에게 던지는 비극적인 사랑은 운명적이라는 것이다. '어느 별이 당기는 / 망석중(연구자:나무로 만든 꼭두각시의 한 가지)' 처럼 하늘의 운명이라는 것이다. 자신의 의지와 관계 없이 인형처럼 움직이는 운명이다. 이는 바로 두 집안의 숙원(宿怨)으로부터 주어진 운명이다. 마치 오작교의 견우, 직녀의 이미지를 연상케 할 만큼 운명의 비극을 다루고 있다. 비극적 사랑이라면 으레 현실적인 고통이 따르는데 이런 고통을 송욱은 '그대는 내 가슴에 / 하늘이기에 / 쫓기면 저승이라, / 끝내 두 발이 / 착고(연구자:着錮의 取音-足枷)' 하거나 '몸을 산적 꿰' 는 '춘향' 의 형장을 연상케 하는 시적 표현을 한다. '줄리엣' 이라는 비극적 인물을 수용했음에도 불구하고, 비극의 시적 표현은 우리 나라의 설화인 '견우, 직녀' 와 '춘향' 의 남녀 이별의 수난을 연상케 한다.

그리고 여기서 한 가지 주목할 사실은 '줄리엣' 이라는 인물을 통해 1950년대 현실의 비극적 운명을 암시하고 있다는 것이다. 1950년대는 민족 분단의 비극으로 인해 정치, 경제, 사회, 문화뿐만 아니라 개인에게도 상당한 충격을 주었다. 문학에서도 이러한 양상이 반영되었음은 주지의 사실이다. 즉 "한국의 전후 문학은 전후 현실의 황폐성과 삶의 고통을 개인 의식의 내면으로 끌어들이고 있지만, 이데올로기의 허구성을 정면으로 파헤치지 못한 채 정신적인 위축 상태를 벗어나지 못한"[4] 문학의 시대였다. 이 때 송욱이 영문학을 전공한 점과 시대적인 조류(영미 문학의 영향) 속에서 한국의 비극적 현실에 대한 의식이 그의 시에 내포되었음을 짐작할 수 있다. 이는 송욱이 일제 말의 시대 상황에 대한 강한 인식이 있었음을 연관시켜 본다면 이러한 판단은 가능하리라 믿는다.[5]

1950년대라는 시대 상황이 주는 위험 때문에 생명과 관련된 시어는 강렬한 인상을 준다. 이러한 강렬한 시어는 현실의 비극적 운명을 은유적으로 표현한 것이다. 가령 '붉은 피', '이 몸을 산적 꿰고', '서슬', '칼끝', '창끝', '붉은 입술', '알알이 피 토하게 / 우는 꾀꼬리' 등 두드러지게 나타난다. 그의 다른 작품에서도 현실의 비극적 운명이 특징적으로 나타난다. 이러한 시어들을 간추려 보면, '목을 메고', '무덤', '낭떠러지', '풀 한 오리 나지 않는 / 거센 바람', '소리 치는 송장', '피 묻은 칼', '가위눌린 꽃송이' (「〈햄릿〉의 노래」 중에서), '서슬과 서슬 사이', '나려치는 칼날', '피 흐르는 / 목덜미' (「〈맥베스〉의 노래」 중에서) 등 개략만 보아도 짐작할 수 있다. 이러한 시어들이 갖는 시대적인 상징성은 전후 시대의 현실 인식의 한 단면이라 할 수 있는, 즉 살벌한 전쟁 상황에서 느끼는 죽음, 공포, 소외 등은 실존주

---

4) 권영민, 「제2장 전후의 현실과 문학의 분열」, 『한국 현대 문학사(1945~1990)』, 민음사, 1993, 100쪽.

5) 『文物의 打作』, 68~69쪽.
　"나는 그 때 일본이 태평양 전쟁을 일으켜 거의 패망에 가까운 때에 일본에서 고등 학교에 다니고 있었는데…… 그래서 현실에 대한 비판과 부정으로 몹시 우울한 날을 보내게 되어, 요사이 말하는 신경쇠약에 걸렸읍니다…… 그 뒤 고등 학교를 졸업하고 대학은 동양사학과를 가려고 했는데 그 동기는 한국의 역사를 배워 일제에 대항하여 독립 운동을 하려는 것이었읍니다(서울 대학교 사대 영문과 학술 강연회 1972. 5. 18)."

의(實存主義)의 한 반영이라 할 수 있다. 반영론적 관점에서 송욱을 이해한다면, 이에 대한 논의는 1950년대 비극적인 운명에 대한 시적 표현이라 할 수 있을 것이다. 여기서 송욱은 「'쥬리엣트'에게」라는 작품 속에서 1950년대 비극적 현실의 상황을 인간 열애의 고통으로 환치시켜 표현했음을 주목해야 한다. 대개의 시인들이 설화만을 수용한 것에 비해 송욱은 셰익스피어의 비극적 주인공을 모티브로 1950년대의 현실을 표현했다. 「'쥬리엣트'에게」에서 보여 준 시어에 대한 강렬한 인상은 시대 상황의 표현이다. 이러한 비극적 상황은 강렬한 표현을 수반할 수밖에 없다.

1950년대 전후의 비극적 상황을 직접적으로 표현한 작품은 여러 편이다. 그 가운데 「時體圖」, 「슬픈 새벽」의 시는 비극적 현실에 대한 송욱의 의식을 잘 보여 준다.

> 붉은 해가 돌기에
> 어지러운데
> 뱃 속이
> 땅 끝이
> 집안인가.
> 그림자와 이웃하면
> 목을 거슬려
> 살붙이가 기어 올라.
> 입 밖에 내지 못한
> 욕지거리를
> 빗발을 씹고
> 하늘이 뚫리다가
> 땅이 꺼지는
> 사고 팔고 하는 사이.
> ·················· 중 략 ··················
> 서슬과 꽃 사이를
> 긁다가 고쳐 쓰면,

몸서리가 아우성을
물어뜯는데
다짐과 주검을
주고받으며
.... 중 략 ....
사세요 주세요
죽여 주세요,
설레는 물결 속에
달맞이 가라는가?
그림자여, 너의 그림자.

　　　　　　　　　　　　　　　　　—「時體圖」 중에서

목숨이
잊을수
어쩔수 없이
뎅그랑
짤리어
흘러가면
되살아
고개 들어
꼬꼬대
목을 뽑는
울음인데,
깔깔대는 목청이
피에 젖은 아우성을
죽음이 목숨을
업수히 여기는가.

　　　　　　　　　　　　　　　　　—「슬픈 새벽」 중에서

　위의 두 작품은 1950년대 시체(時體:그 시대의 풍습이나 유행)를
사실적으로 표현한 작품이다. '욕지거리를 하는 세상, 하늘이 뚫리다
가 땅이 꺼지는 세상, 몸서리가 아우성을 치는 세상'이 1950년대의

「時體圖」이다. 1950년대는 민족 비극이면서 동시에 개인 실존에 관한 비극의 시대이기도 하다. 1950년대 「時體圖」는 '목숨이 뎅그랑 짤리는 세상'이고, '피에 젖은 아우성을, 죽음이 목숨을 업수히 여기는 세상'이다. 이와 같은 비극적 상황이 송욱으로 하여금 비극적 인식을 갖게 하였다. 송욱 시의 비극적 상황은 생명과 관련된 시적 표현이 많다. 비극적 상황하에서 목숨과 관련된 시어들은 결국 현실적으로 비극적일 수밖에 없다. 송욱은 여기에서 현실에 대한 길항(拮抗)으로 생명 의식의 앙양이라는 치열한 삶의 의식이 싹트게 된다. 그의 대표작이라 할 수 있는 「薔薇」[6]에서 생명 의식의 앙양이 두드러지게 나타난다.

> 薔薇밭이다.
> 붉은 꽃닢 바로 옆에
> 푸른 잎이 우거져
> 가시도 해살 받고
> 서슬이 푸르렀다.
>
> 벌거숭이 그대로
> 춤을 추리라.
> 눈물에 씻기운
> 발을 뻗고서
> 붉은 해가 지도록
> 춤을 추리라.
>
> 薔薇밭이다.
> 핏방울 지면

---

6) 이호철은 "박재삼이 술 취하면서 노상 혼자 군시렁거리며 읊어 댈 정도로 좋은 시였다"고 적었다. 이호철은 박재삼과 달리 송욱과는 여러 모로 충돌이 있었다(이호철, 『문단골 사람들』, 프리미엄북스, 1997, 224쪽). 이런 충돌 사건은 그의 시 세계에 영향 관계가 있다고 판단된다. 이는 본고 〈Ⅱ. 3. 탈사회성과 자연 추구〉에서 참고할 것이다.

꽃닢이 먹고
푸른 잎을 두르고
기진하며는
가시마다 살이 묻은
꽃이 피리라.

　　　　　　　　　　　　　—「薔薇」전문

　가시광선은 식물의 성장에 필수적이다. 그렇기 때문에 붉은 '장미'
와 '푸른 잎'이 '햇살'을 받아서 더욱 짙게 되는 것이다. 날카로운 칼
의 끝부분처럼 '푸른 잎'이 더욱 푸른 것이다. 장미는 가시광선을 온몸
으로, 벌거숭이 그대로 받아서 생명의 뜨거움을 만끽하는 춤을 추고 있
다. '발을 뻗고서' 무한한 희열의 춤을 추는 것이다. 이는 바로 강렬한
생명 의식의 한 표현이다. 그래서 '붉은 해'가 지는 순간까지 생의 희
열을 만끽하는 것이다. 그리하여 끝내는 '가시마다 살이' 돋아나는 황
홀경의 경지다. 그것은 드디어 '꽃이 피리라'는 생명 환희의 경지이다.
　시어 자체가 지닌 색채 이미지를 보면 '붉음(2번)'과 '푸른(푸르렀
다:3번)'의 채도 대비가 뚜렷한데, 이는 '붉음'의 이미지를 지닌 시어
를 포함할 경우 '장미(의 색깔:2번)'와 '핏방울(1번)'도 붉은 색채 이
미지를 나타낸다. '붉음'과 '푸름'이 놓일 때 색채의 뚜렷한 대비가
이루어진다. 그래서「薔薇」의 뚜렷한 색채 이미지는 시대 상황의 비극
적 현실을 뛰어넘는 생명 환희의 경지를 자연과 합일하여 보여 주는
시이다. 자연과 합일된 생명 환희는 송욱의 시에 나타난 '생명 의식의
앙양'이라고 판단된다. 이를 역설적으로 말한다면, "장미가 지닌 모순
의 몸부림은 바로 시인 자신의 실존이 내포하고 있는 생의 몸부림"[7]이
기도 하다. 또한 '붉음'과 '푸름'의 색채 의식을 바탕으로 한 꽃의 개

---

7) 김재홍,「Ⅲ. 방법과 정신」,『한국 전쟁과 현대시의 응전력』, 평민사, 1978, 61쪽.
　　"송욱(宋稶)의 시 세계는 데뷔작인「장미(薔薇)」,「비오는 窓」,「꽃」등에서도 볼

화를 시화해서 강렬한 생명 의식을 보여 준다. 강렬한 생명 의식의 앙양이라는, 생명파 시인 미당의《文藝》지 추천은 추천자와 추천 대상자 간의 영향 관계라고 할 수도 있다.

유종호와 김종길은 송욱의 초기시의 대표작인「薔薇」를 로렌스적인 육체를 열망한 노래임을 평하였고,[8] 홍기창은「薔薇」를 "시어가 강하게 암시하고 있듯이 詩人은 분명히 장미를 통하여 아담과 이브의 생애〔原罪說〕를 형식화해 놓고 있다. 섹스의 이미지가 일반성을 띠고 있으면서도 薔薇의 특수한 연상에 의해 원죄설을 의심할 수 없이 함축하고 있는 것이다"[9]라는 흥미 있는 분석을 하고 있다.「薔薇」에 대한 유종호, 홍기창의 논의는 육체를 열망하는 노래 혹은 섹스의 이미지를 통한 원죄설(原罪說)에서 성(性)의 강렬한 인상을 준다는 것이다. 그러나 연구자는 강렬한 성의 의미를 1950년대라는 시대 상황의 비극성에 대한 극복 의지의 발현으로서 생명력의 앙양이라는 관점을 취하고자 한다. 왜냐하면 1950년대 비극적 상황을 송욱은「'쥬리엣트'에게」와 같이 비극의 주인공을 통해서 표현하고 있고, 그러한 표현이 갖는 공통점 속에서 강렬한 생명 의식의 잠재 형태가 성으로 표현되기 때문이다. 성에 관한 강렬한 인상을 주는 시작은「女精」에서도 찾을 수 있다.

「몰라요」
목청에서 굴러 나와
구름 밖에
보조개에 머물다가

─────────────

수 있듯이 전통적인 서정에서 뿌리박은 생명의 몸부림을 형상화하는 데서 출발하고 있다"는 논의에 대한 연구자의 입장은 1950년대 비극적 현실 상황의 인식으로부터 생명 의식의 앙양이라는 길항 작용의 관점에서 이해하고자 한다.
8) 유종호,「비순수의 선언」,『전집 1』, 1995, 58쪽.
   김종길, 엘리어트와 우리 현대시(《한국일보》, 1965. 1), 앞의 책, 289쪽.
9) 홍기창,「송욱의 자연과 인간」,《문학과 지성》, 1973. 여름호, 일조각, 360~361쪽.

「싫어요 싫어요」
손끝에서 흔들리면
꽃 피는 부채 안에
두 가슴이 젖빛으로
안까님쓰고
물결지는 치마를
장딴지를 나려 가면
꿈밖에 벌거숭이,
여미는 깃 사이를
목덜미를 올라 가면
머리카락 올올이
銀粧刀 金粧刀가
길을 잃는데,
「아내요 아내요」
쟁반을 해가 돌고
찻종에 별이 지면
기진하는 등으로
무릎으로 몰려 간들,
눈초리가
한숨이 마주쳐
향을 피는 아지랑인데
「늦었어요」

—「女精」 전문

남녀 상열(男女相悅)에 있어 소극적인 여성과 적극적으로 육체적인
결합을 갈망하는 남성의 모습을 연상케 하는 작품이다. 물론 '두 가슴
이 젖빛', '장딴지', '목덜미', '무릎' 등 여성의 관능적인 육체와 직
접적인 관련이 있는 시어들과 성에 대한 여성의 소극적인 대항의 변화
를 보여 준 '꺾쇠' 표시를 통해서 남녀 상열을 표현했음을 알 수 있다.
즉 '꺾쇠' 표시의 경우 「몰라요」 → 「싫어요 싫어요」 → 「아내요 아내

요」→「늦었어요」 등과 같이 무력한 여성의 저항을 통해서 노골적인
성 접촉을 보여 준다면, 송욱의 시는 분명히 인간 열애의 고뇌(여성의
입장에서)를 통해서 1950년대의 비극적 상황 인식을 보여준 것이다.
「薔薇」는 서양적인 사고의 직접적 표현이라고 본다면, 이는 모더니티
의 지향으로 볼 수 있다. 이에 반해서「女精」의 경우는 한국적 성애(性
愛)를 간접적, 우회적인 표현의 한 양상을 통해서 비극적 현실을 표현
했다. 이 두 작품을 통해서 송욱은 한국적 모럴을 지향하는 전통성과
서구 지향적 모더니티의 갈등 양상을 보여 준 것이다.

송욱 시에서 생명 의식의 앙양은 자연을 대상으로 하여 성을 표현한
다. 이러한 양태를 보여 준 작품이「숲」이다.「숲」은 사물에 대한 성의
표현 방식으로 의인적인 수사법을 사용하고 있다. 이러한 의인적인 수
사법은 프레이저(J.G.Frazer)의『황금가지』에서 말한 유사 법칙
(Law of Similarity)에 의한 주술적 사고에 기초하여 표현한 것이
다.[10] 즉 인간의 아름다운 나체의 모습을 성유화(性喩化)[11]하여 자연의
숲을 아름답게 보여 준 작품이다.

---

10) J. G. Frazer(장병길 역), 제3장 참고,『황금가지(The Golden Bough) 1』, 삼성
   출판사, 1993.
   프레이저는 呪術의 기초가 되는 사고 원리를 두 갈래로 분석하였다. 이를 정리하
   면 다음과 같다.
   * 共感呪術 : ① 類似法則(同種呪術) - 유사는 유사를 낳는다. 혹은 결과는 그것
                    의 원인을 닮는다. (예) 비가 오기를 기원할 때, 항아리에 물을
                    붓는다.
                 ② 接觸法則(感染呪術) - 한 번 서로 접촉한 것은 그 접촉이 떨어
                    진 후에도 계속 서로 작용한다. (예) 미운 사람을 저주할 때, 저
                    주 대상의 신체 부분을 불에 태우는 행위.
   졸고,「정현종의 시 세계 -사물과 사물 사이의 性」, 동남어문논집(제6집) 참고,
   1996.
11) 본고에서 의도하는 '성유화(性喩化)'의 술어는 각 시집마다 다르게 쓰이고 있음을
   밝힌다. 여기서 밝혀 둘 것은 각 시집에서 다른 주제를 다루더라도 성(性)의 의인
   적 표현이라는 공통점이 있기에 송욱의 방법적 미학의 특징으로 사용함을 밝혀 둔

벗어라 안개를
부신 네 몸이
떨리는 잎새마다
빛을 배앝게.

희디흰 팔목이
굽이 기울어
우거진 수풀 속에
샘을 따내면

벗어라 안개를
부신 네 몸이
지나간 소나기와
노래를 하게.

—「숲」전문

눈부신 숲의 아름다움, 찬란한 아름다운 숲을 들여다본 시인은 옷을
벗는 아름다운 여인의 모습에 비유하여 마치 숲을 둘러싼 안개 걷히는
모습과 유사하다고 생각했다. 그래서 시인은 '벗어라'라는 관능적인
성유화를 표현한 것이다. 인간이 가진 원초적 생명력을 자연에서 들여
다보고자 하는 시인의 강렬한 욕구가 나타난 것이다.「薔薇」의 개화,
눈부신 숲 등에서 이러한 강렬한 욕구가 표현된 것이다. 그러나 위의
시같이 강렬한 생의 본질에 닿고자 한 송욱의 고뇌는 하나의 기로에
서게 되는데, 이는 불교적인 이미지를 지닌 시를 쓴 것에서 찾아야 할

다. 이에 대한 술어의 쓰임은 논의의 진행 과정에서 자세히 언급될 것이다. 예를
들면,『誘惑』: 인간 육체에 비유한 관능적인 수사법, 연작「海印戀歌」: 禪趣의 깊
이를 불가적 의미로 결합한 관능적 수사법,『月精歌』: 자연의 관능적 묘사를 통한
자연 탐미를 관능적으로 표현한 수사법 등의 경우이다.

것이다. 나아가 송욱이 카톨릭 신자이지만 만해에 대한 독보적인 연구
(『님의 沈默-全篇解說』)를 한 것과의 관련성에서 재고할 수 있을 것이
다.

2. 선취(禪趣)와 언어 형태

현대시에 있어 선(禪)의 불교적 세계 인식에 대한 관심은 1990년대
에 와서 부쩍 늘었다.[12] 이에 대한 관심을 좀 더 거슬러 올라간다면,
현대시사에서 불교시가 논의되기 시작한 최남선과 이광수로부터 비롯
되었다고 할 수 있다.[13] 그리고 1920년대 만해, 1930~40년대 김달
진, 서정주, 조지훈, 신석초 등의 활약과 1960~80년대까지 계속 이어
지고 있음을 볼 때, 한국 시사에서 분명히 탐구되어야 할 과제임이 분
명하다.[14] 이들 시인들은 일상 속에서 깨달음을 불교적인 이미지로 수
용하거나 삶과 죽음의 문제를 선사들의 화두처럼 시의 제재로 창작한

---

12) 박상륭 엮음, 『불교 문학 평론선』, 민족사, 1990.
　　권기호, 『禪詩의 세계』, 경북 대학교 출판부, 1991.
　　이상보 외, 『불교 문학 연구 입문(율문, 언어 편)』, 동화출판공사, 1991.
　　이형기 외, 『불교 문학이란 무엇인가』, 동화출판공사, 1991.
　　이원섭, 최순열 엮음, 『현대 문학과 선시』, 불지사, 1992.
　　송희복, 「禪으로 약동하려는 화려한 넌센스」, 『현대 문학과 선시』, 불지사, 1992.
　　윤석정, 「禪詩의 情緖 -만해, 미당, 지훈, 고은의 시를 대상으로」, 『현대 문학과 선
　　시』, 불지사, 1992.
　　현대시와 禪, 《현대시》, 1992. 3.
　　김준오, 「禪詩와 존재의 가벼움 -황동규론」, 『도시시와 해체시』, 문학과 비평사,
　　1993.
　　홍기삼, 「시와 불교의 인간주의」, 『불교 문학 연구』, 집문당, 1997.
　　박재금, 『한국 선시 연구』(국학자료원, 1998)는 고려 시대 선승 무의자(無衣子)
　　혜심(慧諶)의 시를 선시의 관점에서 논의하였다.
13) 김재홍, 『한국 현대시의 사적 탐구』, 일지사, 1998, 128쪽.

시인들이다. 이 외에도 선시의 세계를 표현한 작가들이 많다. 그러나 본고와 관련하여 중요한 것은 송욱 시집에 나타난 선에 관한 관심이 앞선 논자들에게서는 빠져 있다는 점과 『님의 沈默-全篇解說』이 '禪的인 悟道와 떼어놓을 수 없는' [15] 연구서임을 볼 때, 간과해서는 안 되는 몇몇 시편이 있기에 이에 대한 논의를 하고자 한다(『何如之鄉』의 「海印戀歌」 연작도 동일선상에서 연구의 대상이 된다). 송욱이 "불교적 정서의 유사 복제 현상이 활기를 띠는 오늘날에 이르기까지 가장 본질적으로 불교와 시의 융합을 성취한 시인"[16]인 만해를 연구하면서 "우리는 그(연구자:만해)의 말대로 '禪에서 문자를 보고 문자에서 禪을 얻는' 태도로서 『님의 沈默』을 읽어야 한다"[17]는 연구 태도에서도 송욱이 시를 어떻게 보는지를 암시 받을 수가 있다. 이는 송욱이 『님의 沈默』을 이해하면서 '禪에서 詩를 보고, 詩에서 禪을 보아야 한다'는 그의 비평 관점을 알 수 있다.

『誘惑』 시집이 1954년에 출판되었고, 『님의 沈默-全篇解說』이 1974년에 출판된 것임을 감안한다면, 이 사이에 출판하여 주목받은 1961

---

14) 김재홍, 앞의 책, 126~173쪽 참고.

불교시의 계보를 정리한 평자들을 소개하면 다음과 같다.

현대 불교시의 출발점을 한용운과 서정주의 작품으로 논의한 송혁의 글(「현대 불교시 연구-한용운과 서정주의 두 작품-」, 『한국 불교시 문학론』, 동국대 출판부, 1986)과 우리의 현대 불교시 맥락은 한용운, 오상순, 신석정, 조지훈, 서정주, 조종현으로 그 계보가 성립됨을 주시하여 현대 불교시의 시작을 한용운으로 본 유한근의 논의(「현대 불교 문학의 두 지평」, 『불교 문학 평론선』, 민족사, 1990) 등이 있다. 또 선시에 대한 연구와는 달리 주로 선승의 선시를 체계적으로 엮은 대표적인 선시집은 김달진 편역(『한국 선시』, 열화당, 1985년 초판 발행, 1994년 4쇄 발행)과 선승의 선시에 대한 논의와 함께 선시집을 엮은 석지현 엮음(『선시 감상 사전-한국편』, 민족사, 1997)의 책은 좋은 참고가 된다.

15) 송욱, 「시집 『님의 沈默』과 禪思想」, 『님의 沈默-全篇解說』, 373쪽.

16) 홍기삼, 「시와 불교의 인간주의」, 앞의 책, 66쪽.

17) 『님의 沈默-全篇解說』, 403쪽.

년『何如之鄕』시집의 연작「海印戀歌」가 놓인다면, 불교에 대한 송욱의 관심이 오랜 동안 지속되었음을 알 수 있다. 그럼에도 불구하고 기존 논의는 이에 대한 관심의 부족으로 중요한 송욱 시 세계를 놓친 것이다. 따라서 송욱 시 세계의 근간이라 할 수 있는 불교에 관한 시편 연구가 필요하다. 연구의 필연성과 동시에 어떤 식으로 접근할 것인가에 대한 것이 문제로 남는다. 즉 선승으로서 시를 쓴 경우도 선시라고 할 수 있음에 비추어 송욱의 경우처럼 일반 시인으로서 선적 내용을 쓴 시를 선시라고 할 수 있는지에 대한 문제가 뒤따른다.[18] 시인으로서 선의 내용을 적은 선취시(禪趣詩)의 경우는 아무래도 선적 분위기와 흥취의 습합이 있어야 하는 것인데, 그렇다고 하여 선리(禪理-시인이 거사와 같은 처지에서 불가의 선리나 교리를 시로 표현)와 선기(禪機-선사들의 선시가 종교적인 목적을 떠나 시 자체로 존재하면서 선적 함축성을 내포하는 시)가 드러나서는 안 된다. 송욱 시는 선취시를 보여주기 때문에 선시(禪詩)의 관점에서 논의해야 할 것이다. 본고에서는 선취시인「觀音像 앞에서」,「僧舞의 춤」,「生生回轉」등을 주된 대상으로 검토할 것이다. 카톨릭의 입장에서 송욱 시를 논의한 홍기창의 평을 참고할 경우, 앞의 세 작품은 부처에 대한 외경적인 시어의 구사에

---

18) 선시(禪詩)의 유형을 나눔에 있어 이종찬의 논의(이종찬,「상징과 기호의 合一」,『불교 문학 연구 입문』, 동화출판공사, 1991, 72~86쪽)를 참고하였다.
   * 선시의 유형 : 선가(작가)가 내용은 禪旨을, 형식은 시를 빌려 쓴 경우(引詩寓禪) → ① 示法詩 ② 悟道詩 (* 示法詩와 悟道詩의 차이점 : 시법시는 화자와 청중이라고 하는 관계에서, 듣는 대상자를 의식할 수도 있으나, 오도시는 어디까지나 독백이다. 또한 시법시는 작자가 여러 편을 가질 수도 있으나, 오도시는 깨닫는 그 순간 한 번의 작시로 족한 것이다) ③ 拈頌詩 ④ 禪機詩 등이고, 시인이 禪的 사유의 깊이를 시로 유인하여 그 깊이를 심화시키는 일(援禪入詩) → ① 禪理詩 ② 禪事詩 ③ 禪趣詩 등이다. 결국 선가에서 오묘한 禪旨을 담기 위하여 방편상 빌려온 것이 시이고, 시인의 입장에서는 시의 내용을 깊이 있게 담으려 하여 선가적 사유의 방법을 비는 경우이다.

치우쳐 있음을 알 수 있다.

시 「觀音像 앞에서」는 천지만물의 조화를 일구어내는 관음상에 대한
경이적인 표현을 보여 준다.

> 「아아 꽃송이」 하는 서슬에
> 돌이 되어 버린
> 가는 웃음결.
>
> 하늘이 본받도록
> 굽은 線이여.
> 소리 없는 햇살이
> 말씀이라네.
>
> 얼씬 움직이면
> 바람이 자고
> 발꿈치가 따스한양
> 구름이 희네.
>
> 「아아 꽃송이」
> 날을듯 어깨에서
> 가슴이 되네.
>
> —「觀音像 앞에서」 전문

관음상 앞에 선 시인의 눈에는 경이의 눈 그 자체가 시어로 된다.
'하늘이 본받도록' 조각된 관음상의 '굽은 線'이며, 천지에 쏟아지는
'소리 없는 햇살'이 부처님의 설법(말씀)이며, 천지 조화의 '바람'을
재우고, 관음상의 '발꿈치가 따스한 양' 유유자적하게 흰구름이 흘러
가는 관음상 앞에 선 인간, 그 고뇌의 한 지점에 서 있음을 송욱은 원
선 입시(援禪入詩)하여 표현하고 있다. 세속사 번뇌에 그 이름을 정성
으로 되뇌이면 음성을 듣고 구제한다는 관음상, 그 관음상 앞에 선 시

인의 세속사 번뇌는 과연 무엇인가? 그의 세속사의 번뇌는「生生回轉」
에서 나타난다.

> 永生이란 勤務時間 二十四時間,
> 두리번거리는
> 잠자리의 눈알처럼
> 손발을 부비대는
> 파리의 조바심에
> 하늘과 땅이 더불어 도네.
> ....중 략............
> 呼吸器 消化器 生殖器
> 꼼짝 아니하고
> 우늬? 서있늬?
>
> 出生이란 出勤時間 설깨인 時間
> 간밤에 신방에서
> 나온 웃음결.
> ....중 략............
> 死亡이란 退勤時間 뉘우친 時間,
> 거문고 ㅅ줄 아니라
> 맥을 짚는데,
> ....중 략............
> 하늘과 땅이 더불어 도네.
>
> ─「生生回轉」중에서

　인간 욕망의 삶이 속세에서 이룩할 수 있는 시간은 결국 논리적, 경
험적인 세계를 표시한 24시간에 묶일 수밖에 없다. 아무리 영생(永生)
하고자 하더라도 24시간 안에 있음을 깨달아야 한다. 그래서 영생하고
자 하는 인간 욕망의 태도는 '두리번거릴' 수밖에 없고, 욕망을 향한
'손발을 부비'는 모습이 한낱 '파리의 조바심'처럼 보일 때가 많다.

결국 '하늘과 땅이 더불어 도는' 회전(回轉)의 세상임을 말한다. 세속사에 있어 생로병사가 인간의 원초적 고뇌임을 더듬는다면, '出生이란 出勤時間 설깨인 時間'이고, '死亡이란 退勤時間 뉘우친 時間'이다. 이 시는 인간 세속의 생과 사의 도정에 놓인 인간 고뇌의 표정을 드러낸 시이다. 인간 고뇌의 표정이 결국에는 종교적인 표현에 도달할 수밖에 없다. 그래서 송욱 시는 선취의 경향이 짙은 것이다.

위의 시는 생명과 죽음에 대한 내면 성찰을 일상 생활과 결부시켜 깨달음을 선명하게 표현한 선취시이다. "선의 특징이라 할 수 있는 靜慮의 고요함이 시어 속에 함축될 때 이것을 禪趣詩"[19]라고 본다면, 송욱은 선리와 선기가 드러나지 않는 가운데 선의 깨달음을 적고 있다. 여기서 주목할 점은 카톨릭 신자이면서 불교적 세계의 관심과 한국시의 운율에 대한 관심의 양상을 보인다는 것이다.[20] 운율에 대한 관심은 '永生이란.... 時間 / 出生이란.......... 時間 / 死亡이란.......... 時間'과 1연의 끝행과 끝연의 마지막행의 '하늘과 땅이 더불어 도네'와 '呼吸器 消化器 生殖器 / 우늬? 서 있늬?' 등에 나타난다. 통사 구조에 나타난 운율과 끝음절에 나타난 한자음의 반복과 순수어의 끝음절 등이 시의 의미적 층위와 관련성을 적절히 조화를 이루고 있다. 인생을 시간 위에 위치시켜 놓고 비유한다든지 시간 속에 묶여 있는 무동성(無動性)을 '呼吸器 消化器 生殖器 / 꼼짝 아니'한다든지 하여 정지된 삶 속에 위치한 인간의 모습을 '우늬? 서 있늬?'로 표현하여 시의 형식과 의미적 단위의 결합을 보여 준다. 이를 시대적 상황과 결부한다면, 전후 실존주의 문제와 전후 타락한 사회상의 반영으로 인간의 삶 자체에

---

19) 이종찬, 앞의 책, 83쪽.
20) 『詩學評傳』에서 한국의 대표적인 시인인 김소월, 김기림, 정지용에게 운율(韻律) 의식이 결여되었음을 비판하고 있다. 이에 대한 구체적인 논증은 그의 시론에 대한 문제이므로 〈Ⅲ. 외래적 시론 비판과 주체적 시론 모색〉에서 다룬다.

대한 니힐리즘(Nihilism)의 표현으로 볼 수도 있다. 삶 자체를 아포리
즘(Aphorism)으로 표현한 것 역시 선취의 양식으로 볼 수 있는 까닭
이다.[21]

선취시의 또 다른 형태는 「窓」에서 보여 주고, 이 시에서 운율은 '안
이 비는가' 의 반복을 통해 나타난다.

> 땅끝을 보며
> 누가 계신 그 너머에
> 안이 비는가.
>
> 아침마다 떨며 온
> 햇살이 박힌
> 꽃빛이 흐르는가
> 안이 비는가.
>
> 새맑은 마음이매
> 창살이라면
> 깊이 깊이 접어 둔
> 나들이 옷을
>
> 떨쳐 입고
> 춤을 출
> 안이 비는가.
>
> ─「窓」 전문

---

21) 송욱은 경기 중학 시절부터 영어 원서와 함께 일본 철학서를 탐독했다. 그래서 경
   기 중학 동창인 이원섭 씨는 송욱의 시가 감정보다는 사상이 앞선다고 말한다. 이
   원섭 씨는 송욱이 철학자가 될 것이라고 생각했었다고 한다(2000년 1월 14일. 동
   숭동 VINA 커피숍에서).

안과 밖의 대립적인 구도에서 '밖'을 세상으로 이해한다면, 세상은 애욕(愛慾)의 대상인 '누가 계신 그 너머'와 '햇살 박힌 / 꽃빛이 흐르'는 아름다운 곳이다. 그러나 시인은 '안이 비는가'라는 공안(公案)으로 선문답을 하는 것이다. 3연에서도 '새맑은 마음이' 결국 마음의 속박으로 비유된 '창살이라면', '안이 비는' 그런 세계를 갈망한다는 내용이다. 이는 마음 속 깊은 애욕을 떨쳐버리는 '僧舞'를 통해서 인간 세속사 고뇌의 승화점으로 '안이 비는' 세계를 그린 것이다. '안이 비는가'의 반복적인 리듬은 바로 공의 세계를 갈구한다는 것이다. 이런 공의 세계를 표현하기 위해서 원선 입시(援禪入詩)의 선취시가 필요한 것이다. 여기서 한 걸음 더 나아가 인간 고뇌에 대한 시선 일여(詩禪一如)의 경지를 「僧侶의 춤」[22]에서 보여 준다.

> 하늘을
> 땅을
> 소매가 쓸면,
> 둥둥
> 蓮꽃이
> 이 몸이 진다.
>
> 팔 다리가
> 바람결,
> 몸체가
> 물결,
> 결고 트는 그림자가
> 바다를 먹고.

---

22) 본장의 연구는 『誘惑』 시집에 대한 연구이므로 후에 『誘惑』 시집을 포함한 「何如之鄕」의 시행 변화는 무시하도록 하겠다. 「僧侶의 춤」의 시행 변화가 실려 있는 『何如之鄕』의 전문은 50~51쪽을 참고.

業을
두 손을 모아,
모습 잃은 불꽃을
부비며 빌면,
두 볼을 붉힐
熱이 있는가.

바로 뒤로
앉고 선들,
앞 뒤가 다붙은
이 몸이 추는 춤을
두루 도는 마음을
드딘 두 발이,

하늘로
땅으로
소매로 칠까,
소리 없는
북을 가슴을,
둥둥
蓮꽃이
이 몸이 진다.

—「僧侶의 춤」 전문

조지훈의 「僧舞」(《문장》, 1939. 12)를 연상케 하는 불교적 선의 세
계를 보여 준 작품이다. 불사에서 행하던 '僧舞'의 춤사위를 통해 세
속의 번뇌를 승화하고자 했던 조지훈의 「僧舞」와 마찬가지로 시선 일
여의 방법을 보여 준 수작이다.[23] 3연에서 '業을 / 두 손을 모아, / 모

---

23) 조지훈, 「〈詩禪一味〉와 〈현대시와 선의 미학〉-시의 방법적 회의에 대하여」, 『전집
2』, 나남출판, 1996.

습 잃은(부처님 앞의 황촉불의) 불꽃을 / 부비며 빌면, / 두 볼을 붉힐 / 熱'을 내는 것은 바로 세속적 번뇌를 벗고자 하는 속세의 몸짓이다. 세속인이 번뇌를 벗고자 하는 몸짓은 4연에서 뚜렷이 보여 준다. 즉 '바로 뒤로 / 앉고 선들, / 앞 뒤가 다 붙은 / 이 몸이 추는 춤'처럼 아무리 인간 고뇌을 벗는 몸짓을 하더라도 현실의 '두 발이' 조지훈의 승무(僧舞)처럼 승화되지 못한다.

　인간 존재의 속성으로 중간자(中間子)라는 의미 규정은 기독교적인 것이지만 동시에 실존적인 개념이다. 송욱은 중간자로서 인간 존재의 의미를 서로 모순되는 시어를 통해서 보여 준다. 즉 1연의 하늘과 땅, 팔과 다리, 겯고 트는, 3연의 두 손(오른손, 왼손), 두 볼(왼쪽, 오른쪽), 4연의 바로와 뒤로, 앉고와 선들, 앞과 뒤, 두 발(왼쪽과 오른쪽), 5연의 하늘과 땅 등의 대립적인 구도 속에서 인간의 중간적인 존재가 확인된다. 이 역시 현실의 비극을 모순으로 표현함과 동시에 모순된 현실을 초극하고자 하는 선취의 표현이다.

　조지훈의 「僧舞」가 시적 화자(Persona)의 시야에서 승려의 춤을 포착한 광경을 묘사했다면,[24] 송욱의 「僧侶의 춤」은 시적 화자(내포 작가 implied narrator = 실제 작가 real narrator)의 입장[25]에서 승려(僧侶)의 춤 속에 몰입한 무아(無我)의 경지를 보여 준다. 승려의 춤사위가 '하늘을 / 땅을 / 소매가 쓸면' 그 세속사의 번뇌가 승화하여 진흙더미에서 아름답게 '蓮꽃'으로 핀다. 하늘과 땅 사이에서 승려

---

24) 김춘수, 「芝薰詩의 形態」, 『전집 2』, 정음사, 1984, 509~510쪽 참고.

25) 본고에서는 시적 화자 = 실제 작가의 입장에서 논의를 진행하였다(졸고, 「화자론의 시학적 접근」, 『유치환 시의 男性話者 연구』, 동아대 대학원 석사 학위, 1994, 8~13쪽 참고).

가사의 소매 부분이 반원형을 그어 허공에 '둥둥' 떠 있는 모습을 연상케 하여 해탈과 세속의 성속(聖俗)이 '불이(不二)'의 동일선을 이루게 된다. 즉 조지훈의 「僧舞」는 불교적 선의 세계와 불교적 관조의 세계에서 얻어진 인간적 고뇌를 법열의 세계로 승화시킨 작품"[26]인데 반하여 송욱의 「僧侶의 춤」은 시적 화자가 실제로 승려의 춤사위를 하여 '이 몸이 진다'는 육신의 옷을 벗는 해탈의 경지를 갈망한다. 그래서 「僧侶의 춤」은 불(佛)과 중생(衆生)이 하나라는 생불 일여(生佛一如)의 시적 표현이라 할 수 있다.

송욱이 구사한 언어 형태에도 주목해야 한다. 이는 이미 「生生回轉」에서도 확인된 바가 있지만, 「僧侶의 춤」에서 '둥둥'이라는 의성어, 의태어의 탁월한 언어 형태에 주목해야 한다. 왜냐하면 1연의 '둥둥'은 허공에 소매가 '둥둥' 떠 있는 모습과 동시에 '蓮꽃'이 '둥둥' 떠 있는 모습을 의태어로 동시에 표현하고 있듯이 5연에서 인간 고뇌의 '소리 없는 북을', '가슴을' 치는, 치고자 하는 '둥둥' 소리의 의성어와 진흙더미 속에서 아름답게 핀 '蓮꽃'이 '둥둥' 떠 있는 모습을 동시에 표현하고 있다. 이는 의성어, 의태어의 동시적 표현 기법이라 이해된다.

송욱의 초기시는 1950년대의 비극적 현실에 대한 인식으로부터 출발했다. 첫 시집 『誘惑』은 현실의 비극을 셰익스피어의 주인공을 모티브로 하여 시화했기에 송욱이 표현한 시어는 현실 상황만큼이나 처절한 시어들이 많다. 여기에 생명 의식의 앙양이라는 반작용이 일어났으며, 주술적 사고에 의한 성유화의 표현을 자연의 생명력으로 표현했다. 또한 현실적 삶의 고뇌를 불교적인 이미지로 표현하여 불이(不二)에 합(合)하고자 한 열망을 노래했다. 이는 송욱 시의 전통성과 모더

---

26) 조상기, 「조지훈의 불교시-조지훈론」, 『불교 문학 평론선』, 민족사, 1990, 274쪽.

니티의 갈등 양상이 표출된 것이다. 즉 서양 모티브의 수용에서 오는 모더니티 지향과 동양 불교적 세계관인 선의 모티브 수용에서 전통의 갈등을 엿볼 수 있다. 또한 첫 시집『誘惑』을 형식적인 측면에서 본다면, 시의 형태적인 특징으로 인간 육체에 비유한 관능적인 수사법〔성유화〕과 운율적 특징은『何如之鄕』에까지 이어지는 단초를 찾을 수 있다. 또「僧侶의 춤」에서는 의성·의태법의 언어 형태도 주목해야 한다. 이는 한국시의 운율적 성과를 제시한『何如之鄕』으로 이어진다. 그리고 시선 일여의 방법론을 원용하여 선취시를 보여 준 것도 주목해야 한다. 이 선취시는「海印戀歌」의 연작까지 지속된다.

현실 비판의 방법적 검토

한국 현대 시사에 있어 과감한 '시어 혁명'은 1930년대에는 이상과 김기림, 1950~60년대는 조향과 송욱을 드는 데 이의를 제기할 연구자는 별로 없을 것이다.[27] 이들은 한국 현대 시사에서 한 변화를 보여주었다. 그 가운데 현대시의 한 변화를 1961년에 출판된 시집『何如之鄕』을 통해 확인하고자 한다. 현대시의 한 변화인 '시어 혁명'이 어떻게 나타났는지를 작품에 드러난 미학적 특징을 통해 밝히고자 한다. 송욱을 연구한 많은 논자들이 그의 시적 특성을 풍자성에 두고 있다.[28] 이러한 풍자성은 그의 시적 특성이 한자음의 적절한 배치와 비문서술

27) 한국시의 실험 의식이 어느 정도 작품 의식에 기여했느냐는 문제를 김종길은 언급하면서 실험 의식이 나타난 시인들에 대해 분석하고 있다. 본고는 그 가운데 송욱에 대한 연구이므로 김종길(「한국시 비판」, 앞의 책, 119~166쪽 참고)과 다른 각도에서 송욱만을 대상으로 삼았다.
28) 김춘수, 전영태, 김영수, 이승하, 조동구 등 다수의 논자들이 이 점을 지적하고 있다. 본고의 〈송욱 연구 연대별 목록〉 참고.

화(非文敍述化)에 놓여진다는 것이 연구자의 판단이다.

한국 현대 시사에서 서정주가 제기한 「詩語와 그 配置」에 대한 충고는 반드시 귀기울일 만한 것이다.

> 〈存在〉니 〈浪漫〉이니 〈鄕愁〉니 〈정글〉이니 〈假橋〉니 하는 따위의 流行語 속에서만 詩人 행세를 하려는 사람들도 딱한 일이지만, 〈海邊의 浪漫〉이니 〈午後의 鄕愁〉니, 〈深夜의 정글〉이니, 〈意志의 昇降機〉니, 무어니 무어니 漢子語 단어 몇 개씩 붙여 急造한 熟語들을 가지고 詩를 해 내고 있는 사람들도 너무 게을러 보인다. 이런 사람들은 詩를 作破하고 신문이나 잡지사에 취직해서 그걸로 타이틀을 만들어서 붙이는 편집부 기자가 되든지, 아니면 좀더 이런 걸 잘 만들 자신이 있는 사람이라면 자주 그 광고가 보이는 각종 표어 모집에 응모하면 적격일 것이다.[29]

송욱은 서정주의 말처럼 '漢字語 단어 몇 개씩 붙여 急造한 熟語들을 가지고 詩를 해 내고 있는 사람들'과는 분명히 다른 시작의 자세를 보여 준다. 그래서 연구자는 송욱의 한자음의 반복과 시대성을 주목하는 것이다. 한자음의 반복을 통한 풍자성은 송욱이 우리말의 수사(修辭)와 용법(用法)과 낱말의 광을 찾는 행위를 반영한 것이다.

풍자성과 패러디, 펀(pun) 등 송욱의 형태적 기교에 대한 연구 성과는 상당히 진척되었다. 이는 송욱 시에 대한 시적 성과를 평가한 것이다. 1930년대 이상의 과감한 언어 실험이 가져다 준 시문학의 충격은 1950~60년대에 조향, 송욱을 거쳐 박남철, 황지우 등으로 이어지는 한국 현대시의 한 방법론으로 이어진다고 할 수 있다. 그래서 그가 빚어낸 시어 혁명이 무엇인지를 시어 형태와 그 속에 담긴 의미를 통해서 밝히고자 한다. 물론 이는 현실 비판의 한 방법론임을 염두에 두고 천착할 것이다.

---

29) 서정주, 『한국의 현대시』, 일지사, 1969, 277쪽.

1. 한자음의 반복과 시대성

한국어의 특성상 한국시는 운율이라는 형태적인 특성에서 다소 거리가 있음은 주지의 사실이다. 그렇지만 김소월, 김영랑, 한용운처럼 한국시에서 운율에 대한 시적 성취를 보여 준 시인들도 있었다. 한국시의 운율에서 독특한 한자음의 동어 반복(혹은 동어 위치의 변화)을 시도한 시인은 송욱이다. 그래서 한자음의 동어 반복을 빌려와 시대성을 비판한 독특한 언어 실험을 눈여겨볼 필요성이 있다. 한자음의 시 형태를 통한 언어 실험은 당대의 시대 비판적인 의미를 보여 주고 있다. 편의상 「何如之鄕」 연작순으로 검토한다.

> 거미가 내려와서
> 계집과 술 사이를
> 돈처럼 뱅그르
> 돌며 살라고 한다.
> 이렇게 자꾸만 좁아들다간
> 내가 길이 아니면 길이 없겠고,
> 안개 같은 地平線 뿐이리라.
> ·················· 중 략 ··················
> 念念을 念珠처럼 묻어 놓아라.
> 「어서 갑시다」
> 매달린 명태들이 노발대발하여도,
> 목숨도 아닌 죽음도 아닌
> 頭痛과 腹痛 사일 오락가락하면서
> ·················· 중 략 ··················
> 모두가 罪를 먹고 시치미를 떼는데,
> 개처럼 살아가니
> 사람 살려라.
> 허울이 좋고 붉은 두 볼로
> 鐵面皮를 脫皮하고
> 새살 같은 마음으로,

세상이 들창처럼 떨어져 닫히며는,
땅군처럼 뱀을 감고
來日이 登極한다.

　　　　　　　　　　　　　　— 「何如之鄕 壹」 중에서

　연작 「何如之鄕」에 대한 평가를 간단히 옮겨 보면, 김춘수와 김수영
으로 압축할 수 있을 것이다. 먼저 김춘수는 다음과 같이 주목했다.

　　펀(pun)이 송욱의 「何如之鄕」에서는 재치에 떨어지지 않고 문명 비평이 되
　　고 있는 것이 그의 안목에 의한 것이라면, (중략) 시 형태상의 배려는 그냥 풀
　　어 쓴 이 땅의 自由詩에 대한 저항이고 비판이라고 할 수가 없을까? 나에겐 그
　　렇게 보인다.[30]

　김춘수는 송욱 시에 대한 주제론적 접근으로 그의 시가 단순한 재치
에 의한 언어 기교보다는 ‘문명 비평의 안목’으로 평가하였고, 형태론
적 접근으로는 ‘自由詩에 대한 저항과 비판’으로 주목했다. 특히 송욱
이 1930년대의 도시 문명과 신흥 문예의 모더니즘 시인이자 이론가인
김기림을 비판한 점으로 비추어 본다면,[31] 그의 시작이 ‘문명 비판’과
‘도시 문명’, ‘自由詩에 대한 저항·비판’과 입체파의 영향인 ‘형태주
의’의 김기림과의 비교에서 송욱 자신은 이들을 뛰어넘었다고 생각한
것이다. 송욱의 엘리트 의식이 깔린 개인적인 생각이지만 이런 점에서
송욱을 주목하지 않을 수 없다.
　김수영은 여타의 작품(「抱擁無限」, 「讚歌」)을 부정적인 시각에서 비
판, 평가하면서 연작시 「何如之鄕」을 통해 송욱을 “다변하고 스피디하
고 래디칼한 스타일을 가진 「何如之鄕」의 작가”, “왕성한 외향적인 의

---

30) 김춘수, 「형태 의식과 생명 긍정 및 우주 감각」, 앞의 책, 535~536쪽.
31) 「제7장 한국 모더니즘 비판」, 『詩學評傳』, 178~194쪽 참고.

욕"을 가진 시인으로 평가했다.[32] 김수영은 주제적인 측면에서 풍자적인 수법, 실험적인 자세를 높이 평가했지만 「何如之鄕」 이외의 작품이 보여 준 형태상의 변모는 '詩質의 변모'라 하여 "그의 변모의 방식이 불쾌한 인상"[33]을 준다고 하였다. 그렇다면 김춘수와 김수영은 독자적 세계를 이룬 송욱의 시 형태에 대해 일찍 주목했던 것이다. 김춘수와 김수영의 논의가 날카롭다고 하더라도 매우 추상적인 단평이기에 이들의 추상성을 밝혀 송욱의 시 세계를 구체적으로 밝힐 필요가 있다.

김춘수는 시 형태상의 특징을 운율에다 두고 "정확한 押韻法을 따르고 있지는 않으면서 변격적으로 두운, 요운, 각운을 수시로 깔아 가는 문장 전개를 하고 있다"[34]고 하였다. 그러나 앞에서 이어령이 지적했듯이 "子音이나 母音의 同一音節을 중첩시켜 한국어가 발휘할 수 있는 최대의 〈韻律쑈오〉를 기도하고자 했다는 노력이 言語의 音相에만 급급하여 意味構造에 실패했다"[35]는 평가는 다소 무리인 것이다. 왜냐하면 시어의 형식에 의미를 담지 않는 경우는 없기 때문이다. 특히 본고는 한자음에 대한 경우를 검토하고자 했기 때문에 우선 주목되는 「何如之鄕 壹」을 보면, '念'이 첩자(疊字)가 되어 '念念'으로 되었고, 동시에 '念珠'의 '念'이 첫 음절의 반복으로 이루어졌다. 송욱이 단순히 음상(音相)에 급급했다기보다는 나름의 의도된 시적 장치를 했다고 판단된다. 왜냐하면 한자음이 첩자가 될 때에 강조를 위해서 낱말이 되풀이되기 때문이다.[36] 또한 "첩자는 시에서 첩운의 가장 좋은 형으

---

32) 김수영, 「現代性에의 도피」(1964. 6), 『전집 2』, 1981, 357쪽.
33) 위의 책, 357쪽.
34) 김춘수, 앞의 책, 535쪽.
35) 이어령, 앞의 책, 25쪽.
36) 劉若愚(이장우 역), 『중국 시학』, 명문당, 1994, 71~72쪽.
　　중국어에 있어서 단음절은 가끔 중복된다. 이러한 말들을 첩자(疊字)라고 부른다. 이는 세 가지로 나누어지는데, 첫째, 강조를 위해서 낱말을 되풀이하는 것으로

로 간주될 수 있기"[37) 때문에 이러한 의도를 가지고 창작했다고 판단
된다.

현실은 빙글빙글 도는 회전의자처럼 인생 유전에 비유되기도 한다.
그래서 이런 세상에 대한 염증으로 인간은 허무주의에 빠지게 된다.
여기서 송욱은 좁아 드는 인생을 벗어나고자 깊은 사색의 '念珠'를 돌
리게 된다. 번뇌를 벗어날 수 있는 '念念(생각하고 또 생각하고)'하여
'念珠'를 돌리게 된다. '念珠'의 구슬은 둥근 모양이며 동시에 전체가
하나의 원으로 빙빙 돌려야 한다는 의미를 담고 있다.「何如之鄕 壹」
전체는 빙빙 도는 회전의자 같은 세상을 노래하고 있다. '아우성 치는
子宮에서 씨가 웃으면 / 亡種이 펼쳐 가는 萬物相의 세태는 빙빙 굴
러가는 나선형의 세태를 보여 준다. '솜덩이 같은 몸뚱아리에 / 쇳덩
이처럼 무거운 집을 / 달팽이처럼' 가야 하는 무거운 운명을 지고 가
야 할 현실이 또한 '아닌 것과 아닌 것 그 사이에서, / 줄타기하듯 矛
盾이 꿈틀대는 / 뱀을 밟고 섰'는 시어에서 회전형의 세태를 엿볼 수
있다. 무거운 집을 평생 지고 가야 할 달팽이의 모양은 나선형으로 끊
임없는 회전 모양을 보여 주고 있다. 또한 징그러운 뱀의 몸통이 원형
으로 처음과 끝이 없는 모순의 모습이다. 그래서 시인은 계속해서 굴
러가는 세상을 장난삼아 더욱 굴리고 싶은 욕망이 가득하다. 어차피
굴러야 할 세상이라면 '아아 구슬을 굴리어라 琉璃房에서...' 계속 굴
러야 한다. 또 그는 '계집과 술 사이를 / 돈처럼 빙그르르 / 돌며 살라
고 한다.' 이는 인생 유전이라는 세속적인 세태이며 흔히 쓰이는 시정

예를 들면 교교(皎皎:밝고 밝은 것), 처처(凄凄:음침함) 따위이다. 둘째, 단음절어
들이 중복됨으로써 특수한 뜻을 가진 새로운 복합어를 만드는 것으로 연년(年年:
해마다 해마다, 매년마다란 뜻), 일일(一一:하나하나, 하나씩 하나씩 따위), 셋째,
강조나 뜻의 바꿈이 없이 습관적으로 말을 되풀이하는 것으로, 예컨대 '누이'라는
뜻으로 단순히 '매(妹)'를 대신 쓰는 대신 '매매(妹妹)'를 쓰는 따위이다.
37) 劉若愚, 앞의 책, 72쪽.

어(市井語)이다. 여기에 회전을 의미하는 원형(圓形)에 대한 의식이 잠재되어 있는 것이다. 이는 공의 불가적인 의도를 함축하고 있다. 이처럼 뱅그르르 도는 세상을 그는 안타까워한다. '이렇게 자꾸만 좁아들다간' 결국 '안개 같은 地平線뿐'이다. 혼란한 세태에서 그는 몸부림치고 있다. 세속인의 소원을 들어 주는 달이 지기 전에 세속사 모든 것을 '念念을 念珠처럼 묶어 놓아라'는 것이다. 여기에 송욱의 심정은 모아져 있다. 그 심정은 모든 것을 묵념하고 묵묵하여 세속사가 순리대로 굴러갈 수 있도록 염주를 돌려야 한다는 것이다. 그러나 세상은 '頭痛과 腹痛 사일 오락가락하는' 세상이다. 세상의 돌아가는 세태를 생각하면 '頭痛'일 수밖에 없고, 배고플 수밖에 없는 '腹痛' 사일 오락가락할 수밖에 없다. '게딱지 같은 집을' 사는 현실에 '사람 살려라' 하고 아우성치는 세상은 '모두가 罪를 먹고 시치미를 떼는데, / 개처럼 살아가니(는 세상이기에) / 사람 살려라'는 것이다. 이 모든 현실이 '痛'의 반복으로 모아져 있다. 이런 '痛'의 세상에서는 '鐵面皮를 脫皮하여 새살 같은 마음이 드러난 來日의 登極을 회원'하기에 송욱은 염주를 돌리는 것이다. 여기에 또 다시 '皮'자를 주목한 것은 '皮(피부, 겉, 껍데기)'를 벗고 진정한 '새살 같은 마음'이 드러난 내일을 염두에 둔다면, 단순한 '皮'자의 동음 중첩자가 아님을 알 수 있다. 「何如之鄕 壹」에서와 같이 세태의 풍자를 통해서 '皮(껍데기)'자로 둘러 쌓인 세상에 '痛(고통)'이 난무하는 데에 대해서 '念念(생각하고 또 생각해서, 세상의 번뇌)'하여 '念珠'로써 번뇌를 가라앉히는 세상을 희구하는 것이다. 이는 송욱의 첫 시집인『誘惑』에서 보여 준 구도에 관한 관심의 연장(「觀音像 앞에서」, 「僧侶의 춤」, 「生生回轉」 등)이라 할 수 있다.

송욱은 「何如之鄕」에서 속과 성의 경계를 돌며 성(聖)의 자세를 삶의 표적으로 삼았다. 이것은 1950년대 후반, 1960년대의 사회 현실이

인생 유전이라는 속의 세계에 대한 환멸이며, 비관의 자세이기에 성의
세계를 회구한다고 판단된다. 그래서 「何如之鄕 貳」에서는 구도자적
인 입장을 취하고 있음을 알 수 있다.

孤寂함이 빛인양하여
돌아온 江山처럼
나고 차는 것을 담는 그릇이기에,
뜻 밖에 빈 것을
아찔할듯 없는 것을
나는 섬긴다.
.... 중 략 ....
自殺과 殺人 사이
물 속을 헤엄치면
하늘 같지만,
정신을 차리니까
우물 속이다.
.... 중 략 ....
울 建築이
한숨에도 가볍게 사라진다.
不滅이냐 너의 沈默!
허허 虛脫이냐 解脫이냐
無腸公子냐.

—「何如之鄕 貳」 중에서

　　물질계의 인간 욕망을 비워 강산의 고적함을 닮아야 함을 이 시는 역
설하고 있다. 강산의 고적함은 자연의 섭리이다. 그래서 '뜻밖에 빈 것
을 / 아찔할 듯 없는 것을 / 나는 섬긴다'는 철리(哲理)를 깨닫게 된
다. 이러한 철리는 인간이 지니는 마지막 순간인 죽음의 문제에 직면할
때 뚜렷해진다. 즉 '自殺과 殺人 사이 / 물 속을 헤엄치면 / 하늘 같지
만, / 정신을 차리니까 / 우물 속이다'는 것으로 저승과 이승이 다같이

하나임을 깨닫게 한다. 송욱이 보여 주는 '自殺과 殺人'의 동음 역순의 반복을 통해서 삶의 태도를 깨닫게 된다. '물 속을 헤엄치면 / 하늘 같지만' 실상은 '우물 속'임을 깨닫게 된다는 것이다. 삶의 순리를 이해하는 방법은 그 자체가 모순인지도 모른다. 그래서 송욱은 스스로 양파껍질의 반복을 익히고 있다. 삶의 순리가 바로 선문답의 경지임을 이야기하는 것이다.

인간은 세상을 3차원 세계로 견고하게 지었다고 생각한다. 그래서 세계는 '點과 線과 面을 瞬間의 建築이 / 永遠'이라 생각한다. 그러나 송욱은 인간 세속사가 '한숨에(도) 사라진다'는 불교의 찰나적인 경지를 깨닫고 있었다. 그리하여 그의 독특한 한자음의 동음 반복의 역순을 통해 '허허 虛脫이냐 解脫이냐'는 것으로 세속사의 모든 것에 '脫'해야만 해야 한다는 선문답을 찾는다. 그리고 시인은 세상의 욕망을 비워야 한다는 것을 '無腸公子(게)'에 비유한다.

송욱은 개인의 운명을 삶의 일반적 운명으로까지 보편화시켰다. 그래서 송욱의 시적 가치는 개인의 운명이 사회의 운명으로까지 꿰뚫어 보고 있다는 데에 놓이는 것이다. 사회 현실에서 한 걸음 더 나아가 사회, 역사적인 사건까지 뻗친다. 사회, 역사적 상황에서 인간의 운명을 어떻게 인식하느냐는 대단히 중요한 문제. 그것은 바로 개인 운명관의 반영이기도 하거니와 작가에게 있어 사상관이기도 하기 때문이다.

> 倭亂과 胡亂과 洋擾를 겪고
> 움직여야 하니까 動亂을 거쳐,
> 목이며 四肢가
> 갈라지다 합치고 하는 사이에
> 歷史가 넣은
> 주릿대가 틀리는데.
> .... 중 략 ....

明白히 薄命이며
빛을 바라는
눈 뜬 송장이며
눈 감은 목숨들이
義眼과 義肢로 義理를 지켜간다.
.... 중 략 ....
士禍가 오히려 士福인양하여
百貨店이 아니면 銀行으로 가거나,
市場이 아니면 술집에서 살아간다.

           —「何如之鄕 參」 중에서

 이 시를 시정어로 말한다면, 인생 유전의 삶을 노래한다고 할 수 있다. 송욱은 '圓으로 螺線, 두루 돌며 기어오른다' 등의 시어와 같이 원형의 모습에 대한 관심을 가지고 있다. 이는 시정어로 인생 유전이라고 할 수 있고, 이를 불교의 공의 형상을 지향한다고 볼 수도 있다. 원형의 처음과 끝이 계속해서 이어지듯이 1950~60년대 사회 현실에 대한 고통이 과거의 역사까지 거슬러 올라가게 되는 의미를 담고 있다. 송욱은 이런 역사의 의미를 한자음 동음의 반복을 통해서 규정하고 있다. 즉 역사의 고통을 '倭亂과 胡亂'의 동음 반복을 거쳐 '洋擾'의 외세에 '動亂'의 연속적인 반복이 주는 효과는 중첩되어 '몸이며 四肢가 / 갈라지다 합치고 하는' 고통이 가세하게 되는 현상으로 나타난다. '亂'의 3번 반복은 역사의 혼란스러움을 '나날이 넓어 가는 / 어두운 하늘'을 표현하는 데 적절히 구사되고 있음을 알 수 있다.
 역사의 혼란에 휩싸인 삶은 '明白히 薄命'하다는 의미를, 역시 한자음의 역순 반복이 주는 효과로 주목해야 한다. 이는 '亂' 때문에 우리의 역사가 '薄命'하다는 뜻이다. 그래서 '빛을 바라는 / 눈 뜬 송장이며 / 눈감은 목숨들이' 비록 눈을 잃고 四肢가 갈라질지라도 역사를 지켜나가야 한다는 유교적 충의 삶의 의지를 '義眼과 義肢로 義理를 지켜가야 한다'는 것으로써 '義'에 대한 3번 반복으로 강조하고 있다. 즉 비록 '義眼'일지라도, '義肢'일지라도 '義理'를 지켜가야 한다는 역사에 대한 뜨거운 애정을 보여 준다. 그리고 '南으로 南으로 어머니 뱃속으로' 가야 했던 동란의 비극을, 조선 역사의 비극적 당쟁이었던 '士禍가 오히려' 특정 선비 집단의 '士福'인 양하는 집단들이 백화점, 은행, 시장, 술집에서 불평등을 조장하는 소비 집단으로 살고 있음을 비꼬고 있다. 그래서 송욱은 자조적으로 세계를 바라보면서 스스로 니힐리즘의 세계를 노래하는 것이다.

> 썩으면 검은 것을
> 監察 監査 査察하는
> 하늘처럼 하늘대는
> 하얀 꽃이,
> 구유통에 태난 어린이가,
> 밥이 돌이고
> 돌이 밥이라고.
> 생각도 느낌도 없는
> 符號가 숨쉬는데,
> 會社 같은 社會가
> 호랑이처럼
> 날뛰며 덤벼드는 꿈을 잃었다.
> .... 중 략 ....
> 强姦, 姦通, 輪姦하는 사람 사이를
> 鍾路를 물결처럼
> 〈自然〉이 啞然하게 밟고 오소서.
>
> ─「何如之鄕 四」중에서

한국 역사를 파란만장하다는 한 마디의 표현으로는 부족한 감이 있지만, 그래도 이러한 표현보다는 더 절실하게 대치할 별다른 단어가 없다. 이런 말이 통하는 것은 아마도 '倭亂과 胡亂과 洋擾를 겪고 / 움직여야 하니까 動亂을 거쳐 / 목이며 四肢가 갈라지다 합치고 하는 사이에' 한국 역사가 놓인 까닭이다. 이것은 어찌할 수 없이 굴절되어야만 했던 '까닭 모를 슬픔'인 것이다. 이러한 역사의 현장을 주목한 송욱은 한결 투철한 사회 의식을 가지게 되는 것은 당연하다.[38] 투철한 사회의 인식을 시로 다루었던 송욱은 김춘수가 지적한 대로 특이한 압운법(押韻法)으로 이를 시화했다. '썩으면 검은 것을' 바로잡게 하고자 하는 '監察, 鑑査, 査察' 하지만 세상은 이미 '구유통에 어린이' 조차도 '밥이 돌이고 / 돌이 밥이라'고 하는 아무 생각도 느낌도 없는 세태까지 이르렀다. 또한 거대한 이윤을 추구하는 사회는 '會社 같은 社會'가 되어 이미 '꿈을 잃었다'. 이처럼 송욱 시에 자주 등장하게 되는 한자음 운(韻)의 효과와 음운의 도치는 "교묘한 말의 결합이 단순한 재치 놀음으로 떨어지지 않고 의미와의 관련을 갖고 의미 내용을 심화 · 확대시키고 있음"[39]을 알 수 있다. 김춘수는 "한 말로 운율에 있어 한국어는 매우 불편한 언어라고 할 수 있다"[40]는 지적을 한 바 있다. 더구나 "압운을 시적 기교로 철저하게 발전시켜 온 영시나 한시 같은 데서는 그 이론이며 유형이 체계화되어" 있지만 "우리의 경우, 이 부분에 관한 체계적 이론이나 유형화 작업은 이루어지지 않았다. 그 까닭은 우리의 시가에 압운의 전통이 없었기 때문인 것 같다"[41]는 논의는 송욱 시의 형태적 가치성을 보여 준 것이라 할 수 있다. 단지 운의

---

38) 송욱은 시대와 역사에 대한 의식을 성장기부터 가지고 있었음을 알 수 있다(『文物의 打作』, 68~69 쪽 참고).
39) 황정산, 「새로운 시어의 운용과 비순수의 추구」, 『1950년대의 시인들』, 나남, 1994, 257쪽(소리의 울림을 적절히 표현된 구절은 위의 책, 260~261쪽을 참고).
40) 김춘수, 앞의 책, 535쪽.
41) 김대행, 『우리 詩의 틀』, 문학과 비평사, 1989, 28~29쪽.
     김대형(「押韻論」, 『韻律』, 문학과 지성사, 1990, 37쪽) 압운(押韻) 부재의 원인

효과에 그치는 것이 아니라 사회와 역사의 비판이 시의 형식과 내용의 일치성을 보여 주는 시작을 송욱에게서 발견할 수 있다. 송욱은 시의 형태와 내용의 일치성을 통해 시대성의 비판을 보여 준다.

또한 '强姦, 姦通, 輪姦하는 사람 사이를 / 鍾路를 물결처럼' 이루는 사회는 '아아 사랑이여 修羅場이여 / 할렐루야 할렐루야.' 라는 극한 상황에서 내뱉는 종교적 구원의 외침까지 한다. 이를 송욱이 살았던 현대 도시의 시대성 비판이라면, 1930년대 김기림의 "外國名을 가진 꽃, 國際列車, 港口의 異國風, 氣象圖, 世界地圖 혹은 芳名錄, 혹은 外國領事館의 건물 등"[42]으로 새로운 도시를 열망했던 점과는 다른 모습이다. 여기서 송욱 시 세계의 위치를 파악할 수 있는 것은 바로 "우리가 時代性에 민감하면 할수록 참다운 歷史意識과 깊은 內面性과 精神性을 가지고 時代性을 소화하고, 비판하고, 血肉化할 때 비로소 참다운, 즉 예술 작품다운 現代詩를 쓸 수 있다"[43]는 것이다. 결국 시 형태를 통해서 송욱의 시가 단순히 압운에 그치는 것이 아니라 역사 의식과 깊은 내면성과 정신성을 소화하고, 비판하는 시대성을 강조하는 것을 알 수 있다. 이는 「何如之鄕 五」를 보면 더욱 확연해진다.

> 痴情 같은 政治가
> 常識이 病인양하여
> 抱主나 아내나
> 빚과 살붙이와,
> 現金이 實現하는 現實 앞에서

으로서 ① 언어 체계상의 이유 ② 시가 형태상의 이유 ③ 시가 음영 방법상의 이유 등으로 제시했다.
42) 『詩學評傳』, 194쪽.
43) 위의 책, 194쪽.

다달은 낭떠러지!
.... 중 략 ....
돈과 權力과 피 땀으로 메꾸어도,
발 밑이 아득하게
靈魂을 판 時代여!

— 「何如之鄕 五」 중에서

　현대의 정치적 상황에 대해서 '癡情 같은 政治가 / 常識인 양' 하는
사회의 역겨움과 물질 만능의 현실을 비판하는 '現金이 實現하는 現實
앞에서' 뚜렷한 '現(나타남)'의 반복을 통해서 '靈魂을 판 時代'에 대
한 냉철한 시대성을 보여 주고 있다.[44] 이처럼 송욱은 운과 시대성의
감각을 뛰어나게 결합시킨 시인임을 알 수 있다.[45] 이런 결합은 우리말
의 수사와 용법과 낱말이라는 귀중한 재료를 간직하고 있는 광으로서

----

44) 송욱은 1960년대 타락한 사회에 대하여 '反金力과 權力萬能의 세태에 새 倫理를
　　세워야 한다'고 하였다(《조선일보》, 1966. 12. 17).
45) 한자음의 반복과 시대성의 관계를 보여 주는 「何如之鄕」 연작 중 「五」 이후만 정리
　　하면 다음과 같다. 단 한자어의 경우도 포함.
　　「何如之鄕 五」: 亡身과 亡命을 잃은 亡靈들/원수가 아니면 이웃 사촌들이여!/人
　　生 生活苦를/…(중략)…/시시한 是是非非/한숨으로 어물어물/超人이나 下人이나/
　　切實하게 腰絶할 뿐./…(중략)…/他鄕 같은 故鄕이지만/그래도 故鄕은 故鄕이 아
　　니냐고./…(중략)…/무엇인지 모를 歷史를/履歷처럼 스스로 哭하는/…(중략)…/
　　미친 微笑가/…(하략)…
　　「六」: 輕音樂에 맞추어/輕食事를 하다가,/內憂가 肺病이면/花柳病이 外患이
　　다./…(중략)…/生理가 論理가 되기까지는,/理論이 道理없어/微妙한 妙味는 오로
　　지 土亭秘訣!/…(중략)…/才談과 肉談과 私談을 하다/感傷과 中傷과 外上을 거쳐
　　/資本을 빌려 타고 가고싶은데/當分間 今明間이 꼭 붙잡고,/…(중략)…/眞理를 寫
　　眞박을/횃불에 불붙이려/…(중략)…/꼬꼬대/잠꼬대/〈아뿌레〉가 아뿔싸 遲刻을 한
　　다./民主/注意(칠!)/…(중략)…/二律服從/一律背反하다가/…(중략)…/逆說이 逆
　　情한다./…(하략)…
　　「七」: 虛無實無/…(중략)…/人間性이 性的이다./社長 딸이 안 오면/〈알바이트〉
　　등등 무—/핏덩이에/구멍 일곱이/遊仙窟 蒼龍窟처럼,/세상이 다 그런데/白骨이다
　　露骨的으로!/…(하략)…

우리 시가의 전통을 찾고자 했던 송욱의 태도라는 관점으로 파악할 수 있다. 즉 한국시의 압운적 기교를 시로 개척하여 성공한 시인으로 평가할 수 있을 것이다. 송욱 시에 대한 엘리어트 영향을 분석한 김종길은 「何如之鄕 六」의 '才談과 肉談과 私談을 하다 / 感傷과 中傷과 外上을 거쳐'에서 "그의 中間韻의 사용은 엘리어트의 초기 작품에 보이는 아이러니컬한 脚韻의 효과와 비슷한 효과를 내고 있다"[46]는 것이

「八」: 法이/法이/…(중략)…/철철 鋼鐵/흐르는 눈물?/고치장 된장으로/玉童子를 빚어내는/하늘과 마늘/쌀쌀한 쌀—/…(중략)…/마담/아름다운 담담彈!/그대가 사랑하는/늙은 貿易商처럼,/問題가/아닌 問題가/人生이 되지 않는/生活이 되면,/…(하략)…

「九」: 銀河와 膿河/뱀인지 새끼줄인지/그리고 漢江ㅅ가에,/날라라 나라며/令監과 大監이며—/후미지고/뒤진/啓蒙과 産業으로/또는 産兒로./…(중략)…/劇樂을 먹는 喜劇!/유모어가 乳母처럼/자장가를/코를 골/고을에서/淋疾이 禁酒하고/판국이 결국/수표와 수갑처럼/ISM IST IS?/무슨 仙 무슨 月 무슨 蘭 무슨 花/…(중략)…/靑磁가 푸르른/白磁가 새하얀/해골 해골 골/斷念을 斷食하고/…(중략)…/織女가 내려와서 女工이니까/…(중략)…/獄卒과 옥신각신/…(하략)…

「拾」: 科學이 科學인양하여/…(중략)…/DA DA/까닭이 허풍선이./구비구비/彌阿里랑고개가/…(중략)…/民國/國民/…(중략)…/뿔! 뿔! 뿔!/보다도 무서운 불!/…(중략)…/物理가 蛟龍이며/生理가 새우처럼/…(중략)…/陶潛이/都市에서/DA DA/머리처럼/DASEIN을/긁적거린다.

「拾壹」: 自由가 不拘束처럼/不安으로 送廳하면,/…(중략)…/月賦와 賦役 사일〈데모〉하는 아아 〈데모크라시〉!/…(중략)…/美都波로! 高美波로!/…(중략)…/NO/怒한다./…(중략)…/一錢 같은 一心으로/낱담배를 피어 물고/引力에/萬有引力에 대항한다./橫財할듯 橫死할듯/…(중략)…/아아 자유여! 자유여!/…(중략)…/世上은/陸上/海上/腹上死—/…(하략)…/

「拾貳」: 돈만 목돈만 있으면/무당이 굿을 하듯—/배보다 배꼽이 커서/DE TROP DE TROP DE TROP/超現實을 뛰어 넘는/現實 속에서/배배 꼬인 너와 나/우리 겨레/이승과 저승이/벌레 벌레 잡수셨다!/…(중략)…/욕지기가 욕지거리처럼/…(중략)…/깡그리 깡패면/自由가 決心인데/「選擇이여 安寧」하고/보身하여 危險하다./아아 푸른 하늘 푸른 하늘/너는 너는 未來여!/組織한 勢道며/얼얼한 얼마!/地坪 水平線上에/…(하략)…

46) 김종길, 「엘리어트와 우리 현대시」, 앞의 책, 290쪽.

다. 어쨌든 송욱이 엘리어트의 중간운의 영향으로 한자음을 사용한 점
과「何如之鄉」에 보이는 〈펀〉이나 강렬한 씨니씨즘(김종길의 평가처
럼)은 그의 시적 성과이다. 또한 "시의 음성적인 측면이 일반적인 구
조에 있어서의 중요한 요인이 될 수도 있다. 운율, 모음이나 자음의 연
속들의 유형, 두운, 유운(類韻), 각운 등과 같은 다양한 수단들에 의해
서 그러한 음성적인 측면으로 관심을 끌 수 있는"[47] 성공작으로 평가
할 수 있을 것이다. 이러한 평가는「何如之鄉」이 시 형태에 있어 단순
히 풀어 쓴 자유시가 아니라, 자유시에 대한 반항과 저항의 표시라는
점을 주목하는 것이다.

2. 비문서술(非文敍述)과 풍자

1930년대 한국 시단에 서구 입체파 미술의 영향으로 이루어진 형태
파괴적인 실험시는 김기림과 이상에 의해 이루어졌다. 김기림의「일요
행진곡」에서 보여 주는 경사진 계단을 내려오는 느낌을 주는 활자 배
열의 기하학적 추상법과 이상의「오감도」에서 보여 준 시의 조형화,
형식화는 시문학의 위치를 결정짓는 중요한 실험시였다.[48] 이러한 실
험시 형태는 1950년대에 등단한 송욱에게서도 볼 수 있다. 송욱의 실
험시 경향에 주목한 시인은 모더니스트 김수영과 1960년대를 대표하
는 시론가 김종길이었다.[49] 이후에 송욱의 언어 실험에 주목한 연구가

47) Wellek, Rene & Warren, Austin.(이경수 역),『문학의 이론』, 문예출판사,
    1989, 208쪽.
48) 구연식,『한국시의 고현학적 연구』, 시문학사, 1986, 19~35쪽 참고.
49) 김종길은 1960년대 우리 시단에서 이루어지고 있는 중요한 實驗들을 편의상 몇
    갈래로 나누어 검토하였다. 그 실험을 보여 준 시인들은 서정주, 성찬경, 송욱, 전
    봉건 등이다. 이에 대한 자세한 내용은 김종길의 논의(「實驗과 才能-우리 詩의 현
    황과 그 문제점」,『詩論』, 1965, 123~132쪽)를 참고.

축적되었다.[50] 김수영은 1950년대 실험시의 한 경향으로 송욱의 시를 피력하였다. 그래서 김수영은 송욱의 시「何如之鄕」이후의 작품에서 송욱이 기존 모더니스트들과 정도 차이는 있지만 똑같은 실수를 범하고 있음을 지적하고 있다.

> 내가 보기에는 송욱도 실험을 위한 실험을 亂行하다가 지쳐 떨어진 수많은 소위 모더니스트들과 정도의 차이는 있지만 똑같은 실수를 범하고 있는 것 같다. 그의 실험이 실험을 위한 실험이 아니라면 그는 당연히 그의 스테이트먼트의 장기를 발전시켜 나가야 할 것이다. 그리고 그의 발전을 순수시로의 퇴보가 아니라, 풍자적인 스테이트먼트의 순화(세련)의 방향을 취해야 할 것이다. 오늘날 우리들의 시적 풍토가 스테이트먼트의 시를 발전시켜 나가는 데 가장 불리하고 힘이 든다는 것을 우리들은 잘 알고 있다. .... 우리들의 주위에는 불필요한 장벽이 너무 많고 언론의 자유도 충분한 것이 못 된다. 그러나 그런 대로 우리들은 장벽의 조건과 맞서서 제대로의 스테이트먼트를 할 수 없다는 스테이트먼트라도 해야 한다.[51]

김수영은 송욱의 실험시 경향을 '실험을 위한 실험을 亂行'했다는 점에서 실패했다는 것이다. 그래서 실패한 실험시보다는 '풍자적인 스테이트먼트의 순화(세련)의 방향을 취해야' 한다는 점을 강조했다. 결국 송욱 시가 당시의 시대 상황과 장벽에 맞서서 언어의 실험보다는 내용에 있어 '풍자적인 스테이트먼트의 순화(세련)의 방향'을 취해야 한다고 강조한 것이다. 이로 보아 김수영은「何如之鄕」의 작품상 특징을 스테이트먼트로 파악한 것이다. 그리고「何如之鄕」이후의 작품에 대해서는 상당히 부정적인 시각을 갖고 있다. 김수영의 이러한 평가의 문제점은 송욱 시가 갖는 언어 실험에 대한 구체적인 검토가 없이 직관에 의한 평가였다. 이와 달리 송욱 시의 실험에 주목한 김종

---

50) 시(집)에 관한 월 · 단평(작품론, 작가론 포함)은 〈송욱 연구 연대별 목록〉 참고.
51) 김수영, 앞의 책, 359쪽.

길은 "그의 實驗의 대부분이 우리말을 두고 편(pun)이나 패러디
(parody)를 시험해 보는 데 있어 보이기 때문이다. 물론 그것만이 그
의 實驗의 전부는 아니다. 定型을 지향하는 급한 템포의 짧은 詩行이
나 形而上學派 詩人들처럼 폭력적인 메타포나 논리적 비약을 꾀하는
점도 우리 詩에 있어서는 과격할 정도로 대담하다."[52]는 것이다. 그러
나 연구자는 연작시 「何如之鄕」이 단순한 실험을 위한 실험을 난행했
다는 김수영의 평가와 편과 패러디를 실험했다는 김종길의 평가보다
는 일종의 시적 장치인 반(反)스테이트먼트(본고에서는 송욱 시의 특
질로 파악하여 非文敍述로 명명함[53])를 통한 송욱의 풍자적인 기법이
돋보이는 시적 가치로 판단한다. 즉 언어도단일 것 같은 비문서술이
풍자성을 보여 준다는 점에서 김수영, 김종길의 평가와는 다소 거리
가 있다. "詩에 있어서의 實驗이란 여러 가지로 나누어 생각할 수 있
지만, 그 어느 것이나 다 실지에 있어서는 言語의 새로운 조절과 적응
에 관련되지 않는 것이 없다"[54]는 점에서 송욱은 언어의 조절과 적응
을 잘 보여 준 시인이다. 즉 "한 詩人의 개성이나 독창성이나 천재는
그 자체의 言語, 스스로의 새로운 言語를 찾아내려고 하는 것으로 詩
史的으로는 그것이 곧 하나의 새로운 實驗의 구실을 하게 되는 것이

---

52) 김종길, 「實驗과 才能- 우리 詩의 現況과 그 問題點」, 앞의 책, 120쪽.
　　송욱에 대한 서정주의 평가는 김수영과 마찬가지로 직관에 의한 것이다. 편은 본
　　고에서 의도하는 바와 거리가 있기에 검토하지 않았다. 그러나 패러디는 『詩神의
　　住所』에서 특징을 살펴보았다.
53) 비문서술(非文敍述)의 용어는 송욱 시의 방법적 특질을 논의하는 과정에서 형태적
　　특징이 드러날 것이다. 송욱의 이런 형태 미학과 시 세계는 정현종의 시에서 엿볼
　　수 있다(졸고, 「정현종의 시 세계」, 앞의 책 참고). 「文明의 死神」(『사람들 사이에
　　섬이 있다』, 미래사, 1991, 135~137쪽)은 송욱의 비문서술의 표현으로 끝없이
　　숨막히는 듯한 쉼표와 의미를 상실한 듯한 시어의 단절(우스꽝, 위의, 스럽고, 그
　　렇기도 했던 / 닭이여, ……)을 보여 준다. 이는 송욱 시의 시적 영향이 어느 정도
　　까지 이어지는가를 가늠할 수 있다.
54) 김종길, 앞의 책, 120쪽.

다."[55] 그래서 연구자는 송욱 시에서 새로운 언어를 찾아내고, 시사적
으로는 하나의 새로운 실험의 구실을 하는 비문서술의 풍자성을 파악
한 것이다.

김종길은 1960년대 시단의 문제점을 '재능과 비평적인 知性의 결
여'로 파악하였다. 그렇다면 송욱은 바로 재능과 비평적인 지성을 갖
춘 시인이라 판단된다. 송욱의 다음과 같은 작품을 통해서 알 수 있다.

> 할 / 웃을 / 수 / 없게 / 할
> 原版처럼 검은 時代에
> 眞理를 寫眞박을
> 횃불에 불붙이려
> 生命水를 사려다가
> 心腸痲痺다.
> ………… 중 략 …………
> 꼬꼬대
> 잠꼬대
> 〈아뿌레〉가 아뿔싸 遲刻을 한다.
> 民主
> 注意(칠!)
> ………… 중 략 …………
> 김삿갓 / 李箱 / 돌아 / 서 / 갓!
>
> —「何如之鄕 六」중에서

> 뭘
> 어떻게
> 하려는지
> 삼백 예순 다섯 날이
> 하루같이 奇蹟이고,

---

55) 김종길, 앞의 책, 121쪽.
　　김종길은 시사적으로 실험의 구실을 한 시인으로는 만해, 영랑, 지용, 이상, 서정
주 등을 꼽고 있다(120쪽).

이런 / 法이 / 法이 / 없다.
.... 중 략 ....
故鄕이
고맙게
울 / 올 / 때 / 까지.

—「何如之鄕 八」 중에서

미쳐 / 쳐 / 미치지 / 치지
못해가 / 못물처럼 / 칠칠 넘쳐 / DA DA /
까닭이 허풍선이.
.... 중 략 ....
왜 / 왜 / 왜 / 요(그래 / 요?)
物理가 蛟龍이며
生理가 새우처럼
한 마디를
할 / 허나 굽힐 / 수 / 없다! / 밖에!
「스스로를 위하여」
「스스로에서」
로 / 기껏 . / 되는 / 안 되는 / 것이 모두가 없는
그대가 天才니까.

—「何如之鄕 拾」 중에서

1960년대에 대표적인 앙가주망(Engagement) 시인인 김수영의 대부분의 시는 산문적인 진술에서 스테이트먼트(서술적인 진술)하다.[56] 그래서 산문적인 리듬의 자유성이 돋보이는 것이다.[57] 이러한 스테이트

---

56) 윤호병은 김수영의 서술적인 진술을 엘리어트류의 서술적인 영향으로 파악하고 있다. "김춘수가 릴케로부터 벗어나 엘리어트의 이론을 자신의 '타령조'에 접목시킴으로서 서술적인 시 세계를 구축하였듯이, 김수영도 자신의 새로운 언어관을 바탕으로 하여 서술적인 진술의 시 세계를 이룩하고자 하였다. (중략) 그리고 그것은 언제나 정치적 현실과 무관한 것이 아니었다"(윤호병, 「제4장, 외국 시와 시론 영향과 수용」, 『문학의 파르마콘』, 국학자료원, 1998, 110쪽).

57) 서우석은 "김수영의 시는 전부가 그런 것은 아니지만 리듬과 싸운 흔적이 있는 시들이다. 그의 산문을 읽어 보면 퍽 매끄럽게 읽힌다"고 하면서 "그가 시를 씀에 있

먼트를 통한 사회 참여를 부르짖었기 때문에 한국 시사에서 성공한 시인으로 위치했던 것이다. 그러나 송욱 시에 의미 단절을 가져오는 비문서술의 시적 장치를 통한 풍자적인 시가 많음은 1960년대의 시사적 흐름의 이정표를 세운 실험시라고 해야 할 것이다. 왜냐하면 위에서 보인 시편을 통해서 밝혀지겠지만 비문서술로 한국시의 풍자성을 얼마만큼 빚어낼 수 있는가를 송욱을 통해서 엿볼 수가 있기 때문이다.

'어처구니없는 말을 / 아무렇지도 않게 믿는' 현실에서 어떻게 '할' 수 없기에 오히려 '웃을 / 수' 밖에 없는 '原版처럼 검은 時代' 를 풍자하고 있다. '眞理를 寫眞박' 아야 할 현실이 '心臟痲痺' 가 된 것이다. '眞(참됨, 올바름)' 의 동음의 위치 변화를 통해 '眞' 의 세계가 전도된 현실을 강하게 풍자하고 있다. 이처럼 비문서술의 시적 구성으로 오히려 긴장된 순간에 독자에게 날카로운 풍자성의 모습을 보여 준다. 그리고 「何如之鄕 六」이 단순히 진술된 시라면 '웃을 수 없게 할' 것이라 하여 긴장의 폭이 줄어들 것이다.

송욱은 의미의 단절을 가져오는 비문서술을 통한 풍자의 감각을 지닌 시인이다. 즉 역사의 흐름에서 '野談' 을 사랑하는 것이 진정 아름답다는 역설적인 물음은 오히려 '꼬꼬대 / 잠꼬대' 같다. 이는 '民主' 를 위해서는 '注意(칠!)' 하라는 경고로 표현할 수 있기 때문이다. 역사적으로 시대의 혼탁함에 부적응했던, 어쩌면 시대를 앞질렀던 '김삿갓' 이나 '李箱' 은 당대에는 이단자였지만, 시대가 이들을 이해하기 힘들었던 탓이라 할 수 있을 것이다. 그렇다면 1960년대에 나타난 '김삿갓' 과 '李箱' 이 '돌아 서 / 갓!' 하는 이유는 무엇일까? 지금의 상황이 '어처구니없는 말을 / 아무렇지도 않게 믿는' 현실과 '民主' 가 '注意

어서 리듬의 문제에 고통을 감수하면서 도전했기 때문"이라는 것이다(서우석, 「김수영:리듬의 희열」, 『시와 리듬』, 문학과 지성사, 1988. 142쪽).

해야 되는 상황이 재현되고 있음을 풍자한 것이다. 이처럼 송욱의 비문서술은 풍자를 보여 준다.

「何如之鄕 八」에서 '삼백 예순 다섯 날이' 어째서 '하루같이 奇蹟'이 있다는 말인가. 이것은 역설적인 풍자인 것이다. 즉 현실을 '돈과 銃과 政黨에 / 경풍일었다.' 그리고 '老人과 賣春婦와 孤兒뿐인' 현실 사회의 병폐와 비리뿐인 것을 안다면 당연히 '하루같이 奇蹟'이 아니라고 할 수 있겠는가. 그래서 이에 대한 비문서술의 표현으로 '이런 / 法이 / 法이 / 없다'는 것이다. 현실 사회에 대한 풍자뿐만 아니라 역사의 통곡도 송욱은 비문서술로 다룬다. 즉 '까마귀떼처럼 / 왜놈들이 날라 간 뒤라 / 李朝末葉이 / 우수수 진다'는 지나간 역사의 회고를 통해 그는 '미쳐 / 처 / 미치지 / 치지 / 못해' 스스로 감정의 복받침으로 해서 '못물처럼 칠칠 넘쳐' 중얼거리는 표현을 시화했다. 이런 중얼거림의 표현도 불분명한 의미의 단절을 가져오는 비문서술의 기법이다. 그리고 '民國 / 國民 / 鳳仙花가 / 무너진 울타리'를 민족적인 수난으로 해석한다면 그 역사적 순리는 설명될 수 있을 것이다. 그래서 그는 대답 없는 이유를 따지듯이 '왜 / 왜 / 왜 / 요(그래요)'라는 비문서술을 한다. 또한 '할 / 너나 굽힐 / 수 / 없다! / 밖에!'나 '로 / 리껏 / 되는 / 안 되는 / 것이 모두가 없는' 중얼거림의 표현으로 굴절된 사회와 역사를 풍자하고 있음을 보여 준다. 자칫 언어도단일 것 같은 시어들을 통해서 숨가쁜 사회와 역사의 현상을 끝없이 숨막히는 듯한 의미 연결을 통해서 전달하고자 하는 고도의 시적 장치가 숨겨져 있음을 알 수 있다.[58] 이러한 풍자성은 시인이 갖추어야 할 시대의 의식망이라 할 수 있다. 한자음의 반복과 시대성은 한자음에

---

58) 비문서술과 풍자성을 엿볼 수 있는 관련 부분만을 인용하면 다음과 같다.
　　「六」: 밥을/욕을/먹을/줄/아──니,
　　「七」: 무밑둥처럼/제 모가질/잘라/들고/아릿타분/따분해?/해야, 어린이/나라/라

대한 형태 미학과 시 세계를 보여 준 데 대해서 비문서술의 경우는 한 자음뿐만 아니라 고유어에 치중해 있음을 알 수 있다. 이는 그의 언어에 대한 실험이 한자음에만 국한된 것이 아니라 고유어에도 집착했음을 의미하는 것이다.[59)]

3. 현실 상황과 선취(禪趣)의 깊이

연작 「何如之鄕」에 나타난 도발적인 한자음의 언어 실험과 비문서술의 형태가 시적 장치로 뚜렷하지만 그러한 장치를 제외하고, 「海印戀歌」 연작에서는 열애와 구도(求道)의 시적 장치에 주목해야 할 것이다. 물론 「海印戀歌」에도 「何如之鄕」처럼 사회 현실에 대한 비판과 역사 의식도 반영되어 있다. 그리고 특유의 언어 실험도 행해지고 있다. 그러나 연작 「何如之鄕」과 변별되는 점을 찾는다면 '바다'와 관련된 시어의 등장이 잦고, 불교적 심상이 두드러진다는 것이다.[60)] 그래서 불

나,/도끼로 아니/도장 찍고/고만/더 두어/야/할 일이냐.

「八」: 거지 같기보다/다오/잠깐만

「九」: 눈물이/아니면/웃음을/닮아/가다. 나는 생각하기/하지 않기도/아/아냐——. 역사처럼 돌기 마련/을/있다가 잃고 잊어버린다.

「拾」: 누가 무엇이며/무엇이 누군지/뭐가 뭔지, 흥가집에서/아아 목/모가지숨이/복덕방을 밀고——, 되는/안 되는/것이 모두가 없는

「拾一」: 가다간/미칠 길을/가야/이거야 〈상감마마〉, 날/ 소매/치기 패기

59) 윤정룡은 논문(『1950년대 한국 모더니즘 시 연구』)에서 1950년대 한국 모더니즘의 정신을 김경린, 박인환, 송욱, 김수영을 중점적으로 검토하였다. 모더니스트들의 공적은 시어에 대한 끊임없는 단련이라 할 수 있는데, 초기에는 단순히 새로운 이미지 창조에 치중했다면 시어 그 자체의 사물성을 철저히 추구한 시인이 송욱이라는 평가를 했다. 이러한 평가의 근거로 송욱은 거의 한국어만으로 시작을 시도하면서도 한국어가 가지고 있는 언어 자질에 대해서 끊임없이 실험을 했고, 그의 실험이 언어에 대한 도전이면서 동시에 세계에 대한 도전이라는 것이다. 그러나 연구자는 오히려 한자음에 대한 정신 세계와 언어 실험이 고유어 못지 않음을 지적하고 싶다. 그래서 본 논의를 진행하였던 것이다.

교적 심상이 자주 등장하는 측면을 고려한 연구 방향이 필요한 것이다. 한국 시단에서 불교적인 영향이라는 측면을 고려한다면 김우창의 논의는 귀기울일 만한 단서를 제공한다.

　한국 현대시에서 가장 현저하게 눈에 뜨이는 불교적 영향은 禪이라는 사실이다. 禪은 무엇보다도 〈지금 여기에 있어서의〉 개인적인 救濟를 이루고자 하는 영혼의 技術이라고 할 수 있다. 무너지는 문화의 집에서 詩人이 할 수 있는 최선의 일은 단편적인 문화 속에 피신하는 것이었는지 모르며 禪的인 고요는 이러한 단편적인 문화의 하나였다.[61]

　1960년대의 '무너지는 문화의 집'이라는 상징적인 현실과 송욱 시의 시적 태도는 일견 부합하는 일면을 지닌다. 여기에 덧붙여야 할 점은 고요 속에서 사회와 역사에 대한 비판의 중핵이 함께 하고 있다는 점이다. 「海印戀歌」의 제목이 암시하듯 '海印'은 불가적 의미를 지닌 것이고, '戀歌'란 연인에 대한 노래라고 할 수 있다. 불가에서 광대한 부처님의 도를 넓은 바다에 비유하여 '法海'[62]라고 한다. 법해의 의미는 '法印'이기 때문에 불가적인 의미를 지닌 것이라 볼 수 있다. 송욱은 만해의 『님의 沈默』 전편을 해설하면서 선(禪)의 미학으로 규정하여 의정(疑情)에서 깨달음의 표현을 사랑의 형식을 빌려 노래한 증도가(證道歌)라 하였다. 여기서 의정에서 깨달음이라는 불가적 의미와 사랑의 형식이 중복된다는 의미에서 「海印戀歌」의 제목을 암시 받을 수 있다. 이는 일찍이 송욱이 스스로 영향받았다고 하는 보들레르에서 짐작할 수 있다. 보들레르를 평가한 발레리는 "肉體와 精神의 결

60) 이승하, 「풍자·자기 비하의 아이러니-송욱 풍자시 재평가」, 《문예2000(창간호)》, 1997, 178쪽.
61) 김우창, 「韓國詩와 形而上-그 하나의 관점」, 『전집 1』, 민음사, 1993, 69쪽.
62) 이인로는 『破閑集』(유재영 역, 일지사, 1994, 126쪽)에서 대각 국사 의천의 適嗣인 戒膺을 '法海龍門(聲望이 높은 사람에 비유)'이라 하였다.

합"[63]이라는 보들레르의 시 세계를 집약적으로 표현한 데서 짐작할 수
있다. 물론 보들레르가 말한 육체(물질 세계:자연)와 정신〔靈界〕의 의
미와는 다소 거리가 있다. 어쨌든 연작「海印戀歌」는 보들레르에서 볼
수 있는 두 줄기의 정신이 자리잡고 있다. 이 두 줄기의 정신을 통해서
송욱 시에 담겨진 시 세계가 무엇인가.

> 불타는 입김처럼
> 부벼대는 가슴처럼
> 그처럼 너는
> 나에 가깝다.
> (어쩌면 내 皮膚인 것을……).
> 손가락을 대면
> 영자가 되고
> 껴안으면
> 한 오리 바람결.
>
> ─「海印戀歌 壹」중에서

'불타는 입김처럼 / 부벼대는 가슴처럼' 뜨겁게 '너는 / 나에 가깝
다'는 관능적인 열애를 표현한다. '너는 / 나에 가깝다'는 것은 관능
적인 열애임과 동시에 불이(不二)의 불교적 정신이 혼용된 상태라고
할 수 있다. 이것을 확인케 하는 것은 괄호 안에 있는 '어쩌면 내 皮膚

---

63)「제8장, 상징 미학과 근대적 현실─샬르. 보들레르─」,『詩學評傳』, 213쪽.
　　본고에서 성유화(性喩化)라는 술어를「海印戀歌」연작의 시제와 관련하여 본다
　　면, 형식과 내용에서 유추할 수 있다.

　　구분: 보들레르의 시 : 만해의『님의 침묵』 :「海印戀歌」
　　형식: 육체 　　　　　: 사랑의 형식 　　　　　: 성적인 표현(성유화의 형식)
　　내용: 정신 　　　　　: 의정에서 깨달음의 정신 : 禪趣의 깊이

　　그리고 자연의 관능적인 묘사와 자연 탐미의 내용을 보여 준『月精歌』에서 쓰인
　　성유화는 다른 의미다.

인 것', 그리고 이후의 나머지 시행들이 선적인 내용임을 볼 때, 이를 알 수 있다. 그래서 '손가락을 대면 / 영자가 되'는 세속적인 욕정으로 '껴안으면 / 한 오리 바람결'이라는 불가적인 찰나의 해석이 가능하다. 시집『何如之鄕』의 서문에서 "몸과 마음이 저물기 전에 虛無와 格鬪하면서 자꾸 걸어가야겠다"고 언급한 데서도 송욱이 불교적 색채인 무(無)에 경도되어 있었음을 알 수 있다. 그래서 시집『何如之鄕』은 바로 송욱 자신의 존재에 대한 확인 작업의 결실이기도 하다.

'海印'과 '戀歌' 사이에서 송욱은 자신의 고뇌를 겪게 된다. 이는 불가의 세계와 속계의 애정이 갈등을 보인 것이다. 자신은 어디에 있는가? 이는 바로 존재론에 대한 화두에서 나를 찾고자 하는 과정이다. 그래서 「海印戀歌」는 송욱의 존재론의 시적 전개라 할 수 있다.[64] 이는 송욱이 만해의『님의 沈默』을 연구하면서 시집 전체에 나타난 〈키쓰〉, 〈입술〉, 〈알몸〉 그리고 〈微笑〉가 나오는 구절을 주목하여 "만해가 깨달음의 象徵으로서 키쓰와 입술, 그리고 껴안음을 선택한 점에서, 우리는 결코 官能美나 浪漫的인 面을 보아서는 안 될 일이다. 오히려 만해의 키쓰는, 부처님과 衆生이 다르지 않고 하나〔生佛一如〕"[65]라고 간파한 데서도 송욱 시에 나타난 선취의 성유화는 단순한 것이 아님을 알 수 있다. 만해의 관능적인 표현이 생불 일여의 표현이라면, 송욱의 시는 바로 존재에 대한 문제를 종교적인 표현에 의지하는 존재론이라 할 수 있다.

가슴에 손을 얹은
나를
나는 모른다.

---

64) 김춘수, 앞의 책, 539쪽.
65) 「Ⅱ. 시집『님의 沈默』의 구조 -칼날과 불덩이-」,『님의 沈默-全篇解說』, 434쪽.

제풀로 울리는
텅 빈
(이것이 무엇일까.)
하늘을 등지고
洞窟에 앉은
그림잘까.
.... 중략 ....
(이것이 무엇일까.)
.... 중략 ....
가슴에 손을 얹은
나를
나는 모른다.

—「海印戀歌 貳」 중에서

　송욱은 존재에 대한 화두로부터 자아의 정체성(正體性) 찾기에 몰두하게 된다. 그것은 끊임없이 반복되는 '나를 / 나는 모른다'는 것과 '이것이 무엇일까'라는 대상에 대한 인식이라는 차원에 이르게 된다. 대상에 대한 인식의 차원에서는 선문답의 태도를 보여 준다. 이러한 태도는 바로 불가에서 구도자의 화두와 같은 것이다. 무엇보다도 〈지금 여기에 있어서의〉 개인적인 구제(救濟)를 이루고자 하는 영혼에 대한 기술의 태도를 「海印戀歌 貳」에서 형상화했음을 알 수 있다.

없어야 하게
있고
있어야 하게
없어서야—

어찌 지녔으랴
부드럽게 할 빛을.
내가

한 줌
티끌이
티끌 세상인 것을—

이는듯 자고
자는듯 이는
물결처럼
몸이 마음대로 맑은 바다로!

—「海印戀歌 參」 중에서

　위의 시는 '없어야 하(ㄹ)게 / 있고 / 있어야 하(ㄹ)게 / 없(는)'가
치가 전도된 현실에 대한 모순을 불가적인 태도로 '내가 / 한 줌 / 티
끌이 / 티끌 세상' 이라는 태도로 불가적인 아포리즘으로 제시하고 있
다. 이런 현실에 대해서 찰나적인 태도를 보여 준다. 마치 선문답에 든
선승의 태도에서 찰나적인 허무의 세계를 들여다본 것이다. '이는 듯
자고 / 자는듯 이는 / 물결처럼 / 몸이 마음대로 맑은 바다로!' 가는
것은 '海印' 의 태도이다. 그래서 「海印戀歌」가 불가적인 태도를 보여
준다는 것은 지극히 당연하다.

　여기서 한 가지 상기해 둘 것은, 「海印戀歌 四」에서도 그렇고 그가
무의식적인, 의식적인 역사 감각을 잃지 않고 항상 시 속에서 용해시
켜 놓고 있다는 점이다. 즉 불가적인 태도 속에 역사적 · 시대적인 감
각이 녹아 있음을 알 수 있다. 다만 역사 의식에 대한 것을 상기해 둘
필요성이 있다는 것이다.

　　아아 刹那를 누리고
　　다하는 萬物을
　　장난감처럼
　　원숭이가 가졌다.
　　…………… 중 략 …………

山 너머 저쪽에서
연기가 나고,
新羅가 북을 치면
唐이 춤춘다?
열 스물 서른살 때
지나 스쳐 다가 오간
戰爭 戰爭이
더럽힌
世代 年代 時代가
총알이 박힌 時間
아아 時無間이다!
.... 중략 ....
모두가 몸을 풀고
흘러간 물결
맑은 金剛身인데,
慾望이 造化처럼
단숨에 이룩하고
한숨에 부순 器世間이며
三千大千世界!
念念을 〈로켓트〉 삼아
갈 데가 많다!

생각도
아닌 생각도—
孤獨
노다지
瑤池鏡
바다.

—「海印戀歌 四」중에서

연작 「何如之鄕」에서는 특유의 한자음의 장치를 통해서 역사적 의미
를 증폭시킨 점을 상기한다면, '戰爭 戰爭', '世代 年代 時代', '時間
時無間'에서도 역사성은 파악할 수 있다. 이런 역사성이 '총알이 박힌
時間'이고, 지상의 '時(때)'와 '間(사이)'에 존재하지 않는 '無(없
음)'의 세계라 할 수 있다. 이 역사성 못지 않게 일상 생활에서의 깨달
음은 불가적인 선취의 세계를 보여 준다. 가령 '모두가 몸을 풀고 / 흘
러간 물결 / 맑은 金剛身인데' 세상의 욕망이 단숨에 이룩되는 세계를
불가의 찰나적 깨달음으로 표현하고 있다.

「海印戀歌 四」에 대한 논자의 내용을 옮겨 보면, "이 詩는 송욱의
「何如之鄕」계열보다 深化하고 擴大하여 極限까지 밀어붙임으로 現實
的 狀況을 克服하고 아울러 歷史的 變容(deformation)을 성취시키는
것이다. 그러므로 個人 意識과 치열한 社會的 관심의 深化와 한국어의
의미 영역을 확대하고자 한 것이다"[66]고 하였다. 이는 「海印戀歌 四」
에 대한 논의가 불가적인 의미소(意味素)를 제외한 그 밖의 뜻을 감지
한 주장이다. 그러나 '海印'과 '戀歌'를 두 축으로 해서 이 연작의 의
미를 찾아야 한다는 것이 연구자의 판단이다. 다소 무리가 있을지 모
르나, 「海印戀歌 四」이후 나머지 연작에도 두 의미소는 중요하다.

> 꿈에 잠긴 認識과
> 認識에 잠긴 꿈,
> 불타는 가슴이
> 다한 물결이
> 바다.
> ....중략 ....
> 現象은 다만
> 形相 같은 유리창에

---

66) 정한모 · 김용직 공저, 「송욱」, 『한국 현대시 요람』, 1974, 859쪽.

물방울지고,
通貨를 거울 삼아
스스로 비춰보면,
意味 같은 옷을 벗고
웃음짓는 나들이 알몸!
.... 중략 ....
아프다가 즐겁다가
强姦이 恍惚하다!
「괜찮다 괜찮다」고
하는 天堂.

아내는 땀 냄새
娼婦는 분 냄새
孤獨이 平等香이라,
아빠 오빠를 잃은 〈빠아〉에서
술잔을 아찔하게 헤엄치고저—
바라보면 포도송이,
보지 않고 만지면
고무공 같은
젖가슴을
믿고,
이 / 이 / 서캣 이, /
흰 옷 입고 스르죽은 우리들이
목욕못한 祖上들 사타구니로—
.... 중략..........
甘露로 몸을 씻고
선선할 때까지는,
.... 중 략 ....
죽음으로 말려 드는 時間을
나서면
바다.

―「海印戀歌 五」 중에서

1연에서 끝행의 '바다'와 끝연의 끝행이 '바다'의 시어로 끝맺는데 그 사이의 내용은 대체로 '치열한 사회적 관심'과 '성'에 관한 시정 (市井)의 내용이다. 1960년대라는 '무너지는 문화의 집'이라 할 수 있 는 현실은 '强姦이 恍惚한' 사회와 '아빠 오빠를 잃은 〈빠아〉'의 술집 에서 술을 마시는 사회이다. 이런 현실에서 송욱은 '甘露로 몸을 씻 고' 불가의 세계인 '海印'으로 다가서게 된다. 그리고 시정에서나 있 을 법한 성의 내용을 의미가 전도되거나 단절된 듯하면서도 의미의 증 폭을 가져오게 하는 시의 기법을 구사하고 있다. 모두 바다[海印]로, 불가의 세계로 수행하고자 하는 시인의 모습을 주목해 보면, 시정의 '성'과 노골적으로 드러나는 생활을 '海印'과 '戀歌'의 두 축이 지탱 하고 있다. 그러나 결국 '海印'은 송욱의 현실에 대한 구제의 방법으 로 단언하고 있다. 이는 현실 상황에 대한 선취의 깊이로써 대응하는 시 세계를 보여 준다는 데 의미가 있다.

한 시대에 걸맞는 시인은 현실과 시대의 본질을 언어로 빚어내는 사 람이다. 한국 시사의 흐름 속에서 이러한 반열에 선 시인들을 우리들 은 기억해 왔다. 그렇다면 시사적인 위치에서 1960년대 순수, 참여의 이분법적 논쟁의 틈바구니를 검토한다면, 송욱의 시는 한국 시사의 정 립을 위해 고려해야 할 것이다. 이분법적인 논쟁을 극복하는 방법은 바로 1960년대의 언어 사용이라는 필연성을 잘 구가한 송욱 시인을 기억하는 점이다. 송욱은 단순한 언어의 사용이라는 형식적 측면만-운 (韻), 비문서술(非文敍述)-을 주목한 것이 아니라, 시가 작가의 사상 적 표현이라는 내용의 무게-시대성(時代性), 풍자(諷刺)의 감각(感 覺), 선취(禪趣)의 깊이-를 함께 지닌 시인이다. 이로 해서 그는 1960 년대 한국 시사에 위치하게 될 것이다.

탈사회성과 자연 추구

송욱의 세 번째 시집 『月精歌』(1971)의 중심 소재는 자연이다. 자연은 동양의 사상과 예술을 풍부하게 담고 있으므로 구태여 기술과 과학을 위주로 하는 서양에서 배울 필요가 없다는 데서 그의 시관이 나타난다.[67] 그래서 이 시집은 앞의 두 시집과 상당한 거리를 두게 된다. 이 시집은 사회 비판의 방법을 다양하게 보여 준 시집 『何如之鄕』과는 달리 피폐한 사회 현실을 이탈하고자 하는 탈사회성의 열망을 담고 있다. 이 탈사회성은 시대와의 관련성에서 찾아야 할 것이다. 1970년대는 박정희의 장기 집권 음모로 국민의 기본권을 침해하는 유신 정권 시대였다. 군사 정

---

67) 「현대시의 세계」, 『文物의 打作』, 87쪽.
　　송욱은 "현대시를 주제별로 나눌 때 사회, 꿈과 사랑, 사물 등을 두드러지게 다룬 현대의 서양 시인들과 동양에서 테마가 되는 자연"으로 구별하였다. 그리고 기술과 과학을 위주로 하는 서양에서 배울 필요가 없다는 태도는 송욱의 생활 태도에도 그대로 나타난다. 그가 질병에 걸렸을 때에 한사코 병원에 가지 않는 데서도 알 수 있는 것이다.

권 시대에 지식인이 현실을 어떻게 비판하는가는 개인의 문제와 직결되
기 때문에 송욱 시의 태도에 어떻게 수용되었는가 가늠할 수 있기 때문
이다.[68] 치열한 사회 비판의『何如之鄕』과는 달리 사회 비판의 태도에서
벗어난 탈사회성의 변화를 보여 준 시작이『月精歌』이다. 이러한 탈사회
의 열망이 자연 탐미의 세계로 옮겨가게 된 것이다. 즉『何如之鄕』에서
사회 현실을 비판했지만『月精歌』에서는 오히려 이런 현실을 이탈한다.
그렇기 때문에 그의 시 정신은 자연스럽게 탈속의 자연 귀의 혹은 자연
탐미의 세계관으로 옮겼다고 판단된다. 현실 사회에 대한 이탈은 곧 시
에서 풍자성 소멸이고, 산을 소재로 한 시 창작으로 대체된다는 것에서
찾을 수 있다.[69]

　풍자 정신의 소멸을 보여 주는 것이나, 혹은 운율의 현격한 변화 등
도 앞의 두 시집과 거리가 있다.『何如之鄕』이 1961년에 출판되었고,
10년이 지난 뒤인 1971년에『月精歌』가 출판되었다. 이러한 시간적인
여백에 대해서 김종길은 "단순히 생활 사정에선지 무슨 시적 변화를
위한 침묵인지는 알 수 없으나 다시 활발한 작품 활동이 있을 때는 이
때까지의 실험의 성과를 이용하되 종래처럼 지나친 실험적인 시풍은
가시었으면 하고 바라고 싶다. 너무나 실험에만 치우쳐 있는 동안엔 홀

---

68) 송욱이 서울 대학교 초대 학장 시절(서울 대학교 영어영문학과 교수 근무 기록에
　의하면, 1975년부터 학장으로 근무했다고 적혀 있다. 연구자의 조사 결과, 1975
　년 3월 1일부터 77년 12월 31일까지 근무했다)에 70년대 유신 정권과 관련하여
　대학생의 조기 입영에 반대의 태도를 보였다. 이 때문에 중앙정보부에 끌려가 고
　초를 당한 적이 있었다. 이 사실은 송욱의 시적 태도에 변화를 가져왔으리라고 판
　단된다. 이 때의 송욱의 의식이 반영되었음을 알 수 있는 일기를 인용하면 다음과
　같다(1978. 6. 21,『詩神의 住所』, 55쪽).
　　"極樂世界란 / 죽어야만 갈 수 있는 / 곳인 줄만 알았는데 / 學長만 그만두면 / 아
　아 살아서도 / 올 수 있구나 / 極樂世界로! (止足傳)"
69) "더러 혼자 산행을 하는 송욱과 마주친 적이 있다"는 이호철의 이야기는 송욱이〈
　산〉을 소재로 하여 시작하게 된 계기와 무관하지 않다고 판단된다(『문단골 사람
　들』, 프리미엄북스, 1997, 246쪽).

릉한 작품을 얻기가 힘들기 때문이다"[70]고 평가했다. 이는 그의 시적
변모에 대한 암시이다. 이러한 변화가 『何如之鄕』과는 달리 『月精歌』
에 나타난 것은 자연을 소재로 하되 관능적인 묘사를 하고 있다는 것이
고, 혼탁한 사회에 대한 탈속성과 자연 탐미의 태도를 보여 준 것이다.

또 한 가지 주목할 사실은 『海印戀歌』에서 '海印'과 '戀歌'의 두 축
을 중심으로 나타난 성의 관능적 표현과 '海印'의 구도자적인 태도가
『月精歌』에서는 자연을 대상으로 하는 관능적 묘사와 자연 탐미의 정신
세계로 변모되었다. 이는 송욱이 『님의 沈默』 연구에서도 그 시를 사랑
의 형식과 깨달음의 정신 세계로 이분화시키는 단서가 되기도 한다.

본장은 풍자성의 소멸로 인하여 시질(詩質)의 변모를 보여 준 산을
소재로 한 송욱 시의 관능적 표현의 시 세계를 밝히고자 한다.

1. 풍자성 소멸과 현실 사회 이탈

『月精歌』에서도 『何如之鄕』에서 보여 주었던 사회 인식에 대한 태도
를 견지하고 있다. 그것은 시집 『月精歌』에서 사회 상황에 대한 절박
함을 표현한 시편이 있다는 데서 알 수 있다. 그러나 그런 절박함이 현
실에 대한 비판의 태도를 보인 시집 『何如之鄕』처럼 『月精歌』는 보여
주지 못한다. 물론 앞에서 논의한 몇 편의 시에 나타난 관능적인 묘사
와 선취의 초월적 세계를 지향할 때 보여 주었던 성유화의 표현은 보
이지 않는다. 대신에 자연 탐미의 세계에서 성유화의 표현이 짙게 나
타난다.[71]

---

70) 김종길, 앞의 책, 130쪽.
71) 송욱의 시 창작 기법상 특징을 연구자는 선취(禪趣)의 성유화(性喩化)와 자연 탐
    미의 성유화(性喩化)로 구분하였다.

내리는 하얀 눈을
꿈을 밟는데
九孔炭 장수도 素服을 하고
女人들 입술은 꿀 먹은 붉은 꽃판!
숨 가쁘게 玉실을 마구 입고
굽어 오른 街路樹 팔목마다
白玉京을 잉태하며 떨리는 맥박이여!
도시 이게 무슨 잔친데—
구두창 밑까지 하늘이 되는—
이런 다짐으로 너는 쌓인다

—「六花孕胎」 전문

이 시는 온통 눈 내리는 추운 겨울날의 세상을 시로 옮겨 놓은 작품
이다. 단순히 들여다보면 온통 세상이 흰 눈을 잉태(孕胎)하는 참으로
깨끗하고 황홀한 순간을 표현한 것 같지만 기실은 현실의 참담한 모습
을 절실하게 보여 주고 있다. '九孔炭 장수'가 '素服을 할 정도로 온
세상을 뒤덮고 있다. '街路樹 팔목마다 / 白玉京을 잉태하며 떨리는
맥박'은 잉태하는 눈[雪]을 묘사한 것이다. 심지어 '구두창 밑까지 하
늘이 되는' 이런 세상을 표현했다. 이런 세상을 묘사한 시의 의도는 무
엇인가? 도시 삶은 '九孔炭 장수'와 '구두창 밑까지' 눈이 쌓여 '하늘
이 되는' 고달픈 현실이다. 이는 『何如之鄕』에서는 적극적이면서 치열
하게 비판했던 것과는 달리 현실 삶을 좌절감으로 재현하는 데 그치고
만다. 이는 바로 현실의 탈사회성의 형상화이다. 이런 현실에 대한 삶
의 태도를 보다 분명하게 보여 주는 시는 「랑데부」이다.

마음에 꼭 들면
줌안을 벗어나고
줌안에 든 몸은
아득한 마음 구름

기다리는 一秒마다
붉으레 물들이며 뒤끓는 피여!

날개죽지가 부숴진 時代에도
순간마다 그대 품안이고저—

—「랑데부」전문

사랑의 밀애인 랑데부는 젊은 청춘 남녀의 욕망이다. 그래서 인간은
누구나 청춘의 욕망인 랑데부를 꿈꾼다. 이러한 랑데부를 송욱은 꿈꾸
고 있다. 그러나 달콤한 랑데부는 고달픈 상태에 놓여 있음을 알 수 있
다. 1연에서처럼 몸도 마음도 줌(연구자:주먹의 준말, 한 주먹으로 쥘
만한 분량) 안에 넣지 못하고 마는 현실이다. 그럼에도 불구하고 너무
나 행복한 랑데부를 기다리는, 처절하리만큼 절실히 '기다리는 一秒마
다 / 붉으레 물들이며 뒤끓는 피'로 끝나는 랑데부다. 결국 이 시는 고
달픈 현실인 '날개 죽지가 부숴진 時代'에 행복한 랑데부를 기대하는
'순간마다 그대 품안이고저' 하는 갈망을 표현하고 있다. 사회 상황의
처참한 현실의 한 단면을 보여 주고 있다. 이는 바로 당시 사회(1960년
대)[72]를 이탈하고자 하는 열망을 표현했다고 할 수 있다. 1960년대의 타
락한 사회와 부정부패의 혼란을 인식했기 때문에 오히려 『何如之鄕』에
서의 비판보다는 탈사회성의 시적 인식을 가지게 되었음을 알 수 있다.

나는 어느 어스름
무덤에는 죽은 사람
거리에는 산송장들

---

72) 「랑데부」 작품의 시작 시기는 알 수 없다. 다만 「랑데부」가 실려 있는 시집 『月精
歌』가 1971년 10월에 간행되었다. 그러나 1970년대라고 할 수는 없을 것 같다. 왜
냐하면 시집의 〈머리말〉에 "1961년에 시집 『何如之鄕』을 내놓은 지도 벌써 10년
이 지났다. 그 동안 쓴 작품을 모아 보았다"라는 데서 암시 받을 수 있기 때문이다.

갈대끼리 자라며
기대어 산다
.... 중 략 ....
希望이 피 흘리는
이마 너머로
뒷걸음질

— 「나는 어느 어스름」 중에서

위의 시는 '거리에는 산송장들'이고 '希望이 피 흘리는' 사회를 직접적으로 표현한 작품이다. 이런 비극적 현실 때문에 모든 것이 중심을 잃을 수밖에 없다. '重力'을 잃을 수밖에 없다. 그래서 사회에 대한 송욱의 인식은 '이마 너머로 / 뒷걸음질'하여 사회를 벗어나고자 하는 열망으로 가득 차 있다. 『何如之鄕』에서 날카롭게 보여 주었던 사회와 역사에 대한 풍자는커녕 오히려 이탈하고자 하는 변화를 보여 주고 있다. 심지어 인생의 뚜렷한 목표까지 새긴 좌우명까지 시제로 삼아 표현했을 정도로 탈사회적 태도를 보여 준다.

세상을 바라보다
이는 불길은
스스로에 노할 때
꺼지는 등불!
아아 엎어진 동이처럼
잠잠하게 살 수야—
해도 달도 그 밑은
못비추지만

— 「座右銘抄」 전문

'세상을 바라보'면 너무나 황폐화되어 버렸기 때문에 그는 스스로 '해도 달도 그 밑을 / 못 비추는', '엎어진 동이처럼 / 잠잠하게 살' 수밖에 없다. 아마도 이런 점 때문에 시인은 자연(산)에 귀의하고자 했던 것이다. 그래서 시인은 사회와 역사에 대한 날카로운 비판을 상실하면서 자연 탐미의 시적 변화를 시도한 것이다. 이런 변화를 좀더 냉철하게 성찰하면서 새로운 시 세계의 중심 잡기에 몰두하게 된다. 그러나 '언제나 떳떳하게 / 宇宙를 꿰뚫기 / 보다 / 어렵다(「宇宙時代 中道讚」 중에서)'는 것이다. 그렇다면 사회 현실에서 중심을 잡기 위한 송욱의 노력은 무엇인가. 이를 좀 더 분명하게 보여 준 시작은 「革命幻想曲」, 「자유」 등 이다.

> 天下는 浮黃症이
> 根本이니까
> 檀君 할아버진
> 昇天하셨다
> ………… 중 략 ………
> 「精米所를
> 釀造場을
> 高利貸金을 할까
> 同志가 아니라
> 有志라니까!」
> ………… 중 략 ………
> 「五百 이면
> 民意를 높이 들고
> 〈데모〉하겠수
> 與黨이여 政府여
> 나를 믿으슈
> 戶籍이 없지만
> 入隊시켜주」
> ………… 중 략 ………
> 봄마다
> 꽃수레를 타고 오는
> 헤로데王!
> 보릿고개여 浮黃症이여

      너를 뛰어 넘을
      千里馬는 革命은
      아아 꿈자리만을
      항시 달린다

                      ―「革命幻想曲」중에서

  천하(현실)의 근본 문제는 부황증(浮黃症)이다. 이것으로부터 모든
문제는 파생되는 것이다. 그래서 '보릿고개여 浮黃症이여 / 너를 뛰어
넘을 / 千里馬는 革命은 아아 꿈자리만' 을 갈망하면서 항상 달리게 된
다. 이는 현실에서 이루지 못한 강한 열망을 꿈에서 이루고자 하는 소
망 충족(wish-fulfillment)이라 할 수 있다.[73] 위의 시는 이런 소망 충
족이 과장되게 표현된 작품이다. 즉 '마음속으로 사람 사이로 / 굶주
림도 싸움도 없는 / 달나라로 가는 길(「달을 디딘다」중에서)' 을 꿈꾸
는 것이다. '해를 달을 / 나라를 강산을 바다를 산을 / 송두리째 奈落
으로 불덩이' 가 된 현실을 혁명을 통해서 변화시키고자 하는 열망을
담은 작품이다. 이런 열망은 '아아 꿈자리만을 / 항시 달린다' 는 반복
을 통해서도 충분히 열망의 강도를 짐작할 수 있다. '기쁜 일은 뜻밖에
온다. 우리 겨레는 몹시도 기다렸다. 견우(牽牛), 직녀(織女)도 한 해
만 기다리면 된다 했는데!' (「自由」중에서)라는 개인적 차원의 소망
충족을 넘어선 사회에 대한, 역사에 대한 열망으로 이어지고 있음을
알 수 있다. 송욱 시는 사회 비판의 치열성을 보여 준『何如之鄕』과 같
이 사회 인식에 대한 태도가 공변된 가치로 깔려 있음을 알 수 있다.
  특히 김수영은「革命幻想曲」을『何如之鄕』과 마찬가지로 적극적, 풍
자적이라 하였다. 그러나 김수영의 평가와는 달리 이 시를 탈사회적인
염증으로 본다면, 송욱은 현실과 유리된 형태로 삶을 영위한 것이다.

―――――――――――――

73) S. Freud(김성태 역),「제14강 소망 충족」참고,『정신분석입문』, 삼성출판사,
   1994.

고달픈 현실에 대한 새로운 세계의 열망이 충족되지 못함으로써, 송욱
은 자연 귀의에 대한 동경 내지는 초월적 세계에 대한 갈망으로 변모
하게 된다. 특히 초월적 세계에 대한 갈망은 송욱의 유고 시집『詩神의
住所』에서 확연히 드러난다. 이는 송욱 시 세계의 지속적으로 변모하
는 양상으로 확인할 수 있다.『月精歌』시집의 상당 부분이 관능적인
묘사를 통한 자연 탐미의 세계관을 반영하고 있음을 알 수 있다. 이는
초월적 세계를 보여 주기 전 단계의 송욱 시 세계이다.

2. 자연 탐미와 성유화(性喩化)

시인의 정신 세계를 탐색한다는 것은 무엇을 의미하는가. 시인은 사
물이나 관념의 세계를 새롭게 인식하여 언어로 재구성하여 보여 준다.
그래서 시 세계를 탐색한다는 것은 바로 사물 혹은 관념의 새로운 인
식을 갖게 된다는 것이다.[74] 시인이 바라본 사물 혹은 관념의 세계를
어떻게 시화했는지를 파악한다면, 시인의 정신 세계를 탐색할 수 있
다. 특히 송욱은 자연에 대한 관념을 새롭게 인식하여 표현하고 있다.
그는 자연(특히 산) 속에 있기를 갈망한다. 이러한 갈망 때문에 송욱
은 산에 대한 인식을 새롭게 표현한다. 그러나 송욱에게는 산에 대한
대상 인식을 당대 현실과의 관련성에서 살펴볼 필요가 있다. 왜냐하면
1970년대의 유신 체제에서 나름대로의 현실 대응 방안이 산과 관련되
었음을 뜻하기 때문이다.[75]

정한모는『月精歌』에 대해서 "8章으로 엮어진 이 詩集에서 詩人은

---

74) 졸고,「정현종의 시 세계 사물과 사물 사이의 性」, 1쪽.
75) 송욱은 70년대에 전국 명산을 자주 산행하였다. 산행의 이유는 정확하게 알 수 없
  으나 답답한 현실에 대한 나름의 대응 방식으로 여겨진다. 이는 당시 학장 시절 때
  겪었던 중앙정보부의 고초 때문으로 여겨진다(1998. 1. 19. 서울). 물론 이 시기

주로 智異山, 五臺山 등 한국의 명산을 노래하고 있는데 단순하게 객관의 소재로서 그 자연의 아름다움을 조망하는 것이 아니라 이를 육화된 실체로 바꾸어 노래하고 있다"[76]고 평가했다. 이러한 평가는 송욱시의 표현 방법에 주목한 것이다. 특히 표현 방법과 관련된 점은 '육화된 실체로 바꾸어 노래하고 있다'는 것이다. 첫 시집 『誘惑』이 인간 육체에 비유한 관능적인 수사법〔性喩化〕으로 육체를 노래했다면, 『月精歌』의 시집은 이와는 다른 측면에서 시 세계가 전개되고 있다. 송욱의 『月精歌』는 '자연의 관능적인 묘사'로 인해 자연 탐미라는 빛을 내게 된다는 점이다. 이는 송욱이 자연의 아름다움에 흠뻑 취한 엑스터시(ecstasy)의 상태이다.

> 「벗으세요」
> 「네
> 제가 벗겠어요」
> 빛으로 솟아오른
> 山봉우리
> 탐스러운 超越이여!
> 젖가슴은
> 우람스런 如意珠!
>
> ― 「龍꿈」 중에서

「龍꿈」의 1행에서 5행까지만 보아도 자연을 대상으로 하여 얼마나 성적인 묘사를 하고 있는지 알 수 있다. 뿐만 아니라, '젖가슴', '娼婦', '보드랍고 볼록하고 팽팽한 살결....', '어루만져라'(「龍꿈」 중에서) 등에서도 성적 표현이 노골적으로 나타난다. 그러나 성적인 묘사

의 건강상의 이유도 있으리라 여겨진다. 어쨌든 산행에서 얻어진 『月精歌』는 이런 시대 상황과 송욱의 생활과의 관련된 시작임은 분명하다고 판단된다.
76) 정한모, 「宋稶詩集(『月精歌』)」, 『한국 현대시의 현장』, 박영사, 1983, 128쪽.

가 단순히 본능적인 유희 수단으로 표현되는 것이 아니고, 자연 탐미
의 정신 세계와 결부되어 형상화하고 있기 때문에 송욱의 첫 시집『誘
惑』과는 다른 시 세계를 보여 준다.

「벗으세요」/「네 / 제가 벗겠어요」라고 하는 것은 일상 생활에서
남녀간의 지독한 상열(相悅)의 대화이다. 상열의 시어를 찬찬히 들여
다보면, 단순히 관능적인 성유화를 넘어서서 자연 탐미의 성유화를 보
여 준다. 즉 「벗으세요」/「네 / 제가 벗겠어요」라는 상열의 대화에
서 '빛으로 솟아 오른'다는 생명 근원의 정신 분석학적인 사고를 통해
'山봉우리'라는 자연의 찬미를 표현함과 동시에 이를 '탐스런 超越'로
인식하고 있다. '빛'은 생명의 근원이고, 그러한 생명의 근원이 '솟아
오른다'는 생명 잉태의 근원적인 발기로 '山봉우리'를 연결짓는다.[77]
결국 이러한 일상 생활의 남녀 상열에 대한 은유는 '山봉우리'이다.
'山봉우리'에 대한 송욱의 인식은 '탐스런 超越'이다. '뽀듯하게 肉化
된 空間'인 자연에 대한 관능적 탐닉의 엑스터시이다.

정한모가 표현 방법론에 주목했다면, 김춘수는 주제의 측면을 평가
했다. 김춘수는「智異山 讚歌」가 갖고 있는 한계점을 분명하게 지적하
고 있다. 아울러「雪嶽山 百潭寺」에 대해서 "이런 시선은 초월적인 차
원"으로 해설하면서 "고대 인도 사상(아트만)이나 그런 측면에서 추적
해 봄직도 하다"고 평가했다. 그러나 "많은 시행들이 시적 탄력을 잃
고 설명의 차원에서 주저앉고 있다. 修辭도 리듬도 생기를 잃고 있다"
고 평가하였다.[78]

　　　한가닥 실오리를
　　　걸치지 않고

---

77) 졸고,「정현종의 시 세계-사물과 사물의 性」참고.
78) 김춘수,「형태 의식과 생명 긍정 및 우주 감각」, 앞의 책, 539쪽.

우람하게 해묵은
바위에 기대서면
自然 그대로
남자마다 지닌
자라 모가지가
흉하지 않다

아아 瀑布를 입은 알몸!
더욱 무엇으로 치장하랴
어느 白雪
어느 眞珠 목거리?
쏜살 같은 물결이
온 몸에 薄荷를
부벼 넣었다!
.... 중 략 ....
물, 바위, 수풀
이렇게 三神이 빚어낸 그대를
힘들 바 없이
선선함이 받들고 있다!
宇宙도 眞理도
빈틈없이 움직이는
生命이기에!

—「智異山 讚歌」중에서

　위의 시는 '한 가닥 실오리를 / 걸치지 않고' 있는 '바위'에 대한 이미지를 관능적 묘사로 성유화하고 있다. 이외에도 '알몸', '온몸'도 노골적인 표현이다. 또한 '자라 모가지'의 형태적인 특징과 운동성의 유사성으로 하여 정신 분석학의 남근(男根:phallic symbol)으로 볼 수 있다.[79] 그렇다면 이 역시 송욱 시의 형태적 특징인 성유화이다.

현실 상황과 결부시켜 보면, '자라 모가지' 처럼 되어 버린 현실 삶의 부적응으로 인해 빚어지는 인간의 왜소함으로 볼 수 있다. 그래서 이 시는 '남자마다 지닌 / 자라 모가지가 흉한' 모습처럼 왜소한 인간을 포용하는 자연 탐미의 세계를 보여 준다. 자연 탐미의 세계는 '三神 (물, 바위, 수풀)이 빚어낸' 자연의 순리에 '宇宙도 眞理도 / 빈틈없이 움직이는 / 生命' 이라는 것이다. 그러나 송욱 시의 관능적인 묘사는 자연이 갖고 있는 초월적인 세계에 도달하지는 못했다. 다만 자연 탐미에만 머물렀다. 왜냐하면 초월적인 세계에 도달하기 위한 정체성을 갖지 못했기 때문이다. 즉 관능적인 묘사는 여전히 지속되지만 초월적인 세계를 가지지는 못했다는 의미이다. 송욱은 성유화의 기법을 통해 관능적인 탐닉 또는 자연 탐미에만 머물러 표현했다는 것이다.

홍기창은 "특히 『月精歌』에 실린 山을 소재로 한 수 편의 詩-「겨울에 山에서」, 「내가 다닌 蓬萊山」, 「智異山 讚歌」, 「智異山 메아리」 등에서 우리는 한국의 自然詩가 어느 단계에 이르렀는지 알아볼 수 있다"[80]고 했는데, 이러한 논의는 송욱 시 세계의 한 면을 주목한 점에서 가치가 있지만 구체적인 평을 하지 않았다는 아쉬움이 남는다. 그렇지만 『月精歌』에서 나름대로 긍정적인 평가를 내린 홍기창, 김춘수, 정한모의 논의는 주목해야 한다.

위의 두 작품에서 파악할 수 있는 관능적 탐닉은 자연 탐미라는 엑스터시에 도달한 상태를 보여 준다. 가령 「雪嶽山 百潭寺」의 경우는 자연 탐미의 엑스터시를 보여 준다.

---

79) 우리의 고시가인 「龜旨歌」에서 찾아 볼 수 있다. 이에 대한 참고는 다음과 같다.
　　"이에 필자의 견해는 거북의 목은 남자의 성기를 은유한 것이라고 보고자 한다. 더구나 거북의 목이 외관상으로도 男根과 흡사하다는 사실...... 거북의 목은 Phallic Symbol로 해석할 수 있으리라고 본다"(정병욱, 「제2편 고전 시가의 사적 전개」, 『한국 고전 시가론(증보판)』, 신구문화사, 1994, 49쪽).
80) 홍기창, 앞의 책, 363쪽.

초록빛 超越이
빽빽이 둘러싸는다
어느 병풍이
이처럼 아늑하랴
어디를 보아도 山河 무진장!
.... 중 략 ....
울멍줄멍 봉우리들
그너머 가운데에
고개 든 봉우리가
더욱 아름다워
높푸른 하늘은
무게 잃은 바닷물!
水晶을 녹이는 맑은 개울마다
하늘과 구름을 싣고 달린다!

— 「雪嶽山 百潭寺」 중에서

위 시는 송욱의 자연 탐미적 태도를 극명하게 보여 준 작품이다. 초
록빛 초월이 산하(山河)를 뒤덮어서 빽빽하고, 그 곳에는 아늑함이 존
재한다. '울멍줄멍 봉우리들'이 '더욱 아름다워' '水晶을 녹이는 맑은
개울물마다 / 하늘과 구름을 싣고 달린다'고 할 만큼 송욱은 자연 탐
미에 치우친다. 그래서 시인은 자연을 반짝반짝 빛이 나도록 생기가
있는 '초록빛 超越'이라고 표현한다.

또한 「喜方瀑布」나 「첫날 바다」, 「水仙의 慾望」, 「너는……」, 「月精
歌」 등에서는 관능적인 이미지를 통해서 자연의 미만 추구할 뿐 초월
적인 세계에 도달하지는 못한다.

젖 같은 어름 같은
하얀 말이 쏟아진다
.... 중 략 ....
번번이 새로 태난 알몸이

번번이 새로 옷을 갈아 입는다
아아 명주 올을 날리는 알몸!
·············· 중 략 ··············
小白山脈 고운 살결
喜方瀑布여
주홍빛 山茶花
진홍 겹진달래
연분홍 진달래가
젖 같은 어름 같은
하얀 꿈을 쏟는다

— 「喜方瀑布」 중에서

위의 시는 나체의 살결을 통해 '小白山脈(의) 고운 살결'을 표현하고, 희방 폭포의 쏟아지는 광경을 '젖 같은 어름 같은' 하얀 꿈이 쏟아진다는 성유화를 표현하고 있다. 이는 당시 유신 시대의 반자유와 국민을 무시하는 현실에 송욱의 비판 의식이 소멸되었는지 모른다. 그래서 송욱은 현실에 대한 염증 때문에 탈사회성을 지향하는 양상으로 자연 추구라는 세계에 몰입했다고 볼 수 있다.

송욱은 역사 의식, 시대 의식이 강했던 시인이었던 만큼 관능적인 성의 세계에도 반드시 역사, 시대의 의식이 강하게 배어있다. 이러한 사회와 역사 의식이 『月精歌』에서는 당대 사회에 대한 비판 의식이 소멸되었거나 현실의 초월적 단계에 있음을 의미한다. 이를 보여 주는 몇 작품은 다음과 같다.

첫날밤
벌거숭이 살결이
새벽처럼 동튼다
푸른 물결이여
·············· 중 략 ··············

아아 빛나는 속눈썹!
기름진 거울 위에 솟은
머루 젖꼭지를
입술에 문다

— 「첫날 바다」 중에서

아아 소나기
잎새마다 빛나게 떨리도록
하늘과 땅이
입맞추며 지나간다

— 「아아 소나기」 전문

껴안을수록 감겨든다
보드라운 물살이다
아아 속속들이 비치는 살결이여!
그대 두 팔이 조여들수록
훤칠하게 시원하게
트이며 부푸는 내 가슴이여

— 「水仙의 慾望」 중에서

  위의 작품들은 자연과 자아의 혼연 일체된 모습을 보여 준다. 즉 시
인이 자연을 바라보면서 자연과 자아의 일치점을 모색한 세계를 보여
준 것이다. 이는 현실 비판의 상실에 대응하는 자연 추구라는 송욱 나
름의 현실 대응 방식임을 알 수 있다. 송욱은 현실 대응 방식을 모색하
는 과정에서 동양적 초월 세계인 『詩神의 住所』에 안착하게 된다.
  시 「너는……」을 통하여 그의 변모를 짚어 보자.

    너는 훈훈한 기운이면
    알몸 아가씨처럼
    껴안게 한다
    마음껏 따스함에

잠기고 나면
너는 가을이 무색할 지경으로
시원하여라
너는 눈에 들어
가슴을 거쳐
머리에서 산다
너는 하늘처럼

가만히 있지만
항시 숨쉰다

— 「너는……」 전문

시집 『月精歌』는 현실 사회로부터 이탈하여 송욱이 자연(산) 속에 빠져 있음을 보여 준다. 그래서 1970년대 유신 정권의 무거움과 답답함을 욕정에 몰입함으로써 모든 것을 잊을 수 있는 '알몸 아가씨'를 껴안고 싶은 심정을 적었다. 이 심정은 '마음껏 따스함에' 잠겨 가슴(마음)을 거쳐 영혼(머리)으로 이어져 하늘(초월)에 살고 싶은 욕망이 자리함을 알 수 있다. 물론 이런 초월의 세계는 『詩神의 住所』에서 두드러지게 나타난다.

『月精歌』는 송욱 시에서 사회 풍자와 비판의 한계점을 노정시켰다고 볼 수 있다. 그러나 사회 현실의 이탈로 인하여 풍자성 소멸로 변화되었으나, 산을 주제로 한 자연시의 한 면모를 한국 시사에서 보여 준 점은 그의 시적 공과라고 할 수 있다. 특히 자연 탐미의 성유화라는 표현 기법이 한국 시사에서 의미를 지닌다는 뜻이다. 그리고 70년대 유신 체제하에서 나름대로 문학적 대응을 보였던 김지하, 고은, 신경림 등과는 달리 탈사회성과 자연 탐미로 한국 시사의 위치를 갖는다.[81]

이 시집이 앞의 두 시집과 변별되는 점을 찾는다면, 첫 시집 『誘惑』

---

81) 김재홍, 앞의 책, 354~356쪽.

에서 보여 준 비극적 현실 수용과 『何如之鄕』에 나타난 언어 실험과
사회 비판이 사라졌다는 점이다. 또한 셰익스피어의 소설 주인공을 소
재로 하여 시화했던 것과는 달리 한국 설화의 소재를 취했다는 점이다
(「이모저모가……」의 ‘沈淸’, 「自由」의 ‘牽牛 織女’, 「月精歌」의 ‘善
德 眞德’, ‘水路 夫人’). 그래서 그의 시적 편력과 균형을 볼 수 있다
는 점을 간과해서는 안 될 작품집이다.

초월 지향성의 양상

    송욱 문학에 있어 시간 질서 속에서 마지막으로 남긴 유작이 『詩神의 住所』이다. 유작의 의미도 있겠지만 송욱 시의 시적 변모의 종착역이라는 점에서 눈여겨볼 필요성이 있다. 또한 송욱이 시론으로 확립하고자 한 동양의 시학에 대한 단면들을 엿볼 수 있기 때문에 더욱 비중이 놓여진다.[82] 『詩神의 住所』는 송욱이 첫 시집 『誘惑』에서 관심을 보였던 서양 문학에 대한 관심이 동양 문학의 관심으로 변모했음을 보여준 시집이다. 『詩神의 住所』에 실린 이태백(李太白)에 관한 시편과 장자(莊子)에 관한 시편이 그러하다.[83] 이러한 관심은 한시(漢詩)에 있

---

82) 졸고, 「송욱의 『詩學評傳』 研究-뉴크리티시즘의 가치 평가와 주체적 시학-」, 국어국문학(제15집), 동아 대학교, 1996.

83) 이태백에 관한 시편:「天地와 萬物은....李太白을 위하여」,「瀑布-李太白을 위하여」,「계수나무는 이미 섶나무-李太白을 위하여」,「瀑布의 造化-李太白을 위하여」,「毛細管 속은-달아 달아 밝은 달아 李太白이 죽은 달아」,「李太白의 詩學- 變奏曲」,「瀑布水가 하는 말씨-이태백을 위하여」.

어 용사(用事)와 현대시의 패러디(parody)의 표현 장치라고 할 수 있
다.[84] 또한『何如之鄕』에서 보인 언어 실험의 소멸 대신에 말에 대한
그의 철학적 관심이 시로 표현되었다.[85] 이를 통해 그의 초월 지향적인
'동양의 시학'을 고구할 필요성이 있다. 왜냐하면 시란 언어 예술인만
큼 송욱의 말(언어)에 대한 관심의 연구는 필수적이기 때문이다. 이는
언어에 대한 그의 강한 집착력을 다시 한번 확인할 수 있다.[86]

그의 마지막 시집은 '도(道)'에 관한 인생 철학의 한 단면을 보여 준
다. 이는 송욱의『月精歌』에서 동양의 초월 세계로 지향하는 그의 정
신적 가치의 변모를 들여다볼 수 있다. 이러한 관점에서 송욱 시 변화
의 종착역인『詩神의 住所』의 특징을 검토하겠다.

1. 무하유향(無何有鄕)과 패러디

시집『詩神의 住所』제1부의 제목은 '道의 生理學'이다. 이는 도에
대한 깊은 관심이 송욱의 지배적인 의식 작용임을 반증케 한다. 그가
지향하는 정신적 가치를 이태백과 장자에 대한 해석과 의미 부여로

장자에 관한 시편:「莊子의 詩學」,「王과 造物者-莊子를 위하여」,「道의 生理學-
莊子를 위하여」,「逍遙遊」.

84) 졸고,「고전 시론과 현대 시론의 한 접점 연구-用事와 parody를 중심으로」, 한국
시학회(창간호), 1998.

85) 말에 관한 시편:「말은 造物主」,「말과 몸」,「말과 事物」,「내 마음에」,「말도 안 되
는 말이지만…」,「홀사람 짝사랑」,「天道와 地獄을 위한 煙價頌」,「逍遙遊」.

86) 송욱은 언어에 대한 집착이 강했다. 이는 한국어에 대한 남다른 애착이다. 연구자
는 유고 및 기타 집필 원고에서 이를 확인할 수 있었다(서울 노원구 장남 송정렬
씨를 방문하여 확인, 1998. 1. 19). 예를 들면,〈八月十七日, 浮草/부평초/浮萍草/
부초=부추〉,〈묻다—무더워서 물건이/뭉끌어진다〉,〈桂/계수나무/桂樹/계수나무/
月桂樹〉등의 원고가 있었다. 이 원고들은 음운으로부터 말 만드는 그의 언어에 대
한 조탁으로 판단할 수 있다. 이는 '시를 통해 언어의 가능성을 극대화'하고자 하
는 송욱이 '言語의 鑛夫(정명환 교수)'임을 짐작하게 한다.

시화한 것이다. 즉 시선(詩仙)이라 일컫는 이태백과 무위 자연(無爲
自然)의 도(道)를 말하는 노장(老莊)에 대한 수용을 뜻하는 것이
다.[87] 이는 한시에 있어 용사(用事)와 관련성을 검토할 수 있을 것이
다.

『何如之鄕』에서는 불교적 세계관인 선취의 세계를 노래한 시작이 있
었다. 그리고 『月精歌』에서는 탈사회화라는 탈속의 경지를 보여 주었
다. 이의 연장선상에서 당대 사회를 풍미하면서 유유자적(悠悠自適)
했던 이태백과 노장적 삶의 자세를 송욱이 배우고자 했다.

르네 지라르(R. Girard)의 〈慾望의 三角形 理論〉[88]에 따르면, 이상

---

87) 송욱은 평소 때 조니 워커와 마주앙을 혼자서 즐겨 마셨다. 70년대에 귀했던 조니
워커 술병이 송욱 선생 집에서 아주 많이 나와 병을 수거하던 사람이 송욱 선생의
집을 장관집으로 오해한 적도 있었다. 70년대 후반에는 마주앙을 안주 없이 애용
했다. 그리고 조용히 한학서를 탐독하면서 혼자서 새벽까지 마셨다(1996. 8. 21.
서울). 그는 연구실에서, 학교 근처 술집에서, 성북동 자택(당시 소재지: 서울특별
시 성북구 성북동 175번지 5호)에서 홀로 술 마시기를 즐겨했다. 그래서 〈술이 내
애인〉, 〈난 술을 마시다 갔으면 좋겠다〉라는 소리를 곧잘 했다(구본희, 「옹고집과
명강의의 영문학자 송욱」, 《월간 2000년》, 1984. 11. 34쪽). 이는 이태백의 주도
(酒道)와 관련성을 엿볼 수 있지 않겠는가? 또한 노장 사상의 은둔을 따르고자 한
것은 아닌지? 혹은 『文物의 打作』에서처럼 프랑스의 은둔 시인 '퐁즈'를 찾은 일
(「事物의 詩人 퐁즈를 찾아」, 『文物의 打作』, 39~43쪽) 또한 무관하지는 않은 것
같다. 이 외에도 그의 노장적 영향으로 판단되는 여러 징후를 접할 수 있다.
　송욱은 1972년 8월에 『東西生命觀의 比較-無의 思想을 중심으로』라는 논문으로
서울 대학교에서 박사 학위를 취득했다. 이 논문에서는 〈노자에서 자연과 생명에
관한 생각을 가려내 보고자 한다〉는 의도에서 그의 노자에 대한 관심을 짐작할 수
있다. 송욱은 수많은 책 가운데 〈내 書架의 별-이 한 卷〉으로 명대(明代)의 초굉
(焦竑)이 편찬한 『老子翼』을 꼽았다(《한국일보》, 1977. 11. 18). 이 책은 여러 학
자들이 노자에 관해 역주한 책이다. 이 책은 송욱의 사상적 지향점을 엿볼 수 있는
중요한 책이면서 그의 학위 논문에도 크게 인용된 책이다.
　또한 "70년대 초 언젠가 북한산 등반길에, 더러 혼자 산행을 하는 송욱과 몇 번
부딪쳤었는데, 세상을 떠나기 얼마 전 그 무렵의 그이는, 이미 그런 종류의 '치기'
'오기'-경기 중학, 서울대 출신 의식: 기고만장한 송욱, K·S 마크 병-에서 멀리
벗어난 '달관' 경지의 얼굴이었었다"는 이호철의 이야기(『문단골 사람들』, 246
쪽)는 그의 동양 정신의 경도와 무관하지 않다고 판단된다.

향(無何有鄕:무위 자연의 이상향, 유토피아)[89]으로써 도의 경지를, 매개자로 하여 이태백과 장자를, 현실의 존재자로서 자신(송욱)을 설정하여 논의를 전개할 수 있다. 자신은 현실의 부적응 상태로 설정할 수 있을 것이다. 이러한 부적응 상태에서 송욱은 세상의 번거로운 일이 없는 무위 자연의 낙토(樂土)를 찾고자 장자의 무하유향(無何有鄕)을 패러디한 것이다. 이는 르네 지라르의 욕망이 모방 본능에 있다고 한 것[90]처럼 송욱의 모방 대상이 이태백과 노장임을 알 수 있다.

「똑똑한 사람은」의 시는 그의 현실적 부적응의 상태를 짐작할 수 있다. 그래서 다분히 노장적인 아포리즘(Aphorism)의 시가 나타날 수 있는 것이다.

> 똑똑한 사람은 딱딱해지기쉽다
> 똑똑한 사람은 뚝 떨어지기쉽다
> 똑똑한 사람은 딱 꺾이기쉽다
> ─「똑똑한 사람은」(《世界의 文學》, 1978, 겨울호) 전문

---

88) 르네 지라르(김윤식 역), 『소설의 이론』, 삼영사, 1973.
　　김치수 편저, 「제5부 르네 지라르 篇」, 『구조주의와 문학 비평』, 기린원, 1989, 177~237쪽.
89) 장자의 「逍遙遊」편에 나오는 개념이다. 이를 인용하면 다음과 같다.
　　莊子曰: 子獨不見狸狌乎? 卑身而伏, 以候敖者, 東西跳梁, 不酸高下, 中於機辟, 死於罔. 今夫斄牛, 其大若垂天之雲. 此能爲大矣, 而不能執鼠. 今子有大樹, 患其無用. 何不樹之於無何有之鄕, 廣漠之野, 彷徨乎無爲其側, 逍遙乎寢臥其下? 不夭斤斧, 物無害者. 無所可用, 安所困苦哉? (김달진 역해, 앞의 책, 31쪽).
　　無何有鄕에 대한 의미를 살펴보면, "莊子의 修養의 目標는 人間의 一切活動을 정지하고 無爲自然에 一任하여 是非善惡의 관념을 버리고 名利와 形骸를 떠나서 逍遙自適하여 절대 無差別의 境地에 이르는데 있다. 이런 상태에 도달한 者를 至人 神人 聖人 또는 眞人이라고 부른다. 至人은 自己를 모르고 神人은 功을 모르고 聖人은 名을 모르고 眞人은 無何有와 鄕과 廣漠野의 境에 노는 者이다. 이와 같은 目標를 達成하려면 일체의 偏見을 버리고 無爲自然과 自由平等이 되지 않으면 안 된다는 것이다"(김능근, 「장자」, 『중국 철학사』, 백영사, 1971, 121쪽).
90) 김현, 「외디푸스 콤플렉스 비판」, 『김현 전집 10』, 45쪽.

송욱은 '똑똑한 사람' 이라는 자의식이 사로잡혀 있다. 그의 방대한
독서력[91]과 더불어 실제로 그가 비판한 작가들이 당대의 주목을 받은
문인들만 대상으로 삼았던 점과 문단 기행(文壇奇行)에서 보였던 K·
S 마크병[92] 등을 고려할 때 이를 증명해 준다. 그러나 이러한 삶이 오
히려 소요유에서는 장애가 되는 것임을 깨달은 것이다. 그래서 노자가
말하는 물 흐름의 이치에 송욱은 삶을 따르고자 했다. 그렇다면 왜
1970년대 후반에 와서 이러한 시를 썼는가? 그는 현실에서 '딱딱해지
기쉽다' 느니 '뚝 떨어지기쉽다' 느니 '딱 꺾이기쉽다' 느니 하는 것은
바로 장자가 경계했던 태도와 같은 것이다. 장자의 「人間世」에서는 권
력을 장악하려는 자들의 흉악함과 지식인들의 비극적 운명을 하나하
나 빠뜨리지 않고 그리고 있는데,[93] 여기에서부터 아마도 송욱은 현실
에서 자신의 위치를 깨닫고, 장자의 무하유향을 꿈꾸었던 것이다. 이
런 무하유향의 갈망을 장자의 소요유에서 찾은 것이다.

　　몸이 말을 안들으면

---

91) 그의 방대한 독서력은 여러 곳에서 발견할 수 있다. 영어는 물론이고, 독어, 일어,
　　불어로 된 고전들을 원전으로 섭렵한 해박함을 지니고 있던 그의 강의는 텍스트에
　　얽매이는 법이 없었다…… 그의 연구실에는 발레리, 보들레르, 엘리어트 등의 시
　　집과 비평서는 물론, 니체, 베르그송, 사르트르 등의 철학서, 만해 한용운과 율곡,
　　퇴계 문집에서 노자의 『도덕경』 등에 이르는 동서의 고전들이 가득 쌓여 있었다.
　　정월 초하루까지도 연구실에 나가 앉아 책 속에 묻히는 괴팍함을 보이곤 했던 그
　　는 밤 11시까지 연구실의 불을 밝히는 학문적 편력을 일삼았다(구본희, 앞의 책,
　　30쪽). 또한 누울 자리만 남기고 책들이 천장에 닿도록 쌓였던 성북동 그의 방으
　　로 돌아가면 여전히 책을 보거나, 사상에 잠겨 음악을 듣고는 했다(김용성, 「〈월정
　　가〉의 송욱」, 《한국일보》, 1982. 12. 25). 송욱의 작고 후에 그의 서가는 50이나
　　되는 라면 박스 분량의 도서였다. 그리고 대부분의 도서는 서울 대학교 도서관에
　　기증했다(1998. 1. 19, 서울).
92) 이호철, 앞의 책, 246쪽.
93) 陳鼓應(최진석 옮김), 「인간세 지식인의 비극 의식과 그들의 지혜」, 『老莊新論』,
　　소나무, 1997. 26쪽.

몸이 하는 말을 들어야한다

왜 逍遙山이 있지않는가?

逍遙遊가 있지않는가?

거닐다 노닐다가 바람 쐬며 시간 보낸다

목적을 노리면 모두가 허탕……

과녁배기는 가장 먼 他鄕!

과녁을 뚫으려면 목숨이 막힌다!

허탕칠양으로 실속 數脈있는 內案山外案山을 끼고 돌았다

말은 듣고도 못들은체

하고도 아니한체

많을수록 적은 것처럼—

萬이랑 푸른 물결을 마음이 거닐다 몸이 노닐다 말이 물보라친다!

실속도 數脈도 왕청 萬이랑 몸이랑 말이랑……

—「逍遙遊」전문

송욱은 1970년대의 세상과 일정한 거리를 유지하고자 했다. 1970년
대 유신 시대에 겪었던 고통 때문에 현실에 상당히 혐오감을 가지고
있었다고 판단된다.[94] 그래서 그는 소요산에 가고자 했고 소요유하고
자 했다. '왜 逍遙山이 있지않는가? / 逍遙遊가 있지않는가?' 라고 하
면서 송욱은 인생을 '거닐다 노닐다가 바람(이나) 쐬며 시간(을) 보
내'고자 한 것이다. 이는 송욱이 인간 수양으로서 무하유향과 광막야
(廣漠野)의 경(境)에서 노는 진인(眞人)을 닮고자 했다. 그래서 송욱
은 소요유에 도달하고자 무위의 철학을 패러디하여 무하유향을 노래
하고 있다. '목적을 노리면 모두가 허탕…… / 과녁배기는 가장 먼 他
鄕! / 과녁을 뚫으려면 목숨이 막힌다!' 는 것이다. 이는 바로 목적을
노리는 인위적인 행동을 하는 것이 아니라 무위해야 됨을 말한 것이

---

94) 서울 대학교 학장 시절 중앙정보부에서 고초를 당한 일 때문에 그의 의식에 큰 변
화가 왔다고 판단된다.

다. 즉 장자의 「應帝王」편에 나오는 구멍을 뚫지 않고 순수 자연의 상태에서 인공(人工)을 더하므로 불행을 초래하였다는 내용을 패러디한 것이다.[95] 또한 너무 지나친 행위를 하여 자기 목적(自己 目的)을 망쳐 놓은 사족(蛇足)의 고사를 패러디한 것이다.[96] 이처럼 송욱은 동양 정신을 통하여 자신의 사상을 담고자 했다. 이것은 바로 송욱이 현실과의 부적응에서 발현된 시적 태도라 할 수 있다.

장자를 패러디한 시편은 「莊子의 詩學」이다.[97]

> 12행: 그에게는 눈과 귀와 입이 없다
> 13행: 그러면서도 그는 가장 높은 帝王이다—
> 14행: 그는 가장 가운데를 다스린다. 말하자면 그는 노른자위다
> 15행: 그는 보고 듣고 먹기 전에 뭉친 기운덩어리
> 16행: 그는 아기가 되기 전에 뭉친 두루뭉수리
> 17행: 그는 있고 없기 전에 뭉친 마음뭉수리
> 18행: 그는 두루 도는 마음뭉수리…… 두루몸뚱어리……
>
> —「莊子의 詩學」 중에서

12행에서 18행은 장자의 내편(內篇) 가운데 「應帝王」과 외편(外篇)의 「天地」를 패러디했다. 「應帝王」의 마지막 부분에 나오는 '혼돈(混沌)'의 우화는 "남해의 제왕과 북해의 제왕은 중앙의 제왕인 혼돈의 융숭한 대접에 보답하기 위해, 그에게 구멍 일곱 개를 뚫어 준다. 하루에 구멍 하나씩 뚫다가(오늘은 법률을 제정하고 내일은 정책의 실행함) 칠 일째 되던 날 혼돈은 죽는다(번잡한 정책의 실행이 백성을 차츰차츰 죽음으로 몰고 간 것이다). 혼돈의 죽음을 '작위적(有爲)'인

---

95) 김능근, 앞의 책, 123쪽.
96) 馮友蘭(정인재 역), 「노자」, 『중국 철학사』, 형설출판사, 1989, 144쪽.
97) 송욱 시의 pre-text는 김달진 역해(『莊子』, 고려원, 1994)에 나오는 莊子의 원문을 인용하고, 또한 莊子의 원문에 따른 의미 해석은 최진석 옮김(進鼓應, 『老莊新論』, 소나무, 1997)에 따른다.

정치가 백성들과 사회에 가져온 폐해에 비유하였다. 이 비유를 통해 그는 자신의 無治主義의 사상을 드러낸"[98]다는 내용이다. 특히 「應帝王」과 장자 내편과 외편에 나오는 내용을 패러디한 작품은 「王과 造物者-莊子를 위하여」와 「道의 生理學-莊子를 위하여」등이 있음을 볼 때, 장자의 세계가 송욱의 의식 세계를 지배한다고 할 수 있다.[99] 이 외에도 송욱의 동양 정신을 엿볼 수 있는 패러디화의 작품이 있다.[100]

다음은 그가 수용한 이태백에 대한 논의를 할 차례이다.

1행: 天地는 萬物을 나그네치는 주막—
2행: 세월은 百年을 하루같이 지나치는 손님이다.
3행: 大地가 이따금 꽃다운 글을 빌려주지만

---

98) 최진석 옮김, 321~323쪽 참고.
　　南海之帝爲儵, 北海之帝爲忽, 中央之帝爲渾沌, 儵與忽, 時相與遇於渾沌之地, 渾沌待之甚善, 儵與忽謀報渾沌之德. 曰: 人皆有七竅, 以視聽食息, 此獨無有, 嘗試鑿之, 日鑿一竅, 七日而渾沌死(김달진 역해, 121쪽).
99) 「王과 造物者-莊子을 위하여」는 莊子의 「應帝王」과 「大宗師」, 「齊物論」의 '胡蝶夢 우화'를 패러디한 작품이다. 이를 살펴보면 다음과 같다.
　　3행: 그러나 王은 仁이라는 먹물로 내 몸에 刺字한다 / 4행: 正義라는 칼날로 나는 코벤다 / 6행: 造物者는 모두 키웠지만 義로운 체하지 않는다 /……중략…… / 15행: 나비처럼 호랑나비처럼…… / 16행: 어느 데나 모두 꽃으로 안다 / 17행: 넘실멈실 하룽하룽 꽃송이로 삼는다……(3행과 4행은 「大宗師」의 패러디이고, 13행에서 17행은 「齊物論」의 패러디이다).
　　「道의 生理學-莊子를 위하여」의 경우는 노자의 「道經(上篇)」에 나오는 「體道」와 장자의 '渾沌'의 패러디이다. 이를 pre-text와 target-text를 살펴보자.
　　2연의 1행: 막히면 道가 아니다 굳으면 道가 아니다 / 2행: 숨통이 막히면 발버둥친다! 안다……숨결이 편하다…… / 3행: 道는 밝다 통한다 뚫어놓는다 피를 돌린다 나뭇가지에 물이 올린다! 움돋아 싹트는 밀거름 밑둥…… / 샘물이 숨어 스며내린 뿌리…… // 1행: 숨결이 세차지 못하다고 어찌 하늘을 헐뜯으랴? / 2행: 하늘은 항시 뱀처럼 매미처럼 허물벗는다 허울이 좋다? / 3행: 하늘은 밤낮을 쉬지 않고 눈 귀 콧구멍 입구멍 마음구멍 알 수 없는 알구멍을 뚫어놓는다……(2연은 노자의 「體道」와 3연의 3행은 「應帝王」의 '渾沌'의 패러디이다).
100) 이를 검토한 결과, 다음과 같은 작품이 있다. 屈原의 「漁父辭」를 패러디한 작품 「萬代의 文學-「詩人」第二章」이 있다.

4행의 1: 뜬구름 인생이 한낱 꿈결인데,
4행의 2: 촛불을 켜들고 잠시 즐겨본들 얼마나 가랴?
―「天地는 萬物을…… ― 李太白을 위하여」 전문

「天地는 萬物을…… ― 李太白을 위하여」 작품을 과연 시작으로 볼
것인가 아닌가부터 밝혀야 할 것이다. 왜냐하면 「天地는 萬物을……
― 李太白을 위하여」 작품이 이태백의 산문 「春夜宴桃李園序」의 특정
대목을 인용하고 있기 때문이다. 「天地는 萬物을…… ― 李太白을 위
하여」를 연구하는 당위성은 송욱의 정신 행위를 형상화한 작품이기 때
문이다. 그러나 문제의 출발은 과연 이 작품을 시로 볼 것인가에 대한
것이 가장 근본 문제이다. 비교적 개인적인 친분이 있었던 비평가 김현
은 송욱의 시작으로 판단하여 유고 시집을 엮었다.[101] 김현 자신이 이
태백에 대한 조예가 있는지 판단할 길은 없다. 따라서 이를 시작인지
아닌지의 판단에 대한 논리적인 해명은 어려울 수밖에 없다. 다만 김현
이 왜 시로 판단하여 편집했는지 알 수 있는 간접적인 자료가 있다. 유

― 머릿골에 붉은 해가 뜰 수 있으랴? / 말똥구리가 이물을 굴릴줄야? // 1행: 세
상은 항시 탁하기 마련 / 2행: 詩人은 항상 맑아야하기마련 /…… 중 략……/
7행: 萬代의 文學만이 살아남는다(1행과 2행은 屈原의 「漁父辭」의 일부분이다.
즉 "擧世皆濁 我獨淸 / 衆人皆醉 我獨醒"이다. 7행은 魏文帝(曹丕: 187~226)가
쓴 「典論의 論文」의 일부분이다. 원전을 찾아보면, "文章也 不朽之盛事"이다).
또한 列子의 「湯問」에 나오는 춘추전국 시대 거문고의 명인 伯牙와 초나라의 악
인 鐘子期에서 유래한 '知音' 고사를 패러디한 「絶絃散調曲」이 있다.
5행: 아예 거문곳줄을 끊어버리고 / 6행: 영영 갈매기와 벗을 하리라……(5행과
6행은 '知音' 고사의 패러디이다).
101) 이는 서울대 영문학과 홍기창 교수의 면담을 통해 들었다(서울대 연구실, 1996.
8. 23). 물론 불문학자였던 정명환 교수도 친분이 두터웠다는 이야기를 들었다.
송욱 선생이 영면(永眠)하시는 날에도 정명환 교수 댁에 다녀오셨다 한다(1996.
8. 21, 장남). 그러나 필자가 정명환 교수를 만나 송욱이 작고하시던 날 만났느냐
고 물어본 결과, 만나지 않았다고 한다. 다만 부음을 듣고 제일 먼저 서울대 병원
영안실에 갔다고 한다(1999. 8. 12. 서울 역삼동 삼일프라자 연구실에서).

고 시집 제2부의 서문에 해당하는 내용을 통해서 짐작할 수 있다.[102]

우선 이태백의 「春夜宴桃李園序」[103]의 작품이 구체적으로 어떤 부분의 패러디인지를 검토하겠다. 물론 연구 과정에서 왜 패러디인가는 해명될 것이다.

(1행)天地者는 萬物之逆旅요 (2행)光陰者는 百代之過客이라 (4행의 1)而浮生이 若夢하니 爲歡이 幾何오 故人이 (4행의 2)秉燭夜遊는 良有以也로다. 況陽春이 召我以煙景하고 (3행)大塊는 假我以文章이라

會桃李之芳園하여 序天倫之樂事하니 群季俊秀는 皆爲惠連이어늘 吾人詠歌는 獨慙康樂가 幽賞이 未已에 高談은 轉淸이라. 開瓊筵以坐花하고 飛羽觴而醉月하니 不有佳作이면 何伸雅懷리오 如詩不成이면 罰依金谷酒數하리라.[104]

(李白, 「春夜宴桃李園序」)

송욱의 작품 「天地는 萬物을…… — 李太白을 위하여」와 이태백의

---

102) 「시인은 78년 3월부터 80년 4월까지 거의 매일 단장을 적었다. 그 단장에는 일상적인 삽화는 거의 없으며 한시, 영시, 方言 사전, 李珥 등의 인용이 아니면 거기에서 촉발된 느낌이 실려 있다. 그 느낌이 시인의 시의 모체가 되고 있음을 단장은 여실히 보여 준다. 시인은 시가 완성되면, 그것과 관련된 것들에 X표를 해, 그것들을 지워버렸다. 시인의 한 독특한 버릇이다. 시인은 시가 완성되면, 또 그것을 원고지에 옮겨 적었다. 원고지에 옮겨지지 아니한 것은 완성되지 않은 것이라고 시인이 판단한 것이다. 시인이 쓴 글 중에서, 확실하게 표기가 잘못되어 있는 것은, 편자가 판단하여 고쳤음을 밝힌다. -〈Ⅱ 日記 및 詩作 노트〉-」
위의 인용에서 알 수 있듯이 적어도 「天地는 萬物을」의 작품은 송욱의 시작으로 판단한 것이다. 이를 작품으로 인정한다면 어떻게 이해할 것인가? 이태백의 산문을 패러디했다면, 이 시에 대한 연구 가치는 주어질 것이다. 따라서 본 장은 김현의 판단에 따라 위의 시를 송욱의 작품으로 보고, 이를 패러디의 한 양상으로 이해하고자 한다.
103) 序記類은 작자가 객관적인 처지에서 인간, 사물을 묘사해 내는 것이다. 李白의 「春夜宴桃李園序」는 '序'라는 명칭이 붙었음에도 불구하고 '記'라고 하는 이유는 唐 이전에는 序와 記의 구별이 없었기 때문이다.
104) 成百曉 譯註, 『古文眞寶(懸吐完譯)』, 전통문화연구회, 1995, 124쪽.
天地는 만물의 逆旅(나그네를 맞는 객사)요. 光陰은 百代의 지나가는 길손이다.

「春夜宴桃李園序」의 작품을 비교해 보면, 일치하는 것은 밑줄 그은 부분이다. 단순한 번역이었다면 당연히 산문 전체를 한다거나 순서대로 했을 것이다. 그러나 위의 구체적인 부분을 살펴보면 이와 다름을 알수 있다. 이는 송욱이 이태백 시를 자신의 시에 입력한 의도된 모방이기 때문이다.[105] 따라서 이를 패러디의 한 양상으로 볼 수 있다. 이는 현대시에서도 흔히 쓰이는 시적 장치이다.[106] 린다 허천(Linda Hutcheon)은 패러디를 텍스트의 주제는 물론 주제를 다루는 방법과 그 과정까지 변화를 준 '차이를 둔 반복'이라고 말했듯이 「春夜宴桃李園序」와 「天地는 萬物을…… ― 李太白을 위하여」는 pre-text(source-text)와 target-text의 관계이다. 그렇기 때문에 이를 패러디의 한 양상으로 볼 수 있다. 시집의 제2부의 서문에 "그 느낌이 시인의 시의 모체가 되고 있음을 단장은 여실히 보여 준다" 한 김현의 글은 송욱 시 세계를 이해하는 축이 된다. 따라서 제2부의 일기에 「李太白을 打倒하기 위하여」라는 글에서도 단순한 반복이 아니라 원전(pre-text)에 대한

부평초 같은 인생이 꿈과 같으니, 기쁨을 즐기는 것이 얼마나 되겠는가. 옛사람이 촛불을 잡고 밤에 논 것은 진실로 이유가 있었도다. 더구나 화창한 봄이 나를 煙景(아지랑이 경치)으로 부르고, 大塊가 나에게 아름다운 문장을 빌려주었다. 복사꽃과 오얏꽃이 핀 아름다운 동산에 모여 天倫의 즐거운 일을 펴니, 준수한 여러 아우들은 모두 謝惠連이 되었는데 나의 읊고 노래함은 홀로 康樂(謝靈運)에 부끄럽다. 그윽한 감상이 그치지 않음에 고상한 담론이 더욱 맑아진다. 아름다운 자리를 펴 꽃 앞에 앉고, 羽觴을 날려 달 아래 취하니. 아름다운 문장이 있지 않다면 어찌 고상한 회포를 펴겠는가. 만일 詩를 짓지 못할진댄 罰酒는 金谷의 술잔 수를 따르리라.

105) 본고는 이것을 표절로 보지 않는다. 왜냐하면 다분히 의도된 모방이기 때문이다. 그래서 이를 패러디로 파악하고자 한다. "패러디와 표절을 구분할 필요가 있는 것은 단지 이들이 동의어로 사용되고, 또한 의도의 문제(비평적 거리를 가지고 모방하려는 의도인지 아니면 속이려는 의도를 가진 모방인지)가 복잡하고 규명하기 어려운 것이기 때문이다. 이 점에서 나는 패러디를 논함에 있어 입력된 의도나 추론된 의도에 한정시키려는 것이다(Linda Hutcheon, 김상구·윤여복 옮김, 『A Theory of Parody』, 문예출판사, 1993, 67~68쪽)."

파괴와 동시에 창조라는 양가성에서 오는 차이를 강조한 것으로 판단된
다. 그렇다면 궁극적으로 「天地는 萬物을…… ― 李太白을 위하여」의
의도가 무엇인가.

「똑똑한 사람은」에서 사회 부적응의 존재자로서 겪게 된 현실적 어
려움을 통해서 '자신의 自意識(엘리트 의식)'이 좌절되고, 그 좌절이
인생의 허무주의로 변화되었다고 볼 수 있다. 「天地는 萬物을…… ―
李太白을 위하여」의 주제는 허무주의이다. 송욱에게 있어 인생의 허무
주의는 곧 초월주의로 옮겨간다. 여기서 송욱은 새로운 세계를 찾고자
모색하게 된다. 새로운 세계는 이태백과 장자에서 '도(道)'를 찾는 것
이다. 도라는 것이 무엇인지 이해하는 방법은 당연히 그가 패러디한
이태백의 폭포에 관한 작품에서 찾아야 한다. 또한 "노자는 道의 실체
성에 관해 많은 객관적 논술을 하지만, 장자는 「내편」에서 도가 무엇
인지보다는 도를 체득한 후의 경지를 그리고 있으며, 오직 「大宗師」에
서만 도의 실체성을 간략하게 서술하고"[107] 있기 때문에 「大宗師」에 나
타난 도의 의미를 찾아야 할 것이다. 그가 이태백의 시를 어떻게 패러
디했는지를 살펴보자.

「瀑布―李太白을 위하여」는 이태백의 시 「望廬山瀑布」를 패러디한
상태에서 다시 변형시켜 패러디하고 있다. 이는 텍스트의 주제를 다루
는 방법과 그 과정까지 변화시키는 창작 행위가 패러디인 점을 상기한
다면, 이는 패러디의 한 과정을 극명하게 보여 준 것이다.

---

106) 송욱의 「달을 디딘다」(『月精歌』, 113쪽)에서도 패러디의 양상을 발견할 수 있다.
   pre-text:김소월의 「예전엔 미처 몰랐어요」와 target-text: 太白이여 素月이여
   / 달이 이처럼 가까울 줄은 / 달이 그처럼 서러울 때도 / 달이 그처럼 즐거울 때
   도 / 미처 몰랐다.
   　본고의 의도를 좀 더 분명히 제시한 졸고, 「고전 시론과 현대 시론의 한 접점 연
   구」와 김준오(「문학사와 패러디 시학」, 『한국 현대시와 패러디』, 현대미학사,
   1996) 참고.
107) 進鼓應(최진석 옮김), 「大宗師-'천인합일'의 경지와 '사생일여'」, 앞의 책, 298쪽.

〔ㄱ〕

1행: 太陽은 香爐峯을 비추기에

2행: 향로처럼 보라빛 연기를 피운다.

3행: 아득히 보니 앞설려는 개울물을 폭포가 달아맺다

4행: 날을듯이 흐르며 곧장 밑으로 三千尺이다.

5행: 어쩌면 銀河가 하늘 끝에서 쏟아졌으리라.

＊

太陽은 우주에게 香을 피우는 향로이리라.

폭포는 개울물을 한묶음을 묶었다가 하늘을 쏘며 달린다.

폭포는 나른다 그리고 곧장이다!

폭포에서는 개울물이 銀河로 다다르련다.

곧장 쏟아지기에!

— 「瀑布—李太白을 위하여」 전문

위의 작품이 어떻게 패러디 되었는지 pre-text를 비교해 보면 다음
과 같다.

(1행) 日照香爐 (2행) 生紫烟

(3행) 遙看瀑布掛長川

(4행) 飛流直下三千尺

(5행) 疑是銀河落九天[108]

— 이백, 「望廬山瀑布」 전문

「瀑布—李太白을 위하여」의 경우, 1연은 이태백의 시 「望廬山瀑布」

---

108) 李白의 시를 한 평자(金元中 評釋, 『唐詩鑑賞大觀』, 까치, 1993, 209~211쪽)가
    어떻게 해석하는지를 살펴보자.
    「해는 향로봉을 비추니 자주빛 연기가 솟아오르고 / 멀리 보이는 폭포는 장천에
    걸려 있다 / 날아 흘러내림이 삼천 척은 됨 직하니 / 구천으로 떨어지는 은하수
    가 아닐까」.
    李白은 「여산의 노래를 侍御 여허주에게 부치다(廬山謠寄廬侍御虛舟)」라는 시
    에서 여산의 아름다움을 노래했다.

의 전문을 패러디하면서 2연에서는 변형시켜 패러디하고 있음을 알 수 있다.[109] 이태백의 시는 4행인데 이를 변화시켜 5행과 5행으로 된 1연의 시를 덧붙여 변화를 주었다. 이는 현대시의 패러디 양상에서 행과 연의 변화도 흔히 나타나는 현상이다.[110] 패러디는 단순한 반복이 아니라 어떤 식으로든 차이를 표시해야 한다는 린다 허천의 주장으로 본다면 이 시는 패러디이다. 이러한 패러디 방법을 통해서 target-text (ㄱ)은 여산폭포(廬山瀑布)에 대한 경탄을 주제로 한다.

또한 「望廬山瀑布」와 이태백의 「友人會宿」의 일부분을 패러디한 「瀑布의 造化—李太白을 위하여」를 살펴보자.

　〔ㄴ〕
　1행: 불꽃처럼 번개처럼 솟는 폭포가
　2행: 으젓하게 새하얗게 무지개진다
　3행: 처음에는 銀河가 쏟아지더니
　4행: 하늘과 구름만을 반쯤 바쳐 수놓는다.
　5행: 우러러볼수록 기운은 우렁차서
　6행: 장하다 造化가 이룬 功이여
　7행: 구슬이 날리면서 안개가 가벼워라
　8행: 물거품이 크나큰 돌을 때린다!

---

109) 「瀑布-李太白을 위하여」의 1연과 2연이 다르다. 1연을 단순히 인용(인유)으로 볼 수도 있다. 그러나 본고는 이를 패러디로 파악하여 연구하고자 한다. 인용(인유)으로 보지 않는 이유는 "패러디는 단순한 인용이나 인유보다 강력한 양 텍스트적(bitextual) 결정성을 지닌다. 즉 패러디는 패러디된 특정 텍스트의 기호뿐만 아니라 일반적으로 종적(縱的)인 패러디의 기호의 특성까지 모두 지닌다. 내가 여기서 인유를 포함시킨 것은 인유 역시 패러디와 혼동될 수 있는 쪽으로 정의되어 왔기 때문이다. 인유는 '두 텍스트의 동시적 활성화를 위한 하나의 방법'이긴 하지만 이는 주로 상응을 통해서 이루어진다는 차이를 통해 이루어진다는 점에서 패러디와는 다르다. 그러나 아이러닉한 인유는 보다 패러디에 가까울 것이다. 일반적으로 인유는 패러디보다 덜 제한적이거나 덜 예정되어 있으며 패러디는 어떤 식으로든 차이를 표시해야 한다"는 린다 허천에 따른다(앞의 책, 72쪽).
110) 졸고, 「고전 시론과 현대 시론의 한 접점 연구」 참고.

9행: 名山을 즐겨보니 사람이 싫다!

10행: 잠들고 싶은데서 잠을 자고서……

　　　　　　　　　　　　—「瀑布의 造化—李太白을 위하여」 전문

　1행에서 8행까지는 「望廬山瀑布」의 패러디이고, 9행과 10행은 「友人會宿」의 일부분이다. 「友人會宿」의 원문은 "醉來臥空山 / 天地卽衾枕"이다. 이를 패러디하여 적었다. '名山을 즐겨보니 사람이 싫다! / 잠들고 싶은데서 잠을 자고' 자 하는 소요유의 경지를 말하고 있다. 즉 폭포의 흐름을 통해 무위 자연과 자유 평등의 경지인 무하유향을 주제로 표현한 작품이다. 좀더 발전된 형태의 target-text를 본다면, 「瀑布水가 하는 말씨—李太白을 위하여」이다.

　　〔ㄷ〕

1행: 瀑布水가 날은다 안개가 낀다 꿈을 꾼다 구름을 깎는다

2행: 百尺을 열 곱절한 하얀 명주올 폭포수여!

3행: 제 무게에 갈갈이 갈기갈기 찢겨져 내린다

4행: 四方을 에워싼 山봉우리는 붉은 바윗돌을 병풍처럼 펴들었다

5행: (이 바람에…… 이 바람에…… 무슨 바람결일까?)

6행: 龍이 못물 속에서 내뿜는 숨결이여!

7행: 밤낮할 것 없이 바람이 일고 우뢰가 운다

8행: 여기서는 해도 달도 모두가 鬼神 눈동자!

9행: 空中을 날으는 샘물, 치솟는 물보라는 虛空을 채우려고 안간힘 軌跡
　　을 쓴다

10행: 아아 소나기 銀河…… 銀河가 장마처럼……

11행: 큰 섬 작은 섬이 어울리어 골고루 손가락을 펴면서

12행: 검푸른 물결이 물감처럼 솔질한 눈썹, 이름모를 풀잎이여!

13행: 초록빛 연지가 어디 있는가?

14행: 해묵은 이끼가 두 볼처럼 상기한다 함치르르 윤이 오른다……

15행: 아아 안개가 날으고 꿈이 낀다!

16행: 꿈을 꾸면서 안개가 낀다

17행: 구름을 갚으면

18행: 꿈을 꾸어 준다……

　　　　　　　　　—「瀑布水가 하는 말씨—李太白을 위하여」 전문

target-text (ㄴ)의 무위 자연과 자유 평등의 무하유향을 target-text (ㄷ)은 구체적 언급을 통해 구현하고 있다. 구체적 언급이란 만물 변화의 혼돈을 통해 역설적인 침잠의 세계를 그리고 있다는 뜻이다. 그 침잠 세계라는 것은 무위 자연과 자유 평등의 무하유향을 지향하는 시인의 세계를 보여 준다. 이는 시집 『詩神의 住所』 전반에 흐르는 시 세계이기도 하다.

이태백의 「望廬山瀑布」는 '글이 거칠고 다듬어지지 않는 것(낭유만 전체:稂莠滿田體)'으로 판단한 송욱의 불만에서 패러디했다고 볼 수 있다. 물론 이는 이인로가 말한 '부착지흔(斧鑿之痕)'에 대한 반발이기도 하다. 어쨌든 「望廬山瀑布」를 pre-text로 하여 패러디한 작품이다. 이처럼 여러 번 패러디한 목적이 무엇인가? 이를 알 수 있는 것은 『文學評傳』의 「Ⅲ. 제3장의 九. 鄭知常의 눈물」에서 단서를 찾을 수 있다.

송욱은 바슐라르 시론을 우리 나라에 최초로 소개하면서 상당히 긍정적으로 평가하였다.[111] 단적으로 말해서 "그의 哲學的 詩論은 詩의 批評이나 鑑賞뿐만 아니라, 詩의 創造力과 詩興까지 북돋아 주는 놀라운 힘을 지니고 있다"[112]고 하면서 바슐라르 시론의 보편성을 통해 정지상(?

---

111) 『文學評傳』, 225쪽.

　　송욱이 바슐라르 시론의 소중함을 깨달은 것은 불란서 비평가 J. P. Richard가 쓴 『詩와 깊이』(윤영애 역, 민음사, 1995)의 서문에서 Richard가 바슐라르의 방법론을 따르고 있다는 말을 한 구절이다(곽광수, 「바슐라르와 상상력의 미학」, 『가스통 바슐라르』, 민음사, 1995, 24쪽).

112) 『文學評傳』, 226쪽.

~1135)의 작품(「大洞江」)[113]을 실천 비평한 것이다. 그래서 정지상 작품의 가치를 평가하면서 「大洞江」의 완성된 동기를 기술하였다.[114] 정지상 시의 결구인 〈別淚年年添作波〉를 귀화한 중국인 양재(이제현과 동시대 인물)가 〈別淚年年漲綠波〉로 고쳤고, 이를 다시 이제현(고려 말 시인이자 성리학자, 1287~1367)이 〈添綠波〉로 고쳤다는 것이다. 이러한 개작이 물결의 빛깔을 표현해야 한다는 점에서 〈綠波〉로 고친 것을 송욱은 높이 평가했다.

송욱이 이태백의 「望廬山瀑布」를 개작하여 패러디한 작품을 쓴 것과 특히 물과 관련된 작품을 고친 것은 '낭유만전체, 부착지흔'을 비판하는 그의 패러디 원리라 할 수 있다. 송욱 시작의 방법적 미학은 패러디라 할 수 있고, 패러디의 원천적인 수용 태도는 바로 바슐라르 시론을 통한 개작의 당위성에서 찾을 수 있다. "패러디는 그 원작보다 높은 의미론적 권위를 가지려 한다는 것과 패러디의 해독자는 자신이 동의할 것으로 패러디스트가 기대하는 목소리를 항상 확실하게 알고 있다는 개리 솔 모손의 견해에 대해 대부분의 이론가들이 암암리에 동의한다"는 린다 허천의 논의는 이를 잘 뒷받침해 준다.

여기서 한 가지 주목해야 할 사실은 폭포에 관한 작품의 패러디이다. 폭포와 관련된 작품은 「瀑布의 造化—李太白을 위하여」, 「毛細管 속을—달아 달아 밝은 달아 李太白이 죽은 달아」, 「瀑布水가 하는 말씨—李太白을 위하여」 등이다. 그렇다면 왜 송욱이 폭포의 패러디에 관심을 가졌는가.

---

113) 「雨歇長堤草色多 / 送君南浦動悲歌 / 大洞江水何時盡 / 別淚年年添綠波」 (증보 『海東詩選』, 151면). 특히 이 시 제4구는 두보의 「奉寄高常侍」의 "天涯春色催遲暮, 別淚遙添錦水波(하늘가 봄빛은 저물기를 재촉하는데, 이별의 눈물 아득히 비단 물결에 보태지네)"를 환골탈태한 것이다(정민, 『한시 미학 산책』, 솔, 1996, 87쪽).

114) 『文學評傳』, 247쪽.

폭포는 물의 의미이기 때문에 송욱이 물에 대한 태도를 어떻게 인식하느냐에서 관련성을 찾을 수 있다. 패러디를 통한 송욱의 시 세계를 탐색해야 할 부분은 역시 그의 시에 나타난 폭포(물)에 관한 정신 세계의 반영을 추적해야 할 것이다. 송욱은 "노자에서 가장 부드럽고 약한 것이면서도 가장 강한 힘의 근원이며, 무위의 상징"[115)]이라고 하였다. 송욱은 노자의 철학에서 그가 도달하고자 한 무하유향의 의미를 물에서 얻고자 했음을 알 수 있다. 그리고 이는 송욱이 과학적 시론이라 명명한 바슐라르의 사원소론 가운데 특히 물에 관한 주도적인 이미지를 바탕으로 패러디한 작품이다. 이 외에도 송욱은 이태백에 관한 관심을 패러디하였다.[116)]

target-text (ㄱ)과 같이 패러디한 목적이 무엇인가?

1연과 2연 사이에 유사성을 발견할 수 있다. 그러나 1연과 2연 사이에 변형된 패러디임을 알 수 있다. 즉 pre-text인 이백의 시 「望廬山瀑布」와 송욱의 시 「瀑布―李太白을 위하여」의 1연이 1차적인 target-text이고 2연은 2차적인 target-text이다. 이러한 시작 태도를 어떻게 보아야 할 것인가?

『詩學評傳』에서 당대의 대표적인 시인인 김소월, 김기림, 정지용 등을 비판한 점(Ⅲ장에서 자세히 검토함)과 유고 시집의 「Ⅱ 日記 및 詩

---

115) 「제4장 나르시스와 明鏡止水-물의 詩學(2)」, 『文學評傳』, 260쪽.
116) 「李太白의 詩學-變奏曲」이라는 작품은 두보(杜甫)의 「寄李白詩」와 공자(孔子)의 「春秋」의 '麒麟古事'의 일부분을 패러디하였다.
　　15행: 天眞을 단벌옷처럼 알몸에 입고 / ……… 중 략 ………/ 20행: 때가 오면 龍떼가 비늘을 번득인다…… / 21행: 글과 뜻을 물고 하늘에 오르려고 / ……… 중 략 ………/ 26행: 구태여 聖人을 바라볼 수야 / 27행: 麒麟을 잡으며는 꺾으리라(15행은 두보가 이백에게 주는 시 「寄李白詩」의 패러디이다. 즉 "劇談憐野逸 / 嗜酒見天眞"이다. 또한 20행과 21행은 李白의 「與韓荊州書」의 패러디이다. 즉 "所以龍蟠鳳逸之士 / 皆欲收名定價於君侯"이다. 26행과 27행은 공자의 「春秋」의 '麒麟古事'의 일부분을 패러디하였다. 공자의 「春秋」의 '麒麟' 고사의 일부분을 패러디하였다).

作 노트」에 있는 「李太白을 打倒하기 위하여」의 글에서 암시를 받을 수 있다. 한시 작법상 자신의 문학적 권위를 위하여 용사하는 경우가 있다. 이는 비록 한시일지라도 패러디가 갖는 반복성이 있기 때문에 이에 대한 검토도 함께 이루어져야 한다. 시 창작 과정상 좀 더 좋은 작품을 짓기 위해 명작을 탐독하여 베끼기하는 방법을 통한 자신의 창작 단계에 나아가는 방법론으로 본다면, 이 또한 송욱 시론에 있어 서구의 문학론을 수용하여 주체적인 시론을 확립하고자 하는 태도와 동일선을 이루게 된다.

유고 시집은 초기 서양 문학의 관심에서 동양 문학을 통한 동양 정신으로 옮겨온 것으로 볼 수 있다. 이는 그의 비평 태도와 결코 무관하지 않다. 즉 "송욱은 「〈님의 침묵〉 전편해설」(1974)이라든가 「문물의 타작」(1974)과 같은 저서를 통하여, 자신이 이제는 서양의 근대 정신이 아닌 동양의 전통 정신에 열광하는 사람으로 돌아섰음을 분명한 어조로 선언한 것이다"[117]는 평가는 이태백과 노장에 근원을 둔 '동양의 전통 정신에 열광'의 태도가 시에도 나타난 것을 보여 준다. 다만 한 가지 남은 문제는 과연 그의 이러한 시작과 비평이 어느 정도 성과를 거두었는가는 것이다. "끊임없이 스스로를 갱신해 나가는 정신의 젊음이라는 기준을 가지고 생각해 보면, 중년의 나이에 들어와서 완전히 새로운 출발을 기록한 송욱 쪽이 더 긍정적인 평가를 받을 수 있을 것 같다. 그러나 일단 자신이 선택한 길에서 내놓은 성과 자체를 가지고 따진다면, 송욱의 변신은 그다지 신통한 열매를 맺지 못한 게 사실"[118]이라는 평가는 작가의 변신에 대한 높은 평가가 작품성으로까지 이어지지는 않았다는 뜻이다. 그렇다면 과연 송욱의 이태백 시의 패러디라는 시작이 '동양 정신의 열광'이지만 형식적으로는 한시에서의 용사

---

117) 이동하, 「1970년대의 비평」, 『혼돈 속의 항해』, 청하, 1990, 64쪽.
118) 위의 책, 64쪽.

의 패러디라 할 수 있다. 이에 대한 성과의 판단은 무엇으로 할 것인가
의 문제가 새삼 제기된다.

송욱은 이태백에 관한 용사의 패러디와 함께 장자에 관한 패러디를
통해서 자신의 정신 세계를 표현했다. 앞에서도 언급한 바와 같이 송
욱은 장자의 무하유향에 있기를 갈망하고 있다. 이는 한시에서 말하는
용사와 현대시의 패러디의 한 접점임을 확인할 수 있다. 용사에 대해
서는 일찍이 이인로는『破閑集』에서 좋은 시문을 지나치게 인용하는
행위를 '부착지흔'이라 하여 '점귀부(點鬼簿)'로 비판하였다.[119] 이규
보도『東國李相國集』에서 '재귀영거체(載鬼盈車體)'[120]라 하여 부정적
인 견해를 드러내고 있다.[121] 그러나 이제현은『櫟翁稗說』에서 '점화
(點化)'라는 것이 남의 시문을 글자나 글귀를 군데군데 고쳐서 아름답
게 꾸며 제 것으로 만들어서 사용이 성공적일 때 쓰이는 기법이라 하
였다. 그렇다면 송욱은 용사의 패러디를 통하여 그의 시 세계를 표현

119) 이인로(柳在泳 역),『破閑集』, 일지사, 1994.
• 斧鑿之痕: 도끼나 글로 다듬은 흔적. 전의되어 시문이나 서화를 만드는 데 자
연스럽지 않고 添削의 흔적이 있음을 말함(『破閑集』卷中(五), 103쪽).
• 點鬼簿: 죽은 사람의 이름을 적은 책, 전의되어 시문 속에 고인의 이름을 넣는
병폐를 말함(『破閑集』卷下(四), 174쪽).
120) 이규보는『白雲小說(東國李相國集附)』에서 시에 마땅하지 못한 시체를 9가지로
나누었다. 詩有九不宜體: 載鬼盈車體(한 편의 시 속에 옛사람의 이름을 많이 사
용하는 것), 拙盜易擒體(옛사람의 뜻을 몰래 가져다 쓰는 것은, 도둑질을 잘 한
다고 해도 오히려 도둑질하는 것이 옳지 않는데, 여기다 또 잘못을 저질렀음), 挽
弩不勝體(强韻으로 押韻을 하되 근거가 없음), 飮酒過量體(재주는 헤아리지 않
고 지나치게 압운함), 設坑導盲體(險僻한 글자를 쓰기를 좋아하여 사람으로 하여
금 迷惑되기 쉬운 것), 强人從己體(말이 순하지 않으면서도 다른 사람에게 이걸
쓰도록 강요하는 것), 村夫會談體(일상 용어를 많이 쓰는 것), 凌犯尊貴體(공자
와 맹자와 같은 성인의 이름을 범하기를 좋아하는 것), 稂莠滿田體(글이 거칠고
다듬어지지 않은 것) 등으로 나누었다. 비록 이규보가 개인적으로 생각해서 체득
했다(是余之所深思而自得之者也)고는 하지만 깊이 관심을 기울일 만하다(홍만
종·허권수·윤호진 역주,「백운소설」,『시화총림』, 까치, 1993, 53쪽 참고).
121) 변종현,『고려조 한시 연구』, 태학사, 1994, 293쪽.

한 점으로 볼 때, 이제현의 『櫟翁稗說』에서 말하는 '점화' 라 할 수 있다. 이처럼 송욱이 동양 정신을 모색한 방법론적인 미학은 용사의 패러디이다.

정지상 시의 작품 개작을 인정하였듯이 이런 개작 과정의 당위성을 통하여 송욱은 이태백을 비롯한 동양 문학의 패러디를 시도했다.[122] 이는 송욱의 시 창작의 방법적 미학인 용사의 패러디를 통해서 동양 정신에 탐닉한 것임을 알 수 있다.[123] 따라서 송욱의 시 정신을 담는 용기라는 측면에서 『詩神의 住所』는 의의 있는 시집이라 판단된다.

---

122) 송욱 시의 방법적 미학인 패러디의 형태를 유형화시키면 다음과 같다. 즉 산문→시(「春夜宴桃李園序」→「天地는 萬物을⋯⋯李白을 위하여」), 한시→ 시와 변이형, 혼합형(「望廬山瀑布」→「瀑布-李太白을 위하여」: 변이형 「瀑布의 造化-李太白을 위하여」: 혼합형 「瀑布가 하는 말씨-李太白을 위하여」, 「李太白의 詩學」), 산문, 시의 변이형→시 등으로 나눌 수 있다.

123) 그가 작고 직전에 남긴 메모에는 '이율곡(1536~1584)의 『聖學輯要』를 譯註 또는 解說 예정(1979)' 이라고 적혀 있다. 이는 시 세계와 시론에서 불교적인 동양 세계를 목도한 다음, 아마도 동양 정신의 한국적 수용에 제 목소리를 낸 성리학의 한국 사상의 한 단면을 통해 자신의 사상적 토대를 갖추고자 했음을 추측케 한다. 송욱은 『東西事物觀의 比較』(한국 문화 연구소, 1970)에서 '우리의 전통적 사상인 유학, 특히 율곡과 퇴계 그리고 이 두 사상가에게 영향을 끼친 朱子 등에 나타난 사고 형식과 학문의 방법을 살펴보고, 이와 관련해서 서양의 현대 철학자 중에서는 주로 학문의 방법을 살펴보고, 이와 관련해서 서양의 현대 철학자 중에서는 주로 베르그송의 생각「自我와 創造-베르그송의 경우」, 《세계의 문학》, 1979. 6)을 가려내' 는 글을 쓴 적이 있다. 이는 송욱의 율곡에 대한 관심이 이미 오래 전부터 있었음을 짐작할 수 있다(《경향신문》, 1978. 8. 23).
율곡의 삶의 태도와 자신의 삶의 태도와 동일시하는 대목을 연구자 나름으로 몇 대목 정리하면, 16세에 어머니 신씨를 여의자 삼년상을 지내고 19세에 금강산에 들어가 거기서 1년을 머물렀다. 여기서 인생의 무상을 달래기도 하였거니와 선의 체험을 통하여 불도에 잠시 침잠해 보기도 하였다. 이는 후일 그의 철학 체계에 적지 않는 영향을 미쳤다.
『聖學輯要』에 대한 내용을 간추리면, 『聖學輯要』를 통하여 經國濟世의 포부를 피력하고 철인군주주의를 권유하였던 것이다. 그리고 민생, 재정, 국방 등 현실적인 개혁 문제에 있어서는 경제론적 입론과 변법주의적 이론을 바탕으로 하고 있어 비록 祖宗의 成憲에 맞지 않는 것이면 그것은 고쳐 나가야 한다고 주장하였다(《국어국문학사전》, 신구문화사, 1981, 513~514쪽 참고). 추후에 이에 대한 자료 수집을 통해 송욱 문학의 한 면을 집중적으로 연구할 과제로 남겨 둔다.

2. 언어 실험의 소멸과 말의 가치

『詩神의 住所』는 앞의 시집과는 달리 산문적인 문체다. 송욱이 만해를
극찬한 것은 그의 저서에서 여러 번 밝힌 바 있다. 만해 시에 대한 송욱
의 관심 중에 하나는 산문시 형식이었다. 만해 시의 산문시 형식이 사상
과 인간성의 표현으로 되었다는 점(Ⅲ. 2 참고)을 상기할 때, 송욱의 산
문적인 문체의 변모 양상은 어느 정도 설득력을 가진다. 즉 도에 대한
사상적 표현은 산문적 표현으로 타당하다는 것이다. 여기서 시가 산문
적 표현으로 변모하면서 한자음의 반복이나 비문서술화와 같은 언어 실
험이 소멸되었다는 점을 주목해야 한다. 그러나 진정한 의미에서 볼 때
이러한 언어 실험의 소멸이 언어에 대한 관심이 없음이 아니라 문(文:
언어)을 '재도지기(載道之器)'로서 인식한 탓이라고 판단된다.[124] 이에
대한 그의 고민이 어느 정도인지를 짐작케 하는 내용이 유고 시집에 있
다.[125] 유고 시집에서는 언어가 도를 담는 그릇이기에 자연히 언어의 실
험성이 소멸되고, 동시에 말에 대한 가치가 언어 철학으로 변모되었다.
송욱이 언어의 가치를 어떻게 인식했는지를 「말에 대한 四重奏」의 작품
이 잘 보여 준다.[126]

송욱 시 세계의 종착역이라 할 『詩神의 住所』에서 주목되는 부분은

---

124) 재도지기가 도에만 치우친 것이 아니라 문예의 중요성도 내포하고 있다는 것(정
요일, 「文以載道論의 理解」, 『한문학 비평론』, 집문당, 1994, 177~194쪽 참고)
이다. 그래서 송욱 시는 도의 의미와 문예의 의미를 동시에 수반한다는 점에서
그의 언어 철학이라 명명할 수 있다.

125) 유고 시집의 〈Ⅱ 日記 및 詩作 노트〉에는 송욱이 얼마나 '말의 가치'에 대해 고민
했는지를 알 수 있다. 〈1978. 9. 10-말잡이 땅꾼〉, 〈1978. 9. 15〉, 〈1978. 9.
18〉, 〈1978. 12. 1-말문 눈시울〉, 〈1978. 12. 3〉, 〈1978. 10. 18〉, 〈1978. 10.
25〉, 〈1978. 12. 17〉, 〈1979. 4. 11-말맛의 詩學〉, 〈1979. 4. 29-말의 血緣〉,
〈1979. 4. 30-몸말꿈〉, 〈1979. 7. 9-말이 무엇일까?〉 등이다.

126) 유고 시집, "말과 事物, 그리고 몸이 가지는 관계를 主題로 삼아 요즈음 한두 달
동안에 쓴 작품 네 편(〔내 마음에(其一)〕, 〔말과 事物(其二)〕, 〔말은 造物主(其

진정한 '말의 가치'가 무엇인가를 고민했던 흔적이다. 이 고민의 흔적
에 대한 논리적인 해명은 송욱이 극찬하고 영향을 받았던 만해에게서
찾아야 한다. 왜냐하면 만해가 의정(疑情)에서 깨달음의 과정이라는
선의 내용을 사랑의 형식과 모국어로 융합시켜 표현한데 비하여 송욱
은 시대 비판성의 한계를 인식하고 나름대로 시어에 대한 새로운 인식
을 탐색하여 표현하고자 했기 때문이다. 단순히 말의 가치가 아니라
시인이 말의 가치에 고뇌했다는 의미는 시 창작의 진지한 태도의 반영
임과 동시에 모국어에 대한 탐색의 표현이다. 이런 점 때문에 송욱이
시사의 위치를 자리잡을 수 있는 것이다. 말의 가치에 대한 그의 고민
을 나타난 시를 보자.

> 말에서 개평뗀다 韻을 뗀다
> 말머리가 가슴이 꽁무니가 열린다
> 말과 말이 마음껏 껴안는다, 벌거숭이로……
> 말에서 딱지뗀다 꼭지뗀다
> 말을 혀끝바닥으로 만지락거리다가는
> 끝내 배앝게 마련이다……
> 왜 잠자코 있지 않는가?
> 말과 말이 주고받는 tongue to tongue kiss!
> 말에서 만짐새 앉음새를 만져본다 쓰다듬는다
> 말이 만질만질 몽글몽글 망실망실하다가는
> 급기야 화닥닥 후닥닥 훨훨 나르고 만다!
> 말이 어찌 무뚝뚝하랴?

> ―「말은 造物主」 전문

진정한 말은 '개평, 韻, 딱지, 꼭지' 등과 같은 불필요한 것은 떼야

三)], 〔말과 물(其四)〕을 말함-편자)을 한 데 모아 '말을 위한 四重奏 라고 題號
를 달아 본다."(1978. 12. 18), 97쪽.
  여기서 한 가지 지적되어야 할 문제는 시집의 목차에는 없는 '말을 위한 四重
奏'에 해당하는 「말과 물(其四)」이 없다. 대신에 「말과 몸」이라는 시제가 있다.
따라서 본고에서는 「말과 몸」을 검토한다.

만 한다. 그래서 '말에서 만짐새 앉음새를 만져본다 쓰다듬는다'는 말
에 대한 진지한 행위를 통해서 '말이 만질만질 몽글몽글 망실망실'한
상태가 된다. 그러나 이러한 말의 상태가 '급기야 화닥닥 후닥닥 훨훨
나르고 마'는 까닭은 말이 무뚝뚝하기만 한 것이 아니라 어떤 진지한
의미를 담아야 된다는 송욱의 언어 철학임을 알 수 있다. 송욱은 진지
한 언어의 의미가 무엇인지를 아직 찾지 못하고, 동양적 세계를 모색
하는 단계에서 「應帝王」의 '混沌'에서 말하는 두루뭉실한 언어를 갈구
하고 있는 것이다. 여기서 송욱은 말에 대한 진정한 가치를 자신의 삶
과 시에 비추어 본다. 말과 시와 삶과 일치된 모습을 보여 준 시작이
「말과 몸」이다.[127]

> 몸에 붙지 않는 옷이 있고 말이 있다
> 그러나 몸에 붙는 옷처럼 말이 내 몸에 붙는다
> 마치 영자처럼 귀신처럼 붙는다
> 말을 거울삼아 나를 비춰 본다
> 말 속에 있는 내가, 황홀한 내가 바깥세상을 비추어 본다
> 짯짯이 나를 살피는 말이여
> 송송 구멍뚫린 말문구멍이
> 내 몸에 눈입콧구멍
> 귀목구멍을 송송 뚫어 놓는다!
> 말이야 많지만 말이 그렇지……
> 어디 입에 맞는 말이 많을까?
> 뜻이 게눈 감추듯 한다!
> 깊이가 감고 다무는 눈시울 입술……

---

127) 『詩神의 住所』의 94쪽에서 「말문……눈시울」(1978. 12. 1)이라는 글을 다시 정
리하여 적고 있다. 다만 본고에서는 「말과 몸」을 시 작품으로 판단하였기에 「말
문……눈시울」은 송욱의 시작의 의미를 뚜렷이 파악할 수 있는 단서로서만 인용
하고자 한다. 위의 두 글을 비교하여 읽어 보면 「말문……눈시울」이 좀더 명확한
의미를 전달해 주기 때문에 이를 송욱의 시 세계를 밝히는 의식적 측면으로 들여
다보고자 한다.

내 몸은 문지방 문간방말······
열고 닫는 말문이기에
바깥세상 소문이 드날리는 문지방 문간방말에서
나는 나를 듣고 배운다

—「말과 몸」전문

'몸에 붙지 않는 옷이 있고 말이' 있듯이 '몸에 붙는 옷처럼 말이 내 몸에 붙는 / 마치 영자처럼 귀신처럼' 딱 붙는 진정한 말이 있다. 이 말을 통해서 송욱은 진정한 나를 비춰 볼 수 있다. 진정한 말을 통해서 자신을 비추어 보듯이 바깥 세상을 비추어 보는 것이다. 그러나 말이 '송송 구멍 뚫린 말문구멍이 / 내 몸에 눈입콧구멍 / 귀목구멍을 송송 뚫어 놓고' 마는 것이다. 이는 장자의 '混沌' 편에 나오는 두루뭉실한 세계를 흔들어 놓는 행위이다. 이처럼 두루뭉실한 상태의 말은 무엇이 옳고 그름을 비판한 것은 아니다. 그렇기 때문에 송욱은 1960년대『何如之鄕』에서 비판의 목소리가 유고 시집에서는 소멸된 것이다. 비판의 말소리만 난무하게 되면 말소리만 들리게 된다. '말소리가 들린다, 말이 소리의 측면으로 기울면 뜻과 멀어진다─말뜻이 들린다!(1978. 10. 18)'는 것이다. 송욱이 말하는 말뜻이 무엇인가. 진정한 소리와 말뜻이 일치하는 경우가 무엇인가. 그것은 그의 일기 「1978. 10. 25」에서 읽을 수 있다.

물과 불, 母音은 같고 ㅁ과 ㅂ만 다르다. 따라서 ㅁ은 물이고 ㅂ은 불이다. 이렇게 보면 어머니의 머는 물이고 아버지의 버는 불이다.
여인들이 붉은 옷을 즐기어 입는 까닭은 무엇일까? 첫째는 꽃의 상징으로, 둘째는 월경의 상징으로. 불불이라 하지 않고 물불을 가리지 않는다고 함은 여성이 남성을 앞선다는 의미가 있을지 모른다

—「1978. 10. 25」

모음이 같더라도 'ㅁ'과 'ㅂ'의 음운에서조차 분별 있게 쓰고자 했던 송욱의 시작 태도는 말의 가치가 어떤 것인가를 보여 준다.[128] 김현은 송욱 시에 대해서 "말의 울림에 예민한 시인이다. 그 말의 울림이란 형태적 혹은 음성적 울림, 의미의 울림을 다 껴안고 있는 개념이다"[129]라고 한 바 있다. 위의 인용 시에서도 김현이 말하는 언어의 예민함을 확인할 수 있다. 이는 바로 송욱의 시작 태도가 얼마나 주도 면밀하며 시어에 대한 고민이 얼마나 큰가를 짚을 수 있는 대목이다. 그렇기 때문에 송욱의 시작 후기에 이르면서 과작을 했는지도 모른다. 또한 미사여구의 절제와 현실 비판의 시작 태도는 사라지고 산문 형식의 에세이같이 시를 쓴 것이다. 『詩神의 住所』의 전체 시작과 생활 일기의 비중을 보더라도 이를 알 수 있고, 시작이라 하더라도 말의 진정한 가치만을 염두에 둔 작품이 많은 것만 보아도 알 수 있다. 이는 송욱의 진정한 말(시어)과 삶(몸)과의 일치를 보여 주는 행위이기도 하다. 「말과 事物」, 「내 마음에……」의 작품이 짤막한 4행시의 형식으로 쓰여진 것이 이를 증명한다. 이 작품들은 말소리만 난무하고 말뜻이 사라지는 행위에 대한 반성이다.

---

128) 송욱은 음운의 차이를 통해 리듬은 물론이고 의미의 전달까지도 신경을 쓴 흔적이 시에 나타났다. 이는 두운의 관점에서 음운과 의미를 동시에 파악한 논의를 참고하면 다음과 같다(김학동 외, 「Ⅱ. 시의 요소(운율)」, 『현대시론』, 새문사, 1997, 72쪽).

　"밤하늘에 부딪친 번개불이니 / 바위에 부서지는 바다를 간다 (「'쥬리에트'에게」, 송욱)"

　위의 시는 어두의 'ㅂ' 음이 갖는 효과를 최대한 살리고 있다. 'ㅂ' 음이 지니는 상징적인 효과 파괴, 충돌, 투쟁 같은 것인데, 작품 속에서는 '부딪친', '번개불', '부서지는' 등의 파열음의 연계로 구체화된다. 충돌하는 정서의 반복은 화자의 격정적인 정서를 드러내는데 적절하다. 더구나 이러한 비탄은 'ㅂ' 음을 어두음으로 하는 각 행의 어절 단위가 창출하는 음악적 효과로 인해서 보다 열정적으로 전달된다.

129) 김현, 「말과 우주- 송욱의 상상적 세계」, 『김현 전집 4』, 41쪽.

새가 열매를 까먹듯이
말이 事物을 까먹는다
말은 나르다가 앉았다가 한다
事物이 나무처럼 메아리치게……

—「말과 事物」전문

내 마음에 性이 고인다
내 마음에 얼이 박힌다
나는 事物에서 얼뺨을 뗀다
그러며는 내 몸에 맥이 박힌다

—「내 마음에……」전문

송욱은 철저히 '내 몸에 맥이 박히'는 몸시를 쓴다. 송욱이 내뱉는
시는 진정한 말의 가치를 살리고자 하는 고뇌의 산물이다. 그래서 마
치 '새가 열매를 까먹듯이' 진정한 말은 불필요한 껍질보다는 사물의
열매인 말의 본질을 찾아야 한다는 것이 그의 시작 태도이다.

『詩神의 住所』는 시집이라기보다는 진정한 시인은 어떤 태도로 시를
창작할 것인가에 대한 하나의 창작 지침서라 할 수 있다. 그리고 유고
시집은 시적 성취보다는 그의 사상이 배어 있는 사상집이라 할 수 있
다. 한국 시사에서 말의 가치에 대한 사상적인 고민을 한 이는 드물다.
이러한 평가가 송욱에게 붙일 수 있는 이유는 만해가 모국어에 대한
깊은 애착을 보였던 것처럼 송욱의 만해에 대한 깊은 영향이라 볼 수
있기 때문이다.[130] 그래서 그의 『詩神의 住所』는 "言語의 鑛夫(정명환,

---

130) 만해의 모국어에 대한 사랑의 결과는 특히 『님의 沈默』을 통해서 알 수 있지만,
    만해의 생활에서도 이를 확인할 수 있다. 만해의 딸 한영숙 씨의 회고(「아버지
    만해의 추억」,《나라사랑》, 1971년(제2집), 외솔회, 91쪽)는 이를 보여 준다.
    "한번은 어떤 손님 한 분이 집에 오셔서 잘 이야기하고 노시더니, 별안간 목침이
    날아 문을 부수고 아버지의 고함치는 소리가 나고 야단이었습니다. 나중에 안 일

『詩神의 住所』의 머리말에서)"의 일기라는 의미를 가진다. 이를 뒷받
침해 준 것이 앞의 시집에서 보여 준 독특한 미학적 특징-한자음의 반
복, 비문서술, 성유화 등-이 소멸했지만 송욱은 '진주처럼 빛나는
말…… 알몸 같은 알찬 말…… 億萬개 활개치는 나들이웃(말도 안 되
는 말이지만)' 같은 진정한 모국어를 꿈꾼 것임을 알 수 있다. 이는
"지평선이 아득한 넓은 들판에 황금빛 물결치는 무성한 곡식처럼 그렇
게 자란 글을 쓰고 싶다"[131]는 그의 열망이기도 하다. 만해가 모국어에
대한 애착으로『님의 沈默』을 생산했듯이 송욱 자신의 언어에 대한 그
의 철학적 탐구심을 추구하고자 했음을 알 수 있다.[132]

이지만, 그 손님이 취중에 일본말로 한마디하였다가, 그만 변을 당했던 모양입니
다. 그 때는 아버님께서 항상 병환 중이셨으니까, 집안에서는 통 큰소리도 안 하
시고 조용한 생활을 하시다가 가끔 이런 일로 소동이 벌어져 놀라곤 하는 일이
한두 번이 아니었으니까요."
131)『文物의 打作』의 서문.
132) 송욱은 만해 연구에서 모국어와 구어체을 구별하지 않았다. 이 문제는 Ⅲ장에서
다룸.

Ⅲ. 외래적 시론 비판과 주체적 시론 모색

외래적 시론 비판과 주체적 시론 모색

　본장에서는 『詩學評傳』과 『文學評傳』의 중요 부분과 『님의 沈默-全篇解說』 등이 연구 대상이다. 『詩學評傳』에서는 송욱이 외래 시론의 수용을 통해서 한국 작품에 대한 실지 비평을 한 경우에만 연구 대상으로 삼았다. 즉 뉴크리티시즘의 수용(리처즈와 브룩스)에 있어 실천 비평으로 황진이와 김소월, 모더니즘의 수용(엘리어트)에 있어 김기림과 정지용의 경우가 이에 해당된다. 그리고 『文學評傳』은 황진이와 김소월의 연구에 따른 송욱의 보조적인 연구가 이루어졌기 때문에 『文學評傳』의 일부분이 포함된다. 또 송욱이 서양 시론과는 달리 불교의 선(禪)을 수용하여 『님의 沈默』을 연구한 경우가 포함된다.

　우선 『詩學評傳』의 전체적인 내용을 '서문'과 '원서문'을 통해 검토하겠다. 이는 『詩學評傳』에 나타난 송욱 시론에 대한 기본적인 시각을 들여다볼 수 있기 때문이다.

　송욱의 시론과 실천 비평의 태도를 엿볼 수 있는 『詩學評傳』은 초판

발행 때(1963. 5. 25)의 '서문'을 통해 이 저서에 대한 전체적인 집필 의도를 밝혀 놓았음에도 불구하고, 2년 후인 1965년 5월에 '원서문'을 썼다.[1] 이를 통해『詩學評傳』의 집필 의도를 명확히 알 수 있다. 그래서 이 둘에 대한 내용을 분석한다면 송욱 시론의 지향점을 찾는 유용한 단서가 될 것이다.

'서문'에서는『詩學評傳』의 내용을 세 가지로 집약시켰다. 첫째, 작품 그 자체를 면밀하게 분석하는 실지 비평. 둘째, 동서 문학 배경을 비교하여 그 차이와 대조되는 면을 밝혀 보려는 노력. 셋째, 시 창작 의식과 시작의 과정을 드러내려는 일이다. 이는 첫째의 경우 미국의 신비평으로 접근하지만 부족한 점을 보완하는 차원에서 둘째의 경우를 설정하여 놓았다. 더불어 작품이 태어나게 되는 바탕인 문학 배경과 문화 전통의 기능을 염두에 두었고, 셋째의 경우는 "詩 作品이 槪念的 意味를 초월하여 창조된 個體的 存在이며, 科學의 眞實에 詩의 眞實이 맞선다고 주장하는 佛蘭西 批評도 아울러"[2] 살펴야 한다고 했다. 특히 송욱의 깊은 관심은 "우리의 목적이 한국의 詩文學을 기름지게 하는 것이라면, 傳統과 文學 背景의 차이를 밝혀 주는 높은 眼目이 반드시 중대한 구실을 한다"[3]라는 데 있다. 그래서 송욱은 전통과 문학 배경의 차이를 연구하는 깊은 관심을 가지게 되어『詩學評傳』을 저술하였던 것이다.『詩學評傳』에 있는 서구의 문학 이론에 대한 내용이 바로 송욱이 수용한 문학론이다. 이런 외국 문학론은 곧바로 한국 문학론에 대한 검토 작업으로 이어진다. 이는 송욱이 우리 나라 문학론에 상당한 관심을 보였다는 증거다. 그래서 송욱의 문학론을 통해서 1960년대 한국 비평 문학의 한 정황을 엿볼 수 있는 것이다. 송욱은

---

1)『文物의 打作』, 52~56쪽.
2)『詩學評傳』, 3쪽.
3) 위의 책, 4쪽.

『詩學評傳』을 시문학사의 단계와 한국 문학의 상황을 염두에 두면서 실천적 가치 기준으로 활용되기를 기대하는 저술의 입장을 보이고 있다. 이는 송욱이 1960년대의 문학 상황 속에서 비평의 필연성과 기능에 대한 책임 의식을 강하게 지니고 있음을 의미한다.

송욱은 6·25 이후 밀려오는 외래 사조의 홍수 속에서 우리 문화를 지켜 나가야 할 한 방법이 비평의 역할이라는 인식을 가지고 있었다. 외래 사조의 유입으로 인해 우리 문화의 통일성과 조화와 안전성을 깨뜨리기 쉽기 때문에 한국 사람의 입장에서 비판하면서 흡수하고 동화하는 양식을 결정하는 데 이바지하는 비평의 기능을 강조했다. 그런데 송욱이 여기서 한 가지 고민한 것은 한국의 특수한 문학 상황에서 들여온 외래 사조를 우리 입장에서 주동적으로 소화하며, 한편으로는 우리의 문학을 건설하는 방법을 어떻게 찾느냐 하는 것이었다. 이는 송욱 시론이 외래적 시론의 비판을 통해서 우리 문학을 주체적으로 소화하여 비판하는 주체적 시론을 모색하였음을 의미한다.

'원서문'에서는 자신의 시 창작의 절실함(시는 나에게 있어 정신적 죽음을 겪은 다음에 부활을 얻은 거의 외줄기 길이었으며, 그처럼 심각하고 중요한 것)으로 인해 좀 더 내면적 욕구를 채우기 위해 외국 문학에서 모범을 찾고자 했으며, 그 모범으로서 보들레르나 엘리어트와 두보를 애독하게 되었다. 그러나 외국의 시와 시론에서 배울 수 있는 점도 있었겠지만 시인(시에 관심 있는 사람)이 받아들일 수 있는 것은 별로 없다고 하였다. 이러한 점에서 볼 때, 송욱은 외래적 시론에 대한 비판 의식과 한국 비평 문학의 주체성 내지 독자성을 강하게 인식하고 있었음을 알 수 있다.

또한 송욱은 우리 한국 사람의 비평 의식이 지닌 결함을 항상 강대국에 둘러싸여 정치적으로 불행한 역사를 겪어서 한국 문화와 외래 문화를 서로 상극(相剋)으로 인식하는 강박 관념에 있음을 지적했다. 그래서 송욱은 이를 극복하는 방법으로 외국 시와 시론의 선택적, 발전적인 수용 의식을 강조하였다. 그리고 한국 사람의 비평 의식에서 가장 절실하고 가장 곤란한 문제는 결국 어렵고 특수한 우리 환경에서 보편적인 문화 가치를 창조하는 방식을 마련하는 것이라고 지적한다.[4] 여기에 송욱이 지향하는 비평 의식은 '한국 상황에서 보편적인 문화 가치를 창조하는 방식'을 찾는 것이다. 문화 가치를 창조하는 방식은 송욱의 문학을 통해서 접근할 수밖에 없다. 그 문화 가치를 창조하는 방식은 동양적 세계관인 불교의 선과 노장 사상인 무하유향이라 할 수 있다. 『님의 沈默-全篇解說』은 불교의 선에 의한 실천 비평으로, 『詩神의 住所』는 노장사상인 무하유향의 시 세계로 문화 가치를 창조하는 방식을 보여 주었다.

그리고 '서문'에서 볼 수 없었던 비교 문학에 대한 그의 생각과 저작의 관계를 '원서문'은 좀더 명확하게 기술하고 있다. 송욱이 가진 '비교 문학'에 대한 생각과 저작의 관계를 살펴보면,

> 내가 알기에 구미에서 발달한 비교 문학이란 〈과거〉에 주로 구미 각국 상호 간의 문학이 주고받은 영향을 연구 대상으로 삼는 것이다. 이와는 달리 나는 우리가 외국 문학 중에서 무엇을 어떻게 받아들이면, 장차 이 나라의 시와 시론에게 도움이 될 수 있는가 하는 문제를 밝히기 위하여, 동서 문화 배경 중에서 현재 우리에게 절실한 점만을 자유롭게 선택하여 견주어 보았을 따름이다. 나는 이러한 태도가, 한국 시문학의 전망을 위한 실천적이며 실리적인 것이 되기를 기대하고 있다.[5]

이 글에서 송욱은 우리 나라의 시와 시론에 도움이 될 수 있는 방법론을 밝히기 위해서 동서 문화 배경을 비교한다는 것이다. 그런데 송욱은 외국 문화 수용과 동서 문화 배경을 구체적으로 설명하지 않았

---

4) 『文物의 打作』, 54쪽.
5) 위의 책, 54~55쪽.

다. '서문'과 '원서문'을 비교해 보면 송욱의 비평적 태도를 직접적으로 보여 준 것은 오히려 '원서문'이라 할 수 있다.

송욱은 비평가 입장에서 1960년대의 한국 문화 상황과 관련하여 문학 비평의 기능에 상당히 부정적인 인식을 가지고 있었다. 즉「文學批評의 批評」(未發表, 1963)에서 한국 문학 비평의 바탕이 탄탄하지 못하다고 진단했다.[6] 그것은 반세기 남짓한 우리 근대 문학에서 훌륭한 작품이 많지 않다는 데 있다는 것이다. 즉 훌륭한 작품의 부재는 독자와 작가 사이의 가교 역할을 하는 비평가가 존재할 수 없게 만든다는 것이다. 또 다른 측면은 대부분 정치적 이데올로기를 에워싸고 갈라진 비평가나 문인들이 주고받은 논쟁에서 비평 활동이 소모전이었으며, 더불어 생활고에서 오는 비평가란 결국 '買名과 고료와 정치 참가가 아닌 문단 정치에 관심'을 둠으로써 비평이 〈雜文〉이 되고 만다는 것이다. 이처럼 1960년대의 문단 상황에서 비평가의 고뇌를 진지하게 접근했던 송욱은 어떤 작품과 어떤 시론에 주목했는가? 이런 물음에 대한 답은『詩學評傳』을 통해서 알 수 있을 것이다.

시인인 송욱이 시론에 대한 관심을 가지게 된 것은 10년 남짓한 창작의 세월을 정리하고자 했던 의도였다. 시인인 그가 막상 시론에 대해 저술하고자 했을 때 우선 봉착하게 된 문제는 '二重의 間隔'이었다. 이 간격의 하나는 시인이 시 작품과 그의 시론 사이에 반드시 있게 되는 거리, 마치 경험과 이론이 동뜨는 것이고(송욱은 김소월, 김기림의 경우로 논증하고 있다. 이는 본고에서 논구할 것이다), 다른 하나는 이보다 앞서 작자의 의도와 완성된 작품 사이가 이미 동떨어지게 되는 사실이다(김소월, 김기림과 정지용의 경우). 여기에다 외국의 시론이 한국 시인에게 유용한 틀을 제공한다는 것은 문화 배경

6)『文物의 打作』, 57쪽.

이 다른 경우에 마땅히 따르는 고통이다는 것이다. 시와 (외국)시론
사이의 기본적인 문제를 송욱은 해결의 실마리를 찾고자 했다. 그래
서 "文學背景을 대상으로 하고, 혹은 적어도 서로 다른 文學背景을
比較할 수 있는 〈眼目〉만이라도 갖추어 보려고 애쓴"[7] 것이 『詩學評
傳』이다.

문학 배경이 다른 나라를 통해 보편적인 시론을 발견한다는 것이 송
욱의 문학 배경의 비교 이유인 것이다. 그 대상의 처음으로 20세기 프
랑스의 지성적인 작가로 대표되는, 최대 시인이라는 데에 선뜻 동의하
지 않은 사람에게도 그가 최대 시론가라는 점에는 이론의 여지가 없는
발레리와 동양 정신의 정수(精髓)라 일컫는 공자에 대한 논의를 전개
했다. 송욱은 발레리와, 공자의 『論語』의 「爲政」편에 있는 '思無邪'에
대해서 다음과 같이 비교했다.

> 이러한 孔子의 詩觀과 흡사한 것인만큼, 즉 오로지 情과 人情만이 詩의 內容을
> 이룬다고 생각하는만치 치밀한 計算을 통한 言語의 音樂建築이란 形式으로, 形
> 而上學을 主題로 詩를 쓴 발레리, 象徵詩의 절정을 이루고 있기 때문에 그것을
> 뛰어넘으면 虛空이란 不毛地帶밖에는 없으리라는 평을 받은 발레리, 그러한 발
> 레리의 詩學을 우리가 흡수하여 살찌는 것은 그리 쉬운 노릇이 아닐 뿐더러 그러
> 한 말하자면 〈간사한〉 생각에 휩쓸려서도 안 될지 모른다(『詩學評傳』, 6~7쪽).

위의 인용에서처럼 발레리와 공자의 시관을 비교함으로써 동양 시관
은 유학이 물려준 〈藝術卽餘技〉 사상(『詩學評傳』, 제3절)으로 도(道)
중심임에 비해 유럽 특유의 시관은 발레리와 더불어 엘리어트의 〈非個
性主義 藝術論〉이라는 것이다(『詩學評傳』, 제7절). 그러나 이들의 시
관을 우리 나라가 흡수하여 문학을 풍부하게 하는 데 한계가 있음을

---

7) 『文學評傳』, 3쪽.

지적했다. 한걸음 더 나아가 엘리어트의 역사 의식과 중국의 상고주의
(尙古主義)에 대해 언급하고 있다. 이처럼 송욱은 폭넓은 문학론을 전
개했지만 치밀하고 논증적인 태도를 보여 주지 못하고 있다. 이 때문
에 한 개인의 독서 노트에 지나지 않는다는 평가를 김종길과 이상섭으
로부터 받았던 것이다.

　　송욱은 주체적인 시론을 모색하여 정립하는데 군이 외국 비평가의
이론과 실천을 거쳐야 하는 문제에 대해 상당히 고민이 컸다.

> 　　이는 특히 비평의 전통을 가지지 못하기 때문에 부득이 외국의 비평을 받아
> 들이지 않으면 안 되는 이 나라의 특수한 판국에서 무엇보다도 중요한 문제가
> 아닌가! 더군다나 비평은 그 본질이 우리의 主體的인 消化에 있다고 생각할 수
> 있는 만큼 외국의 문예 비평을 어떻게 소화시키느냐 하는 문제는 우리 비평이
> 마주치고 있는 과제의 핵심을 이루고 있는 여러 문제의 하나라고 볼 수도 있다
> (『詩學評傳』, 146쪽).

　　위의 인용을 통해서 송욱이 외국 이론을 수용하는 데에 대한 심각한
반응을 보였음을 알 수 있다. 이런 심각한 반응의 이면에는 외국 시론
에 반하여 송욱이 주체적 시론의 중요성을 자각했다는 뜻이다. 그렇다
면 송욱의 주체적 시론은 무엇인가? 결국 외국 문학론의 수용과 비판
을 통해서 우리 시론의 주체적인 소화를 강조한 것이다. 이는 바로 강
대국에 둘러싸여 살아 온 민족의 일원으로서, 민족 주체성의 뿌리에
빼놓을 수 없는 것이 바로 올바른 비평 정신과 능력이라고 굳게 믿고
있는 그의 정신이기도 하다.[8] 여기에서 우리의 비평 전통이 무엇인가
를 고민하는 송욱이 주체적인 시론을 확립하기 위해 갈망하는 태도를
엿볼 수 있다. 그래서 본고는 송욱이 보다 심각하게 생각하고 있는 외
래적 시론의 수용과 비판을 통한 그의 주체적 시론의 정점을 살피고자

---

8) 『文學評傳』, 5쪽.

한다. 송욱이 수용한 외래적 시론인 뉴크리티시즘, 모더니즘과 동양의
불교적 세계관인 선시론을 중심으로 검토할 것이다.

뉴크리티시즘과 모더니즘 비판

뉴크리티시즘[9]이 한국 문학에 수용된 것은 긍정과 부정의 논리를 뛰어넘어 인상주의, 감상주의의 수준과 편내용주의에 치우쳤던 1930년대 비평사에 하나의 새로운 이정표라 해도 과언은 아니다. 서구의 "그들은 (신비평가들) 인상주의 비평의 환정(換情)적인 작태와 신인본주의의 설법, 멘켄과 반 와익 브룩스의 반모더니스트 문화 비평과 마르크시스트

---

9) **1. 명칭** 조우엘 스피간이 1910년 칼럼비아 대학에서 행한 강연의 제목으로 뉴크리티시즘이란 말을 사용한 바 있는데, 여기서 이 말은 크로체의 신념을 가르킨다. 이 강연은 그 후 1930년 에드윈 베리 버검이 펴낸 비평 선집의 타이틀 에세이가 된다. 오늘날 이 단어의 의미는 1941년에 발간한 엘리어트, 리처즈, 윈터즈, 엠프슨 등을 다룬 평론집의 서명으로서 존 크로우 랜섬이 이 단어를 사용한 후부터 줄곧 보편화된 것이다(Grant Webster).
　본고에서 인용하고 있는 정태진의 책(Grant Webster, 정태진 편역,「뉴크리티시즘의 생성 원인」,『뉴크리티시즘-신비평의 이론과 실제』, 원광 대학교 출판국, 1989, 7-9쪽)은 뉴크리티시즘으로 명명하였다. 그러나 이 신비평은 여러 가지 명칭으로 불리어지기도 한다. 그것은 '分析批評(analytical criticism), 정밀한 읽기(close reading), 본문 해명(explication de texte)과 같이 불리어지는데 이러

비평의 사회학적 경향을 혐오했던 점"[10]을 연관시킨다면, 1930년대 한국 비평사의 정황을 짐작할 수 있다. 1930년대는 뉴크리티시즘의 수용에 있어 유독 리처즈(I.A.Richards, 1893~1979)만이 고집되었고, 후에 브룩스(C.Brooks, 1906~)가 수용되었다. 본고는 송욱의 『詩學評

한 명칭은 신비평의 다양성을 말해 주는 것이기도 하다(구인환, 「7. 신비평의 양상」, 『한국 문학 그 양상과 지표』, 삼영사, 1978, 44~45쪽 참고).

연구자는 송욱이 『詩學評傳』에서 모더니즘과 구별하여 뉴크리티시즘을 독립된 장으로 연구했기 때문에 원어를 그대로 사용하겠다. 물론 송욱은 이 둘의 관계에 대해서 명백한 선을 그어 연구하지는 않았다. 다만 이 둘의 거리를 두고 연구했음을 알 수 있다.

2. 발전 단계 뉴크리티시즘은 첫째로 "비평적 도식의 형성기", 둘째로 뉴크리티시즘 이론을 실천에 옮겼던 1938년부터 1948년까지의 "해설의 시대", 셋째로 뉴크리티시즘이 이론적으로 발전한 "이론의 시대" 등의 세 시기를 거쳐 발전되었다.

3. 공동 이념 ① 문학사가들은 지금까지 뉴크리티시즘의 본질을 정확하게 밝힌 바가 없다. 그 이유는 그 회원들이 명단에 대하여 의견의 일치가 이루어진 바가 없고, 그들의 이론에 일관성이 결여되어 그 기원이 애매 모호하기 때문이다(정태진, 앞의 책, 51쪽).

② Grant Webster와는 달리 M. H. Abrams(장영규 외 공역, 《문학 용어 해설집》, 대구 대학교 출판부, 1985, 195-196쪽)는 이들의 관점과 방법을 정리하였다. (1) 객관적 비평 (2) 해석, 정독 (3) 언어-구조와 의미의 유기적 통일성 강조 (4) 작품의 구성 요소는 단어, 심상, 상징-긴장, 역설, 아이러니 표출.

③ 《프린스톤 시와 시학 사전》(1974년, 증보판)에서 클리언스 브룩스는 1,200자로 신비평을 요약하고 있다. 여기서 그는 이 형식주의 유파의 특징을 몇 가지 들고 있다. 첫째, 신비평은 문학 비평을 원천, 사회 배경, 사상사, 정치, 사회적 영향의 연구와 분리한다. 둘째, 신비평은 작품의 구조를 구명하며, 저자의 심리나 독자의 반응은 규명하지 않는다. 셋째, 신비평은 형식과 내용의 이원론보다는 유기적 문학론을 내세운다. 넷째, 신비평은 개개의 작품을 면밀히 읽어내며, 작품의 전체적인 통일과 의미를 분명히 밝히려 하는 가운데 낱말의 뉘앙스, 수사적인 비유, 의미의 결 등을 꼼꼼하게 훑어본다. 다섯째, 신비평은 문학을 종교와 도덕과 구별짓는데 그것은 주로 대다수 신비평가들이 확고한 종교관을 가지고 있어 종교, 도덕 또는 문학의 대체물을 찾고 있지 않기 때문이다(Vincent B. Leitch, 김성곤 외 공역, 「제2장 신비평」, 『AMERICAN LITERARY CRITICISM』, 한신문화사, 1993, 38~39쪽).

④ 뉴크리티시즘 공동 이념의 정리는 구인환의 책(「7. 신비평의 양상」, 위의 책, 44~45쪽) 참고.

10) Vincent B. Leitch, 김성곤 외 공역, 「제2장 신비평」, 위의 책, 39쪽.

傳』에서 리처즈와 브룩스를 수용한 이유를 밝히고자 한다. 송욱이 이들을 수용한 점이 무엇이며, 수용을 통한 비판점을 검토함으로써 송욱의 주체적인 시론을 유추할 수 있기 때문이다. 리처즈에 대한 논의부터 시작하겠다.

1930년대 최재서(「批評과 科學」,《조선일보》, 1934. 8. 31~9. 7)와 이양하(「리처즈의 文藝價値論」,《조선일보》, 1933. 1. 21~1. 31)에 의해 리처즈의 비평론이 소개되었다. 리처즈의 비평론을 본격적으로 소화하여 시학 체계를 세운 비평가는 김기림이다. 김기림이 리처즈의 과학적인 비평 이론을 수용한 이유를 비교 문학적인 입장에서 밝힌 한계전의 논의에 따르면, 첫째는 리처즈의 비평 이론이 때마침 최재서, 이양하 등에 의해 소개된 바 있고, 일문(日文)으로나마 이양하에 의해 리처즈의 『과학과 시』(東京, 硏究社, 1932)가 번역되었는데, 김기림이 보기에 리처즈의 이론은 대단히 체계적이어서 자신의 이론 체계에 크게 도움이 되리라 믿었던 점이다. 둘째는 최재서, 이양하 등에 의하여 피상적으로나마 이해하게 된 리처즈를 일본 동북제대 영문과에서 본격적으로 연구하게 됨에 따라 자신의 시론이 리처즈와 대단히 유사하다는 사실을 인식하게 된 점이다. 셋째는 김기림이 시와 생을 분리하여 시작 활동을 한 것이 리처즈의 시와 신념의 분리에 대한 주장과 대단히 유사했던 점이다.[11] 이리하여 김기림은 '과학의 시론'을 수립하고자 했다. 그렇다면 시론사의 중요한 위치에 있는 리처즈를 1960년대에 송욱이 끌어들여 비판한 이유는 무엇인가?

첫째로 송욱이 서구 문예 비평을 연구하게 된 동기는 좋은 시를 쓰

---

12) 한계전, 「모더니즘 詩論의 수용」, 『한국 현대 시론 연구』, 일지사, 1990, 164-165쪽.
　　한계전 교수의 논의에 앞서 서준섭 교수는 「한국 현대 문학 비평사에 있어서의 시 비평 이론 체계화 작업의 한 양상-1935~1950년간의 I, A, 리차즈의 수용과 그 극복 문제를 중심으로」(《비교 문학(5집)》, 한국 비교 문학 연구회, 1980. 12.

기 위해서였다. 그가 서구의 비평론을 연구함으로써 시 창작에 도움이
되는 방법론의 탐색에서 우선적인 대상을 찾았다. 그 우선적 대상이
리처즈였다. 둘째로 1930년대의 지식인 비평가 최재서, 이양하, 김기
림 등이 받아들였던 리처즈를 적극 검토한다는 데 있다. 그리하여 리
처즈를 비판하여 한국 시문학을 좀더 기름지게 연구하고자 했다. 이는
그의 주체적 시론 모색과 궤를 같이하는 것이다. 물론 브룩스에 대한
연구도 같은 맥락이다. 셋째로 '원서문'에서 밝힌 바 있다. 즉 우리가
외국 문학 중에서 무엇을 어떻게 받아들이면 장차 이 나라의 시와 시
론에게 도움이 될 수 있는가 하는 문제를 밝히기 위하여, 동서 문화 배
경 중에서 현재 우리에게 절실한 점만을 자유롭게 선택하여 견주어 보
기 위해서였다. 이렇게 한 이유는 한국 시문학의 전망을 위한 실천적
인 작업이 되기를 기대하기 때문이다.

김기림은 리처즈의 수용을 통하여 자신의 비평 철학을 세우는 데 이
용했다면, 송욱은 리처즈의 '과학적 시관'에 대한 비판적인 태도를 취
하고 있다. 심지어는 '과학의 신자 리처즈'라고 평가하여 상당히 비판
적 목소리를 가한다. 주지하다시피 과학 중에서 문학 비평에 지대한
영향을 끼친 것이 심리학이고, 심리학의 영향을 받은 문학 비평가의
한 사람이 리처즈이다. 그래서 송욱은 '과학의 신자, 특히 심리학의 신
자라는 놀라운 사실'이라고 평가한다. 나아가서 과거의 모든 시론은
가치를 잃었으니 과학적인 자기의 시론만을 따르라고 하는, 마치 혁명

111쪽)에서 김기림의 수용 태도를 세 가지 각도로 정리했다.
　첫째, 「오전의 시론」(1935)으로 일단 정리된 그의 모더니즘론은 이후 새로운 理
論의 모색과 再整備가 요청되었다는 점, 둘째, 그간의 이론 전개를 통하여 보다 체
계적이고 科學的인 詩理論, 즉 하나 하나의 詩作品에 직접 적용할 수 있는 詩學體
系가 있어야 되겠다는 자각을 가지게 되었다는 점, 셋째, 1930년 이래 몸담고 있
었던 조선일보 기자직을 사임하고, 1936년 日本 東北 帝大 法文學部 英文科에 입
학하여 새로 문학 공부에 몰두하게 되었다는 점 등이 그것이다.

가의 폭력 행위와 같은 인상을 주거나 과학의 예언자다운 의분(義憤)
이 엿보인다고 리처즈의 시론을 비판한다. 송욱은 리처즈의 과학적인
세계관에 비판의 칼을 대었다. 리처즈는 종교적인 것을 부정하면서 현
대 사조의 특성을 〈자연의 중성화〉, 즉 세계에 관한 비술적 견해
(Magical View)가 과학적 세계관으로 바뀐 현상에서 찾아볼 수 있다
고 하였다. 그래서 리처즈는 영감과 종교적 의식까지 송두리째 비술
혹은 요술적 세계관의 표현이라고 이해하고 있다. 송욱은 이러한 리처
즈의 태도를 매우 발달한 신학이나 철학의 뒷받침을 가지고 있는 종교
와 원시인의 마술에 대한 신앙을 꼭 같은 것으로 보는 놀라운 독단론
내지는 편견이라고 비판한다. 리처즈의 이러한 놀라운 고집은 사실 인
간의 정신 중에서 심리학의 대상이 될 수 있고, 과학적 방법으로 다룰
수 있는 면만을 과장해서 생각하는 그의 경험적 그리고 실증주의적 입
장에서 우러나온 것이라고 송욱은 판단했다. 리처즈는 최소한 어떤 초
월적 가치 진리를 인정하지 않는 한, 어쩔 수 없이 이끌려 들어가게 되
는 경향을 표시하고 있다.[12]

　송욱의 리처즈에 대한 비판점은 "리차아즈를 따르면 科學을 제외하
고 宗敎나 形而上學, 詩學 등이 모두 知識(리처즈는 科學 以外의 모든
知識의 바탕이 生理的 欲望이나 社會的 必要에 따라 이미 방향이 결정
된 감정ㆍ態度ㆍ行動 등이라고 생각하고 科學的 知識만이 순수하다고
본다)으로서 별로 가치가 없는 감정의 요구"[13]라는 것이다. 이는 리처
즈가 지식에 대한 개념을 지나치게 단순화했음을 송욱이 지적한 것이
다.

---

12)『詩學評傳』, 97~98쪽.
13)『詩學評傳』, 99쪽. 송욱은 바슐라르, 현상학 등에 관해 연구하였다. 이는 리처즈에
　　대한 비판을 했기 때문에 이에 대한 대안을 찾고자 연구한 것으로 보인다. 그러나
　　종국에는 동양 정신의 한 정점으로 만해의 선(禪)에 관한 연구를 하게 된다. 이에
　　대한 논의를 본고에서 다루게 된다.

리처즈는 인간의 본질을 과학적 지식만으로 해결될 수 없다는 입장이었다. 그래서 리처즈는 과거에 정신적 세계를 지배했던 '전통'이 소멸하게 되자 이를 대신할 '시의 질서'를 대체하려고 했다. 송욱은 이러한 리처즈의 태도 변화를 '과학(심리학)의 신자 → 충동의 신자 → 시의 신자'라고 평가했다. 이에 대한 송욱의 설명은 다음과 같다.

> 아마 心理學은 知性이 아니라 衝動이 중요함을 그에게 알려 주었을 것이며, 秩序를 주는 모든 傳統的 權威 혹은 科學 밖에 있는 權威를 부정하고 난 다음에 衝動과 秩序 이 두 가지를 포함하고 있는 오로지 마지막의 文化現象으로서 詩를 붙잡았으리라! 이는 科學이 그처럼 중요한 衝動에 秩序를 주지 못하는 까닭이기도 하다(『詩學評傳』, 102쪽).

시를 새로운 질서로 본 리처즈의 생각이 그 바탕이나 근거가 어떤 것일까라는 물음으로부터 송욱은 접근하였다. 송욱은 그 물음에 대한 답을 리처즈가 '시인은 언어의 지배자인데 이는 그가 경험 그 자체의 지배자인까닭이다(제3장)'라고 말한 데서 찾았다. 이는 리처즈의 태도가 경험론적이며 실증적이어서 엄청난 맹점을 드러냈다고 비판했다. 즉 언어의 지배자와 경험의 지배자 사이에는 아무런 필연적 인과 관계가 없다고 송욱은 단정한다. 그렇다면 시에 새로운 질서를 어디에서 찾을 것인가라는 문제에 봉착하는데, 이를 송욱은 리처즈의 『과학과 시』에서 '시의 특성인 리듬'에서 찾고자 하였다. 즉 모든 종교, 모든 도덕적 권위, 모든 전통이 갖춘 질서를 부정한 리처즈는 마침내 이러한 낡은 질서를 대신할 수 있는 새로운 질서를 시에서 찾으려고 했으며, 이 새로운 질서를 본능적 충동이 언어의 리듬을 통할 때 이루는 질서에 그 바탕이 있다는 것이다.[14]

---

14) 『詩學評傳』, 104쪽.
　　리처즈의 『Principles of Literature Criticism』에서 리듬과 운율에 대한 논의를 제공하고 있다(정태진 편역, 앞의 책, 164쪽).

송욱은 리처즈의 이론이 문학 평론에 큰 영향을 끼치는 이유를 ① 현대가 과학의 시대인 까닭과 ② 리처즈의 입장을 과학적으로 볼 때 〈관점은 감각을 통해서 외계의 사물이 주는 인상의 묘사〉라고 생각하는 영국의 경험론적 철학의 전통에 가까운 까닭, ③ 또한 무엇보다도 주목할 점은 리처즈가 정치나 사회, 역사 등을 모두 〈상황〉이란 한마디로 처리해 버리고 있다는 것과 그가 대상으로 삼은 것이 주로 시를 읽는 경험이며, 시를 〈만드는〉 경험이 아니라는 뚜렷한 사실을 들었다. 그러나 송욱은 시 창작자들에게 리처즈 이론이 무익하다고 판단한다. 심지어는 〈시 창작 의식〉에 대한 완전한 무지 내지는 무시 때문에 자기를 구제하는 의사를 죽이고 그 시체나 환상 앞에서 치료해 줄 것을 빌다시피 하는 정신병자와 같은 어리석은 처지에 빠지고 말았다고 하였다.[15] 다만 비평가로서의 리처즈의 기술적 공헌을 인정하였다. 기술적 공헌 가운데 하나는 사이비진술(似而非陳述)이다.[16] 이 외에도 현대시에 대한 기술적 장치인 역설, 애매성, 아이러니, 은유, 상징과 시의 의미에 대한 해석 등의 리처즈 이론은 이미 현대 비평에 끼친 영향은 널리 인정된 바이다.

---

15) 비평가는 의사가 신체의 건강에 관심을 가지듯, 정신의 건강에 면밀히 집착하고 있다. 더욱이 시는 종교와 철학이 더 이상 하지 못하는 일―즉, 무엇을 느끼고 무엇을 해야 할 것인가를 말해 주는 일―을 할 수 있는 것이다. 「과학과 시」에서 그는 시란 우리를 구원할 수 있다고 결론을 맺고 있다(정태진 편역, 「영·미 뉴크리티시즘」, 앞의 책, 169쪽).

16) 전체적으로 보아, 리처즈가 시를 가진술로 본 이론이 갖고 있는 기본적인 약점이란, 아무런 가치 있는 주장도 갖지 않는 표현이 어떻게 우리의 정서나 태도에 영향을 미칠 수 있는지 적절한 설명이 결여되어 있다는 점이라고 본다. 이 점을 웰렉(Wellek)은 다음과 같이 말하여 리처즈 이론의 허점을 지적하였다.

"(according to Richards) Poetry may have no truth value but has a value for life- for the good ordered life."(Rene Wellek, 1967, 547쪽)

그 자체가 가치 없는 내용을 담고 있으면서도 독자의 태도, 그것도 한결 질서 잡힌 태도를 형성시킬 수 있는지 그것은 논란의 여지가 있다고 본다(김인성, 『I. A. Richards의 비평론 연구』, 이화여자대 대학원, 1981, 56쪽 재인용).

현대시에 적어도 시어의 중요성과 그 의미 가치를 밝혀낸 시론가로
는 리처즈를 꼽는다. 그 이유는 언어의 형식을 '과학의 언어'와 '시의
언어'로 구별하여 과학적 진리를 표현할 때 쓰이는 진술(Statement)
과 시의 표현에 쓰이는 사이비진술(Pseudo-Statement)을 구별했기
때문이다. 이에 대하여 송욱은 '리처즈가 여전히 과학은 사실만을 다
루며 시는 충동이나 태도만을 노린다'는 것으로 이해하고 있다. 나아
가 사이비진술은 '우리의 여러 태도 상호간을 정돈하고 또한 외부 세
계에 대한 태도도 정돈하는 데 있다'고 한 리처즈의 논의를 송욱은 전
면 부정하고 있다.[17] 또 「시적 체험(The Poetic Experience)」에 나타
난 충동과 시와 행동에 대해서 실지의 경험과 예술이 표현한 경험은
적어도 같다는 리처즈의 논의를 송욱은 비판한 것이다. 리처즈는 『문
예 비평 원리』에서 시의 충동이 조직되는 두 가지 방식〔除外, 包含〕을
적고 있다.[18] 여기에 시인이며 뉴크리티시즘의 지도자격인 랜섬
(J.C.Ransom)이 『뉴크리티시즘』에서 리처즈를 비판한 점을 송욱은
인용하고 있다. 또한 리처즈의 시관에 따르면 당면하게 되는 모순을
윔셋트(W.K.Wimsitt)와 브룩스(C.Brooks)의 공저인 『문예비평소
사』에서 인용하고 있다. 인용 부분을 차례로 옮겨 보면 다음과 같다.

---

17) 『詩學評傳』, 109쪽.
18) 유사한 경험들을 구성하는 除外(poetry of exclusion)와 이질적인 경험들을 하나
로 종합하는 包含(poetry of inclusion)으로 구별하여 포함의 시에서 필연적으로
아이러니가 발생한다는 것이다. 아이러니의 개념은 뉴크리티시즘에 지대한 영향
을 끼쳤다. 그래서 그의 저서(『The Philosophy of Rhetoric』, 1937)에서도 집중
적으로 논의했고, 나아가 은유의 긴장을 중요시하였다. 그래서 리처즈는 메타포를
언어의 정상적인 구사의 특정적이고도 없어서도 안 될 수단으로 취급하지 않고 그
것으로부터의 일탈로서 취급하는 것에 대해 격렬히 항의한 바가 있다(Wellek,
Rene. & Warren, Austin. 앞의 책, 285쪽). 이러한 결과, 「현대시와 전통」에서
"브룩스는 은유를 시의 거의 전부로 보는 경향(브룩스의 시론은 은유 제일주의를
대중화하는 데 공헌)"까지 나타났다(이상섭, 『복합성의 시학-뉴크리티시즘 연구』,
민음사, 1990, 135쪽).

詩가 왜 그 형식을 갖추어야 하는가, 그리고 적당한 형식이 무엇인가를 우리
는 알기 어렵게 된다(『신비평』, 32쪽).

詩가 지닐 수 있는 모든 眞理를 부정하면서 동시에 ……(중 략) 詩가 우리를
구제할 수 있다고 주장할 수 있는 이유를 이해하기 어렵다(『문예비평소사』,
626~627쪽).

위의 인용에서처럼 송욱은 리처즈의 시론에 대해 부정적 평가를 내
리고 있다. 그리고 송욱은 리처즈의 과학적 시론에 대한 맹점, 인간 본
질을 대신하는 전통 부재의 대안인 시의 질서에 대한 비판, 그리고 시
어의 특성 등을 밝힌 점을 검토했다. 특히 송욱은 리처즈가 시를 귀중
한 넌센스라고 주장하고 있는데, 넌센스가 우리를 어떻게 구제할 수
있단 말인가라고 하면서 리처즈의 시론은 넌센스의 과학이라고 비판
했다.

다음은 뉴크리티시즘의 실천자로 회자되는 브룩스에 대한 송욱의 연
구 태도를 살펴보자.[19] 뉴크리티시즘 하면 브룩스를 떠올리게 될 정도
로, 브룩스는 뉴크리티시즘의 대중화에 가장 큰 역할을 한 비평가이
다. 이런 점에서 볼 때, 송욱의 뉴크리티시즘에 대한 연구로 브룩스를
선택한 이유는 충분하다.

송욱이 브룩스를 수용한 태도는 ① 작품 하나 하나에 관한 비평을
누구에게 바라야 하는 것일까? 이런 요구를 상당히 만족시켜 주는 사

---

19) 랜섬, 테이트와 브룩스 가운데 가장 영향이 컸던 일반 보급자는 틀림없이 브룩스
였다. 랜섬과 테이트가 자신들을 먼저 시인으로 생각하고 다음에 비평가라고 자처
한 것과는 달리 학구적인 비평가인 브룩스는 처음부터 미국 대학 도처에서 신비평
을 세련화시키고 체계화시키고 보급시켰다. 엘리어트처럼 창시자도 아니고 블랙
머처럼 깊이 있는 해석자도 아니고 그렇다고 테이트처럼 격렬한 논객도 아니고 브
룩스는 신비평의 정확하고 항구적인 대변자일 뿐 아니라 엄밀하고 통찰력 있는 분
석가였다(Vincent B. Leitch, 김성곤 외 공역,「제2장 신비평」, 앞의 책, 37쪽).

람으로서 아마 크리안스 브룩스이고, ② 뉴크리티시즘을 대표하는 한
사람이기에 그의 평론으로 미루어 뉴크리티시즘의 한 면을 짐작할 수
있다는 것이 이유이다. 주지하다시피 브룩스의 신비평에 관한 주제는
『공교롭게 만든 遺骨 항아리(The Well Wrought Urn)-詩構造에 관
한 硏究』이다.[20] 물론 이 책의 강조점은 부제에서 보여 주듯이 시 구조
임을 알 수 있다. 그래서 "뉴크리티시즘의 방법을 적극적으로 활용하
여 의미의 예술로서의 시의 언어적 구조를 세밀하게 파고든"[21] 가장
이름난 평론집이다. 특히 패러독스의 과학이라고 해도 과언이 아닐 만
큼 브룩스는 이 수사법에 무게 중심을 두고 기술하고 있다. 그래서 송
욱은 영국 빅토리아조의 대표 시인 테니슨(A.Tennyson, 1809~
1892)의 작품 「눈물, 덧없는 눈물(TEARS, IDLE TEARS)」의 전문[22]
을 인용하여 패러독스 구조로 시를 분석하고 있다. 이 시에 대해서 브
룩스는 '눈물'의 의미를 파악하기 위해서 패러독스가 필요하다는 것

---

20) 「잘 빚은 항아리」란 제목은 존 던의 기발한 연애시 「성자로 받들기」의 한 구절에서
    따 온 것인데, 여기서 말하는 〈항아리〉는 지체 높은 사람의 유골을 담아 두던 정교
    한 항아리란 뜻이다. 그런 항아리는 비록 작지만 세계적 위대함을 안에 담고 있는
    셈이다. 브룩스는 바로 작으면서도 아주 큰 것을 가지고 있는 정교한 항아리를 시
    에 대한 은유로 사용하고 있다(이상섭, 앞의 책, 150쪽).
21) 이상섭, 앞의 책, 150쪽.
22) 『文學評傳』, 115~116쪽.
    송욱의 시 번역이 어느 정도 타당했을까? 타당한 연구야말로 송욱의 비평 태도에
    대한 신뢰감을 줄 수 있을 것이다. 여기서 한 영문학자의 논의(이경수, 「한국 번역
    문학의 실태」, 『문학에 관한 현상학적 명상』, 문학아카데미, 1997, 312~313쪽)
    를 짧게 옮긴다. "외국시의 번역이 그 어느 때보다도 왕성한 최근에 있어서 60년
    대 송욱 교수가 옮긴 테니슨의 「눈물, 덧없는 눈물」 정도의 감동을 전달하지 못하
    고 있다는 것은 안타까운 일이 아닐 수 없다."
    송욱은 훌륭한 시의 번역이란 두말할 것도 없이 될 수 있는 대로 내용과 표현이
    원시에 가까우면서도 번역 자체가 어떤 예술성을 지닌 경우를 말한다고 하였다
    (『文學評傳』, 179쪽).

이다.[23]

> 제1행: 눈물 덧없이 영문을 모르게 흐르는 눈물
> 제2행: 어느 거룩하고 깊은 절망에서 비롯한 눈물이기에
> 제3행: 가슴에 솟아올라 눈에 고인다.

제1행에서 '눈물'을 〈덧없다〉는 의미로 규정해 놓고, 제2행이 제1행의 의미로 반복하지 않았다면 적어도 제3행에서는 작중 설자(Speaker)가 처음에 자기 눈물의 특성에 대해서 내린 규정을 대담하고 급격하게 뒤집어 놓으면서 작품을 시작한다. 그리고 여기에 표면적인 패러독스의 구조가 장치되었음을 밝혔다. 즉 눈물이 덧없다고 하면서 덧없는 눈물의 의미가 계속해서 이어지는 유사 이미지의 중첩 혹은 심화가 아니라 '거룩하고 깊은 절망'에서 '솟아올라' 오는 '눈물'이라는 의미를 드러내는 것이 패러독스라는 것이다. 단순히 패러독스가 구조의 형태만 띠는 것이 아니라 그 의미를 밝히는 것이 중요한 것이기 때문에 그 의미에 대한 브룩스의 비평을 제4행에서 〈다행스런 가을 벌판〉을 바라보고 〈그리고〉 영영 사라진 세월을 생각하니 눈물이 솟아오른다는 것이다. 이것을 브룩스는 시어의 보통 논리로부터 통제력을 얻은 통일성이 아니라 극적 맥락(dramatic context)이라는 것이다.[24] 송욱은 브룩스가 테니슨의 시를 패러독스로 분석한 태도에 대해서 시 구조 분석의 정밀성이야말로 아마 그가 비평가로서 명성을 떨치게 된 이유라고 평가했다.

---

23) "테니슨은 순수 서정 시인으로 알려져 있고, 그의 「눈물, 부질없는 눈물」은 특히 순수 서정적인 작품으로 알려져 있다. 이 작품에서도 브룩스는 역설을 통하여 나타나는 미묘한 심리의 움직임을 분석해낸다. 좋은 시는 복합적인 의미를 구현한다는 그의 전제가 이 시에서도 증명된다. 그는 서정시를 읽는 종래의 방법을 크게 나무란다(이상섭, 「제5장 클리언스 브룩스」, 앞의 책, 158쪽)."

이 시의 패러독스의 절정은 〈오오 산 죽음(O Death in Life)〉이다. 이에 대한 브룩스의 분석을 송욱은 다음과 같이 요약하고 있다.

　　브룩크스는 이와 같이 이 작품을 逆說이 발전하고 변화하는 과정이라고 보고, 第三聯이 가장 強力한 효과를 지니고 있을 뿐더러 〈오오 산 죽음〉이란 구절이 이 작품이 지닌 逆說의 결정이라고 생각한다.
　　그리고 이 작품이 언뜻 보기에는 불현듯이 시작한 혼란된 말로써 이룩된 것 같지만, 하나의 〈有機的 構造〉를 지니고 있으며, 이 작품 전체가 풍기는 강한 효과는 構造를 전체가 반영된 결과 나타난 것이라고도 한다(『詩學評傳』, 127쪽).

브룩스는 이 시를 패러독스로만 설명한 것이 아니라 아이러니로도 접근하여 작품을 분석하였다. 브룩스는 제3연을 아이러니의 기법으로 설명하고 있다. 1연에서 보여 준 '눈물'의 의미를 패러독스로 보여 주었다면, 3연에서는 '눈물'의 의미가 '슬프고 야릇한' 것이라는 아이러니로 파악했다. 제3연에 대한 브룩스의 분석을, 송욱은 제3연에서는 여름 새벽에 들리는 새소리와 창에 어린 반짝이는 뜰 안이라는 이미지 혹은 심상을 통해서 생생함과 슬픔이 아니라 야릇함과 슬픔이 결합되어 있다고 설명하면서 생생함이 환상(unreality)의 야릇함으로 변화했다고 했다. 그리고 새소리가 야릇한 것은 죽어 가는 사람이 마지막으로 듣는 까닭이라고 그 이유를 지적한 브룩스의 말을 인용했다.[25]

---

24) 송욱은 여기에서 뉴크리티시즘의 두 개척자인 리처즈와 브룩스에 대한 이론의 비교를 정리하고 있다. 이를 간단히 도표화하면 다음과 같다.

	과　학	시
Richards	陳述 Statement	似而非 陳述 Pseudo-Statement
Brooks	逆說이 조금도 없는 언어(제1장)	逆說 Paradox

26) 『詩學評傳』, 124쪽.

송욱이 외래 시론을 연구한 것은 자신의 시 창작의 도움을 얻고자 함이었다. 그 도움의 방법으로써 외국 시인(론)에 대한 연구를 필요로 하였다. 그래서 그의 이러한 생각이 리처즈와 브룩스를 연구하게 한 것이다. 특히 송욱은 리처즈의 사이비진술(Pseudo-Statement)과 브룩스의 패러독스와 아이러니에 대한 공과를 인정했다. 그 가운데 브룩스의 시 구조 분석에 관해서 "평론이 해야 할 구실은, 어떤 작품 을 다시 비판하는 데에 있다"[26]고 한 데서 엿볼 수 있다. 즉 리처즈와 브룩스에 대한 그의 연구 태도는 "역설과 아이러니가 발전하고 혹은 변화하는 과정으로서 시 구조를 분석하는 브룩스의 태도는 실상 리처 즈가 말한 바, 여러 충동을 포함하거나 혹은 그것을 종합하는 시만이 〈아이러니〉를 바탕으로 하는 비판에 견딜 수 있다는 생각과 흡사한 것 이다"고 평가했다. 이처럼 송욱은 리처즈와 브룩스의 시론을 아이러 니와 패러독스로 파악하였다. 아이러니와 패러독스에 대한 송욱의 견 해를 인용하면 다음과 같다.

> 리처즈는 아이러니를 서로 반대되고 보충하는 충동의 종합이라고 心理學的 으로 해석하고 있다. 그리고 아이러니가 가장 훌륭한 詩의 특성이라고도 한다. 그런데, 브룩스는 아이러니와 함께 逆說의 관점을 통해서 詩를 비판한다. 逆說 은 보통 逆說에 반대되는 것이며, 리처즈가 心理學的으로 해석한 아이러니는 論理的으로 살펴보면, A와 정반대 되는 非A를 통해서 A를 말하는 방법이라고 규정할 수 있으니까 이 두 가지는 매우 가까운 것이라고 생각할 수 있으리라 (『詩學評傳』, 128쪽).

이 두 사람의 시론을 이해하고 공과를 인정했지만, 송욱은 이들의 한계를 비판한다.

---

26) 『詩學評傳』, 127쪽.

詩의 〈源泉〉은 逆說이나 〈心理的 分析〉(브룩스는 詩를 이렇게도 설명한다) 그 이전에 있다. 分析의 뒤에 오는 綜合이 아니라, 分析을 앞선 綜合, 즉 直觀의 世界에 詩가 의지하고 있는 것은 두말할 것도 없다. 만일 詩人이 브룩스의 말대로 逆說이나 아이러니 그리고 心理的 分析만으로 작품을 만들려고 한다면, 그는 변변한 작품을 쓰지 못하게 되거나, 미치고 말 것이다. 또한 브룩스처럼 詩의 構造를 분석하고 그 작품을 충분히 감상하였다고 생각한다면, 이는 마치 과일의 化學的 成分만을 분석하고 끝내 과일의 맛을 보지 못한 사람과 마찬가지로 어리석다 할 것이다.[27] 브룩스의 방법은 어디까지나 詩의 맛을 보는 〈준비〉로서 중요할 따름이다(『詩學評傳』, 129쪽).

송욱은 여기에서 그치는 것이 아니라 브룩스가 분석한 테니슨의 「눈물, 덧없는 눈물」이 모두 분석되었는가 되짚으면서 재해석하는 태도를 보여 준다.[28] 결국 이러한 재해석 내지는 브룩스 시론의 수용에 대해서 송욱은 이 나라의 비평은 브룩스의 장점이 소중하고 또한 절실하게 필요한 단계에 있다고 평가했다. 그러나 브룩스의 시론이 작품 가치 기준을 평가하는 데 있어 작품의 모든 면을 드러내지 못하고 또한 시 작품의 바탕을 송두리째 밝히지도 못한다고 했다. 결국 송욱의 비평 태도는 시는 시론보다 넓은 것이며, 시를 빚어내는 창조력은 논리나 과

---

27) 뉴크리티시즘을 연구한 이상섭의 소월의 시 「진달래꽃」 분석은 송욱의 태도와 공통점을 발견할 수 있다(이상섭, 앞의 책, 154~155쪽).
　　"김소월의 「진달래꽃」을 아무리 풀이해 보아도 그 시 자체가 송두리째 전달하는 것을 다 말할 수는 없다. 즉 산문적인 풀이가 시 자체를 대신할 수는 없다." 그래서 이상섭은 시 자체를 전달할 수 있는 방법을 브룩스의 「시는 무엇을 전달하는가」(『잘 빚은 항아리』, 1947』)에서 찾는다. "시를 읽는 과정이 그 시의 모든 언어적 변화를 탐색하는 일이라면, 그 시를 쓰는 과정도 아마 그처럼 탐색의 과정이었으리라 생각된다. 시인은 전달할 내용이 명백히 머리 속에 간직하고 있다가 그것을 나타내는 말을 동시에 탐색하는 과정의 결과로 시가 생겼을 것이다. 〈시인은 전달자가 아니라 만드는 이이다. 그는 시를 이루는 전체적 경험을 탐색하고, 확고히 하며 형성한다〉. 전체적 경험 그 자체가 시이다. 이 경험, 즉 시가 자체의 탐색에 우리가 참여함으로써만이 우리는 전달을 경험할 수 있다."
28) 『詩學評傳』, 129~132쪽 참고.

학적 합리성을 뛰어넘은 요소를 반드시 지니고 있다는 것이다. 그렇다면 송욱은 과연 리처즈나 브룩스가 해결하지 못한 시 작품에 대한 잉여 해석을 할 수 있는 대안을 제시했는가? 이는 송욱이 한국 비평 문학의 비평 방법론의 부재를 비판하면서도 한국 비평 문학의 활로를 찾고자 했던 주체적 비평 태도를 함께 보여 준 것이라 할 수 있다. 물론 이는 본고에서 의도하는 송욱의 주체적 시론을 찾는 것이다. 송욱이 잉여 해석을 할 수 있는 시론을 제시하지 못한다면, 이는 그가 갖고 있는 대안 부재의 시론이 아닌가? 다만 1960년대 한국 비평 문학의 문제점을 지적한 것은 인정이 되지만 나름의 시론을 세우지 못한다면 그것은 그가 갖는 비평 태도의 한계라고 할 수 있다. 그러나 이에 대한 답은 바로 다음 장에서 살피게 될 비평 문학의 실천에서 그의 확고한 주체적 시론을 엿볼 수가 있을 것이다.

1. 황진이의 내면 공간 문제

송욱은 리처즈와 브룩스에 대한 시론 특질을 아이러니와 패러독스로 검토하였다.[29] 그래서 송욱은 실제적인 시 구조 분석에 큰 성과를 거둔 브룩스 시론을 한국시에 적용하여 검토했다. 이런 검토 가운데 한국시 이해의 적용틀로 황진이를 대상으로 삼았다. 현대 시론으로 현대시 작품을 대상으로 삼지 않은 것은 언뜻 이해가 되지 않는다. 하지만 송욱은 "자국 문학에 대한 깊은 이해와 애정을 바탕으로 외국 문학의 연구와 그 영향을 정당하게 받아들여 자국 문학의 꽃을 피우고 전통의 한

---

29) 클리언스 브룩스, W. K. 윔셋 2세(한기찬 역), 「제3장- I. A. 리처즈: 緊張의 詩學」, 『文藝批評小史』, 청하, 1984, 101쪽.
    리처즈의 시 유형에서 아이러니의 발생에 대해서 "리처즈는 시의 두 번째 유형(종합의 시)의 특유한 안정성에 대해 심리학적 설명을 부여하고, 아이러니의 출현을 이러한 시의 試金石으로서 사용하는 데에로 나아간다"는 것이다.

방향을 제시해 주는"[30] 비평의 자세를 보여 준 것이다. 이는 브룩스가 19세기 영국 빅토리아조 대표 시인인 테니슨의 「눈물, 덧없는 눈물」의 작품을 분석한 것처럼 송욱이 우리의 고전 작품인 조선 중종 때 황진이의 시조를 분석 대상으로 삼았던 것과 같은 것이다. 브룩스의 시론을 한국 작품에 적용함으로써 뉴크리티시즘이 갖는 장점을 밝히는 동시에 한계를 드러내고자 한 것이 송욱의 의도이다. 브룩스가 테니슨의 「눈물, 덧없는 눈물」을 새로운 각도에서 작품 세계를 접근하듯이 송욱은 패러독스를 황진이의 시 작품에 적용하면서 새로운 접근을 보여 주어야 한다. 그런 다음에 브룩스 시론의 한계를 지적함과 동시에 송욱이 스스로 주장하는 주체적 시론을 내세워야 할 것이다.

송욱의 주체적 시론 태도를 직접적으로 보여 준 것은 황진이 시조에 대한 분석이다. 「黃眞伊의 逆說과 內面的 距離」에서 황진이의 「동짓달 기나긴 밤을」의 분석 같은 것은 종래의 한국 비평가들에게서는 거의 기대할 수 없었던 차원의 비평이라는 평가는 그의 분석 태도의 탁월함을 뒷받침해 주는 것이다.[31] 그러나 송욱은 황진이의 시 분석에서 아이러니와 패러독스를 치밀하게 분석하지는 않았다. 그래서 본고는 이 점을 중시하여 황진이 작품에 대한 송욱의 비평 태도를 살펴볼 것이다.

브룩스의 패러독스를 황진이의 시조에 송욱이 접근한 논의는 다음 세 가지 관점이다. ① 만일 훌륭한 시 작품을 역설이 발전하는 과정으로 본다면(브룩스의 비평 태도를 긍정함) 우리말로 된 절창의 하나인 황진이의 시조에 적용할 수 있다. ② 어떤 비평 태도든지 그것이 공변된 가치가 있는 것이라면 시대와 언어, 그리고 전통의 차이를 뛰어넘

---

30) 송재영, 「한국 문학과 전통의 한 방향」, 『현대 문학의 옹호』, 문학과 지성사, 1979, 111쪽.
31) 박철희, 「전통과 외래 사조」(1967), 앞의 책, 363쪽.

어 그 효과를 발휘할 수 있다. ③ 어떤 나라의 문학에서 자라난 한 비
평 방법을 이와 전혀 다른 문화권과 시대에 속하는 작품에 적용해 볼
때 오히려 그 방법의 특색이 더욱 뚜렷이 두드러지는 것이다.[32] 그러
나 정작 송욱은 브룩스가 테니슨의 시를 분석하듯이 황진이 작품에
대한 정치한 구조를 분석하지는 않았다. 그래서 박철희가 말한 대로
그의 분석 비평이 탁견이라는 데는 다소 거리가 생긴다고 볼 수 있다.
따라서 연구자는 황진이의 시조를 인용한 다음에 아이러니와 패러독
스의 형태를 분석하고자 한다. 그리하여 송욱의 주체적 시론을 유추
하고자 한다.

> 동짓돌 기나긴 바믈 한 허리 둘헤 내여
> 춘풍 니불 아래 서리서리 너헛다가
> 어른님 오신 날 밤이여든 구뷔구뷔 펴리라.

　이 시에서 오로지 극적인 전환이 이루어지는 것은 상상력을 통하여
홀로 새우는 동짓달의 기나긴 밤에 오신 '어른님'과 춘풍처럼 훈훈하
게 보내는 봄밤이 되기 때문이다. 리처즈의 이론에 따르면 〈동짓돌 기
나긴 밤〉과 〈한 허리 둘헤 내여〉는 서로 다른 경험에서 오는 이미지이
기 때문에 아이러니가 발생한다. 그래서 리처즈는 아이러니가 가장
훌륭한 시의 특징이라고 한 것이다. 홀로 새워야 하는 동짓달 기나긴
밤과 어른님과 함께 춘풍처럼 훈훈하게 보내는 봄밤, 브룩스의 표현
대로 한다면 여기에 아이러니가 있고 여기에 역설을 볼 수 있다는 것
이다. 그러나 이는 마치 과일의 화학적 성분만을 분석하고 끝내 과일
의 맛을 보지 못한 사람과 마찬가지로 어리석은 비평 방법이라는 것
이 송욱의 판단이다. 뉴크리티시즘의 구조 분석이 '황진이의 심정이

---

32) 『詩學評傳』. 133쪽.

지니고 있는 내면 공간'을 온전히 밝혀 줄 수 없기 때문이다. 즉 동양의 시가 지닌 신비감을 아이러니, 패러독스는 밝혀 줄 수 없다는 것이다. 여기에서 송욱은 뉴크리티시즘의 한계를 지적한 것이다.

송욱은 뉴크리티시즘의 비판을 통해 동서양의 시에 나타난 내면 공간의 차이에서 오는 동서 시학을 정립하고자 했다. 송욱은 서구 문학론에서 시론의 보편성, 일반성을 찾고자 했음은 주지의 사실이지만 작품 자체에 대해서 한국 시조 몇 편으로 동양시의 한 측면을 결부시킨 점은 다소 무리가 있다고 판단된다. 이는 송욱의 비평 태도에서 항상 문제가 되는 것이기도 하다. 그래서 연구자는 내면 공간이란 것도 한국시의 한 특징을 밝히는 송욱의 시론이라고 명명하는 것이다.

송욱이 비판한 패러독스와 아이러니에 대한 관점을 인용해 보자.

> 逆說과 아이러니는 어디까지나 날카롭고 모진 효과를 설명하기에 주로 쓸모가 있다. 특히 東洋의 詩가 지닌 背景의 넓이나 內面의 空間 혹은 거리에서 오는 으젓함과 安定感 혹은 超越感을 다루기에는 그리 마땅한 수단이 되지 못할 것이다.
> ...... 중   략 ......
> 다만 이 작품의 테마는 오히려 客觀的 時間이 아니라, 主觀的인 시간이라는 것, 따라서 作者는 이러한 시간을 마음대로 다루고 있다는 사실을 밝히고자 할 뿐이다(『詩學評傳』, 135쪽).

위의 인용에서처럼 송욱은 뉴크리티시즘을 비판하면서 동시에 '한국 시 비평의 절대적 요소라 할 수 있는 동양의 시가 지닌 배경의 넓이, 거리에서 오는 으젓함, 안정감, 초월감을 담은 동양 시학이 필요하다'는 시론을 강조한 것이다.

송욱이 말하는 내면 공간이란 무엇인가? 『詩學評傳』에는 내면 공간이 어떤 것인지를 구체적으로 설명하지 않고 있다. 이를 알 수 있는 것은 『文學評傳』이다. 송욱이 밝히고 있는 내면 공간은 「第二章, 東西詩

에 나타난 內面 空間」(206~219쪽)에서 유추할 수밖에 있다. 여기서
송욱은 릴케(Rilke, 1875~1926), 나옹(懶翁, 1376 입적), 황진이(黃
眞伊)의 시를 비교 검토하면서 내면 공간에 대한 의미를 밝히고 있기
때문에 이에 대한 정독이 필요하다.

『詩學評傳』이 1963년에 출판되었고, 그 후 6년 정도 지나서 『文學評
傳』이 출판되었다. 이 연도의 차이는 송욱 스스로 내면 공간을 정확한
개념으로 설명하지 못한 상태였기에 다시 몇 작품을 선별하여 언급한
것으로 판단된다. 따라서 『文學評傳』에서 송욱이 보여 준 내면 공간의
의미를 파악할 필요성이 있다. 즉 "우리의 古時調에 나타난 꽃 속의 房
에서 출발하여, 릴케의 薔薇가 지닌 充滿한 內面 空間의 빛이 떠 있는
푸른 하늘-이것을 나는 모두 內面 空間이란 槪念을 발판 삼아"[33] 검토
한 내용을 파악해서 송욱이 말하는 내면 공간의 의미를 유추해야 할
것이다.

송욱의 주체적 시론인 내면 공간은 크게 두 갈래로 정의되고 있다.
그러나 그것은 동양시라는 측면에서 한국시 몇 편을 선별하여 포괄적
개념을 사용하였고, 독일 시인 릴케의 시 한 편을 서양시를 포괄하는
개념으로 분석하는 태도를 보였는데, 이는 문학을 연구하는 태도로 무
리가 아닐 수 없다. 어쨌든 송욱은 동양시의 내면 공간은 공간의 개념,
비물질화의 개념으로 사용하고, 서양시의 내면 공간은 시간적 개념으
로 사용하였다. 즉 우리의 고시조 1편, 한시 2편에서 공간의 개념을
유추해 내고, 릴케의 시에서 시간적 개념과 물질화의 개념을 유추하고
있다. 그러나 이런 비평 태도에서 서양시의 내면 공간을 유추하면서
바슐라르 시학으로 접근하는 태도를 보였다는 점과 몇 작품을 전체 작
품의 특성인 양하는 포괄적인 태도는 문제가 아닐 수 없다. 그래서 송

---

33) 『文學評傳』, 219쪽.

욱의 비평 태도에 대해서 몇몇 평자들은 독서 노트와 같다는 평가를
하는 것이다. 그럼에도 불구하고 1960년대 한국 시론 연구에 대한 체
계적인 연구 노력. 분석적인 태도. 다양하고 풍부한 자료의 접근 등은
그의 시론이 갖는 문학사적 의의라 할 수 있을 것이다. 그래서 유종호
는 1950년대 중반에서 1960년대 중반까지의 비평 활동에서 김종길과
함께 송욱을 신비평의 기본 어휘를 낯익은 것으로 만들면서 한국 시
비평의 수준을 올려 놓았다는 공적을 명백히 지적하고 있는 것이다.[34]

송욱이 내면 공간의 의미를 밝힌 작품 분석은 다음과 같다.

　　　(가)
　　나비야 청산에 가자! 범나뷔 너도 같이 가자!
　　가다가 저믈거든 꽃에 들어서 자고 가자!
　　꽃에서 만일 잘 대접하지 않거든 잎에서라도 자고 가자!

　　　(나)
　　萬慮都歸一念消　萬가지 생각이 모두 / 一念으로 돌아가 사라진 뒤에
　　六窓從此極寥寥　여섯 窓이 이제 아주 적막하고
　　當軒寶月常常寂　추녀 끝에 달린 보배로운 달도
　　和與淸風四壁飄　시원한 바람에 어울리어 / 四面 壁이 펄렁 나부낀다.
　　　　　　　　　　　　　　　　　　　　　　　　— 「靜菴」

　　　(다)
　　誰斷崑崙玉　누가 崑崙山의 玉을 깎아서
　　裁成織女梳　織女 빗을 맞추어 만들었는가?
　　牽牛一去後　牽牛가 일단 가버린 뒤에
　　愁擲碧空虛　시름결에 던진 빗 / 半月이 뜬 푸른 虛空이여!
　　　　　　　　　　　　　　　　　　　　　　　　— 「半月의 노래」

---

34) 최동호.「심미적 지성의 견고성과 비평 의식-김종길의 비평에 대하여」,『하나의 道
　　에 이르는 詩學』. 고려 대학교 출판부. 1997. 230쪽.

(가) 시조에서 송욱이 주목한 것은 중장의 〈꽃에 들어서 자고 가자!〉는 구절이다. 여기서 송욱은 작자 자신이 분명히 꽃의 내면적 공간을 상상하고 있으며, 체험하고 혹은 살고 있다고 하면서 꽃은 하나의 집이나 방처럼 여겨지고 있다는 것이다. 집이나 방과 같은 꽃에서 상상, 체험하고 있다면 어떤 것을 체험하고 상상한 공간인가? 정확하게 어떤 것이 송욱이 말하는 내면 공간인지를 알 수 없다. 그래서 내면 공간의 의미를 좀더 구체적으로 언급한 (나) 시조를 검토해 볼 필요성이 있다. (나)의 경우는 유럽 전통이 시간에 중점을 두고 있는 반면에 동양의 사상 전통인 공간을 강조하는 점에서 예를 든 작품이다. 그리고 고승의 득도한 경지가 반영된 선적 체험의 기록으로 이해한다면, 신심(身心)조차 탈락(脫落)한 진여(眞如)의 허공(虛空), 그것은 물론 불교적 내면 공간이다.[35] 불교적 내면 공간은 바로 송욱이 말하는 초월감의 내면 공간인 것이다. 이러한 초월감은 시집『詩神의 住所』를 비롯한 모든 시작에서 선취, 초월의 세계로 표현되고,『님의 沈默』연구의 선적 태도와 무관하지 않는 것이다.

송욱이 황진이의 시조를 인용한 이유는 이 나라에 몇 안 되는 절창으로 판단했기 때문이다. 또한 소월, 기림, 지용의 시를 비판한 태도와 달리 자신의 시론을 내세우는 데 좋은 보기의 작품이 되기에 인용한 것이다.

송욱은 황진이의「詠半月」의 특징을 다음과 같이 분석하였다.

神話(崑崙山이 중국 서방에 있는 서방의 최대의 靈山, 서방의 樂土, 西王母가 사는 곳이라는) 혹은 傳說(견우와 직녀)을 배경으로 하여 사랑하는 남자와 작별한 여성의 심정을 아주 흰칠하게 표현하고 있다. 滿月에 견주면 半月은 부정과 존재의 결핍을 상징한다. 둘이 함께 있어야 충만할 수 있는 사랑이기에,

---

35)「第二章 東西詩에 나타난 內面 空間」,『文學評傳』, 215~216쪽.

작별한 뒤, 외톨로 남아 있는 것은 半月과 같은 存在임에 틀림없다. 半月이 떠
있는 푸른 虛空은 바로 황진이의 심정이 지니고 있는 내면 공간이다(『文學評
傳』, 217~218쪽).

이 작품에서 내면 공간이란 것은 황진이의 심정 즉 '半月과 같은 存
在', '半月이 떠 있는 푸른 虛空'이다. 이는 작가의 세계관, 인생관이
다. 이는 곧 작품의 주제다. 따라서 작품에 담겨진 작가의 사상은 뉴크
리티시즘의 분석 비평으로는 발견해 낼 수 없다. 이는 송욱이 황진이
의 시 구조 분석을 통해 리처즈와 브룩스 시론의 적용 타당성과 동시
에 그의 한계성을 지적한 것이다. 대체로 뉴크리티시즘의 한계를 지적
할 때 독자, 사회, 역사에 멀어진 점을 언급한다. 그럼에도 불구하고
뉴크리티시즘이 주로 존 던(John Donne, 1572~1631)의 성과를 높
이는 일에 몰두한다는 비판을 받아가면서도 특히 뉴 크리틱들이 존 던
에게 매혹당한 언어의 여러 기능들-강한 비유, 위트, 아이러니, 뜻겹
침, 역설 등을 모두 동원하여 쓴 것처럼 송욱은 뉴 크리틱들이 행한 시
론을 황진이 시조로 접근하였다.[36] 그럼으로써 송욱은 뉴크리티시즘
시학의 한계를 통해서 동양 시학의 필요성을 절감했던 것이다. 그래서
송욱은 동양 시학의 한 정립으로 볼 수 있는 한국의 시인과 시론가를
찾았던 것이다. 여기에 민족의 서정으로 일컫는 김소월과 1930년대
대표적인 모더니스트 김기림, 정지용에 대한 연구를 통해 송욱은 시학
을 모색하고자 했다.

2. 김소월의 한계와 리듬 의식

송욱은 "이 나라의 新詩에서 우선 손꼽아 생각할 수 있는 詩人"[37]인
김소월 시와 "우리 新詩가 출발하여 얼마 안 되는 시대에 등장하여 뚜

렷한 모습을 드러낸 그(김소월)는 어떤 詩意識을 가지고 있었을까?"
라는 두 가지 측면에서 소월의 시와 시론을 검토했다. 송욱의 비판은
소월이 도시 문화 혹은 도시의 생활을 배경으로 하는 소재를 시의 테
마로부터 제거하고 있다는 것이다. 이는 소월이 전원, 어두움, 자연에
치중한 시작을 했는데 오늘날은 도시, 밝음, 문명을 위주로 한 시를 써
야 한다는 것이 송욱의 주장이다. 비록 근대화가 다르더라도 조선 시
대에 시조를 쓴 사람들이 지닌 심정을 그대로 드러내서는 안 되고, 적
어도 "우리 나라 개화기를 겪으며 이룩된 도시 문화 혹은 도시 생활을
배경으로 하는 소재를 그(소월)는 시의 테마로부터 제거하고 있다"[38]
는 것이다. 여기에서 송욱은 소월의 시가 '리차아즈의 포함하고 종합
하는 시(포괄의 시)가 아니라 배제하고 제거하는 시(배제의 시)에 속
한다'는 평가를 한다. 이는 송욱이 뉴크리티시즘의 구조 분석 태도의
장점을 그대로 이어받아서 소월 시를 평가한 것이다. 특히 리처즈가
말하는 포괄의 시 관점에서 소월을 비판하고 있다. 송욱은 도시의 밝
음과 문명의 시를 창작해야 하는지 기준을 유럽 근대시의 조상의 한
사람인 보들레르(Baudelaire, 1821~1867)에서 찾았다. 보들레르는
어디까지나 파리라는 도시의 시인임을 이야기하면서 전원과 어두움과
자연을 존중한 소월과 반대로 검토하였다. 물론 이는 송욱이 영향을
받았던 보들레르의 관점에서 비교한 것이다. 송욱은 만해 미학을 산문
시 형식의 가치로 내세울 때 보들레르로부터 산문시의 개념을 빌려올
만큼 그에 대한 관심이 높았다.[39] 그러나 소월과 보들레르 비교에서 구
체적인 작품 분석을 통한 논증은 하지 않음이 아쉽다. 그래서 우리 나

---

36) 이상섭, 앞의 책, 152쪽.
37)『詩學評傳』, 136쪽.
38) 위의 책, 136~137쪽.
39) 위의 책, 397~398쪽.

라의 신시의 출발점인 소월과 유럽 근대시의 시초에 있는 보들레르를 대체로 묶어서 논의하는 그의 분석 태도는 한계로 지적된다.

송욱은 소월 시론을 통해서 그가 찾고자 한 전통으로서 동양 시학의 검토를 염두에 두었다.

> 自然에서는 〈외롭던 벌레 한 마리〉와 〈벌바람에 여위는 갈대 하나〉를 골라 서 이를 〈無常과 變轉〉을 슬퍼하는 象徵으로 본 것은 東洋傳統의 영향이라고 볼 수도 있다. 그러나 素月이 지닌 東洋은 오히려 지금에 와서 생각하면 잘못 파악한 東洋이며 東洋의 야윈 일면에 지나지 않는다. 李白이나 杜甫를 읽어 본 사람이면 누구나 이 나라의 近代詩에 나타난 東洋이 반드시 가장 줄기차고 심 오하고 훤칠한 東洋의 精華가 〈아니라는〉 사실을 뼈저리게 느낄 수 있으리라. 時代에 뒤떨어진 작품이나 의미가 없는 감정을 〈東洋的〉이라고 함으로써 감쌀 때는 이미 지났으며, 이와 같은 태도처럼 東洋傳統에 대한 모욕이 없을 뿐더러 이처럼 우리 現代詩와 참다운 東洋傳統을 잘라 놓아, 兩者를 모두 메마르게 하 는 데 공헌하는 것도 없을 것이다!(『詩學評傳』, 137쪽).

위의 인용은 조선 시대에 시조를 쓴 사람들이 지닌 심정을 그대로 드러내는 시대에 뒤떨어진 작품이나 의미 없는 감정을 〈동양적(東洋 的)〉이라고 판단한 소월에 대한 비판이다. 그리고 송욱은 소월이 시 대에 뒤떨어진 글을 쓰게 된 배경을 '소월의 시대와 환경'의 원인이 컸음을 동시에 지적하고 있다. 그렇다면 송욱이 말하고자 한 동양 전 통은 무엇인가? 이백이나 두보를 읽어 본 사람이면 누구나 알 수 있 는 것인가? 송욱은 여기에 대한 명확한 답을 제시하지 못했다. 위의 인용에 따르면 송욱은 이백이나 두보가 동양 시학의 준거가 될 수 있 다는 것이다. 정작 이백과 두보의 준거가 무엇인지, 그 준거를 통한 실천 비평이 무엇인지를 송욱이 보여 주지 못했다. 그래서 연구자는 송욱의 소월 「詩魂」 비판을 통해서 유추할 수밖에 없다. 왜냐하면 이 백이나 두보에 대한 논의는 없었고, 다만 소월의 「詩魂」만을 논했기 때문이다.

주지하다시피 소월의 시론은 「詩魂」(《開闢》, 1925. 5)뿐이다. 송욱이 여기서 주목한 것은 시간과 공간을 초월한 「詩魂」의 영원불변론(永遠不變論)이다. 그가 소월 시론을 검토한 결과, 영혼과 시론을 구별하지 못한 상태에서 소월은 시 창작에 임하고 있다는 것이다. 그래서 송욱은 소월의 시 창작 태도를 다음과 같이 비판하고 있다.

> 이런 태도는 우선 美意識이 뚜렷하지 못한 데서 우러나는 것이며, 詩人은 무엇보다도 먼저 詩作品을 〈만드는 사람〉이라는 意識이 박약할 뿐더러 技術의 중요함을 깨닫지 못한 징조라 아니할 수 없다. 어떤 詩人이 가지고 있는 永遠不滅의 詩魂이란 실상 藝術에 있어서는 아무래도 좋은 것이다. 詩魂이 있다고 가정하더라도 문제가 되는 것은 다만 작품에 詩魂이 표현된 〈成果〉뿐이며, 오로지 이 〈成果〉에 따라 詩魂의 優劣은 결정되고 마는 것이다. 또한 素月이 생각하는 바와 같은 詩魂을 詩人만이 가지고 있다고 주장할 아무런 근거도 없다. 〈永遠不滅〉의 詩魂을 가지고도 詩를 쓰지 않은 사람이 상상조차 할 수 없을 만큼 많았을 것이 아닌가!(『詩學評傳』, 129쪽).

「詩魂」이 작품의 평가나 우열을 가리는 것을 초월한다고 생각한 소월에 대하여 송욱은 소월이 오오든(Auden, 1907~1973)의 제1 상상력만을 인정하고, 미추를 구별하는 제2 상상력을 거의 무시한다고 했다. 또한 송욱은 소월이 자신의 자작시를 옹호하는 태도를 비판하고 있다. 소월 시론에 대해서 그가 시인으로서의 의도와 작품의 성과를 혼동한 나머지 자기 작품의 우열을 판정하지 〈말아 달라〉고 하는 자기 옹호의 태도와 그의 예술이 변화와 발전을 겪어 성숙하지 못함은 비평 의식의 결여로 인해서 작품성도 성숙하지 못했다는 것이 송욱의 평가이다. 소월에 대한 이러한 비판은 프랑스의 시인이며 시론가인 뽈 발레리(Valéry, 1871~1945)에서 찾고자 하였다. 즉 시인은 어떻게 비평 능력을 길러 나가야 하는가라는 전제적인 물음에 대해 '시인의 주관과 작품의 객관적 효과를 엄격히 구별해야 한다'는 발레리의 생각을 송욱이 따른 것이다. 이를 부연하자면 시인에게 시혼의 유무보다는 독자에게 시혼을 창조하는지-독자에게 감흥- 효과를 나타내도록 창작하지 못하면서도 자기는 영원 불멸의 시혼을 지녔다고 주장하는 소월을 '한낱 웃음거리' 라고 송욱은 평가한다. 여기서 그가 검토한 소월 시론에 대한 논의(「第一章, 氣分의 詩學과 뉘앙스의 詩學」, 『文學評傳』, 176~205쪽)는 참고할 필요성이 있다.

　송욱은 김소월의 「詩魂」이 영국 시인 아더 시몬즈(A. Symons, 1865~1945)의 영향을 받았던 것에 주목했다. 그래서 아더 시몬즈의 〈氣分의 詩學〉 혹은 〈情調의 詩學〉이 김소월의 〈陰影詩學〉인 「詩魂」에 영향을 미쳤다는 것이다. 즉 "소월의 시혼에 대한 생각은 시몬즈가 예술의 원리는 영원히 변함이 없다고 주장한 것과 거의 일치하는 것이다"[40]고 판단한 것이다. 여기서 한 가지 짚고 가야 할 문제는 아더 시몬즈의 시학을 왜 〈氣分의 詩學〉 혹은 〈情調의 詩學〉이라 하였으며, 이 시학이 김소월의 〈陰影詩學〉에 어떻게 영향을 미쳤는지에 대한 논리적 해답이 필요한 것이다. 이는 곧 김소월의 「詩魂」에 나타난 〈陰影詩學〉의 허구성에 대한 비판을 통해서 그의 주체적 시론을 찾을 수 있기 때문이다.

　송욱은 김억이 시몬즈의 시론을 소개한 부분[41]을 다시 번역하여 시

---

40) 『文學評傳』, 187쪽.

41) 아더 시몬즈는 10여 권의 시집을 가지고 있으나 그 자신의 시론이라고 할 수 있는 글은 극히 드물다. 그의 시론에 해당되는 글은 『Silhouettes』 재판 서문과 『London Nights』 재판 서문을 들 수 있다. 『London Nights』의 서문은 김억이 번역하여 그의 시몬즈 시 번역집인 『잃어진 眞珠』 서문에 발표한 바 있다. 김억은 『잃어진 眞珠』 서문과 1925년 신년호 《조선문단》에서 아더 시몬즈를 소개하고 있다. 김억은 『잃어진 眞珠』 서문에서 부라우닝이 시몬즈 시에 영향을 주었고, 파터 (Pater)가 시몬즈의 산문과 문학 비평에 영향을 주었다고 밝히고 있다. 또한 시몬즈는 베르렌느와 친교가 있었으며 그의 시는 상징과 암시로 가득 차 있다고 말하고 있다. 더욱이 김억은 시몬즈를 영국 시단의 위대한 시인이라고 주장하고 있는데 이는 그 당시 일본에서 시몬즈의 인기가 대단했다는 사실로 설명할 수 있을 것

몬즈의 〈氣分의 詩學〉을 검토하였다.[42] 그는 아더 시몬즈의 시론을 검
토하면서 두 가지 점에서 주목하였다. 하나는 도덕적인 판단과 예술적
인 판단은 구별되어야 한다는 점에서 예술이 도덕의 시중을 받을 만큼
가치가 높다는 예술 지상론에 대한 반발이다. 즉 "도덕의 원리가 변화
한다면 그만큼은 예술의 원리가 변화한다"[43]는 것을 문제로 제기한다
는 것이다. 다른 하나는 시몬즈의 상징에 관한 잘못된 생각이다. 여기
에서 그는 〈氣分의 詩學〉이라는 의미를 정리하면서 시몬즈를 비판한
다. 이를 검토하기 위해 송욱의 진술을 인용하면 다음과 같다.

> (가) 다음에 흥미가 있는 것은 시몬즈의 상징symbol에 관한 생각이다. 눈에
> 보이는 세계 전체가 눈에 보이도록 마련된 것은 우리가 자기 자신을 확
> 고하게 파악할 수 있게 하는 데 목적이 있으며, 이렇게 생각할 때 우리
> 눈앞에 있는 세계 전체는 하나의 〈象徵〉이라는 것이다. 외부 세계에서

이다. 사실 시몬즈는 영국 문단에서 별로 주목을 끌지 못한 시인이었다. 김억의 글
에는 시몬즈와 예이츠의 친분 관계, 예이츠의 영향, 시몬즈의 시에 나타나는 황혼
무드(Mood)에 대한 언급이 없다(Kevin O'Rourke, 「2. 김억의 시몬즈 시론 소
개」, 『한국 근대시의 영시 영향 연구』, 새문사, 1984, 37쪽).
 한편 몇 가지 점에서 『잃어진 眞珠』는 우리 번역 문학 사상 기억에 값하는 역시집
이었다. 우선 이 시집은 역시집으로서는 유일한 상징파 시인의 작품집이었다. 8·
15에 이르기까지 이 외에 상징파 시인의 것으로 단독 사화집이 되어 출간된 것은
없었다. 또한 이 시집을 엮어낸 김억의 번역 솜씨 역시 간과될 수 없는 측면을 지
니고 있었다(김용직, 「7. 시몬즈와 한국 근대시」, 『한국 근대 문학론고』, 서울 대
학교 출판부, 1985, 156쪽).

42) 『文學評傳』, 182쪽.
 시몬즈는 영국의 문단이 자기의 시를 냉대한 것에 대하여 변명을 겸한 자기의 시
론을 발표한 일이 있다. 그의 시집 『란든의 밤 London Nights』의 재판에 부친 서
문(1896)이 바로 그것이다. 김억은 위 역시집의 서문에서 시몬즈의 서문을 번역
하여 길게 인용하고 있다. 다만, 그는 이것을 시몬즈의 시집 『낮과 밤 Days and
Nights』의 재판에 부친 서문이라고 잘못 생각하고 있다. 나는 시몬즈의 평론집
『산문과 운문에 관한 연구 A Simons Studies in Prose and Verse(1922,
283~5면)에 수록된 이 서문의 거의 전부를(대개 김억이 소개한 바와 같은 부분)
번역하여 그의 〈氣分의 詩學〉을 살펴려 한다.

43) 『文學評傳』, 184쪽.

일어나는 사건이나 사물은 모두가 우리의 內心을 가리키어, 우리로 하여
금 자신을 알게 만든다. 따라서, 이러한 外界의 現象을 목적으로 판단하
여 시의 주제로서의 적당, 부적당을 가리는 것은 우스꽝스러울 뿐더러,
外界의 現象보다는 우리의 內心이 더욱 無限하며, 永遠하다고 주장한다.
여기서 우리는 시몬즈의 생각이 象徵主義로부터 점차 氣分 혹은 感情的
主觀論으로 치우치기 시작함을 뚜렷이 알아차릴 수 있는 것이다.

그리고, 시몬즈는 도덕을 종으로 삼을 수 있는 영원한 예술의 주제로서
〈인간의 기분 the moods of men〉만을 들고 있다. 그런데, 이러한 기분
은 바다 위에 잠깐 나타난 잔물결과 같은 것인지는 모르나, 그리고 〈실지
로 있었던 사실〉도 아니지만, 그것을 마치 〈이 세상에 다른 기분이란 있
을 수 없는 것처럼〉 표현하고자 한 것이 자기의 시라고 주장한다(『文學
評傳』, 185쪽).

(나) 그러면, 〈영원한 예술의 원리〉를 실현할 수 있는 시의 주제가 〈기분의 존
재〉밖에 없단 말인가? 시몬즈가 생각하는 바, 도덕의 원리조차 초월할
수 있는 영원의 예술이 의지할 주제가 그의 표현대로 〈잔물결〉과 같은
기분밖에 없다면, 그의 예술도 역시 잔물결처럼 사라지기는 쉬운 것이
아닌가? 그리고, 실상 그는 시인으로서는 잔물결처럼 사라졌단 것이다!

또한 ....불란서에서 나타난 象徵主義는 시몬즈가 이해한 〈象徵〉처럼
모호하고 산만한 것도 아니었고, 그 목적도 시몬즈의 〈氣分의 詩學〉과는
전혀 다른 더욱 〈정확한〉 것이었다. 그러므로, 우리는 시몬즈의 시와 시
론을 읽고 〈英國詩壇의 巨星〉을 알 수도 없고, 象徵詩가 무엇인가를 배
울 수도 없다(『文學評傳』, 185~186쪽).

(가)의 인용은 시몬즈의 생각이 상징주의로부터 점차 기분 혹은 감
정적 주관론으로 치우친다는 것이다. 여기에서 시몬즈는 영원한 예술
의 주제로서 〈인간의 기분〉을 중시한다. 이런 아더 시몬즈의 시론에
대해 송욱은 '영원한 예술의 원리〉를 실현할 수 있는 시의 주제가 〈기
분의 존재〉밖에 없단 말인가?' 라고 문제를 제기한다. 그리고 그 결론
이 (나)의 글이다. (나)의 글은 아더 시몬즈가 프랑스의 상징주의를

잘못 이해하고 있으며, 이 잘못을 김억이 답습하여 번역했다는 것이다.[44] 결국 '시몬즈의 생각대로 〈무엇이든 존재한 것은 예술적으로 존재할 권리를 갖춘다〉고 주장할 수 있으나, 존재하는 것이 기분만이 아니며, 사람과 예술에 있어서 가장 중요한 것이 기분만도 아닌 까닭'이라는 것이다. 이런 시몬즈의 〈氣分의 詩學〉에 영향을 받은 것이 바로 소월이라는 것이다. 직접적인 영향 부분을 인용하면 다음과 같다.

> 소월은 이미 〈우리에게 각자의 그림자같이 가깝고 각자에게 있는 그림자같이 반듯한 각자각자의 靈魂〉이 있음을 말하였을 뿐더러, 이 영혼이 영원 불변인 시혼의 본체라고 밝혔다. 그리고, 이제는 시 작품도 음영, 즉 그림자라고 한다. 그렇다면 영원 불변인 시혼도 그림자와 같고, 그때 그때에 빚어내는 작품도 그림자와 같은 것이니까, 시몬즈의 〈氣分의 詩學〉은 소월에 와서는 〈그림자의 詩學〉, 〈陰影의 詩學〉으로 둔갑하고 만 것이다. 이쯤 되면 허무한 노릇이라 아니할 수 없다. 영국 시인 시몬즈와는 달리 그는 기분, 감정 혹은 情調, 즉 〈사람의 마음속에 있는 천당과 지옥〉을 지탱할 만한 기력이 없었던 모양이다!
> 소월은 또한 자기가 주장하는 〈陰影의 詩學〉을 증명하는 實例로 시몬즈의 작품을 아무런 번역 없이 원문 그대로 인용하고 있다. 漢詩의 번역을 남겨 놓은 소월이 英詩의 번역을 남겨 놓지 않은 것은 흥미 있는 사실이다. 그는 시몬즈의 작품 전부가 수록되어 있는 200여 면의 시집 두 권을 가지고 있었으면서도, 이 시집의 번역은 김억에게 맡겨 버리고 자기는 하나도 번역을 발표하지 않았다. 이는 그가 漢詩와는 달리 英詩에 대해서는 그리 공명을 느끼지는 않았거나, 혹은 내용과 표현에 있어서는 어떤 거리를 느낀 탓이리라(『文學評傳』, 189~190쪽).

송욱은 시몬즈 시론의 영향을 증명하는 실례로서 소월 자신이 가지고 있던 시몬즈의 작품을 번역하지 않고 원문 그대로 인용한 데서 찾고 있다. 과연 소월이 영시에 대한 이해를 어느 정도까지 했는가는 다

---

44) 양주동은 김억의 번역을 굉장히 비판했다(최하림, 「양주동과 이장희」, 『시인을 찾아서』, 프레스21, 1999, 266쪽).

소 의문이다.[45] 그러나 송욱은 소월의 시 작품에 대한 시몬즈의 영향에 대해서는 언급하지 않았다. 소월의 시몬즈 영향 관계를 언급한 김용직은 "시몬즈의 詩論이 지니는 한 단면은 반도덕주의였다. 소월의 많은 작품도 윤리, 도덕과는 무관한 가운데 쓰여진 것"[46]들에서 찾았다. 송욱과 달리 김용직은 시몬즈의 영향을 "어떻든 시몬즈의 투영은 김소월의 시에도 상당한 농도로 나타나는 것이다. 그런 이상 그의 수용은 우리 시사에서 뜻 있는 일로 計定되어야 하리라 믿는다"[47]라고 하여 긍정적인 측면을 강조하고 있다.

　그러나 송욱이 문제삼는 것은, 영국 시단의 거성이며 세계 문학의

---

45) 시몬즈 시에 대한 인용은 『文學評傳』(190～191쪽) 참고.
　　거의 모든 소월 시집에는 오식 투성이로 출처도 밝혀지지 않고 그냥 나타나 있다. 그리고, 이 작품은 「間奏曲 베니스의 밤, intermezzo: Venetian Nights」이라는 큰 題號가 붙어 있는 두 편 중의 하나다(Kevin O′Rourke, 「2. 김소월의 경우」, 앞의 책, 87쪽).
　　현 시점에서 소월이 영어를 얼마나 잘 알고 있었는가를 말하기는 어려운 일이다. 소월의 영어 실력을 말해 주는 증거는 단편적으로 있기는 하나 결정적인 것은 아니다. 소월이 학생 시절 외국어 성적이 좋았다는 것은 잘 알려진 사실이다. 또한 소월이 김억에게 『잃어버린 眞珠』를 출판할 수 있도록 시몬즈의 시집 두 권을 빌려주었다는 것도 잘 알려진 사실이다. 김억이 『잃어버린 眞珠』 서문에서 감사의 말을 하고 있다. 소월은 시몬즈의 시 ′Perfume′(옮아가는 香氣)를 번역하여 1921년 9월 《개벽》 15호에 발표한 일도 있다. 또한 소월은 김억의 타고르 작품 번역을 도왔는데 그 도움이 어느 정도인지는 알 수 없는 일이다. 끝으로 소월이 그의 시론이라고 할 수 있는 「詩魂」 《개벽》 59호(1925. 5)에서 시몬즈의 시, At the Dogana′을 인용하고 있는데, 그 시를 외워서 인용한 것 같은 인상이다. 외워서 인용한 것이 아니라면 원시와 인용된 시 사이의 차이를 설명할 수가 없다(원시와 소월이 인용한 시는 87～88쪽 참고).
46) 시몬즈의 영향이 나타난 작품으로 「山有花」, 「진달래꽃」, 「먼 後日」, 「금잔디」 등이고, 또한 『진달래꽃』 시집 대부분이 음영이 번득인다는 것이다. 소월의 시작 가운데 시몬즈의 영향은 김용직의 논의(「7. 시몬즈와 한국 근대시」, 앞의 책, 156쪽) 참고.
47) 김용직, 앞의 책, 156쪽.

총아인 아더 시몬즈를 김억이 잘못 이해한 것에서 비롯되었음을 비판
하였고, 나아가 아더 시몬즈 시론까지 비판을 가한 것이다. 여기에서
아더 시몬즈의 영향을 받은 김소월의 「詩魂」에 대한 비판을 가한 점이
다. 또한 "김소월의 시론이라고 할 수 있는 「詩魂」도 시몬즈와 예이츠
의 시론에 바탕을 두고 형성되었다"[48]라고 볼 때, 예이츠의 시론에 대
한 논의를 송욱이 하지 않았기 때문에 소월에 대한 심도 있는 비판점
에 도달하지 못했다는 한계를 지적받게 된다. 그는 아더 시몬즈의 시
론에 대한 비판점에서 김억과 김소월을 비판했다. 송욱의 비판이 설
득력을 지니기 위해서는 소월 작품의 타당성, 적어도 송욱의 소월에
대한 실제 작품 분석(구조 분석)이 뒤따라야 할 것이다. 그런데 송욱
의 비판은 소월이 자작시를 옹호하기 위해 인용한 김억의 평을 통한
간접적인 비판점에 무게 중심을 두고 있다는 데에 문제가 있다. 소월
의 작품에 대한 김억의 평을 송욱이 비판한 곳을 찾아보면 다음과 같
다.

> 그리운 우리님의 맑은 노래는
> 언제나 내가슴에 젖어 있어요
> ······ 중 략 ······
> 들으면 듣는대로 님의 노래는

---

48) Kevin O' Rourke, 앞의 책, 115쪽.
  『소월시집』(정음사, 1956)에 수록된 시 중에 소월이 그의 상징주의적 신비 사상
  을 환각적 체험을 바탕으로 표현한 것이 여러 편 있다. 그의 시에는-빛의 모티브, 꿈
  의 모티브, 임과의 신비적 결합 등 예이츠와 시몬즈의 시 세계에서 볼 수 있는 요
  소들이 많다. 또한 작품 하나 하나를 검토하여 보면 예이츠의 시 작품과 유사한 것
  이 있다. 그러나 소월은 시몬즈나 예이츠의 시를 모방한 것으로 그치지 않고 이 두
  시인의 시 세계를 완전히 소화시켜 자기 자신의 독창적인 시 세계를 한국적 고유
  의 정서를 기초로 하여 이룩하였다고 할 수 있다. 그러므로 시몬즈나 예이츠의 시
  세계를 모른다면 소월의 시 세계에 용해되어 있는 시몬즈나 예이츠의 영향을 발견
  하지 못할 것이다.

하나도 남김없이 잊고 말아요
— 「님의 노래」 중에서

이 시에 대해서 소월이 인용한 김억의 평은 너무도 맑아 밑까지 들여다보이는 강물과 같은 시다는 것이다. 송욱의 비판은 이러한 김억의 평이 비평으로서 전연 가치가 없다는 것이다. 왜냐하면 강물과 같다든가 무엇과 같다든가 하는 비유로써 자기의 인상을 말하는 것은 감상이지 비평은 아니다는 주장이다. 그래서 그는 인상주의 비평을 반대하고 객관적인 분석 비평을 의도하고 있는 것이다. 이러한 객관적 분석 비평의 태도는 『詩學評傳』, 『文學評傳』에서도 줄곧 견지한 그의 비평 태도이다. "批評이 讚揚이나 惡談, 혹은 才談, 또는 政治的 煽動과 다른 점은, 그것이 반드시 方法과 근거를 아울러 밝히는 데에 있을 것"[49]이라 주장한 그의 비평 태도에서도 알 수 있다.

또 한 작품을 인용하면 다음과 같다.

자나 깨나 앉으나 서나
그림자 같은 벗 한 사람이 내게 있었읍니다.
······ 중　략······
허무한 몸 둘 데 없는 心事에 쓰라린 가슴은
그것이 사랑 사랑이든 줄이 아니도 잊힙니다.
— 「자나 깨나 앉으나 서나」 중에서

위의 시에 대해서 소월이 인용한 김억의 평은 '詩魂과 詩想과 리듬이 步調를 가지런히 하여 걸어나아가는 아름다운 詩다'는 것이고, 송욱의 비판은 '리듬이 거의 없는데 그것이 있다고 하니까 黑白을 분간

---

49) 『文學評傳』, 4쪽.
　　"앞서 세상에 내놓은 『詩學評傳』의 경우와 마찬가지로, 나는 이번에도 될 수 있는 대로 方法과 근거를 드러내려고 힘써 보았다"고 한 데서 그의 비평 태도를 짐작할 수 있을 것이다.

하지 못한 그릇된 비평이다'는 것이다. 이처럼 비평의 타당성에 문제
를 제기하였고 실제로 위의 작품성에 관한 송욱의 평은 두 작품이 그
리 훌륭하지 못함을 지적한 것이다. 그 이유는 첫째의 작품(「님의 노
래」)은 거의 민요와 흡사하고, 둘째의 작품(「자나 깨나 앉으나 서나」)
은 민요와는 거리가 멀지만 시로서 완성된 것이라고 볼 수 없다는 것
이 송욱의 비판 이유이다. 그러나 소월 시에 대한 민요 문제를 제기한
송욱은 시론과 연관시키지는 않았다. 소월 시론과 연관시켜 논의한 오
룩(Kevin O' Rourke)은 소월을 민요풍의 시인으로 취급할 수 없다는
점을 주시하였다.[50] 그렇다면 송욱의 주장은 의미가 있다고 판단된다.
그러나 소월 시 가운데 명작이라 불리는 「진달래꽃」이나 「招魂」은 송
욱이 위에서 제기한 문제점으로 볼 수 없는 예외작이다. 이 예외작에
대한 송욱의 평가는 "(音樂性에 대한 儀式的 探究의 결과가 아니라)
순전히 天才와 偶然이 자아낸 작품"[51]이라는 것이다. 그렇다면 소월은
과연 음악성에 대한 의식적 탐구의 노력이 없느냐는 것과 이 두 작품

---

50) Kevin O' Rourke, 「2. 김소월의 경우」, 앞의 책, 88~89쪽.
　　이 '詩魂'을 읽고 나면 누구나 소월을 단순한 민요풍의 시인으로서 취급하지 못할
　　것이다. 소월이 자신을 민요 시인으로 부르는 것을 싫어한 것(김억, 「김소월의 추
　　억」, 『김억 작품집』, 221쪽)도 그가 그 자신의 시론을 가지고 있었기 때문일 것이다.
51) 『文物의 打作』, 제2부의 76쪽에서 '이 나라의 모국어로 된 시 작품의 두드러진 유
　　산이란 오직 황진이의 시조 몇 수[송욱이 구체적으로 지적한 작품은 「동짓달 기나
　　긴 밤을」(『詩學評傳』, 133쪽), 「詠半月」(『文學評傳』, 217쪽), 「奉別蘇判書世讓」
　　(『文學評傳』, 250쪽) 그리고 소월(「진달래꽃」, 「招魂」)과 한용운의 『님의 沈默』이
　　있을 뿐' 이라는 것이다. 또한 소월과 만해의 비교에 있어서도 엄청난 차이의 평가
　　를 한다. "긴 눈으로 볼 때 우리 신문학이 낳은 두드러진 시인은 소월과 한용운 두
　　사람밖에 없다. 한용운을 어른의 시인이라고 하면 소월은 사춘기에 있는 독자를
　　위한 거의 감상만을 다룬 시인이다. 그렇다면 외국의 시인과 견줄 수 있는 현대 시
　　인은 이 나라에서는 한용운뿐이라는 결론이 어쩔 수 없이 나오게 된다(『文物의 打
　　作』, 87쪽)."
　　또한 『詩學評傳』에서 정지용을 비판하면서 「鄕愁」, 「小曲」을 높이 평가했다. 여기
　　서 한 가지 덧붙이자면, 송욱이 극찬한 작품(「진달래꽃」, 「招魂」)과는 달리 부정적

을 연구 대상으로 삼아 송욱의 실천 비평이 가능했지 않느냐는 두 가
지의 물음의 답을 피할 수가 없을 것이다.

소월 시에 대한 기존 논의의 대부분이 리듬(음악성)에 대한 높은 평
가였는데도 불구하고 송욱은 소월 시의 리듬 인식에 대한 부족을 지적
했다. 그러나 송욱은 이에 대한 구체적 논증을 하지 않았는 데 문제성
이 야기된다. 다만 「現代詩의 反省」(『文學評傳』)에서 이를 언급하고
있다. 그 내용은 "客 : 音樂性의 本質이란 한마디로 말하면 반복을 통
한 변화입니다. 엄격히 말하면 반복하는 순간마다 그것이 즉 변화의
순간인 점이 音樂性의 본질이지요. 主 : 네, 아까 引用한 素月詩의 한
귀절의 형식을 우리가 幼稚하게 느끼는 것도 리듬의 반복만 있고 변화
가 없는 까닭이"[52]이라는 것이다. 결국 소월 시가 단순 반복만 있고 변
화가 없기 때문에 리듬이 없다는 것이 송욱의 주장이다. 여기서 한 가
지 짚고 갈 문제는 송욱의 시에 나타난 리듬 의식이다. 이는 송욱의 시
작 태도에 리듬이 강하게 반영되었음을 짐작할 수 있다. 송욱은 "현대
시의 운명을 쥐고 있는 (것이) 시의 音樂性"[53]이라는 태도에서 알 수
있듯이 그의 시작 태도에 나타난 리듬 의식을 주목해야 한다.[54] 결국
송욱은 소월 시와 시론의 비판을 통해서 인상주의, 감상주의의 비평이
아니라 객관적인 분석 태도와 시의 리듬을 강조했다고 할 수 있겠다.

송욱이 뉴크리티시즘 수용과 황진이, 김소월의 비평을 통해서 모색
한 주체적 시론을 정리하면, 우리 나라 시작의 정신 세계를 밝히려는

평가를 한 「山有花」에 대해서 김동리는 〈산유화의 기적적 완벽성〉이라고 평가(김
  소월의 나머지 작품을 미성품)했다(「청산과의 거리-김소월론」, 『김동리 전집/평
  론』, 민음사, 1997, 39~45쪽 참고).
52) 『詩學評傳』, 399쪽.
53) 「現代詩의 反省」, 『詩學評傳』, 398쪽.
54) 이런 논의의 근거는 우선 송욱이 영문학자이면서 영시에 대한 상당한 영향을 받았
  다는 점이고, 송욱의 대표적인 비평서라 할 『詩學評傳』에도 엘리어트를 할애하고

대상으로 삼은 황진이 시조는 아이러니와 패러독스로 분석하여 동양
시의 배경, 내면의 공간, 거리를 밝힐 수 없음을 지적하였다. 그리고
송욱은 소월의 감상주의를 비판하였지만 적어도 「진달래꽃」이나 「招
魂」에서 발견할 수 있는 한국시의 전통은 리듬〔音樂性〕에 있음을 강조
하였다. 이는 한국 현대시의 운명이 리듬에 있다는 그의 시론에 밀접
한 관련을 보여 주는 것이다. 리듬에 대한 송욱의 태도는 김기림과 정

있음을 볼 때, 그의 영향 관계를 알 수 있다.

　"이(宋稶 〈何如之鄕 拾壹〉의 일부) 詩는 또렷한 方法論을 밑받침하고 있다. 따라
서 審美意識과 poem에 대한 자각이 또렷하다. 押韻의 試驗과 재미나는 패러디,
市井語의 活用을 통한 이러한 試圖는 詩에 새로운 드라이한 美感을 주는 것인데
宋稶 씨는 英詩에 대한 造詣가 있는 만큼 그 쪽의 詩에서 作詩의 方法을 많이 배웠
으리라고 생각한다.(김춘수, 「전후 15년 한국시」, 『한국 전후 문제 시집』, 신구문
화사, 1961, 311쪽)"

　전후 15년(1945~1960) 동안 영미시의 영향이 파급되었던 점과 함께 송욱은 엘
리어트의 시작법에 대한 영향을 받았다. 그 구체적인 내용은 엘리어트의 음악성에
근거한다고 판단된다. 왜냐하면 그는 한국의 대표적인 시인이라 할 김소월, 정지
용, 김기림 등에 리듬이 없음을 비판했다. 그만큼 그는 리듬에 대한 시의 생명성을
잠재적으로 의식했던 것이다. 그렇다면 송욱 시에 나타난 리듬은 적어도 엘리어트
시의 음악성과 관련된 몇 가지는 ① 日常用語와 회화체 리듬speech rhythm의 중
시 ② 소리와 의미의 화합 ③ 반복적인 구문 구조repetitive syntactical
structure에의 배려 ④ 리듬이 지닌 고정성과 융통성의 대조 ⑤ 음악적 유사성으
로의 지향 등이다(최종수, 「엘리어트 시의 음악성」, 『현대 영미시 연구』, 민음사,
1986, 80쪽).

　김춘수의 송욱 시에 대한 방법론의 운위(물론 「何如之鄕」에 국한)와 최종수의 엘
리어트에 대한 음악성 연구를 근거로 송욱 시를 검토해 본다면, 송욱 시가 가지는
형태적인 특성을 밝힐 수가 있다고 판단된다. "그의 시는 몇 가지 점에서 우리의
주위를 끌고 있다. 하나는 김춘수가 지적한 대로 그가 펀pun에 능함으로써 형태
로 자기 시대를 민감하게 드러냈다는 평가에 대한 것이며, 다른 하나는 그럼으로
해서 오늘날 대부분의 우리 시가 큰 반성 없이 만들어 온 몇 가지 관습과는 멀리
떨어져 남다른 개성을 갖는다는 점(홍신선, 「한국시의 논리」, 『한국시의 논리』, 동
학사, 1994, 458쪽)에 주목해야 한다는 홍신선은 서구식의 펀(말놀음)과 펀을 통
한 소리와 음악을 함께 결합시키는, 우리 시에 있어 리듬 감각이라는 것이다. 비록
후기시에 해당하는 「사랑의 物理」(『詩神의 住所』, 26쪽)라는 작품을 예로 들었지
만 송욱의 전반에 관통하는 특징이라 해도 지나친 판단은 아니다.

지용을 통해서도 같은 관점을 취하고 있다(이에 대한 논의는 본고에서 계속 연구된다). 그리고 송욱이 소월 시와 시론의 비판에 있어 시론의 영향 관계에 있는 시몬즈의 〈氣分의 詩學〉에 비추어 비판했지만, 소월 시에 대해 구체적인 작품을 분석하지 않은 점과 예이츠의 직접적인 영향에 대한 언급이 없었다는 한계를 드러냈다.

3. 김기림의 전통과 역사 의식 비판

송욱은 스스로 '전통'의 중요성에 대해 심각하게 생각하고 있었다.[55] 이러한 심각성은 문학사에서 한 논쟁이 되었던 시대적인 배경과의 관련에서 찾아볼 수 있다. 당시 문단 정치에 송욱은 관심을 두지 않았기 때문에 문단의 주류에 들지 못했다. 그렇더라도 시대 정신에 투철했던 비평가 송욱은 전통에 대한 논쟁에 귀를 기울이고 있었다. 연구자는 송욱이 전통 논의에 대한 관심을 가진 것은 문학 비평사의 외재적인 환경에서 연유한다고 판단한다. 왜냐하면 당대가 전통 논쟁의 시대였기에 비평가인 송욱이 이런 논쟁의 관심에서 벗어나 있었다고 볼 수 없기 때문이다.

50년대 후반기부터 60년대 전반에 이르기까지 평단의 이슈는 거의 전통론에 대한 논란이었다. 이 때문에 비평계에는 많은 글들이 쏟아졌다.[56] 현대 문학 비평사에서 〈반전통론자〉들은 8·15 이전에는 우리의 전통이 전혀 없었다고 주장하는 데 비해 〈전통론자〉들은 향가 혹은 〈춘향가〉로부터 기미년 이후 신문예로부터 문학 전통이 출발되었다고 주장하는 논쟁으로 갈라서게 되었다. 그러나 결론을 얻지 못한 논쟁

---

55) 송욱의 시론 및 문학 논리는 '전통 단절'과 '전통 부재'의 이중적 의미 구조로서 출발한다(진순애, 앞의 책, 761쪽).

56) 윤병로, 「문학과 전통」(『문예비평론』, 서문당, 1982. 231쪽)과 『한국 현대 비평 문학론』(청록출판사, 1984, 53쪽)에는 당시 〈傳統論〉에 대한 대표적인 연구 목록이 있다.

상태로 남았다. 그렇더라도 "未決의 章으로 넘어간 전통론의 是非는 그런 대로 하나의 批評史的인 問題點을 남긴 셈"[57]이다.

송욱은 고전 문학의 정신적 차원보다는 고전의 언어에 대한 관심을 가지고 있었다. 즉 우리의 고전 시가에서 전통을 찾는 것은 우리 나라의 고전은 작품으로써 가치가 있다기보다 우리말의 수사와 용법과 낱말이라는 귀중한 〈재료〉를 간직하고 있는 광으로서 중요하고 '古典의 價値를 살리는 데 더욱 효과가 있는 태도'라는 것이다. 물론 이러한 의식이 송욱의 작품과 비평가로서의 거리를 얼마만큼 적정하게 유지하고 있는지를 고려해 볼 문제이다. 송욱은 전통론의 논쟁에 끼어들지는 않았지만 '전통' 찾기에 골몰했음은 자명한 것으로 보인다. 전통에 대한 논의가 한국 문학 비평에서 자생적인 출발이었는데 비해 송욱은 엘리어트의 논의를 통해서 문학의 전통 찾기에 골몰했다. 한국 문학계에

---

57) 윤병로, 「ⅩⅡ 傳統論에 대한 是非」, 『한국 현대 비평 문학론』, 55쪽.
　　이 논쟁의 도화선은⋯⋯《사상계》지(1962년 5월)가 주최한 「현대시 50년의 심포지움」이었다. 거기서 크게 클로즈업된 문제는 우리의 고전에서 전통을 이어받은 것이 있느냐 없느냐는 것이었다. 그리고 전통과 인습은 구별되어야 한다는 주장으로 그 실제의 작품을 거론하기에 이르렀다. 여기서 조지훈은 전통의 계승을 주장하는 〈전통론자〉의 입장에 섰고, 이어령과 유종호는 우리 문학의 경우 전통의 계승을 인정할 수 없다는 〈반전통론자〉의 편에 섰다⋯⋯.
　　여기에 비해 이어령과 유종호는 그 입장이 전혀 달리했다. 말하자면 전통을 강력히 부정하는 입장에서 다른 나라의 고전이 현대 문학에 끼친 영향에 비해서 우리의 고전은 현대 문학에 하등의 영향의 차이를 주지 못하고 있다는 것이었다. 유종호의 해명은 셰익스피어가 영시인들에게 주는 영향과 우리 고대시가 현대 시인에게 주는 영향의 차이를 비교하면서 우리 고대시는 현대 시인에게 전혀 영향을 끼치지 못하고 있다는 것이다(54쪽 참고).⋯⋯ 이른바 〈반전통론자〉들은 8ㆍ15 이전에는 우리의 전통이 전혀 없었다고 하는 데 비해 이른바 〈전통론자〉들은 천여 년 전의 〈향가〉나 조선의 〈춘향전〉에서 혹은 신문학 이후부터 우리의 문학 전통이 출발되었다고 역설했다(56쪽). 이러한 논쟁 가운데 "전통 계승의 주체 사관을 바탕으로 씌어진 최초의 시사"인 조지훈의 『한국 현대 시문학사』(《문예춘추》, 1964. 6 ~1965. 3 연재)는 주목할 필요가 있다(최동호, 「현대 시사 기술 방법과 방향」, 『삶의 깊이와 시적 상상』, 민음사, 1985, 92쪽).

서 고전 문학 수용의 전통론과 고전 문학과의 단절이라는 반전통론 사
이에 송욱이 또 한 갈래의 문학 전통 찾기를 골몰했다는 뜻이다.

송욱은 1960년대 문학사 논쟁인 〈전통론〉 시비가 있었을 때, 이를
엘리어트 시론을 수용하여 전개시켰다. 이는 『詩學評傳』의 일정 부분
이 뉴크리티시즘과 모더니즘에 관한 연구라는 데서도 알 수 있다. 엘리
어트의 「傳統과 個人의 才能」에서 전통에 대한 그의 인용을 보면 다음
과 같다.

> 여기서 눈에 뜨이는 생각은, 어떤 이의 작품에서 과거의 작품들이(물론 위대
> 한 작품들이) 가장 광채를 내는 부분이 〈오히려〉 그의 개성을 가장 잘 드러내
> 는 부분이라는 逆說을 지닌 것이다. 이것은 獨創性을 유달리 위주로 하던 浪漫
> 派 시인들의 경향을 그가 의식하고서, 이에 아주 대립되는 견해를 밝힌 古典主
> 義의 宣言, 傳統主義의 선언으로 볼 수 있다(『詩學評傳』, 10쪽).

엘리어트의 전통에 대한 견해를 송욱이 인식한 부분을 살펴보면 다
음과 같다.

> 歷史感覺이 있는 사람이면, 그는 반드시 자신의 世代를 뼈에 사무치도록 느
> 낄 뿐만 아니라, 호오머에서 비롯하는 유럽의 문학 전체와 그 안에 들어 있는
> 자기 나라 문학 전부가 하나의 同時的 存在이며 하나의 同時的 秩序를 이룩한
> 다고 느끼면서 작품을 쓸 수밖에 없다. 歷史感覺은 時間에 의지하고 있는 것에
> 대한 감각과 시간을 초월한 것에 관한 감각, 그리고 시간과 초시간을 합친 것
> 에 대한 감각인데, 이것이야말로 한 작가를 傳統的으로 만드는 것이다. 또한
> 이러한 감각으로 말미암아 그는 자신이 차지하고 있는 시간상 위치, 즉 자신의
> 時代性을 가장 날카롭게 의식한다(『詩學評傳』, 10~11쪽).

위의 인용에서는 엘리어트가 말하는 시의 전통은 역사 감각을 이해
해야 한다는 전제를 바탕으로 하고 있다. 즉 그것은 '자신의 세대를
뼈에 사무치도록 느끼는(특수한 상황에서)' 시이며, 나아가 '호오머

에서 비롯하여 유럽 문화 전체와 자기 나라 문학 전부가 하나의 동시
적 존재이며 하나의 동시적 질서를 이룩한다고 느끼면서 작품을 쓰
는' 시가 전통이라는 것이다. '자신이 차지하고 있는 시간상의 위치,
즉 자신의 시대성을 가장 날카롭게 의식' 하는 것이 바로 전통이며, 이
러한 전통이 바로 역사 감각이라는 것이다. 그래서 당대의 시대성이
전통으로 자리하기 위해서 역사 감각이 필요하다는 것이다. 이는 바
로 '역사의 지속(문학사의 연속)'을 의미하는 것이다.

  송욱은 한국 문학에서 전통 찾기의 어려움을 예측했다. 그럼에도 불
구하고 송욱은 한국 문학의 전통 찾기의 포부를 비평가가 지녀야 한
다고 강조했다. 이는 비평가로서 갖추어야 할 기본적인 자세에 대한
그의 입장을 엿볼 수가 있다. 그래서 송욱은 비평가의 실질적인 태도
에 대해서 외국의 시 비평에서 우리에게 보탬이 되는 것을 찾으려면
그의 시론을 다시 비판해야 한다는 점을 강조했고, 새로 나온 작품과
전통을 이룬 과거의 작품의 관계에서 새로운 작품이 과거의 규범에
맞는 두 가지 방향으로 상호 작용하는 관계를 강조했다. 송욱은 이를
역사적 비평의 기준일 뿐만 아니라 미학적 비평의 원리로 받아들이고
있다. 이는 곧 그냥 아름다운 말과 내용으로 된 작품이 아름다운 것이
아니라, 과거의 훌륭한 걸작과 상호 변화를 일으킬 수 있는 작품이 곧
아름답다는 생각이다. 실제로 송욱은 이런 태도를 소월 시에서 찾았
다. 그래서 소월 시에 대한 비판이 또 한 번 이루어지는데, 그것은 전
통의 관점에서 볼 때 소월 시는 과거의 작품과의 관계에서 상대방의
가치를 결정지을 요소가 없기 때문에 전통의 가치를 지닌 작품이 아
니라는 평가이다.[58] 이는 "7, 80년의 역사도 가지지 못한 우리의 현대
시에 있어 그 전통을 뚜렷하게 내세워 말한다는 것부터가 많은 어려

---

58) 과거의 훌륭한 걸작과 상호 변화를 일으킬 수 있는 작품이 아름답다는 논의에 대

움을 내포한다"[59]는 점에서 한국 시사에서 전통 찾기의 실마리를 쉽게 찾지 못하는 어려움을 송욱은 지적했다.

송욱은 중국의 상고주의가 〈溫故而知新 可以爲師矣〉에서 과거의 고사(古事)나 전고(典故)가 지닌 규범을 일방적으로 따르는 것인데 비해서 엘리어트는 '傳統이 지닌 秩序를 날카롭게 의식하는 면에서는 傳統主義者이지만 새로운 작품이 전통을 바꿔 놓는다고 본 점에서는 모더니스트이다'라고 보고 있다. 여기서 송욱은 동양의 전통과 엘리어트 전통의 차이에 주목했다. 그리고 시인은 평생 동안 역사 감각을 날카롭게 하고 올바르게 기르는 데 바쳐야 한다는 엘리어트의 말에서 송욱은 엘리어트 시론의 수용을 뚜렷이 제시하고 있다. 이는 송욱이 모더니즘에서 역사 감각을 찾는다는 의미이기도 하다.

송욱은 영·불 모더니스트 시에서 역사 감각의 의미를 찾고자 했다.

해서 나름대로 다소 부정적인 시각이다. 그 예를 김소월의 「山有花」로 들었다. "시 귀절 자체를 아름답게만 볼 수 없게 하는 批評觀으로, 과거의 口傳民謠의 傳統에 따라 얼마나 많은 변화를 일으켰을까?(『詩學評傳』, 14쪽)."
"山에는 꽃 피네 / 꽃이 피네 / 갈 봄 여름 없이 / 꽃이 피네"
소월 시에 대해 '아마 조선의 서정시가 도달할 수 있는 한 개 최상급의 해조(諧調)를 보여 준' 작품이라고 주목한 김동리의 견해와 '동양적 전통관'에 입각하여 평가를 한 마광수의 논의는 송욱의 평가와는 다른 것임을 주목해 볼 필요성이 있다.
〈시문학파〉 이전의 대부분의 시가 그러하듯이 소월의 시도 이 「山有花」 한 편을 제외한다면 전부가 미성품이요 형식적 구성에 있어 완연히 한 개 시작(試作) 형태에 그쳐 있다. 그 가운데서 한 편의 합격품이 나왔으니까 기적적이란 뜻은 아니고 진실로 아주 초월적으로 완성되어 버렸기 때문이다. 그 형식적 구성, 특히 그 음율적 구성에 있어서는 오늘날에 이르기까지, 그 누구의 주옥편으로서도 이와 겨루어 낼 만한 작품을 찾을 수가 없다. 더 기탄 없이 말한다면 아마 조선의 서정시가 도달할 수 있는 한 개 최상급의 해조(諧調)를 보여 주었다고 할 것이다"(김동리 전집, 앞의 책, 40쪽).
"김소월의 작품도 거의 다 자연을 소재로 삼고 있는데, 특히 「山有花」는 자연을 소재로 택하여 자연계 삼라만상의 무상한 윤회와 變轉, 그리고 반복을 노래한 佳作이다. 이 작품은 자연을 주제와 소재 양쪽에 다 관련시킨 작품으로써, 시를 형이상학의 차원으로까지 끌어올렸다는 점에서 특기할 만한 작품이라 생각한다. (중

그래서 현대는 역사 시대, 역사의 시기의 시대로 규정하여 엘리어트,
오오든, 스펜더와 기타 영국 시인들의 역사 의식, 그리고 사회 의식을
바탕으로 하는 새로운 유파를 이루었다고 하고, 불란서 상징주의의 고
전인 뽈 발레리를 제외한 기욤(Guillaumin, ?~1235), 아뽀리네르
(Apollinaire, 1880~1918), 엘리아르(Eluard, 1895~1952) 등 여
러 시인들이 모두 날카로운 역사 감각을 지니고 있다고 강조하였다.
물론 이들에 대한 구체적 논증보다는 그의 직관에 따른 비평안이라는
문제점이 있으나 단지 역사 감각을 지닌 시인이 중요하다는 송욱의 시
론을 본고는 중시하는 것이다. 그래서 한국 시인들은 19세기와 20세
기의 한국 사이에 넓고 깊은 거리는 바로 모더니즘에서 발견해야 되는
역사 감각이라는 것이 송욱의 주장이다. 송욱 시론의 가치는 한국 비
평 문학사에 있어 모더니즘의 기법적 측면만을 강조한데 대해 역사 감
각을 강조한 것으로 본다면, 그의 시론을 주목해야 한다.[60] 그래서 시
집 『何如之鄕』이 모더니스트의 역사 감각을 보여 준 시작이라는 평가
는 가능한 것이다. 왜냐하면 엘리어트가 말하는 동시적 존재, 동시적
질서로써 한국 정신사의 불교적 선취의 깊이와 시대 정신의 비판점으

략) 극히 평범한 자연계의 법칙-즉 꽃이 피고 지고 피고 지고를 반복한다는-을 쉬
운 말로 노래했는데도, 이 작품을 통해서 우리는 동양인의 순환적 자연관을 한눈
에 알아볼 수 있다. 자연을 소재로 한 시가 단지 서경적 스케치로 끝나는 게 아니
라 심오한 주제를 담을 수도 있다는 것을 입증해 주는 작품이다"(마광수, 『詩學』,
철학과 현실사, 1997, 93~94쪽).
59) 정한모, 「현대시의 갈등」, 『현대시의 갈등』, 보성문화사(개정판), 1989, 35쪽.
송재영, 한국 문학과 전통의 한 방향(1973. 2), 앞의 책, 104~113쪽.
60) 기존 모더니즘 연구에서 소홀하게 다루었던 당대의 역사적 조건 속에서 모더니즘
문학의 본질인 역사성과 그 세계관을 정밀하게 이해하기 위한 논의로써 김유중의
글(「제1부 1930년대 후반기 한국 모더니즘 문학의 세계관 연구」, 앞의 책, 태학
사, 1996)과 "모더니즘의 일반론을 식민지라는 암울한 상황에 그대로 접목시켰
다"고 한 이종주의 논의(「모더니스트의 보편성과 역사 의식」, 『김기림 연구』, 시문
학사, 1991)도 송욱의 역사 감각의 중요성에 대한 연장선상에 있다고 판단된다.

로서 풍자 정신이 담겨 있기 때문이다. 이는 작품과 그의 시론이 일관
성을 유지하는가라는 연구의 필연성을 엿볼 수 있는 대목이다.

　송욱은 전통과 역사 의식의 문제를 시(론)에서 상당히 큰 문제로 제
기해 왔다. 송욱은 한국 문학에서 전통의 부재를 지적했기 때문에 그
나름의 '전통 의식'을 확립하고자 한 그의 노력을 엿볼 수 있다. 이는
김기림의 전통과 역사 의식 비판을 통해서 나타나게 된다.

　송욱은 모더니즘을 리듬과 주제의 양축을 염두에 두었다. 우리 나라
1930년대 모더니즘의 출발점을 '소박하고 단순한 생각'이라는 그의
태도의 근거는 바로 리듬 혹은 음악성의 부재에 있음을 논하고 있기
때문이다. 즉 우리 나라의 모더니스트들이 과거의 시는 리듬이 있는데
리듬이 없는 것이 모더니즘이고, 과거의 시는 음악성이 있었는데 음악
성이 없는 회화성만이 있는 것이 모더니즘이라는 인식을 하고 있다는
것이다. 이런 비판은 정지용 비판을 통해서 알 수 있다. 물론 정지용의
회화성에 대한 비판을 통해서 정지용 시에 결여된 리듬을 송욱이 강조
하고 있다고 볼 수 있다. 송욱은 정지용의 리듬에 대한 비판의 근거로
써 한국 상징주의의 소화와 수용이 올바르지 못한 데 기인한다는 것이
다. 즉 한국의 참된 모더니즘이 성립하지 못한 것은 엘리어트나 아뽀
리네르와 같은 모더니스트들이 상징주의를 흡수하고 넘어선 시인처럼
상징주의의 단계를 거치지 못했다는 것이다. 특히 엘리어트의 경우
"쥴, 라포르그와 같은 상징파 시인의 영향 아래서 시작을 시작"하였
고, 또한 "엘리어트는 프랑스 심볼리즘의 전통을 英詩에서 발전시키고
대성한 상징주의 시인"[61]이기 때문에 엘리어트 시론으로 한국 모더니
즘을 비판하게 된다. 또 한 가지 원인을 이 나라의 모더니즘이 구호와
감각에 그쳤기 때문에 지금도 〈傳統을 변화시키지 못하는〉 사이비 전

---

61) 김종길, 「시인으로서의 엘리어트」, 앞의 책, 272~273쪽.

통주의의 시-복고주의 시-가 번창한다는 것이다. 그렇다면 구체적으로 송욱이 말하고 있는 상징주의란 무엇인가? 상징주의의 어떤 점에서 한국 모더니즘이 상징주의를 거치지 않았기 때문에 내면화하지 못했으며 혹은 현대성을 정신화하지 못했다는 것인가? 여기서 한국 시사에서 상징주의의 이입에 대한 논의를 짚고 가야 할 것이다.

　상징주의의 문예 사조로서의 개념은 19세기 말엽, 프랑스를 중심으로 일어난 예술 운동과 그 경향을 말한다.[62] 프랑스 상징주의의 이입은 1916년 6월호《新文界》와 같은 해 9월호《學之光》지에 실린 백대진의 「二十世紀初頭歐洲諸大文學家를 追憶홈」과 億生〔안서〕의 「要求와 悔恨」에서 비롯된 이래, 한국시의 근대 형성기에 지대한 영향을 끼쳤다.[63] 이 상징주의가 완전히 소화, 흡수되지 못했기 때문에 한국시에서 모더니즘이 형성되지 못했다는 송욱의 주장은 의미가 있는 대목이다.[64]

---

62) 김학동,「상징주의」,『한국 문학 사조론』, 새문사, 1992, 115쪽.
63) 위의 책, 117쪽.
　상징주의 시와 시론의 수입, 수용에 대한 구체적 논의는 김용직의「제8장 해외시 수용의 本論化와 그 양상」(『한국 근대 시사(上)』, 학연사, 486~491쪽)을 보면, 세 가지 관점을 제시하고 있다. 첫째, 그 무렵 우리 주변에서 이 유파에 속하는 시와 시론은 가장 매력 있는 존재였다. 둘째, 1910년대 일본 시단(중개자의 위치에 선)의 해외시 수용은 상징파 쪽으로 급경사를 이룬 셈이다. 셋째, 당시의 우리 시인과 시단의 의식 성향이다. 본격기에 접어든 후 우리 주변에서 해외시의 수입과 수용을 담당한 중개자들은 대개 그 나이가 10대 후반에서 20대 초반에 걸쳐 있었다.
64) 상징주의 수용에 앞장 선 김억의 평가에서도 이를 알 수 있다. 이에 대한 한 논의를 인용하면 다음과 같다.
　"김억의 '프랑스詩壇'은 상징주의를 전반적으로 다룬 체계적인 논문의 성격을 띠었다는 점에서 주목된다. 하지만 그의 상징주의에 대한 이해가 주로 데카당스에 기울었으며, 상징주의의 始祖로 내세운 보들레르에 대한 좀더 구체적인 소개가 없었고, '音樂과 芳香과 色彩는 일치한다'는 의미에서의 감각 교류를 단순히 음악적 측면에서만 받아들였다는 점을 한계로 지적할 수 있다. 그 이외에도 랭보의 시〈모

한국시의 근대적 전환을 가능케 한 해외 문학 가운데서 프랑스 상징주의 시의 영향을 들지 않을 수 없다. 그러나 그 영향 관계가 심층적인 차원에서 이르렀다기보다는 시적 발상법이나 시어 내지는 이미지의 어느 한 국면의 영향에 머문 한계성을 노정하고 있는 것이다. 이것은 그 시대 우리의 시단이 고도한 상징주의 시의 내면이나 심층을 수용할 만한 기반이 형성되어 있지 않는 한계를 드러낸 것이라 할 수 있다.[65]

위의 인용에서처럼 '상징주의 시의 내면이나 심층을 수용할 만한 기반이 형성되어 있지 않는 한계'를 지적한 논의는 바로 송욱의 한국 문학에 대한 모더니즘 비판이 타당성을 지니게 되는 이유이다. 그래서 송욱 시론이 1930년대 모더니즘과 1910년대 상징주의의 비판을 통해 궁극적으로 지향하는 이상적 구도가 상징주의적 모더니즘이라는 관점이 제시되는 것이다.[66] 송욱이 이를 구체적으로 언급한 부분은 "한국의 현대시 감각과 사상을 결합하여 음악적 조화를 이루지 못하였으니 이런 점에서는 특히 상징시로서 휘황한 횃불을 올리고 있는 불란서의 거장들로부터 많이 배우고 깨우쳐야 할 것이다"[67]라는 것이다. 송욱이

음)을 음악적 章句로 상징과 시의 극치로 본다든지, 자유시를 곧 산문시로 본다든지 하는 오해도 눈에 띈다(조동구, 『안서 김억 연구』, 연세대 대학원 박사 학위, 1988, 25쪽)."

65) 김학동, 앞의 책, 140쪽. 이에 대한 참고 논의는 다음과 같다.
　　김학동, 「프랑스 상징주의의 이입과 영향-베를렌느와 보들레르의 시를 중심으로」, 『한국 근대시의 비교 문학적 연구』, 일지사, 1981.
　　윤호병, 「상징주의의 영향과 수용-베를레느와 메테를링크의 경우」, 『문학의 파르마콘』, 국학자료원, 1998.
　　손광은, 「한국시의 상징주의 수용 양상 연구」, 충남대 대학원 박사 학위, 1986.
　　전미정, 「안서의 시에 미친 프랑스 상징주의의 영향」, 『김안서 연구』, 새문사, 1996.
　　조동구, 앞의 책, 1988.
66) 진순애, 앞의 책 참고.
67) 『詩學評傳』, 294쪽.

말하는 감각이라는 것을 구체적으로 설명하지 않았지만, 사상은 딴 말로 '內面性' 혹은 '內面的 깊이'라고 하였다. 송욱이 말하는 현대시의 감각이라는 것은 상징주의의 특징에서 발견되는 난해성와 신비성의 감각적 표현이라 판단된다. 왜냐하면 이 두 요소는 상징주의 시가 지닌 가장 큰 특징이기 때문이다. 또 송욱이 말하는 내면성 혹은 내면적 깊이라는 것은, 상징주의자들이 말하는 〈地下의 샘〉, 〈정신적 깊이〉를 발견해 내려는 의지를 말하는 것이다.[68] 보들레르, 말라르메(Mallarmé, 1842~1898), 랭보(Rimbaud, 1854~1891)가 요구하는 시를 인식하는 한 수단으로 삼아 미지(未知)의 세계를 인식하여 영혼의 세계를 시로 표현하는 내면적 깊이를 말하는 것이다.[69] 음악적 조화라는 것도 역시 상징주의의 이해를 바탕으로 유추해야 할 것이다. 왜냐하면 "프랑스 상징주의가 시에서 음악적 효과를 노리고 있다는 점, 상징주의 시에 음악성이 강하다는 점"[70] 때문이다.

프랑스의 보들레르와 베를렌느(Verlaine, 1844~1896) 시가 1920년대 전후의 한국 시단에 가장 많이 번역 소개되었다. 그 가운데 송욱의 주장과 관련시켜 본다면, 베를렌느의 〈작시법〉에서 강조한 '음악성'의 영향이다. 즉 '무엇보다도 먼저 음악'이라고 한 베를렌느는 '웅변을 붙들어 목을 비틀라'고까지 했다. 사실 이 말은 베를렌느 자신만이 아닌 상징주의 시인들의 공통적인 관심사이기 때문에 송욱은 프랑스 상징주의에서 음악성을 배워야 한다고 강변하는 것이다.[71] 상징주의를 피력한 김학동의 논의를 인용하면 다음과 같다.

---

68) Marcel Raymond(김화영 역), 「프랑스 현대 시사-보들레르에서 초현실주의까지」, 문학과 지성사, 1995, 160쪽.
69) 위의 책, 160쪽.
70) 전미정, 앞의 책, 262쪽.
71) 김학동, 앞의 책, 124쪽.

상징주의 시의 특색은 의미보다 음악에 있다. '음향의 자극', 이것은 시가의
필수적인 요소이다. 찰나의 자극과 감동적 정조의 음율이 상징주의 시의 핵체
이므로 몽롱해질 수밖에 없다는 것이 김안서의 주장(《태서문예신보》, 10~11
호에 연재)인 바, 이것은 베를렌느의 〈작시법(Art Po' etique)〉에 나타난 내용
이기도 하다.[72]

위의 인용에서처럼 상징주의는 의미보다는 '음악'에 있음을 강조한
다. 송욱은 『詩學評傳』에서 프랑스 상징 미학인 음악성에 대한 연구
결과를 제시하고 있다.[73] 그래서 송욱은 '상징주의 시의 핵체'인 음악
성을 강조한 것이다. 이는 송욱 시와 시론에서 여러 번 강조한 내용이
다.[74]

이제까지의 논의는 본고에서 검토할 김기림의 전통과 역사 의식의
비판과 정지용의 리듬과 주제 의식에 대한 비판의 기초적 검토였다.
이런 전제적 검토를 바탕으로 송욱의 주체적 시론을 모색하고자 한다.
송욱은 자신의 시론을 수립하고자 한 것은 2차적인 것이고, 전술한
바처럼 진실로 시를 잘 쓰기 위해 시작한 것이 비평 행위였다. 가장 훌
륭한 시인은 가장 놀라운 비평가(엘리어트, 오오든, 보들레르, 발레리
등)임을 강조한 송욱의 의식 측면을 들여다본다면, 아마도 송욱 자신
도 훌륭한 시인과 비평가임을 지향한다고 할 수 있을 것이다. 이러한

---

72) 위의 책, 119쪽.
73) 「제6장 3. 불란서 시에 특유한 음악성」(150~151쪽)에서 '불어의 음악성은 주로
그 미묘한 母音의 아름다움에 있다'고 했고,「제8장 2. 상징시의 새로운 특색」
(209~213쪽)에서는 보들레르 시의 상징성과 음악의 밀접한 관계를 밝힌 발레리
를 인용하고 있다. 그 내용은 '상징주의라고 명명된 것을 아주 간단히 요약한다면
그것은 몇몇 流派의 詩人들이 함께 가지고 있었던 바 音樂으로부터 그들의 재산을
되찾아 오려는 意圖라고 할 수 있다'고 한 데서 음악성의 강조를 엿볼 수 있다.
74) 송욱은 성북동 자택에서 책을 보거나, 시상에 잠겨 음악을 들었다. 이는 시의 음악
성에 대한 작가 생활을 엿볼 수 있다고 판단된다.

의식의 지향성 때문에 송욱이 한국 시인, 비평가 가운데 시인으로서 또한 비평가로서 눈부시게 활약한 김기림에 대한 관심을 가진 것은 자연스러운 것이라 할 수 있다.

김기림은 한국 시문학사에서 대표적인 모더니즘 시인으로, 또한 모더니즘 비평의 기수이며 이론가였기에 송욱에게는 관심의 대상이 되었다. 김기림은 시보다도 더욱 뛰어난 시의 비평가로서 이 나라에서 자기 나름의 근대적 시 이론을 펼쳤던 거의 유일한 존재로 알려져 있다.[75] 그러나 "김기림의 의식성은 실제의 작품보다는 이론이 勝한 데서 온 것으로서 그는 모더니즘의 이론을 세운 데는 공적이 컸으나 실제의 작품은 그 이론의 重量을 감당하지 못했다"[76]는 평가를 받는다. 이러한 김기림에 대해서 송욱은 기림의 시와 리처즈의 시론이 지닌 장단점을 파악하고자 김기림의 해방 이전의 글을 대상으로 평가했다.

김기림의 시학은 〈과학 정신〉과 〈객관주의〉를 강조하고, 시의 근대성을 부르짖은 〈시의 과학자〉였다.[77] 이는 리처즈가 보여 준 〈과학과 시〉의 태도를 상당 부분 수용한 때문이다. 그래서 시의 과학주의에 대

---

75) 서준섭, 앞의 책, 105쪽.
　　물론 그 이전에도 시 이론의 체계화를 위한 노력이 없었던 것은 아니다. 朴龍喆의 純粹詩論, 國民文學派의 時調論, 카프 중심의 傾向의 詩論 등이 그것인데, 그러나 그것은 ① 대부분이 時評의 형식을 취한 ② 非體系的인 斷片的인 것이었다는 점에서, 金起林의 체계적이고 아카데믹한 理論과는 그 성격을 달리한다.

76) 백철, 「5. 모더니즘 運動」, 『신문학사조사(중판)』, 1992, 453쪽.
　　"정지용의 시와 비교하여 김기림의 시와 다른 점은 정지용의 시가 卽物的인 데 비하여 김기림의 시는 의식적인 의도 위에 창작된 점이다. 그 점에선 같은 감각파의 시인이라도 정지용은 자연 발생적인 데 대하여 김기림은 의식파에 속한다. 그리고 김기림의 의식성은 실제의 작품보다는 이론이 勝한 데서 온 것으로서 그는 모더니즘의 이론을 세운 데는 공적이 컸으나 실제의 작품은 그 이론의 重量을 감당하지 못한 恨이 있다. 대체로 정지용의 시에 비하면 김기림의 시는 그 품위에 있어서 조금 俗되다고 할 수 있다. 俗되다는 것은 그의 시론에 의하면 현대적인 것도 될 수 있으나, 요는 현대성이 시의 진실까지 도달하지 못하고 표면을 흘러 浮薄에 멎어진 점도 눈에 띄는 것이다."

77) 김유중, 앞의 책 참고.

한 실천 작업이 김기림의 『詩論』(1947. 11)이었다. 송욱은 이러한 김기림의 태도에 대해 그는 끝내 몽상에 지나지 않았으며, 그의 『詩論』은 리처즈와 기타 외국 문학에서 얻은 "斷片的 知識의 두루뭉실을 꿰뚫고 나오는 科學과 새로운 것에 대한 소박한 信仰告白이 되풀이된 것에 지나지 않는다"[78]고 할 만큼 혹평하고 있다. 이러한 혹평은 조지훈과도 궤를 같이한다. "시와 과학의 이러한 관계(문화의 주체는 어디까지나 인간이요, 시의 주체는 언제나 시 정신)를 엉뚱하게도 과학의 세계를 노래하는 것이 현대시의 방향인 것처럼 오해한 김기림의 『詩論』은 이 땅에서 모더니즘의 선구적 이론가로서는 너무나 소박하고 위험하기까지 한 견해"[79] 라는 조지훈의 비판이 그러하다. 이러한 비판의 근거는 "시가 과학에서 암시 받은 이론, 과학에서 얻은 기법, 과학이 영향을 준 인간 세계를 노래할 수는 있어도 과학 자체의 세계를 노래할 수 없는 것"[80]이라는 것이다. 다만 김기림이 이후에 저술한 『詩의 理解-I. A. 리차즈를 중심으로』(1950. 4)에 대한 송욱의 천착이 이루어지지 않은 점이 아쉽다. 이론적이고 체계적인 김기림의 시론서는 『詩의 理解』임을 감안한다면, 송욱의 비판은 편향된 연구라는 아쉬운 점이 있다.

송욱은 자신의 시론을 확립하기 위해 확신과 원칙을 가지고 체계적인 태도를 견지하고 있었다. 그렇기 때문에 소월의 시론 검토와 「詩魂」에 따른 작품 평가를 했던 것과 같이 김기림의 『詩論』과 『詩論』에 따른 작품 평가를 검증하였다. "우리가 바라는 것은 科學的인 文學論理이다. 다음에는 實際作品의 分析, 評價를 주로 일삼는 實際的인 비

---

78) 『詩學評傳』, 183쪽.
79) 조지훈, 「禪의 원리」, 『전집 2』, 나남출판, 1996, 216~217쪽.
80) 조지훈, 「현대시와 선의 미학-시의 방법적 회의에 대하여-」, 위의 책, 216 쪽.
    조지훈은 모더니즘에 대해서 "오늘의 현대시는 이 1차 대전 후의 前衛派的 사상의 타당성에서 탈출하고 해방되어야 합니다. 그것이 모더니즘입니다"는 것이다.

평이 훨씬 왕성해지는 것은 우리 문학의 발전을 위해서 얼마나 더 도움이 될지 모를 것이다(「시의 르네상스」,《조선일보》, 1938. 4. 10)"는 점에서 김기림의 실지 비평의 중요성을 송욱은 받아들였지만, 기림이 실지 비평을 하고자 했던 시론에 대해서는 실지 비평의 불일치를 지적했다. 이는 소월의 「詩魂」과 시 작품 사이의 거리를 비판했던 것처럼 작가의 의도와 작품의 객관성 유지에 대한 논의로 볼 수 있다. 그래서 송욱은 '작가의 意圖와 완성된 작품 사이가 동떨어지게 되는 사실'을 지적했던 것이다. 김기림의 시론 가운데 "한 작품이라고 할지라도 철저히 分析해서 그 構造와 展開와 作者가 거기서 시험한 새 기술과 거기 具體化된 作者의 思想과 그것들이 讀者에게 주는 效果의 新鮮度와 深度와 그것들 전체의 밑에 흐르는 社會的인 地盤의 힘과 契機마저를, 될 수 있는 대로 主觀을 섞임이 없이 우선은 작품이 주는 대로 받아서 제시하고 다시 거기에 比較 判斷을 내린다고 하는 것(「시의 르네상스」)"에 대해 송욱이 제기한 문제는 김기림이 자신의 시론에 맞는 비평을 한 편도 남기지 못했다는 것이다. 나아가서 그는 시 이론에서뿐만 아니라 실지 비평에서도 그의 포부에 견주어 볼 때, 이렇다 할 업적을 거의 남기지 못했다는 것이다. 결국 송욱이 내린 김기림에 대한 비판은 창작에 있어 시와 시론이 일치하지 않는 작품을 창작했다는 점과 시론에 맞는 비평을 한 편도 쓰지 못했다는 점이다. 이에 대한 비판의 근거를 송욱은 검증하여 제시하고 있다. 그 검증의 대상으로서 ① 모더니즘의 시론에서 엘리어트, ② 시집으로서『太陽의 風俗』(學藝社, 1939),『기상도』(彰文社, 1936)를 들었다. 여기서 연구자가 제기한 문제는 송욱이 리처즈를 수용하여 비평적 체계화를 시도한 김기림을 비판하는 것이 타당함에도 불구하고 엘리어트를 끌어들인 그의 단편적인 수용(이해)을 선뜻 이해하기 힘들다는 것이다. 연구자는 송욱이 리처즈 이론의 수용을 제대로 체계화했는지, 체계화하지 못했다면 어

떤 시점에서 서로 어긋났는지를 검토한 다음에 새로운 비평 이론을 제
시하는 것이 타당하지 않느냐 하는 것이다. 그래서 김기림의 단편적인
외국 이론의 수용에 대한 비판이라는 전제 위에서만 송욱의 검토가 타
당성을 지닐 뿐이다. 이는 그의 비평적 한계점이기도 하다.

「모더니즘의 歷史的 位置」(《人文評論》, 1939)에서 김기림이 모더니
즘을 어느 정도 이해했는지 알 수 있다. 왜냐하면 그의 모더니즘에 대
한 해석이 이를 증명하기 때문이다.

> 「모더니즘」은 두 개의 부정을 준비했다. 하나는 「로맨티시즘」과 세기말 문
> 학의 말류인 「센티멘탈·로맨티시즘」을 위해서고, 다른 하나는 당시의 偏內容
> 主義의 경향을 위해서였다. 「모더니즘」은 시가 우선 언어의 예술이라는 자각
> 과 시는 문명에 대한 일정한 감수를 기초로 한 다음 일정한 가치를 의식하고
> 쓰여져야 된다는 주장 위에 섰다.
> ⋯⋯⋯⋯⋯⋯⋯ 중   략 ⋯⋯⋯⋯⋯⋯⋯
> 그래서 「모더니즘」이 전통적 「센티멘탈·로맨티시즘」에 향해서 공격한 것은
> 내용의 진부와 형식의 固陋였고 偏內容主義에 대한 불만은 그 내용의 관념성
> 과 말의 가치에 대한 소홀이라는 점이었다.[81]

송욱이 『詩論』에서 모더니즘에 관한 내용을 인용한 것은, 그가 지적
한 바대로 김기림이 모더니즘에 대한 이해가 없다는 것은 아니다. 다
만 송욱이 지적한 것은 김기림이 영국 모더니즘의 조상인 엘리어트의
「황무지」에 관한 몇 줄의 글을 인용하여 모더니즘을 이해한 것은, 그
가 영국 모더니즘 절정의 하나를 이룬 이 작품조차 별로 이해하지 못

---

81) 金起林, 「모더니즘의 歷史的 位置」, 『詩論』(金起林 全集 2), 심설당, 1988,
    55~56쪽.
    김기림은 모더니스트로서 정지용(57쪽)과 이상(58쪽)을 높이 평가했다. 특히 이
    상에 대하여 "가장 우수한 최후의 〈모더니스트〉 이상은 〈모더니즘〉의 초극이라는
    이 심각한 운명을 한 몸에 구현한 비극의 담당자였다"는 것이다.

하였다는 점을 지적한 것이다.

> 우리는 일찍이 20세기의 신화를 쓰려고 한 「황무지」의 시인이 이 경우 정신
> 적 火田民의 신화를 써 놓고는 그만 구주의 초토 위에 무모하게도 중세기의 신
> 화를 재건하려고 한 전철은 똑바로 보아 두었을 것이다(《朝鮮日報》, 1937. 2.
> 21~2. 26).

위의 글은 과학적 시학을 외쳤던 김기림이 정작 자신이 내세웠던 시
론에 입각한 시작 태도를 보여 주지 못한 점을 송욱이 비판한 글이다.
이런 점 때문에 백철은 김기림을 '실제의 작품보다 이론이 勝하다'고
했던 것이다.

〈20세기의 神話〉를 쓰려고 한 동시에 〈중세기의 신화를 재건하려고〉
했는데, 그 결과는 〈정신적 火田民의 신화〉를 썼다는 것은 무슨 뜻인
가라는 반문을 통해 송욱은 비판하고 있다. 순전히 제멋대로 된 비유
를 연달아 이어 놓고는 비평을 한 것처럼 망상에 빠지고 만 것은 놀라
운 사실이다(오늘날에도 이와 같은 〈比喩의 混亂〉을 내놓고 批評을 했
다고 생각하는 사람이 있다면 이는 時代錯誤이리라)는 것이다. 그렇다
면 송욱은 제대로 「황무지」를 정확하게 이해하고 있었는가? 송욱은
『文物의 打作』에서 "엘리어트의 작품 「황무지」는 두 가지의 이미지,
즉 현대의 도시와 사막으로서 구성되고 있으며, 신화에 나오는 왕이
등장한다. 따라서 이 작품은 자기가 다스리고 있는 도시가 사막으로
변화하고 있는 왕을 테마로 한 것이라고 말할 수 있다. 그리고 그 수법
은 단편적인 장면을 극적인 대조를 통해서 하나의 신화를 배경으로 하
여 구성함에 있다"[82]라는 것이다. 여기서 김윤식의 논의를 첨가할 경
우 "「황무지」의 비평에 관해서라면 『詩學評傳』의 저자 쪽이 아마도 옳

---

82) 「現代詩의 世界」, 『文物의 打作』, 76쪽.

았을 터이다"[83]고 한 데서도 그의 비판의 타당성을 찾을 수 있다. 그의 「황무지」에 대한 평을 살펴보자.

> 작품 『荒蕪地』는 起林이 말한 대로 〈中世紀의 神話를 再建하려고〉 한 것은 결코 아니다. 엘리어트는 靈的 努力을 象徵하는 聖盤 Holy Grail이 중심이 된 中世紀의 傳說을 作品構造의 바탕으로 사용하여 第一次 大戰 後의 절망과 불안에 빠진 社會와 그 안에 살고 있는 사람들의 精神相, 그리고 이를 극복하려는 정신의 고민과 싸움을 이 작품에서 노래하였다. 따라서 起林은 〈作品構造의 背景〉을 이루고 있는 傳說과 이 작품의 〈主題〉를 분간할 수 없을 만큼 전혀 『荒蕪地』를 이해하지 못한 사실이 드러난 셈이다(『詩學評傳』, 185쪽).

위의 글에서 송욱은 김기림이 「황무지」를 이해하지 못했다고 결론짓는다. 송욱은 "이 작품의 기본이 되는 구조가 하나의 신화인 점에 당황한 그는 결국 엘리어트가 대표하는 모더니즘의 본질을 파악하지 못했기"[84] 때문에 '김기림의 모더니즘은 한낱 구호로 그치고' 말았다는 평가를 내린다. 즉 김기림이 모더니즘 시를 쓰려고 한 태도를 '精神的 火田民'(―나는 이 말을 精神的, 文學的 傳統을 모두 잃어버린 사람의 뜻으로 사용한다)이라는 것이다. 송욱의 이런 비평 태도는 타당한 의미

---

83) 김윤식, 「이상 문학과 지방성 극복의 과제」, 《문학사상》, 1997. 10, 113쪽.
　　한국 문학의 近代性 문제를 끊임없이 제기한 김윤식 교수는 『詩學評傳』에서 김기림을 평가한 송욱의 태도에 대해서 '近代性'을 문제삼고 있다. 김윤식의 논의에 따르면 이는 송욱 시론의 한계이기도 하다. 이 부분을 인용하면 다음과 같다 (113~114쪽).
　　"『詩學評傳』의 저자가 김기림을 두고 '시의 근대성'을 강조한 선구자로, 또한 '근대적 시 이론'을 소개한 유일한 존재라 했을 때의 그 '근대성'이란 과연 무엇일까. 『詩學評傳』 속엔 이에 대한 분명한 해답을 찾아내기 어렵게 되어 있음은 왠 까닭일까. 아마도 「기상도」의 저러한 천박성은 근대를 배울 수 있는 능력이 아직 길러지지 않은 종족이 덥석 근대를 배우고자 덤볐을 때 빚어진 기묘한 현상인지도 모를 일인데, 『詩學評傳』의 저자는 이를 알아보고자 하지 않았음은 물론 이런 일에 흥미조차 갖고 있지 않았다."
84) 『文物의 打作』, 76쪽.

를 지니는가? 이의 검토는 송욱 시론의 모색 과정을 검토하는 것이기
도 하다.

송욱은 김기림 시와 시론을 비판했다. 『詩論』을 비판했지만 시작에
대해서는 비교적 세부적인 관점에서 비판했다. 송욱이 김기림을 검토
한 방향은 시 작품 자체를 검토하면서 그가 실천한 모더니즘 시론을
검토한 것이다. 우선 『太陽의 風俗』 서문의 내용을 '별로 의미 없는 비
유를 모두 빼놓고 그가 주장하는 것을 추려 보면 〈신선하고 활발하고
대담하고 명랑하고 건강하자〉는 말이다'고 요약하면서 '이는 새로운
시의 방향과는 아무런 관계가 없는 常識에 지나지 않는다'는 것이다.
또한 송욱이 김기림의 시론 가운데 주목한 것은 '그의 韻文에 대한 不
定'이다. 여기에 대해 송욱은 반론을 제기한다. 즉 엘리어트의 옹호자
인 김기림이 엘리어트를 제대로 이해하지 못한 것이 아니냐는 반문이
다. 반문을 제기한 대목을 인용하면 다음과 같다.

> 그러나 T. S. 엘리어트는 이처럼 단순하게 생각하지는 않았다. 엘리어트는
> 독자가 알아차리지 못하는 사이에 旣成 韻律에 가까워지다가 독자가 이를 눈
> 치채게 되자 그것으로부터 멀어지는 새로운 韻律을 사용해야 한다고 주장하고
> 있다. 그리고 엘리어트는 이러한 새로운 音樂性의 바탕을 會話體의 言語에 두
> 고 있는 것이다(『詩學評傳』, 188쪽).

위의 인용에서처럼 송욱은 엘리어트가 '새로운 韻律'의 사용을 주장
했다는 점을 들어서 기림이 모더니즘을 제대로 이해하지 못한 한낱
'몽상가'에 지나지 않는다고 혹평을 했다. 물론 이는 엘리어트를 근거
로 하여 김기림을 비판했음은 주지의 사실이다. 특히 송욱이 김기림의
비판에 대해서는 엘리어트 이론의 중요 대목만 선별하여 비판하는 인
상을 준다. 이는 송욱이 리처즈나 브룩스의 『과학과 시』, 『공교롭게 만
든 遺骨 항아리』와 같은 내용을 적용하여 종합하는 과정을 치밀하게

보여 주지 못한 아쉬움이 있다. 즉 김기림의 시가 실패한 이유를 잡는
데 있어 엘리어트의 비평 정신으로부터 출발하였지만 두 신비평가의
이론에 따라 철저한 분석이 뒤따르지 못한 점은 아쉽다. 그렇다면 송
욱은 엘리어트의 비평 정신의 어떤 부분을 강조하여 기림을 비판했는
가?

『太陽의 風俗』[85]은 김기림 시론의 실험장이기에 송욱이 관심을 가진
것이다. 그래서 외국풍이 모더니즘이라는 생각에 치우친 김기림의 『太
陽의 風俗』을 비판하였다. 즉 내면성과 전통 의식이 없는 시라는 것이
다. 또한 「기상도」는 한 가지를 더 추가하여 낡은 리듬을 부정하려고
한 나머지 그는 리듬이 없는 〈조각난 散文〉을 쓰고 말았다는 것이다.[86]
그러나 여기서 가장 심각한 문제는 송욱이 '외국풍이 모더니즘이라는
생각'을 가진 김기림에 대해서 그의 시작을 통해서 제시하고 있지만,
정작 송욱 자신이 주장한 '내면성과 전통 의식'이라는 것이 무엇인가
를 구체적으로 밝히지 않았다.

우선 외국풍이 모더니즘이라는 김기림 시에 대해 송욱이 인용한 작
품을 살펴보면 다음과 같다.

　(가) 世界는 / 나의 學校 / 旅行이라는 課程에서 / 나는 수 없는 신기로운 일을
　　　배우는 / 유쾌한 小學生이다 (『太陽의 風俗』, 「咸鏡線五百킬로旅行風景」의
　　　序詩.)

　(나) 海邊에서는 여자들은 될 수 있는 대로 故鄕의 냄새를 잊어버리려 한다. 먼
　　　外國에서 온 것처럼 모다 / 동딴 몸짓을 꾸며 보인다(『太陽의 風俗』).

---

85) 시집 『太陽의 風俗』〈京城府, 學藝社, 1939. 9. 23(昭和 14년)〉의 작품들이 사실상
　　초기시라고 할 수 있다(연용순, 『김기림 시 연구-〈太陽의 風俗〉을 중심으로-』, 중
　　앙대 대학원 박사 학위, 1995, 3쪽).
86) 『詩學評傳』, 192쪽.

(다) 루비 · 에메랄드 · 싸파이어 · 琥珀 · 翡翠 · 夜光珠 … / 아스팔트의 湖水
      面에 녹아 나리는 네온 / 싸인의 音樂(同上詩集, 「비」)

(라) 수염이 없는 입들이 / 뿌라질의 커피 잔에서 / 푸른 水蒸氣에 젖은 / 地中
      海의 하눌빛을 마십니다.(同上詩集, 「호텔」)

(마) 여보 칼을 대지 말어요 부디 ……
      피묻은 土人의 노래가 흐를까 보오(同上詩集, 「모과」)

(바) 사랑엔 패했을 망정 / 銀빛 甲胄 떨쳐 입은 쵸코레에트 兵丁閣下. 사랑은
      여리다고 / 아가씨의 입에서도 눈처럼 녹습니다. // 서방님의 입에서도 얼
      음처럼 녹습니다(同上詩集, 「쵸코레에트」).

(사) 眞紅빛 꽃은 심거서 / 南으로 타는 향수를 기르는 / 國境 가까운 停車場들
      (同上詩集, 「따리아」)

위의 시에 대한 송욱의 지적을 정리해 보면, (가)의 경우는 소학생처
럼 신기로운 것을 무조건 받아들이는 것에 대한 비판과 선택을 하지
않는 점을 지적하였고, (나)는 고향의 냄새를 버리고 외국의 것을 따
른다는 것을, (다)는 루비, 에메랄드 등과 같은 외래어 특성을 지적하
고, (라)은 브라질의 커피 같은 이국의 향수를 그리워하는 것 같고,
(마)와 (바)는 파인애플, 초콜릿의 미각을 현대시 감각이라고 착각하
고, (사)는 진달래보다는 다알리아의 외국어가 더욱 향수에 젖는다는
것에 대해서 김기림이 단순하고 소박한 모더니즘의 수용자라는 것이
다. 위의 작품을 싸잡아서 '시에서 이러한 외국풍의 거짓된 몸짓을 추
려보면 한이 없을 지경'이라고까지 했다. 따라서 '모더니즘은 외국풍
이다라는 모던보이의 생각'을 가진 김기림에 대한 그의 평가는 일견
타당성을 지닌다. 즉 "유난히도 두드러지게 都市語나 文明語, 外來語
또는 新詩라고 생각되는 말만 쓰고 있다(시적이라고 생각된 말만을 선

택하여 健康, 明朗한 느낌을 주는 말, 現代 文明과 都市 生活에 관계되는 경험, 내용만을 작품에 채택)"[87]는 김용직 논의는 송욱이 평가한 것을 뒷받침하는 주장이다. 이 외에도 시집 『기상도』에 대한 기존의 평가들을 훑어 보면, 임화, 최재서, 김우창, 김종길 등 압도적으로 부정적 평가가 우세함을 알 수 있다.[88] 이런 부정적인 평가는 임화, 최재서에 이어 체계적인 분석과 함께 실천 비평의 태도를 보인 점에서 송욱의 비평적 가치를 지닌다고 할 수 있다.

김기림의 대표작인 『기상도』에 대한 그의 평가는 『太陽의 風俗』과 대동 소이하다. 김기림의 시 창작 의도를 송욱은 아마 작자는 이 작품에서 자기가 지금까지 지향한 시 세계를 한번 종합해 보려고 한 것 같으며, 〈문명 비판〉의 시를 쓰려고 한 것 같다는 것이다. 김기림이 「기상도」를 쓰게 된 배경은 "소위 기교파들이 현실 도피의 자세로 문학을 하고 있다면서…… 그(김기림)에 의하면 시인들이 현실에 대해 적극적인 관심을 가지고 시를 쓰자"[89]는 문학적 태도를 반영한 것이다. "그(김기림)의 長詩 「기상도」는 엘리어트가 「황무지」와 비슷한 행 수와 구성을 가지고 있다. 게다가 「기상도」에는 「황무지」에 있어서처럼 이미지나 장면이 활발하게 전이하는 영화적인 수법과 내적 독백의 형식을 취한 암시적인 행들이 보인다. 또한 그것은 30년대가 국제적 현실의 「기상도」를 그린 점에 있어서 「황무지」처럼 文明批評의 시이기도 하다"[90]는 평가와 달리 송욱은 「기상도」가 「황무지」에 비하여 훨씬 주

---

87) 김용직, 「모더니즘의 시도와 실패」, 『한국 현대시 연구』, 일지사, 1979, 284쪽.
88) 김유중, 「Ⅲ. 김기림의 역사 의식과 문학 사상」, 앞의 책 참고.
89) 강은교, 「1930년대 김기김의 모더니즘 연구-4. 1. 기상도를 쓰게 된 배경」, 『한국 근대 문학 비평사 연구』, 세계, 1989, 528쪽.
90) 김종길, 「엘리어트와 우리 현대시」, 앞의 책, 286쪽.
   "엘리어트流의 수법으로 장시로써 文明批評을 시도한 예는 그 뒤에도 우리 현대시에서 찾을 수 있다. 50년대의 김종문의 「不安한 土曜日」 및 60년대에 있어서의 김구용의 「三曲」이 그것이다"(287쪽).

제의 전개가 피상적이었고 구성도 단순하다고 평가하였다. 이러한 평가는 송욱 시론이 과연 객관성을 유지하고 있는가라는 문제를 「황무지」와 비교 문학적인 차원에서 연구한 김용직의 논의를 참고해 볼 필요성이 있다. "「황무지」가 갖는 인류 오천 년사의 집약 형태인 전통 감각이 결여되어 있었다. 또한 그에게는 서구의 신화, 전설과 인도의 고대 종교 의식에 걸친 엘리어트의 내용 체계도 없었다"[91]라는 평가는 송욱의 비평 태도가 객관적임을 뒷받침하는 논증이다. 또한 "기림은 그 創作과 理論에 있어 現代英詩 및 詩理論의 전적인 同調者라 해도 過言이 아닐 정도로 그의 長詩는 특히 三十년대의 〈오오든 그룹〉의 방법과 信條를 實踐한 것이라 할 수 있다. 다만 그의 장시 「기상도」는 분명히 엘리어트의 「황무지」의 방법에 자극을 받은 것이나 거기에 나타난 관점의 角度는 〈엘리어트〉的이기보다는 차라리 〈오오든 그룹〉的인 것이다"[92]라는 김종길의 논의를 참고한다면, 송욱의 견해는 다소 거리가 있는 것이다.

그러나 이를 패러디의 한 양상으로 파악한 정끝별의 논의는 주목할 만하다. 정끝별은 "시의 양식적 특징을 모방 인용"[93]하여 패러디한 대

---

91) 김용직, 「1930년대 김기림과 〈황무지〉-김기림의 비교 문학적 접근」, 『한국 전후 문학 연구』, 한국 현대 문학 연구회, 1991, 278쪽.
92) 김종길, 「우리 詩에 끼쳐진 英詩의 影響-詩를 중심으로-」(《대구일보》, 1957. 가을), 앞의 책, 114쪽.
93) 정끝별, 『패러디 시학』, 문학세계사, 1997, 238~250쪽.
  pre-text 「황무지」와 target-text인 「기상도」의 양식적 특징을 구체적으로 정리하면 다음과 같다(249~250쪽).
  "「기상도」는 「황무지」의 양식적 특성, 즉 장시의 형식을 비롯해 제사 방식, 다성성(몽타주 혹은 콜라주), 문명 비판의 풍자성, 형상화 구조와 표현법 등을 모방 인용하고 있다. 그러나 기상 예보나 게시판과 같은 전문적, 일상적 언어를 도입하고, 자연 현상으로서의 태풍 이미지를 끌어들이고, 또한 당시 일본을 비롯한 서구 강대국들의 제국주의적 강탈에 대한 비판을 하고 있다는 점에서 원텍스트와 차이가

표적인 예로 김기림의 장시 「기상도」를 논의하면서 pre-text를 「황무지」로 천착했다. 여기서 한 가지 짚고 가야 할 문제는 송욱 시와 시론의 거리이다. 즉 김기림의 시 「기상도」를 양식적인 패러디로 볼 경우, 송욱 시의 『詩神의 住所』에 나타난 패러디의 시작은 어떻게 설명될 수 있는가다. 여기서 송욱의 김기림 비판이 부분적인 시각에서 비롯된 비평임을 부인할 수 없다. 그럼에도 불구하고 송욱의 「기상도」에 관한 평을 인용해 보면, 「기상도」는 완전히 실패했다는 것이다. "기상도에 대한 평가는 압도적으로 부정적인 시각의 조명을 받았다. 그 부정적인 시각의 중요 내용은 내면적 통일성의 결여, 뿌리 없는 코스모폴리터니즘에의 함몰, 현실에 대한 성실성의 부족, 피상적인 문명 비판, 리듬이 없는 조각난 산문, 전통 의식의 부재 등으로 대별될 수 있을 것이다. 이 정도의 부정적인 평가라면 한 작품으로서 견뎌내기 어려울 정도의 중압을 받았다"[94]는 정리는 대체적인 논자들의 평가이다. 이러한 평가를 인정하면서도 이들의 평가에 문제를 제기한 조달곤은 '많은 기존 논의들은 김기림의 진정한 고뇌를 읽지 못하고 있었으며, 이 작품의 행간에 숨겨 놓는 암호를 미처 해독하지 못한 평가라고 보아야 한다'고 전제하면서 이러한 근거로, 첫째는 이 장시가 그의 의도된 계산법에 의해 당대 식민지적 현실 상황과 한국민의 고통을 교묘하게 은폐시켜 놓고 있다는 점을 주목했다.[95] 즉 「기상도」는 일제의 검열을 벗어나기 위한, 매끄럽도록 완벽한 시인의 위장이 아니었을까 하는 점이다. 둘째는 「기상도」는 총 7부 47연 424행의 장시로서, 이 작품의 전체적 구성을 태풍의 진행을 중심으로 다시 갈라 보면, (1)과

난다. 「기상도」는 이처럼 「황무지」를 원텍스트로 하는 양식적 차원의 패러디 텍스트로 설명될 수 있다."
94) 강은교, 「1930년대 김기림의 모더니즘 연구」, 앞의 책, 531쪽.
95) 조달곤, 『김기림 연구』, 동아대 대학원 박사 학위, 1992, 95쪽.

(2)는 태풍 내습 이전의 상황, (3)과 (4)는 태풍의 발생과 진행 과정, (5)와 (6)은 태풍으로 인한 피해상, (7)은 재생의 꿈 등 4단으로 나눌 수 있다. 이것은 극의 진행 단계인 발단, 전개(위기), 하강, 대단원과 상응하며, 아침→오후→밤→아침이라는 시간적 추이와도 일치하고 있어 이 시가 계산된 구성을 가지고 있음을 알 수 있다는 것이다. 그렇기 때문에 "그는 이 장시를 통하여 초기 단시에서 실험한 여러 가지 창작 방법론의 성과를 집약시켜 '한 개의 현대의 교향악을 계획'하면서 약소 민족을 침탈하는 세계 열강들의 제국주의의 모순을 풍자의 방법으로 비판하고 세계의 정치 기상도 속에서 표류하고 있는 민족 현실과 당대 한국민의 고통을 보여 주려 한 것이다"[96]라고 평가했다. 또한 김기림의 시에 대한 부정적 평가에 대해서 박철희는 "김기림이 주창한 감상주의와 봉건적 요소를 청산하는 일"[97]을 제대로 평가해야 한다고 하였다. 그러나 이와는 달리 송욱은 김기림의 작품에는 동적인 전통 의식과 내면성이 그에게는 없다는 주장이다. 김기림에 대한 송욱의 주장이 다소 무리가 따른 부분이 있다. 그것은 "적어도 역사 의식과 관련된 부분에 있어서는 위의 견해(송욱이 언급한 부분)를 뒤집을 만한 자료와 내용들이 속속 밝혀지고 있으며, 이에 따라 내면성의 확보 문제 또한 최근 들어 비교적 활발하게 논의되고 있는 실정"[98]이기 때문이다.

송욱은 김기림에 대해서 낡은 리듬을 부정하려고 한 나머지 그는 리듬이 없는 〈조각난 散文〉을 쓰고 말았다는 것이다. 이 산문이 재치 있고 그럴 듯한 시각적 이미지로 가득 차 있기는 하지만, 내면성 없이 시

---

96) 조달곤, 앞의 책, 95쪽.
97) 박철희, 『한국 현대시사』, 일조각, 1984, 9~10쪽.
98) 김유중, 앞의 책, 55쪽.

각적 이미지만으로서 시가 되기 어렵다는 것이다.[99] 또한 언어의 음악
성에 대한 치밀함, 음악성의 구성에 관한 법칙이 없다는 것이다. 그러
나 송욱은 언어의 음악성에 대한 깊이 있는 분석을 하지 않고 피상적
으로 김기림을 평가했다는 인상을 지울 수가 없다. 물론 이는 그의 김
기림에 대한 비판이 어느 정도 객관적인가를 의심받게 되는 것이기도
하다. 김기림의 모더니즘 시관과 『기상도』를 비롯한 모더니즘 시의 전
개를 통해서 1930년대의 한국 주지시의 성격을 규명하고자 한 장윤익
의 논의에 따르면, 그의 시관은 감상주의를 배격하고 주지성을 강조하
기 위해서는 운율(음악성)을 거부했다는 것이다.[100] 이와는 달리 김기
림을 감각파 시의 이론가이며 감각파의 방법인 "시각적인 것을 강조

---

99) 백철은 시의 회화성을 강조한 기림의 「모더니즘의 역사적 위치」에 주목했다(백
  철, 「5. 모더니즘 운동」, 앞의 책, 450쪽).
100) 모더니즘이 한국시사에서 주지주의로 이해할 수 있다는 논의는 김윤식, 한계전
  등 참고.
  김윤식, 『근대 한국 문학 연구』, 일지사, 1973.
  〃 , 『한국 근대 작가 논고』, 일지사, 1973.
  한계전, 「Ⅴ. 모더니즘 시론의 수용」, 『한국 현대 시론 연구』, 일지사, 1983, 162쪽.
  위의 논자들과는 달리 백철은 모더니즘과 주지주의의 대별을 강조했다.
  "모더니즘은 앞에서 보아 온 바와 같이 19세기라는 舊代의 문학 경향에 반대한
  20세기의 현대 문학 운동으로서 그 주요한 특징은 主知的인 경향인 데 있다. 그
  러나, 모더니즘 즉 主知主義 문학으로서 대치될 수는 없다. 이미지스트들을 위시
  한 모더니스트들의 시운동은 주로 형식적인 면에서 19세기를 반대하고 등장한
  모던 보이들이요, 직접 20세기적인 현실의 反抗兒는 아니었으나, 그 대신 주지주
  의는 무엇보다도 20세기의 병든 현실, 즉 현대의 위기라는 한 개의 현실을 배경
  으로 생겨난 문학 경향이었다"(백철, 「6. 주지주의 문학의 특색」, 앞의 책,
  457~458쪽). "한국에 主知派의 문학을 소개해 들인 것은 최재서이다. 최재서는
  자기가 전공한 영문학의 관계도 있었지만, 그가 소개한 것도 영국의 主知文學이
  었다. …… 主知派의 문학은 무엇보다 19세기의 전통에 반항한 것, 철학관에선
  진화론적 실재관에 대하여 불연속적 실재관을 주장하고, 인식론에 있어선 상대론
  에 대한 절대론을 주장한 것인데, 최재서는 그 문학 경향을 지적하여, '主知派의
  문학이 打倒코자 하는 전통은 인생관에 있어서 人本主義요, 예술에 있어서 자연
  주의요, 문학에 있어서 浪漫主義이다. 그들이 이제로부터 수립하려고 하는 新傳

하고 작시상의 태도로선 主知的인 것을 주장하되 이 主知的인 시 운동
을 과거의 서정시와 대립되는 현대시의 위치에 둔"[101] 시의 회화성을
강조한 기림의 논의에 주목한 백철은 장윤익과 송욱의 태도와는 다른
각도에서 접근하고 있다. 즉 "기림은 이러한 자연 발생적인 시를 거부
하고 주지적인 시론의 전환을 위하여 지성의 종합을 주장하기 위하여
…… 몇 가지 사실을 제시하고 있다. 첫째 시에 있어서 音樂性 즉 韻
律을 否定하고 있다"[102]는 것이다. 김기림은 애초부터 음악적인 운율
에 치중한 자연발생적인 시를 거부한 것이다. 그렇기 때문에 김기림의
시작 태도가 음악성을 등한시할 수밖에 없었다. 이는 송욱이 김기림
시론을 제대로 파악하지 못한 탓인가라는 의구심이 생기게 된다. 이

統은 각각 과학적 절대 태도와 기하학적 예술과 그리고 고전주의적 문학이다'.
그리하여, 1934년도에 최재서는 비로소 主知派의 문학을 우리 문단에 소개하여
들였다."(백철, 「6. 주지주의 문학의 특색」, 위의 책, 458~459쪽). 그러나 엄밀
하게 말하면 주지주의 문학에 한한다면 그의 활동이 실천 비평의 뚜렷한 자취를
남기거나 전문적이지는 못했다는 평가이다(유태수, 「주지주의-이론과 시를 중심
으로」, 『한국 문학 사조론』, 새문사, 1992, 305쪽). 좀더 근원적으로 이미지즘과
모더니즘, 주지주의의 성격을 구별할 필요성이 제기된다.

101) 김기림은 한국의 신시사가 오랜 동안 그 感傷的인 격정과 詠嘆의 시풍에서 벗어나
지 못한 사실을 지적하여 '나는 그것들을 일괄하여 자연 발생적인 시가라고 명명한
다(《신동아》,1933. 4)'고 했고, 그 자연 발생적인 시에 대립한 현대시의 위치가 主
知的인 시라는 것이다……. '시인은 시를 제작하는 것을 의식하지 않으면 아니 된
다. 시인은 한 개의 목적, 가치 창조에 향하여 활동할 것이다. 그래서 의식적으로
의도된 가치를 시로서 나타내야 할 것이다. 이것은 나이브한 표현주의(人間主義)
적 태도에 對蹠하는 전연 별개의 시작상의 태도다. 나는 그것을 主知的 태도라고
부른다. …… 시인은 그의 독자의 카메라 앵글을 가져야 한다. 시인은 창조자 아니
면 아니 된다.' 그리고 이런 주지적인 시의 창작 방법으로서 感覺論은 그의 시작
수첩의 공개에 의하면 다음과 같다. …… 그의 「모더니즘의 역사적 위치」에서도
'모더니즘은 위선 오늘의 문명 속에서 나서 新鮮한 감각으로써 문명의 던지는 인상
을 붙잡았다'고 하고 現代詩의 繪畫性을 주장한 것이다(백철, 앞의 책, 449~450
쪽).

102) 장윤익, 「한국 주지시의 문명 비판적 성격」, 명지어문학(제9호), 명지대 국어국
문학과, 1977, 95~96쪽. 둘째, 자연 발생적 시의 부정으로써 기림은 〈센티맨탈
로맨티시즘〉과 편내용주의를 들고 있다.

문제에 대해 송욱은 『詩學評傳』에서 구체적으로 언급하지 않았다. 그
러나 그의 이런 태도를 김기림의 「시의 회화성」에서도 운율에 대해 작
별을 고하는 상당히 부정적인 태도임을 염두에 둔다면,[103] 송욱의 김
기림에 대한 진단은 타당성을 얻게 된다. 송욱이 현대시의 운명을 쥐
고 있는 것이 음악성이라는 관점과는 달리 김기림은 '20세기 시의 가
장 혁명적인 변천은 실로 그것이 음악과 작별한 때부터 시작된다' 는
차이점을 보인다. 그러나 김기림의 시작 태도와 관련하여 "김기림의
시에 있어서 음악성 배제, 그를 통한 현대성의 확보라든가 시의 건축
이라는 명제는 도무지 그 성립 가능성이 희박한 게 아닐 수 없다"[104]는
점에서 보면, 송욱의 김기림에 대한 비판도 타당성을 지닌다. 이는 낡
은 리듬을 부정하려고 한 김기림을 이해했지만 그의 「기상도」 작품이
따르지 못하는 작가 의도와 작품성의 간극을 지적한 것이다. 그래서
이를 다른 각도에서 천착해 보면, 송욱 시론이 음악성에 있음을 강조
한 것으로 볼 수 있다. 송욱은 "한국 현대시의 운율 형태가 거의 발달
되지 않고 체계화되지도 않고 있다"[105]고 진단했다. 송욱이 더욱 심각
하게 제기한 것은 엘리어트가 「황무지」에서 어떤 전설을 작품 구조의
배경으로 하여 작품의 통일성을 주었는데, 이러한 통일성은 그만두고
라도 김기림의 시에서 통일성을 줄 수 있는 가장 공변된 요소인 내면

---

103) 우스운 일은 많은 사람들은 운율이야말로 시의 본질인 것처럼 생각하고 있는 일
    이다. 세상의 수없는 시의 試作者들은 운율을 밟아서 말을 나열함으로써 시를 지
    었다고 생각한다. 그래서 세상에는 괴상한 망령들이 운율의 제복을 입고는 시라
    고 자칭하면서 大道를 횡행한다. 음악은 우리들의 偶像이 아니다. …… 20세기
    시의 가장 혁명적인 변천은 실로 그것이 음악과 작별한 때부터 시작된다(「시의
    회화성」, 『김기림 전집 2』, 105쪽).
104) 김용직, 「모더니즘의 시도와 실패」, 앞의 책, 274쪽.
105) 「현대시의 반성」, 『詩學評傳』, 393쪽.
    '현재 한국 시문학 사상의 출발점에 있는 만큼 너무나 당연한 노릇' 이라는 것이
    다. 물론 이런 진단은 서구시의 리듬이라는 개념을 도입한 데서 비롯한 것이다.
    서구시와 한국시의 리듬에 대한 논의는 뒤에 언급한다.

성조차도 없었다는 것이다.

송욱 논의의 타당성에 대한 검토로 김춘수, 문덕수, 김용직의 논급은 참고할 만하다. 김춘수는 김기림의 시 형태에 주목하여 「기상도」를 분석하였다.[106] 그리고 김용직은 김기림의 「기상도」가 서정시로서는 처음(巴人의 「國境의 밤」은 서사시)이고,[107] 시인으로서 바탕을 엿볼 수 있기 때문에 관심을 가져야 한다는 것이다. 「기상도」는 모두 7항목(〈世界의 아침〉, 〈市民行列〉, 〈颱風의 起寢詩間〉, 〈자최〉, 〈病든 風景〉, 〈올빼미의 呪文〉, 〈쇠바퀴의 노래〉)인데 그 가운데 '제1 항목인 〈世界의 아침〉에서 形態上의 新奇'[108]를 볼 수 있는 대신 다른 여섯 항목들은 그저 평범한 自由詩다는 것으로 평가했다. 김춘수의 논의는 송욱이 김기림을 부정적으로 평가한 것에 대해 송욱의 탁견을 뒷받침한 것으로 볼 수 있다. 또한 문덕수의 논의는 송욱의 비평 태도의 객관성을

---

106) 김춘수, 「한국 현대시 형태론」(해동문화사, 1959), 『김춘수 전집 2』, 57~64쪽 참고.
107) 문학사에서 「기상도」가 차지하는 가장 큰 의의는 그것이 장시이면서 모더니즘계 작품인 점에 있다(김용직, 「1930년대 김기림과 황무지」, 261~262쪽). ...... 우선 「기상도」 이전에 제작 발표된 한국 현대 시사상의 장시로는 김동환의 「國境의 밤」과 「昇天하는 靑春」이 있다. 또한 1930년도 초에는 김억에 의해 「지새는 밤」이 발표된 바 있다(262쪽). 또 엘리어트 「황무지」의 영향을 받은 장시는 「기상도」와 김종문의 「不安한 土曜日」이 있다. 이는 우리의 모더니스트가 낳은 두 편밖에 없는 장시의 모태가 되었다고 할 수 있다(김종길, 「우리 詩에 끼쳐진 英詩의 影響」, 앞의 책, 114쪽).
108) 백철, 앞의 책, 453~454쪽.
　박용철은 김기김의 시를 '新奇로운 또는 新起的인 문학 현상으로 나타나고 있는 것이다(시단총평, 1935년)'라고 했는데, 말하자면 김기림의 시는 현대시로서의 〈新〉을 탐구하는 나머지에 너무 新奇를 위한 新奇主義에 흘러 버린 느낌이 있는 것이다. 전술한 바와 같이 그 모더니즘의 시 운동의 중심이 김기림의 시론에 놓여 있었는데 그 모더니즘의 시가 일반적으로 기교적인 戱作의 인상을 비평가에게 주었고, 또 사실 기교면에 치우쳐 버린 것은 그의 시가 너무 探新探奇의 경향으로 떨어진 때문이다. 당시 모더니즘을 비난한 점이 내용의 중량을 거느리지 못한 浮薄한 技巧性에 있었던 것이다.

확보할 수 있다. 문덕수는 "金起林論에서 여러 가지 문제점이 제기되고 있다. 이 문제는 전통과 역사 의식, 문예 비평과 현실에 대한 상황 의식과도 관련된다. 통일된 주제와 내면성 결여 문제는 「기상도」의 作品 分析을 불가피하게 요구한다"[109]는 것이다. 문덕수의 이러한 논의는 송욱의 비평 태도가 어느 정도 객관적인가라는 올바른 검토임을 뒷받침해 주는 것이다. 이러한 통일된 주제와 내면성의 결여라는 측면에서 최재서, 송욱, 김종길, 김윤식 등이 궤를 같이하고 있다. 이 가운데 엘리어트의 수용과 비교 문학적 차원에서 김기림을 비판한 김용직, 문덕수를 검토하고자 한다.[110]

> (가) 「황무지」가 갖는 인류 오천 년사의 집약 형태인 전통 감각이 결여되어
>   있었다. 또한 그에게는 서구의 신화, 전설과 인도의 고대 종교 의식에 걸
>   친 엘리어트의 내용 체계도 없었다.[111]

> (나) 김기림은 전통을 찾는 주지주의의 기본 태도를 가지지 못했고, 더욱이
>   전통을 동양 문명의 맥락 속에서 찾는 일은 엄두도 낼 일이 못 되었던 것
>   이다. 그의 「기상도」에는 '쫓겨난 공자님이 잉잉 울고 섰다'(「자최」, 72
>   행)는 대목만 보인다. 유교적 인문주의 지성, 그 전통을 찾는 시도를 해
>   보지 못했던 것이다. 전통은 역사 의식(historical sense)을 내포하는
>   데, 역사 의식은 자신의 세대를 파악하기 위하여 과거의 과거성과 현재
>   성을 동시적으로 파악하는 의식이다. 이런 점에서 한국이란 역사적 상황
>   에서 벗어난 현실 의식은 진정한 역사 의식이라고도 할 수 없다. 왜냐하

---

109) 문덕수, 『한국 모더니즘 시 연구』, 시문학사, 1981, 162쪽.
110) 최재서, 「현대시의 生理와 性格」, 『문학과 지성』, 인문사, 1938.
    김종길, 『시론』, 탐구당, 1965.
    김윤식, 「Ⅵ. 2. 全體詩論-金起林의 경우」, 『한국 근대 문학 사상사』, 한길사,
    1984.
111) 김용직, 「1930년대 김기림과 〈황무지〉-김기림의 비교 문학적 접근-」, 앞의 책,
    278쪽.
112) 문덕수, 「Ⅴ. 김기림론」, 『한국 모더니즘 시 연구』, 247~248쪽.

면, 그는 科學 萬能主義者였을 뿐 傳統主義者는 아니었기 때문이다.[112]

김용직은 김기림이 파운드와 엘리어트의 영향을 받았지만 그 가운데 「황무지」와 비교 문학적인 관점에서 고찰한 바, 위의 (가)와 같이 평가를 했고, 문덕수는 김기림이 엘리어트의 전통 이론을 철저하게 파악하지 못한 결과로 창작한 「기상도」가 갖는 한계성에 대해서 비판했다. 따라서 김용직과 문덕수는 김기림에 대한 비판 역시 전통과 내면성의 결여라는 점에서 송욱의 비판 태도와 같이 일관성을 보여 준다. 그렇기 때문에 송욱의 비판 태도는 어느 정도 객관성을 확보했다고 판단된다. 여기서 김기림의 비판을 통해 그가 말하고자 한 참다운 모더니즘이란 무엇인가? 그것을 단적으로 언급한 부분을 보면 다음과 같다.

> 外國名을 가진 꽃, 國際列車, 港口의 異國風, 氣象圖, 世界地圖 혹은 芳名錄, 혹은 外國領事館의 건물 등으로 모더니즘을 표방할 때는 이미 지났다. 우리가 時代性에 민감하면 할수록 歷史意識과 깊은 內面性과 精神性을 가지고 現代性을 소화하고 비판하고 血肉化할 때에 비로소 참다운, 즉 예술품다운 現代詩를 쓸 수 있으리라(『詩學評傳』, 194쪽).

송욱이 말하는 진정한 모더니즘은 바로 '시대성'이다. 이 시대성은 역사 의식, 내면성(정신성)을 담고 있는 포괄적인 표현이다. 김기림의 주지주의에 대한 이해의 결정적 허점은 "엘리어트의 전통과 역사 의식의 이론에 대한 몰이해에 있는 것"[113]이다. 그래서 송욱은 한국 현대시의 모더니즘의 기수라 일컫는 김기림의 시와 시론을 통해 시대성을 결여한 그를 진정한 의미에서 모더니스트라 할 수 없다는 것이다. 시대성은 엘리어트가 말한 것처럼 자신의 시대성을 가장 날카롭게 의식하

---

113) 문덕수, 앞의 책, 245쪽.

는 것인데, 김기림은 이 전통에서 벗어났다는 점을 송욱이 비판한 것이다. 그래서 송욱의 비평 태도에서 유추할 수 있는 그의 시론은 시대성이다. 그리고 「기상도」에서 '언어의 음악성에 대한 치밀함, 음악성의 구성에 관한 법칙이 없다'는 비판에서 음악성도 송욱 시론의 중요한 부분임을 짐작할 수 있다.

송욱은 김기림이 「황무지」를 잘못 이해했다는 관점에서 그의 시와 시론을 비판했다. 특히 김기림 시가 전통, 역사 의식, 리듬 등을 결여했다는 점에서 비판했다. 송욱은 김기림의 시와 시론에 나타난 문제를 한마디로 '시대성'이라는 용어로 집약하여 비판한 것이다.

4. 정지용의 리듬과 주제 비판

전술한 바와 같이 송욱은 김기림의 비판을 통해서 '리듬' 문제를 제시했다. 역시 정지용의 시에도 리듬 문제에 비판의 칼을 대었다. 이는 "현대시의 운명을 쥐고 있는 시의 음악성"[114]이라는 송욱의 의식이 현대시의 출발이라 할 수 있는 김기림과 정지용에 대한 관심으로 이어진 것은 당연한 귀결이라 할 수 있다. 그러나 1930년대 대표적 모더니스트라고 일컫는 이 둘을 비판한 송욱은 모더니즘의 정확한 개념 제시가 부족했다. 이런 점 때문에 김기림 시와 시론의 불일치를 주장한 그의 태도는 후대의 연구자에게 비판받을 소지를 남기게 되었다. 그가 말하는 진정한 모더니즘의 태도는 무엇인가를 추적하기 위하여 송욱의 정지용 비판을 검토할 필요성이 있다.

---

114) 『詩學評傳』, 398쪽.
　　리듬은 상징주의 핵이라 할 수 있다. 그래서 송욱은 한국 현대시의 문제점을 상
　　징주의의 완전하지 못한 수용을 비판한 것이다. 이는 이후 본장에서 다루게 될
　　것이다.

김기림은 "최초의 '모더니스트' 정지용은 거진 천재적 민감으로 말의 주로 음악 가치와 '이미지', 청신하고 원시적인 시각적 '이미지'를 발견하였고 문명의 새 아들의 명랑한 감성을 처음으로 우리 시에 이끌어 들였다"[115]고 평가했다. 그러나 송욱의 기본적인 시각은 김기림에 대해 비판적이었다. 송욱이 김기림의 모더니즘을 비판한 근거는 과거의 시는 리듬이 있는데 리듬이 없는 것이 모더니즘이라는 김기림의 인식과, 과거의 시는 음악성이 있었는데 음악성이 없는 회화성만이 있는 것이 모더니즘이라는 그의 인식에 대한 비판이다. 총괄해서 우리 나라 1930년대 모더니즘의 출발점을 '소박하고 단순한 생각'이라는 송욱의 판단의 근거는 바로 리듬 혹은 음악성의 부재에 있음을 주장하는 것이다. 그렇다면 송욱이 생각한 모더니즘이란 무엇인가. 그는 김기림의 '시대성 부재'를 언급했듯이 정지용에게는 '현대성'을 언급하고 있다. 즉 현대성이라는 것은 리듬이 있고 음악성이 있어야 모더니즘이라는 것이다. 물론 김기림과 정지용의 모더니즘에 대한 몰이해의 측면, 부분적인 모더니즘의 이해는 송욱의 이들에 대한 비판이 타당하다는 증거이다.

김기림은 정지용이 모더니즘의 태도를 적극적으로 보여 준다고 주장했다. 이러한 김기림의 평가가 정확한 것인지를 검토하고자 했던 송욱은 「바다 2」[116]라는 작품을 인용하면서 다음과 같이 평가했다. 즉 이 시는 바다가 주는 시각적 인상의 단편을 모아 놓았고, 또한 거의 아주 짧은 산문을 모아 놓은 작품이라는 것이다. 그러면서 송욱은 정지용이 이렇게 창작한 동기에 대해서 그가 감정을 드러내지 않는 것이 현대성

---

115) 「〈모더니즘〉의 역사적 위치」, 『김기림 전집 2』, 57쪽.

116) 송욱이 인용한 「바다 2」는 鄭芝溶의 아들 鄭求寬이 유작을 복간한 『鄭芝溶 全集 1(詩)』(민음사, 1988, 121쪽, 원출전: 《詩苑(5호)》, 1935. 12)에는 「바다 9」로 되어 있다.

이라고 생각하였기 때문이라는 것이다. 그리고 정지용의 시가 짧은 산문인 까닭은 그가 감각적 인상만을 노렸기 때문이라는 것이다. "感覺的 印象이라는 것은 주로 視覺的 印象에 어울리는 것이 많기 때문에 그의 詩가 보여 주는 妙技는 때로는 위신이 없는 〈재롱〉에 떨어지기도 했다"[117]는 것이다. 한국 현대시의 모더니즘이 주지주의와 이미지즘의 양갈래로 대표된다는 입장[118]에서 보면 분명히 정지용은 이미지즘의 대표적인 시인이다. "지용이 이미지스트들의 理論이나 實踐에 어느 정도 공명했던가는 알 수 없으나 그의 的確한 이미지와 가톨릭的인 節制에서 온 듯한 古典主義的인 言語의 統制와 集中力은 그를 이미지스트라고 부르게 하기에 족하다"[119]라고 하여 '가장 우수한 이미지스트 詩의 하나'라고 평가한 김종길과는 달리 송욱은 정지용 시를 비판했다.

정지용이 뛰어난 감각의 시인이었다는 것을 주목한 것은 이양하였다 (「바라는 芝溶詩集」, 《조선일보》, 1935. 12. 8). 이처럼 이양하와 김

---

117) 재롱에 떨어지기도 한 작품을 인용하면(『詩學評傳』, 196쪽 참고) 다음과 같다.
「해바라기 씨를 심자. / 담모롱이 참새 눈 숨기고 / 해바라기 씨를 심자. // 누나가 손으로 다지고 나면 / 바둑이가 앞발로 다지고 / 괭이가 꼬리로 다진다」(『鄭芝溶 詩集』所收,「해바라기 씨」에서).

118) 민병기, 「편석촌의 시 세계」, 《마산 대학 논문집(제5권 제1호)》, 1983, 6쪽.
민병기는 "한국 모더니즘의 경우는 서구의 그것과는 판이하게 변질된 것으로, 오히려 김윤식의 주장처럼 '모더니티 志向性(「한국 모더니즘 詩 운동에 대하여」, 《시문학》, 1974. 11)'으로 파악하는 편이 타당하게 생각된다. ......모더니즘이란 용어의 쓰임이 논자마다 각기 달리 사용되고 있으며, 그 의미의 혼란상을 엿볼 수 있다"고 전제한 뒤, "한국 모더니즘시 운동과 서구의 모더니즘 운동을 비교해 보면, 그 성격과 전개 양상이 다르고, 그것이 일어나게 된 사상적 배경이 판이하다. 그러므로 서구 문예사적 시각에서 한국의 모더니즘 운동을 고찰하거나, 또 주지주의니 이미지즘이니 다다이즘이니 하고 계열화시켜 연구하는 것은 무의미하다. 그것은 엄격한 의미에서 서구의 모더니즘과 같은 운동이 한국에서 일어난 적이 없기 때문이다. ......(그럼에도 불구하고) 모더니즘 시 운동이 문학사적 의미를 띄게 된 것은 논객들의 비평 활동에 의해서 가능했다. 가장 주도적인 역할을 담당했던 장본인이 바로 편석촌이다."는 것이다.

119) 김종길, 「우리 詩에 끼쳐진 英詩의 影響」, 앞의 책, 115쪽.

종길의 극찬에도 불구하고 송욱의 비판은 나름의 비평안을 갖추었음을 후대의 연구자들에 의해 증명되었다. 양왕용은 『정지용 시 연구』(삼지원, 1988)에서 정지용 시의 제작 시기를 크게 세 단계로 나누었고, 이를 은유의 세 단계로 검토한 권오만은 "명성의 화사함에도 불구하고 그의 제1단계 시작은 한계를 드러내고 있었다. 그것은 그의 시의 은유들이 감각적 심상들을 제시하는 데 전념하여 단편적인 기능으로 그칠 수밖에 없었다는 점이다. 그 결과 그의 제1단계 작품들은 영롱하고 청신한 감각은 보여 주면서도 이렇다 할 정신의 높이와 깊이는 제시하지 못하게 되었다"[120]는 것이다. 이는 송욱의 정지용에 대한 비판과 상통하는 점이다.

　소월의 「진달래꽃」, 「招魂」의 작품에 대해 천재성을 운운하여 긍정

---

120) 권오만, 「정지용 시의 은유 검토」, 『한국 현대 시인론』, 시와 시학사, 1995, 139쪽.
　　권오만은 양왕용과 김용직(「정지용론-순수와 기법」, 『한국 현대시 해석 비판』, 시와 시학사, 1993)의 논의를 참고하여 정지용의 시 제작 시기와 특징을 요약하였다. 그 결과 일치점을 논구하였다.
　　"그 제1단계는 1926~1932년에 이르는 시기로, 이 시기의 그의 시들은 주로 사물에서 받은 감각적 인상을 이미지로 나타냈다고 평가되어 온다. 1933년에서 1935년에 이르는 제2단계의 그의 시들은 시인이 그의 카톨릭 신앙을 고백하는 투로 씌어지면서 제1단계 시들에서 빈번하게 나타났던 감각적 이미지들이 크게 억제되어 있다는 것이 중론이다. 1936년에서 1941년에 이르는 제3단계의 그의 시들은 시인이 동양적인 것, 전통적인 것에로 관심을 돌리면서 다시 새로운 변모를 보여 준 것으로 알려져 있다. 이 시기의 그의 시들에는 동양적인 정밀과 함께 깔끔하게 다듬어졌을 뿐더러 절제된 감각적 이미지들이 재등장하고 있다. 정지용 시의 전개 과정에 대한 이러한 논의는 그의 시의 은유 검토 결과와도 별로 어긋나지 않는다(127쪽)"...... "제1의 시기는 심상 은유들을 즐겨 쓰면서 그의 시가 감각적인 성향을 보였던 1926~1932년에 이르는 시기이다. 제2의 시기는 1933~1935년에 이르는 짧은 시기로, 이 시기의 그의 시들은 기본 개념적 은유들로 주로 활용하면서 신앙시의 양상을 나타냈다. 제3의 시기는 1936~1941년의 6년간이며 이 시기의 그의 시들은 동양적인 관조와 감각을 조화시키면서 심상 은유들을 즐겨 사용한 편이었다"(146쪽).

적인 평가를 한 것처럼 정지용의 작품 「鄕愁」(『鄭芝溶詩集』, 《朝鮮之
光(65호)》, 1927. 3)와 「小曲」(『白鹿潭』, 《女性(27호)》, 1938. 6)을
높이 평가했다. 이 두 작품은 〈連續하는 리듬〉의 사용과, 〈짧은 散文의
모임〉이라는 정지용이 늘 애착을 가지고 있었던 형태를 등지고 있다는
것이다. 그래서 송욱은 이 두 작품을 높이 평가한 것이다. 정지용이 이
두 작품을 통해서 그의 시적 고뇌를 통한 변화를 시도하고 있다고 송
욱은 판단한 것이다. 즉 정지용이 시각적 인상이나 감각적 언어만으로
표현할 수 없는 심각한 경험-절망과 슬픔-을 겪은 나머지 천주교 신자
가 되어 종교를 통한 구제의 길을 택했다는 것이다. 정지용이 종교를
통한 구제의 어떤 〈생각〉을 갖춘 것은 『정지용 시집』의 제4부에 있는
「不死鳥」를 비롯하여 아홉뿐이라는 것이 송욱의 판단이다.[121]

> 悲哀! 너는 모양할 수도 없도다.
> 너는 나의 가장 안에서 살었도다.
>
> 너는 박힌 화살, 날지 않는 새
> 나는 너의 슬픈 울음과 아픈 몸짓을 지니노라.
>
> 너를 돌려보낼 아모 이웃도 찾지 못하였노라.
> 은밀히 이르노니 -「辛神」이 너를 아조 싫여하더라.
>
> 너는 짐짓 나의 心臟을 차지하였더뇨?
> 悲哀! 오오 나의 新婦! 너를 위하여 나의 窓과 우슴을 닫었노라.
>
> 이제 나의 靑春이 다한 어느날 너는 죽었도다.
> 그러나 너를 묻은 아모 石門도 보지 못하였노라.
>
> 스사로 불탄 자리에서 나래를 펴는
> 오오 悲哀! 너의 不死鳥 나의 눈물이여! (全文)

---

121) 『정지용 시집』 제4부의 수록시 가운데 어떤 작품인지는 알 수 없다.

— 「不死鳥」(《카톨릭 靑春(10호)》, 1934. 3)

위의 작품에 대해서 송욱은 현대시의 운명이 리듬에 있다고 생각했
는데, 〈리듬이 없어야〉 새로운 시라는 생각을 한 정지용을 꼬집는다.
물론 이는 "세련미와 정제성을 지닌 회화적 이미지로 집약되는 정지용
시에 대한 이해"[122]를 전제할 때, 송욱의 비판 태도는 충분히 가치 있는
평가이다. 그러나 정지용의 시에 리듬 의식이 없는지를 검토할 필요성
이 있다. 송욱이 모더니즘 정의에 있어 리듬 의식을 집중한 점은 이미
지즘으로 대표되는 한국시사 논의에 새로운 관점을 추가한 것으로 볼
수 있다.[123] "문덕수, 양왕용, 김대행 등의 연구에서 정지용 시의 율격
연구를 시도한 바는 있으나 충분한 것은 아니다. 그 이유는 정지용의
시가 가지는 회화성, 이미지즘, 그리고 모더니즘이라는 시사적 위상 등
이 정지용 시 연구에서는 항상 주된 문제로 관습화되어 율격의 결과를
회화성에 부속적인 것으로 예정하고 있다"[124]는 점에서도 송욱이 정지
용 시에서 리듬 의식이 곧 모더니즘 속성이라는 관점을 지적한 것과 동
일한 견해임을 알 수 있다. "모더니즘의 시대를 주도한 정지용의 시를
통해 운율 의식과 운율 모형 그리고 율격의 현상과 기능을 살피는 것은
모더니즘 시대의 운율에 관한 지평을 열어 주기에 적당하다"[125]는 이승

---

122) 이승복, 「제4장 모더니즘 시의 율격」, 『우리시의 운율 체계와 기능』, 보고사 ,
1995, 103쪽.
123) 송욱은 뉴크리티시즘에서도 리듬의 중요성을 강조했다. 이도 역시 상징주의에 매
혹된 송욱의 태도와 무관하지 않다고 판단된다. 물론 이에 대한 논구도 차후에
이루어질 것이다.
124) 이승복, 앞의 책, 108~109쪽.
125) 정지용 시의 율격의 다양성을 정리하면 다음과 같다.
1. 율격 양식의 형상화/ 1)구속 지향 양식, 2)해체 지향 양식(연의 확대와 축소,
행의 확대와 축소, 율각의 변화), 3)음운, 음성의 양식(유사 압운, 호조음, 음성
상징), 4)재구 지향 양식(형태의 재구, 통사적 재구, 복합적 재구) ...... 3. 율격
의 주지적 기능/ 1)반복 구조의 즉물성과 율격 2)순환 구조의 신화적 체계 3)점

복의 논의는 송욱의 정지용 시의 리듬에 대한 비판과는 상반되는 위치
에 있다. 다만 정지용 시의 리듬에 대한 의식에 주목했다는 점에서는
공통점이라 할 수 있다. 그러나 이승복에 따른다면 정지용 시의 율격은
다양성을 보여 준다. 송욱이 주목한 「不死鳥」의 작품에 대해 운율을 깊
이 있게 분석한 이승복의 논의를 참고하면, 송욱의 정지용 시에 대한
운율 비판이 다소 직감적이라고 평가할 수 있다. 왜냐하면 구체적인 논
증이 뒤따르지 못했기 때문이다. 그래서 정지용 시에 리듬 의식이 없느
냐 하는 문제를 집중 논의하지 않음으로 해서 그의 비평의 한계점을 노
출하고 있다. 여기서 이승복의 글을 인용하면 다음과 같다.

> 〈不死鳥〉는 대체로 4율각행 2행연으로서 모두 6연의 시이다. 그런데 제4연
> 의 제2행(悲哀! 오오 나의 新婦! 너를 위하야 나의 窓과 우슴을 닫었노라)은 7
> 율각으로 확대되었다. 이것을 2행을 끊어서 배치할 수도 있는데, 그렇게 되면
> 제4연은 3행이 된다. 따라서 이 시는 2행연의 규칙적 반복성을 유지하려고 하
> 는 운율 의식이 강했음을 알 수 있다. 그런데 작자가 이 대목에서 7율각이라는
> 율격 단위의 확대를 통하여 이탈함으로써 무엇인가를 강조하려고 의도했던 것
> 으로 생각된다. 시상의 진행 과정을 보면 제1연에서 제3연까지는 모두 '悲哀'
> 에 대한 부정적 표현임을 알 수 있는데, 제4연에 와서는 "오오 나의 新婦!"라
> 는 역설적 긍정을 나타냄으로써 부정적 의미와 극적 화해를 시도하는 심리적
> 결정을 발견할 수 있다.
>   행의 확대에 의한 이탈은 2율각, 3율각, 4율각 등의 규칙적 반복성을 지닌
> 행의 율각수(또는 음절량)의 증가를 통해서 이루어진다........... 행의 축소에
> 의한 이탈은 확대에 의한 이탈의 반대 방향을 취한다. 즉 2율각이건 3율각이건
> 4율각이건 간에 일정한 율각수를 지니고 반복하는 어떤 한두 행에서 정해진
> 율각수보다 축소되어 강조의 효과를 거두는 것을 의미한다.[126]

층 구조의 이동성 4)형태의 실험과 율격(이승복, 앞의 책, 목차).
   이는 정지용 시의 다양한 운율에 대한 이론적 토대로서 가치가 있음을 알 수 있
다. 따라서 정지용 시에서 운율의 다양성을 엿볼 수 있다.
126) 이승복, 앞의 책, 148~149쪽.

위의 글은 정지용 시에 나타난 다양한 리듬 형태에 대한 논증이다.
이승복의 글을 참고할 때 정지용 시에 대한 리듬의 논증이 부족한 송
욱의 태도는 문제점을 안고 있다. 그러나 본고에서 의도하는 것은 송
욱 시론의 정점을 확인하기 때문에 비평 행위보다는 오히려 정지용 시
를 통해서 리듬이 강한 시를 강조하는 그의 시론을 주목하는 것이다.
정지용의 시 세계를 전체 3기로 구분할 때, 제2기에 해당하는 1933~
1935년 사이에 카톨릭의 신앙 고백에 관한 시편들이 많다. 이 점에 대
해서 송욱은 특히 주제가 종교적인 경우에도 리듬이 없음으로 해서 훌
륭한 시상이 도막쳐 비극에 떨어지고 말았다는 것이다. 그렇다면 송욱
이 정지용 시 비판을 통해서 말하고자 한 시론은 무엇인가? 즉 아주
단편적인 소재조차 통일시키고 매우 평면적인 표현에도 입체감을 주
는 것은 〈리듬〉을 비롯한 시의 음악성이라는 것이다. 결국 송욱은 시
에 있어 리듬을 절대적 가치로 지향하는 시인이며, 그의 시론도 리듬
에 있음을 알 수 있다. 이는 송욱이 '현대시의 운명을 쥐고 있는 시의
음악성'이라는 그의 시론에서 연유한 것이다. 물론 리듬은 변화하는
반복성을 의미한다.

송욱은 정지용의 작품에 대해 부정적이었다. 정지용 시에 대한 구체
적 비판은 리듬과 주제 의식이다. 비판을 인용하면 다음과 같다.

> 오히려 그는 이 새로운 主題를 자기로서는 이미 〈매너리즘〉이 된 낡은 형식
> 에 맞추려고 애를 썼다. 그래서 아깝게도 그의 宗敎詩는 우리의 知性과 感覺과
> 情緖를 모두 휩쓸 수 있는 위대한 작품이 되지 못한다(『詩學評傳』, 202쪽).

송욱은 정지용이 '이미 〈매너리즘〉이 된 낡은 형식'에다 새로운 작
품을 썼다는 것이다. 또한 종교적인 주제를 지닌 작품이 〈어떤 생각-
실존적 주제〉를 갖추었다고 했는데 이것조차도 '주제가 매우 제한된
시인'이라는 것이다. 주제가 매우 제한된 시인이라는 것은 그가 새로

운 주제를 위하여 새 언어 형식을 만들어 내는 대신에 자기의 이름을
떨치게 된 성공한 작품의 형식에 어울리는 주제를 골라서 작품을 쓴
까닭이라는 뜻이다.[127] 이에 대한 구체적인 작품을 예시하고 있다.

돌에
그늘이 차고

따로 몰리는
소소리 바람
.........중 략........
멎은 듯
새삼 돋는 빗낯

붉은 닢 닢
소란히 밟고 간다.

　　　　　　　　　　　　　　　—「비」중에서(詩集『白鹿潭』)

　송욱은 이 작품이 거의 구체적인 자연의 묘사만으로 된 것이기 때문
에 이미 현대시가 아니다는 것이다. 이 작품이 흡사 한시의 세계를 보
여 주는 것 같지만 사실은 한시의 관점에서 보더라도 여운(餘韻) 혹은
신운(神韻)을 맛볼 수 없는 빈약하고 메마른 작품이라는 것이다. 그런
데 송욱이 갑자기 한시의 관점을 준거로 삼아 비판한 이유는 타당성이
없다. 아무래도 주제적 측면에서 이러한 표현을 한 것이라 판단된다.
그렇다면 주제적 측면에서 누구의 관점을 준거로 삼았는가라는 의문

---

127)『詩學評傳』, 202~203쪽.
　　위에서 말한 것을 뒷받침하기 위하여 바다의 시각적 인상을 위주로 하거나 혹은
　상당히 많이 사용한 작품은 다음과 같다. 우선『鄭芝溶 詩集』에서,「바다 1, 2」,
　「海峽」,「甲板우」,「船醉」, 그리고 바다는 아니지만「湖水 1, 2」,「湖面」,「風浪夢
　1, 2」,「또 다시 바다 1, 2, 3, 4, 5」, 다음에 後期 詩集『白鹿潭』에도「船醉」,「별」.

이 남는다. 송욱은 준거의 대상으로 두보의 작품을 거론한 적이 있다.
그렇다면 위의 작품은 '동양적 시 세계에 대한 더할 수 없는 모욕'이
라는 송욱의 부정적 평가가 가능한 것이다. 송욱은 두보의 시를 비교
대상으로 삼았는데, 그 이유는 두보가 자연과 사회와 정치와 종교를
종합한 작품을 썼기 때문이라는 것이다. 송욱은 두보와 같은 작가를
만해에서 찾았다. 송욱이 만해를 평가하면서 만해의 문학이 두보가 가
진 사상을 종합한 작품 세계를 가졌다고 판단한 것이다.

또한 송욱은 정지용의 언어 사용법에 대해 '우리말을 한문으로 잘못
생각'하고 있다고 주장한다. 즉 표음 문자인 우리말에서 정지용처럼
한시를 모방하여 짧고 간단한 문장법을 사용한다면 이는 한문의 〈단점
(현대적인 안목으로 보면 지나치게 간단한 문장법은 확실히 단점이
다)〉과 우리말의 〈단점〉을 합친 우스꽝스런 결과라는 것이다. 정지용
의 창작 의식과 방법론에 대한 그의 검토는 여기서 끝나지 않고 정지
용의 시 창작 변모까지 비판을 가한다.

> 伐木丁丁이랬거니 아람도리 큰솔이 베혀짐즉도 하이 골이 울어 멩아리 소리
> 쩌르렁 돌아 / 옴즉도 하이 다람쥐도 좃지않고 묏새도 울지않어 깊은 산 고요
> 가 차라리 뼈를 저리우는데 / 눈과 밤이 조히보담 희고녀!……. (詩集『白鹿
> 潭』所收,「長壽山 Ⅰ」의 첫 구절)

김우창은 위의 작품을 모더니즘의 한 계열로 파악하여 이미지즘 측
면에서 『白鹿潭』을 쓴 정지용에 대해 "그는 감각의 단련을 無欲의 哲
學으로 발전시킨"[128] 시인이라고 긍정적인 평가를 했다. 물론『白鹿潭』
의 산(山)과 관련된 이미지를 원형 심상으로 정지용을 연구한 문덕수
도 역시 김우창의 논의에 동의하고 있다.[129] 그러면서 "차고 고요한 潔
白과 忍耐의 境地-이것을 한국시가 걸어 온 歷程의 한 頂上을 이루는

---

128) 김우창,「한국시와 형이상」, 앞의 책, 53쪽.

시사적 국면의 한 양상"[130]이라고 하였다. 김우창과 문덕수는 이미지즘 측면을 강조하여 긍정적인 평가를 내린데 반해 송욱은 모더니즘이 갖는 고유한 특질을 리듬으로 인식하여 정지용을 비판했다. 즉 현대시가 되려면 리듬 인식이 있어야 한다는 것이 그의 판단이다.

그렇다면 그는 리듬의 개념을 어떻게 규정하고 있는가를 살펴볼 필요성이 있다. 그는 나름대로 리듬에 대한 개념을 정리하고 있다.[131] 송욱은 한국 현대시의 운율 형태가 거의 발달되지 않고 체계화되지도 않다고 진단했다. 이러한 문제를 해결하기 위해서는 "우리에게는 다만 몇 사람 안 되는 이 나라의 현대 시인이 창조하고 발견한 리듬의 각종 요소를 모아서 이것을 구사하며 스스로 새로운 리듬의 발견과 창조에 노력하여 그 결과를 시문학의 작품으로 표시하는 길이 있을 뿐"[132]이라는 것이다. 그는 시의 음악성에 대해서 나름대로 견해를 피력했다. "시의 음악성은 일상 생활에서 사용하는 회화체의 우리말 속에 잠재하고 있는 만큼 리듬과 시행의 구성, 그리고 시어가 지닌 의미상의 혹은 청각적인 암시력을 기반으로 하여 우리는 음악성을 지닌 시, 즉 올바른

---

129) 송욱은 지용 시에서는 기림에게 요구했던 역사 의식을 요구하지는 않았다. 그러나 산과 바다에 대한 지배적인 이미지는 결국 현실 인식의 부재라는 현실 도피적 태도라고 볼 수 있지만, 이는 당시 상황에서 '선택적 현실 적응 방식'이라고 볼수도 있다는 논의(신진, 『정지용 시의 상징성 연구』, 성균관대 대학원 박사 학위, 1991, 89~91쪽)는 송욱의 시론 탐구에 참고가 될 것이다.

130) 문덕수, 「Ⅳ. 정지용론」, 앞의 책, 107쪽.

131) 송욱이 리듬에 대한 개념 규정을 한 것은 『詩學評傳』의 「현대시의 반성-정형시, 자유시, 산문시」(391~402쪽)이다. 이를 토대로 정리하면 다음과 같다.
韻律: 西歐詩-〈리듬〉과 〈라임〉을 구분하여 〈미이터〉를 포함하는 것 → 1)리듬: ①音 또는 운동의 시간적 과정에 있어서의 일정한 單位가 규칙적으로 되풀이되는 원리, ②시를 구성하는 언어의 음절이 ①과 같이 배분되는 형식→배분의 방법은 영어의 〈액센트〉의 강약, 우리말은 음절에 따름. 2)미이터: ①구분되는 음절의 각 집단을 詩脚(홋트)이라고 하고, 이것을 단위로 하는 시어의 규칙적인 排列을 〈미이터〉, ②미이터는 주로 음의 강약에 따라 결정, ③미이터는 〈詩脚〉을 구성하는 음의 강약에 따라 결정, ④미이터는 〈詩脚〉을 구서하는 음의 강약과 시의 1행을 이루는 〈詩脚〉의 수에 따라 구분되는데 강약에 따른 各種이 4種이며, 〈詩脚〉

시를 지향할 수 있다"[133]는 생각을 정립했다. 이는 그가 「何如之鄕」 연
작에서 이러한 시작 태도를 보여 주었다. "음악성의 본질이란 한마디
로 말하면 반복을 통한 변화..... 반복하는 순간마다 그것이 즉 변화의
순간인 점이 음악의 본질"[134]이라는 것이다. 그래서 정지용에게는 그러
한 리듬 의식이 얼마나 부족한가를 거듭 비판하고 있다.

> 여기서 우리는 〈하이〉가 되풀이되고 擬聲語 〈찌르렁〉이 끼어서 좀 〈리듬〉과
> 비슷한 것을 느끼지만 형식은 散文에 가깝고, 그 내용은 이미 現代詩의 世界가
> 아닌 것을 알아차릴 수 있다. 이러한 작품을 그 형식과 언어의 사용법으로 보
> 아 〈散文詩〉라고 할 수 있겠지만 그것은 슬프게도 現代의 散文詩는 아니다. 결
> 국 起林이 〈完美에 가까운〉 작품을 냈다고 한 芝溶의 모더니즘은 완전히 白紙
> 로 돌아가고 말았다(『詩學評傳』, 206쪽).

양왕용은 송욱이 『詩學評傳』에서 정지용을 철저하게 비판한 「제7장
정지용 즉 모더니즘의 자기 부정」을 조목조목 비판을 가했다.[135] 그리
하여 그의 모더니즘 비판은 지나치게 모더니즘의 성공을 서구에 의존

의 수에 따르는 각종이 7種으로 구분. 3)라임: ①각종의 〈미이터〉를 따르는 시구
의 계열이 몇 행씩 결합하여 하나의 〈聯 스탠자〉을 이루며, 이 〈聯〉의 통일적인
형태를 보충하는 구실을 하는 것이 〈라임〉, ②주로 〈脚韻〉을 의미, 頭韻(아릿테
이션)도 포함, 기타 운으로 남성운, 여성운 등의 구별.
  韓國詩- 1)리듬과 미이터: 서구시(영시)의 운율 형태와 구성 요소와 그 종류가
한국의 현대시에도 해당되는가라는 전제에서 '음절수'에 따르는 〈리듬〉이 성립
됨.→액센트의 강약에 따라 영시의 詩脚이란 개념과 하나의 〈詩脚〉 또는 그 이상
의 詩脚으로서 구성되는 시행의 장단을 구별하는 여러 〈미이터〉의 개념이 한국시
에서는 성립되지 않음. 우리 나라의 현대시에서는 脚韻은 문제가 되지 않음.
  이런 구별을 한 송욱은 '한국 현대시의 운율 형태가 거의 발달되지 않고 체계화
되지도 않고 있는 것은 우리가 현재 한국 시문학 사상의 출발점에 있는 만큼 너
무나 당연한 노릇 아닙니까?(393쪽)'라고 하여 상당히 회의적이다.
132) 『詩學評傳』, 394쪽.
133) 『詩學評傳』, 400쪽.
134) 위의 책, 399쪽.
135) 양왕용, 앞의 책, 26~28쪽.

하여 비판하고 있는 것 같으며, 이러한 지나친 서구 의존성은 『詩學評傳』 곳곳에 보이는 송욱의 치명적인 한계성이다고 하였다. 송욱이 정지용 시의 리듬에 대해 비판했던 점과는 달리 오히려 양왕용은 정지용 시의 다양한 리듬의 의미를 천착했다. 특히 여러 논자들의 견해가 정지용 시의 회화성의 강조로 인하여 상대적으로 리듬을 소홀하게 다룬 데 대하여 지용 시의 리듬의 층을 검토한 것이다. 이 가운데 본고와 관련된 논의는 송욱이 인용한 「長壽山」에 대해서 양왕용은 시 전문에 대해 정상적인 띄어쓰기를 무시한 휴지(休止)를 '리듬의 휴지'로 파악한 점이 주목된다.[136]

사실 〈長壽山〉에서의 休止는 등산 체험에서의 고통이나 숨가쁨을 완화시키는 역할을 수행하고 있다. 따라서 이 작품의 전체적인 리듬이나 語調는 결코 급박하지 않다. 散文詩로서는 생각할 수 없를 정도의 여유와 중간에 마침표와 쉼표도 없이 외면적으로는 계속되고 있는 문장인데도 여유 있는 休止말고도

---

136) 위의 책, 128~129쪽.
　　다음으로 주목할 수 있는 점은 散文詩 형태를 가지고 있는 작품들에도 그것들이 철저하게 산문시라고 볼 수 없는 休止가 등장하는 현상이다. 앞의 「長壽山」은 '伐木丁丁 이랫거니'와 '아름도리 큰솔이 베임즉도 하이' 사이의 띄어쓰기라고 보기보다는 休止를 염두에 둔 띄어쓰기로 보아지며, 이러한 부분이 많이 발견된다. 따라서 이 부분이 행 구분을 한 것과 같은 효과를 거두고 있다. 이 부분을 이차적 음보 지시에 해당한다고 보아 시각을 통해 시의 운율을 조장하는 특이한 수법을 보여 준다는 견해도 있다. 이에 동감할 있으나, 운율이라는 용어보다는 리듬의 休止로 파악되어야 할 것이다. 이렇게 보면 이 작품도 散文詩라고 보기는 힘들다. 형태는 산문시이나 리듬 의식을 무시할 수는 없다. 이러한 측면에서 보면 「白鹿潭」 한 편을 제외하고는 철저한 산문시가 없다. 대부분의 작품들이 「長壽山」과 같이 의미상의 단락 사이의 休止와 「나븨」, 「호랑나븨」, 「진달래」(이상 《文章》, 1941. 1) 등과 같이 「長壽山」과 같은 休止도 있으면서, 행간을 연 구분 정도로 잡고 있는 休止를 가지고 있는 작품들도 있다. 뿐만 아니라, 「白鹿潭」도 중간 중간에 번호를 삽입하여 ①부터 ⑨까지 단락을 지우고 있는 점으로 보아 그렇게 급박한 리듬과 語調를 가지고 있지는 않았다.

好音調까지도 느끼게 하는 시어의 특색까지도 가지고 있다. 의미상으로 단락
을 이루는 부분의 '베임짐득도 하이' 와 '돌아옴즉도 하이'에서의 '하이', '조
히보담 희고녀!' 의 '고녀' 나 '거름 이란다?', '내음새를 줏는다?' 등과 같은
부분에서의 '이란다', '줏는다' 와 같은 시어가 가지고 있는 어감이 호조음을
유발시켜 休止와 더불어 여유를 표출시키고 있다. 그러나, 이러한 여유는 참음
과 고통 속에서 생긴 것이라는 점은 〈長壽山〉의 마지막 부분 '오오 견듸란다
// 차고 兀然히 // 슬픔도 꿈도 없이 // 長壽山속 겨울 한밤내-'에서 알 수 있
다. 따라서 이 작품 역시 화자의 정신적 고뇌를 표출하는데, 休止가 기여하고
있는 셈이다.[137]

위의 인용에서처럼 양왕용의 정지용 시에 대한 접근 태도는 송욱과
리듬에 대한 근본적인 이해의 차이에서 오는 것이다. 송욱은 리듬에
대한 개념을 설정했음에도 불구하고 그러한 개념에 따른 검증을 제시
하지 않은 채 정지용을 비판했던 것이다.[138] 그리고 송욱은 정지용 시
의 리듬에 대한 명확한 연구도 없이 시 창작 의식이 잘못되었다고 비
판한다.

芝溶은 새롭고 훌륭한 詩를 썼지만 그 主題가 매우 제한된 것이었기 때문에
그 表現形式도 現代詩의 主題를 휩싸기에는 매우 폭이 좁은 것이었다. 그래서
그가 詩의 修辭에 고심하면 할수록, 그리고 예술가로서 정진하면 할수록 現代
詩의 世界로부터 완전히 물러가는 모순에 빠지고 말았다(『詩學評傳』, 206쪽).

이와 같은 그의 비판 태도는 "모더니즘 시의 특징을 상기하면서 대
체로 엘리어트에게서 하나의 크나큰 봉우리를 이룬 영국과 미국의 모

137) 양왕용, 앞의 책, 128~129쪽.
138) 송욱은 『님의 沈默』을 연구하면서 철저하게 원전 비평의 태도를 보여 준다. 그렇
    다면 정지용의 원전에 대한 연구도 선행되어야 함에도 불구하고 정상적인 띄어쓰
    기를 무시한 지용 시를 비판한 점은 리듬에 대한 개념이 명확하지 못했거나 원전
    비평에 대한 태도가 불분명한 상태였음을 알 수 있다.

더니즘 시는 그 이전의 시보다 주제를 훨씬 넓힌 데에서 특색을 볼 수
있다"[139]는 입장이다. 결국 정지용은 그 주제가 매우 제한된 것이었기
때문에 그의 시가 실패했다는 것이다. 이런 입장 때문에 양왕용은 송
욱이 지나치게 서구 의존적인 모더니즘 태도라고 비판한 것이다. 정지
용의 이러한 주제의 제한성의 원인은 현대성과 예술성의 두 가지를 모
두 간직하려고 노력한 시인에게는 주제의 범위가 어쩔 수 없이 줄어들
수밖에 없었으며, 결국은 현대성이 거의 완전히 사라지는 곤경에 빠지
고 만다는 것이 송욱의 판단이다. 그렇기 때문에 정지용의 시는 이국
풍이나 시각적 인상을 위주로 하는 피상적인 사이비 모더니즘이 될 수
밖에 없다는 것이 송욱의 주장이다.

송욱은 한국 모더니즘이 내면성의 표현에 아직 성공하지 못했다는
것이다. 그래서 사이비 모더니즘이 된 원인은 보들레르에서 비롯한 상
징주의와 같은 내면성의 훈련을 겪지 못한 탓이다 - 지용의 「바다」와
보들레르의 「바다」를 비교 - 는 것이다. 그렇다면 송욱 자신은 시 창작
에서 상징주의를 거친 모더니즘의 시를 적었다는 말이다. 김종길은 여
기에 대하여 "송욱은..... 現代英詩에 각별한 영향을 준 十七세기의 〈
形而上學派〉와 프랑스 象徵詩에 그 出發點을 두고 있는 것 같다"[140]는
것은 그의 시와 시론의 거리에 대한 암시이다. 이는 송욱 시가 엘리어

---

139) 『詩學評傳』, 294쪽.
140) 김종길, 「우리 詩에 끼쳐진 英詩의 影響」, 앞의 책, 115쪽.
　　김종길은 송욱의 「서방님께」라는 작품 분석을 통하여 17세기 영국의 형이상학
　　파의 시풍을 방불케 한다고 하였고, 이 일파의 시는 현대 영미시에 커다란 영향
　　을 끼쳤기 때문에 이런 시풍은 현대적인 것이라(《여성동아》, 1969. 6)고 평가했
　　다(김종길, 「현대시의 감상」, 『시를 어떻게 읽을 것인가』, 고려 대학교 출판부,
　　1998, 113~114쪽).
　　이는 송욱이 「外來文學 受容上의 제문제점」(『文物의 打作』, 69쪽)에서 "내가 시
　　인으로서 가장 많은 영향을 받은 것은 영국의 시인이 아니고 프랑스의 보들레르
　　였읍니다. 또한 영문학과에 다니는 동안 가장 영향을 받고 좋아했던 사람은 엘리
　　어트, 로렌스였읍니다"고 영향 관계를 밝힌 데서도 알 수 있다.

트의 영향을 받았음은 한국 모더니즘을 엘리어트 시론으로 비판한 것
으로도 알 수 있다. 송욱 시의 출발점이 결국 "엘리어트의 詩風을 결정
지은 라포르그와 꼬에르비에 상징시와 엘리자베스朝 후기의 劇이나
形而上學派詩"[141]라는 김종길의 논의는 송욱 시가 영시에서 출발하고
상징시의 영향을 받았다는 지적이다. 김종길의 평가를 따를 경우, 송
욱이 김소월 시와 시론, 김기림의 시와 시론의 거리를 비판했던 태도
와는 달리 자신의 시와 시론의 거리를 상당 부분 일치시키려는 노력을
했음을 알 수 있다. 결국 송욱은 모더니스트 정지용 시의 비판을 통해
서 리듬 의식의 추구와 주제 의식의 심화를 시론으로 내세웠다.

---

141) 김종길, 「엘리어트와 현대시-현대시에 있어서의 그의 位置-」, 앞의 책, 278쪽.
　　　엘리어트가 영향을 받은 이들의 공통된 특징을 살펴보면 다음과 같다(278 쪽).
　　　첫째로 그들의 시는 구어체 내지 회화체로 씀, 둘째로 모호하고 난해한 시를 썼
　　　다는 점, 셋째는 觀念을 感覺으로 변질시키고 觀察을 心的 狀態로 변형시키는 동
　　　일한 본질적인 특질.

주체적 시론과 가능성

1. 만해 시의 논의와 공과

송욱이 만해를 연구한 계기는, 첫째, 이 나라의 모국어로 된 시 작품 중 두드러진 유산이란 오직 황진이의 시조 몇 수, 그리고 소월과 한용운의 『님의 沈默』이 있을 뿐(『文物의 打作』, 76쪽)이라는 점을 강조한 데서 찾을 수 있다. 특히 김소월은 사춘기의 독자를 위한 거의 감상만을 다룬 시인인데 반해 한용운을 어른의 시인이라고 평가할 만큼 만해에 대한 관심은 높았다. 둘째, '선취와 언어 형태'가 나타난 『誘惑』 시집이 1954년에 출판되었고, '현실 상황과 선취의 깊이'가 나타난 『何如之鄕』 시집이 1961년에 출판되었다. 그리고 1969년에 출판된 『文學評傳』에는 자신의 주체적 시론이라 할 초월적 세계의 내면 공간을 논구하면서 '고승의 득도한 경지가 반영된 선적 체험의 기록'인 고려 공민왕 때 나옹의 시 「靜菴」을 분석하였다. 이처럼 지속적인 불교에 대한 관심 때문에 만해의 『님의 沈默』을 연장선에서 연구한 것이라 볼 수도 있다. 이는 시 세계와 시론의 영향 관계로 이해할 수 있는 전제가 된다. 셋째, 우리 시의 근대화는 아닐지라도 우리 사상 전통의 근대화에 위대한 행적을 남긴 인물 가운데 시와 관계가 있는 만해 한용운에 대한 관심이 만해 연구로 이어졌다고 볼 수 있다.[142] 특히 현대의 무서운 사상의 공백기에 "외국의 시인과 견줄 수 있는 현대 시인은 이 나라에서는 한용운뿐"[143]이라는 데서 그의 연구 의의를 찾을 수 있다. 넷째, 송욱이 이 나라의 현대시가 현재 다다른 고비를 "넓은 뜻에서 어떠한 사상을 담뿍 지니지 못하고 형식과 음악성에 대한 탐구가 충분치 못하다"[144]고 한 데서 만해 연구의 의의를 찾을 수 있다. 다섯째, 뉴크리티시즘이나 모더니즘과 같은 서구 비평론에서 동양 미학인 선의 방법론에 접근하여 주체적 시론 확립을 모색하고자 만해를 연구하였다.

본장에서는 『詩學評傳』의 '원서문'에 나타난 그의 비교 문학에 대한 관점과 만해 연구의 의미를 찾는 것이 목적이다. 이미 '원서문'에서 송욱은 우리 나라가 외국 문학 중에서 무엇을 어떻게 받아들이면, 장차 이 나라의 시와 시론에 도움이 될 수 있는가 하는 문제를 밝힌 비교 문학의 필요성을 강조한 바 있다. 그렇다면 어느 나라의 시(시론)가 도움이 될 수 있는가가 문제이다. 또한 비교 문학의 대상이 되는 시인이 누구인가가 문제이다. 따라서 본장에서는 송욱이 가장 완전한 시인

---

142) 만해에 대한 송욱의 관심은 그의 저서에 많이 나타난다. 개략적으로 정리해 보면 다음과 같다.
　　송 욱, 「작가 정신과 역사 의식」(《중앙일보》, 66. 9. 27), 『文物의 打作』, 62~67쪽.
　　 〃 , 「외래 문학 수용상의 제문제점」, 위의 책, 68~74쪽.
　　 〃 , 「現代詩의 世界」, 위의 책, 75~87쪽.
　　 〃 , 「님의 沈默의 구조-칼날과 불덩이」, 위의 책, 95~119쪽.
　　 〃 , 「님의 沈默-全篇解說」 등이 있다.
143) 『文物의 打作』, 87쪽.
144) 『詩學評傳』, 294쪽.

으로 극찬한 만해-시인은 한용운처럼 선구자가 되어야 한다-와 타고
르에 대한 비교 문학적인 논의를 한 『詩學評傳』의 「제11장. 唯美的 超
越과 革命的 我空-만해 한용운과 R. 타고르」와 그의 실천 비평 작업의
결실인 『님의 沈默-全篇解說』을 검토할 것이다.[145]

2. 시형(詩形)의 접근 : 산문성의 문제점

송욱은 『詩學評傳』에서 『님의 沈默』의 가치를 "첫째로 만해의 詩는
우리 新文學史에서 가장 높고 넓으며 깊은 人間性을 표현한 작품이다.
둘째로는 그의 散文詩가 현재 이 나라에서 詩로서 표방되는 것보다 훨
씬 더 높고 절실한 〈詩〉를 싱싱하게 담고 있기 때문이다"[146]고 밝혔다.
송욱은 『님의 沈默』에 대한 가치를 두 관점으로 나누었는데 이를 요약
하면, 가장 높고 넓으며 깊은 인간성의 표현과 훨씬 더 높고 절실한 시
를 싱싱하게 담는 산문시라는 것이다. 그런데 여기서 문제가 되는 것
은 만해에 대한 이 같은 가치 평가의 기준이 없을 뿐더러 '가장 높고
넓으며 깊은 인간성' 운운하는 수식어만 장황해서 그 구체적인 의미가
드러나지 않는다는 것이다. 다만 송욱의 『님의 沈默』에 대한 두 가지
의 평가는 프랑스 상징주의 시의 조상인 보들레르를 평가한 데서 찾을
수 있다. 물론 보들레르를 평가한 것은 시대와 공간에 따라 다르고, 이
해하는 방법과 논점에 따라 다르기 때문에 절대적 가치 기준을 세울
수가 없다.[147] 그래서 보들레르에 대한 송욱의 가치 기준이 무엇인지는

---

145) 『園丁』과 『님의 沈默』의 비교 문학적인 논의는 축적되어 왔다. 그 연구자는 송욱,
　　김윤식, 김용직, 정한모, 김학동, 김재홍 등이다. 이들의 논의의 참고 문헌은 김
　　재홍의 앞의 책(「문학사적 연구-외래시와의 영향 관계」) 참고.
146) 「제11장. 唯美的 超越과 革命的 我空 - 만해 한용운과 R. 타고르」, 『詩學評傳』,
　　296쪽.
147) 최문규 외, 「보들레르 논쟁」, 《문학동네》, 1998. 겨울호. 408~495쪽 참고.

중요하다.[148] 송욱의 보들레르에 대한 평가는 "보들레르는 첫째로 폭이 넓고 뜻이 깊은 人間性을 지니고 있었으며, 둘째로 이에 못지 않는 훌륭한 藝術思想을 지닌 시인이었다"[149]는 두 관점은 만해의 평가에 상응한다고 본 것이다. 이는 한국시를 전체적으로 조망하는 위치에서 만해를 접근했기에 보들레르에 상응하는 평가를 찾고자 한 그의 비평적 노력이었다.

우선 송욱이 『님의 沈默』에 대한 가치를 파악한 것은 이 시집이 거의 산문시로 되어 있다는 점이다. 여기서 한 가지 주목할 점은 송욱이 기림의 시를 비판했지만 송욱과 김기림은 다 같이 산문시에 대해 긍정적인 평가를 했다는 점이다. "시의 건설, 모더니티의 수립을 위해 김기림이 역점을 둔 것은 두 개의 측면으로 나타났다. 그 하나가 詩의 散文化 내지 繪畫化였다"[150]는 점을 주목해 보면, 송욱의 산문화와는 시형의 공통점이 있음을 알 수 있다. 다만 김기림과 송욱의 모더니티 태도에서 회화성과 운율의 지향점이 다르듯이 산문화의 지향점도 다름을 염두에 둘 수 있을 것 같다. 송욱은 산문시 하면, 투르게네프(Turgenev, 1818~1883), 보들레르, 타고르 등이 남긴 산문시를 연상한다고 하였다. 산문시는 주로 위대한 사상과 인간성을 표현하는 데 적당한 형식이라는 것이 송욱의 생각이다. 여기서 '산문시가 주로 위대한 사상과 인간성을 표현하는 데 적당한 형식'이라는 데서 송욱은 『님의 沈默』의

---

148) 송욱의 보들레르에 대한 이해는 간접적으로 알 수 있는 것은 그의 불문학에 대한 해박한 지식(구본희, 「옹고집과 명강의의 영문학자」)과 프랑스 시인 퐁즈(『文物의 打作』 참고)를 방문했던 점, 그리고 서울 대학교 동료 교수였고 유고 시집을 엮었던 불문학자 김현 교수, 절친했던 불문학자 정명환 교수와의 관계에서 짐작할 수 있다.
149) 「제8장 상징 미학과 근대적 현실-샬르 보들레르-」, 『詩學評傳』, 213쪽.
150) 김용직, 「모더니즘의 시도와 실패」, 앞의 책, 270쪽.
    나머지 하나는 감상의 배격과 그를 통해 가능하다고 믿는 듯이 보이는 건강성의 획득이었다.

가치를 찾고자 했다. 이 의미를 찾기 위해서는 한국 신문학사를 찬란하게 장식한 만해의 산문시와 인도의 시성(詩聖)이라 칭송되는 타고르(Tagore, 1861~1941)[151]의 시집 『園丁』의 내용[152]을 통해서 파악해야 할 것이다.

송욱은 타고르의 시를 유미적이라고 평가했다. 특히 "시집 『園丁』의 세계와 그가 의지하고 있는 印度의 傳統的 宗敎와 哲學이 모두 다 같이 歷史와 社會로부터 〈超然한〉 사실에 적어도 그 원인의 일부"[153]가 있다고 평가한 것이다. 송욱은 역사와 사회로부터 절연된 타고르의 시 세계를 통해서 만해가 지닌 시 세계를 강조하고자 했다.

> 타고르의 詩集 『園丁』과 『님의 沈默』을 읽고 두드러지게 느끼게 되는 것은 타고르에게는 社會와 歷史가 없고 더군다나 革命은 찾아볼 수가 없다는 사실이다. 그는 오로지 絶對者의 花園에서 꽃을 가꾸며 생명의 靈的 結合과, 個別的 生命이 絶對者에게 대하여 느끼는 동경을 〈아름답게〉 노래하는 瞑想의 詩人이란 인상을 강하게 준다(『詩學評傳』, 311~312쪽).

위의 인용에서처럼 송욱은 만해의 시에서 바로 역사와 사회와 혁명을 찾고자 열망했다. 그래서 송욱은 타고르의 시집 『園丁』에는 사회와

---

151) 크리슈나 크리팔라니(김양식 옮김), 『R. 타고르의 생애와 사상』, 세창출판사, 1996.
   이 책의 역자는 "다른 어떤 타고르의 전기보다도 타고르의 삶의 다채로운 면모를 모두 백일하에 제시해 주고 있어 독자로 하여금 타고르를 이해하는 데 크게 도움이 되는 자료"라고 한 점에서 참고가 된다.
152) 「정원사」는 타골이 자기 결혼 시기에 썼다고 한다. 1883년경이니까 그가 22세쯤이다. 따라서 청년 시대의 작품이라고 할 수 있다. …… 작품 중에는 격렬하게 노래한 속세에의 지향, 정열로 인한 파산, 질서를 무시하는 적극적인 생활의 주장과 또 자못 온화한 사랑의 예지가 모순되면서도 잘 조화되어 있는 면이 도처에 엿보인다(유영, 「제Ⅱ부 시의 향기」, 『타골의 문학- 그 신화와 신비의 미학』, 연세 대학교 출판부, 104쪽).
153) 『詩學評傳』, 306쪽.

역사가 없다고 되풀이하여 강조한 것이다. 이러한 송욱의 태도를 뒷받침할 수 있는 것은 "消滅과 生成이라는 개체적 原理를 公的 次元으로 上昇시켜 祖國과 歷史的 現實에 適用한다면 역시 잃어버린 祖國과 歷史가 결코 빼앗긴 것이 아니기 때문에 언젠가는 새롭게 자율적으로 생성되리라는 象徵的 意味를 획득하게 된다"[154]는 김재홍의 연구에서 만해 시의 사회 의식과 역사 의식을 찾을 수 있다.[155] 송욱은 만해의 시 세계에서 이러한 역사와 사회에 결부된 시 세계를 찾았던 것이다. 그런데 "1913년도 노벨상 수상의 대상작이라고도 하는『키탄쟐리』‥‥‥ 전세계 인류의 햇불이 되어 인류 가슴에 새로운 생명의 샘"[156]이 『키탄쟐리』임을 상기한다면, 송욱이 이 시집을 비교 대상으로 삼지 않은 것은 쉽게 납득이 되지 않는다. 또한 "안서가 번역한『키탄쟐리』만 해도 현실 인식이 분명하게 드러나고 있는 시가 있다‥‥‥‥ 그 밖에도 민족적, 사회적 저항시를 모아 놓은 시집으로『시들(Poems)』,『꽃다발(Sheaveel)』,『백조는 날고(Swan's Wing)』 등이 있다"[157]는 측면에서 송욱의 비평 행위가 편견임을 비판받게 된다.

타고르 시의 영향이 시형에 있어 산문성인데, 이 산문성은 타고르 시가 산문시일 때 송욱이 제대로 타고르를 이해한 것이라 할 수 있다. 그런데 "타고르가 散文詩人이 아니라 韻文詩人 및 抒情詩人이었음이 분명하다"[158]는 점을 인식한다면, 송욱의 타고르에 대한 이해는 잘못된 것이라 할 수 있다. 그런 개연성은 구체적 논증을 하지 않는 그의 비평 태도에 기인하는 것이다. 만해의 산문시에 대한 윤재근의 논의를 참고

---

154) 김재홍,「님의 沈默論」,『한용운 문학 연구』, 일지사, 1982, 89∼90쪽.
155) 위의 책에서 각주 71) 참고, 90쪽.
156) 유영, 앞의 책, 97쪽.
157) 이수정,「안서의 시에 미친 타고르의 영향」,『김안서 연구』, 새문사, 1996, 239∼240쪽.
158) 윤재근,『만해 시-〈님의 침묵〉 연구』, 민족문화사, 1985, 435쪽.

하면 다음과 같다.

> 타고르(R. Tagore)가 散文詩人이 아니라 韻文詩人 및 抒情詩人이었음이 분
> 명하다. 특히 예이츠(W. B. Yeats)가, 타고르가 직접 英譯한 〈Gitanjali〉의
> 連作詩를 〈prose poems〉라 하지 않고 〈prose translations〉라고 밝혔음을
> 想起할 필요가 있다. 동시에 자신도 〈My translations are prose〉라고 지적
> 한 사실을 주목할 필요가 있다. 타고르 자신이 散文詩人이 아니라 韻文詩人임
> 을 解明하고 있는 까닭이다.[159]

위의 글에 따르면, 타고르의 시가 산문시라는 송욱의 견해는 오류임
을 추리할 수 있고, 더불어 시집 『님의 沈默』은 거의 산문시로 되어 있
다는 송욱의 지적에서 산문시 개념의 파악을 필요로 한다. '거의'라는
말로 미루어 시집 『님의 沈默』에는 비산문시(운문시)가 있다는 것을
송욱은 암시하고 있는 셈이다.[160] 그렇다면 송욱의 비평 행위는 구체적
논증보다는 직관에 의존한다는 한계를 벗어나지는 못했다.

신석정은 만해 시형에 대해서 "그 시형 또한 타골의 「키탄쟐리」, 「초
승달」, 「園丁」과 같은 산문시에 가까운 유장한 내재율이 장강처럼 저
류하고 있는 것도 더욱 흡사하다(타고르의 영향)"[161]고 했는데, 여기서
는 산문시에 가깝다고 한 점으로 보아 『님의 沈默』이 송욱이 말하는
산문시의 작품이라는 것을 알 수 있다. 그러나 본고에서는 만해 연구
를 통해서 송욱의 시론이 시형에서 산문성임을 주목한 것이다. 송욱의
만해시에 대한 극찬은 산문시 형식이지만 정작 송욱 자신의 연작인
「何如之鄕」에서 보인 사회와 역사에 대한 비판은 그의 연작시와 시론
의 거리라고 볼 수 있다. 이는 산문시의 시론이 그의 시에서는 연작으

---

159) 윤재근, 앞의 책, 435쪽.
160) 위의 책, 435~436쪽.
161) 신석정, 「시인으로서의 만해」, 외솔회(2집), 1971. 28쪽.

로 변용되었음을 의미하는 것이다.

송욱이 말하는 만해 문학의 첫째 가치인 가장 높고 넓으며 깊은 인간성의 의미를 찾는다면, '사회와 역사에 대한 의식'이 투철한 인간을 구현했다고 볼 수 있다.[162) 송욱이 말하는『님의 沈默』에 대한 두 번째 가치는 산문시 형식이다. 타고르의 시집『園丁』이 모두 85편의 산문시로 되어 있다는 점에서도 송욱의 타고르 영향을 짐작할 수 있다. 송욱은 산문시라는 개념을 나름대로 제시했지만『님의 沈默』의 가치를 구체적으로 논증하지 않았다. 여기서 그가 말하는 산문시란 무엇인가.[163) 송욱이 설정한 산문시(prose poem)의 개념을 정리하면, ① 정형시처럼 명백히 규정된 운율 형식을 가지지 않고, ② 자유시처럼 리듬이 현저하게 나타나지 않고, ③ 거의 산문체의 서정시, ④ 행의 구분 없이 그냥 계속해서 기술되어 비교적 큰 단위인 각 단락으로서 통일적으로 구성된다(자유시는 보통 행이 구분되어 있음)는 것이다. 이러한 개념을 설정하게 된 이유는 "세계 문학상에 현재까지 가장 성공한 산문시는 보들레르[164), 툴게네후, 타고르 등의 작품"[165)에서 추출한 공통점이

---

162) 고차적인 의미로 만해 시를 해석할 경우 다양한 논의를 전개할 수 있다. 만해 시의 정체를 '님'의 의미 해독이라면 '가장 높고 깊은 인간성'의 의미로 해석할 수 있다. 이런 차원에서 김재홍의 앞의 책(89쪽)을 참고.

163)「현대시의 반성-정형시, 자유시, 산문시-」,『詩學評傳』, 397~398쪽.

164) 윤재근, 앞의 책, 437쪽.
　　타고르와 마찬가지로 송욱은 보들레르에 대해서도 잘못 이해한 부분이 있다. 즉 "보들레르가 자신의 한 詩集에『Petits Poemes en Prose』로 題命한 데서 散文詩라는 樣式의 명칭이 비롯된 것으로 되어 있다. 그러나 보들레르가 처음부터 散文詩篇들만 만들었던 詩人이 아니었음을 想起해야 한다".
　　불문학자이면서 한국 문학에 깊은 관심을 가진 김현(「산문시 소고」, 92~93쪽)의 산문시에 대한 논의는 다소 참고가 된다. "산문시라는 문학적 용어가 최초로 대중 앞에 크게 드러난 것은 보들레르의『조그만 산문시들』이 발간된 1884년이다. 보들레르 자신은 자신의 시를 산문시라고 부르면서도 그것을 독특한 문학 장르로 구분하려는 의도는 없었던 모양이다. 1860년경에 들어서면서 보들레르의 '마비, 실어증'이 점점 심해져, 그는 그의 산문시를 자기 재능의 확인체로 생각

기 때문이다. 송욱의 이와 같은 산문시의 개념 정립은 우리 나라의 산
문시에 대한 문학자들의 개념 정립을 비판하면서 동시에 진정한 '산문
시가 나타나기를 바라는 마음'이 간절하다고 하면서 언급한 것이다.[166]
송욱의 산문시 개념을 정리하는데 있어 ①과 ②의 경우는 리듬이 기준
이고,[167] ③은 문체, 내용상 서정으로, 그리고 ④는 행의 구별을 중심에
둔 형식[168]으로 볼 수 있다.[169] 이처럼 송욱은 산문시의 개념을 정립했
지만 만해 시를 산문시라는 측면에서 체계적으로 연구하지 않았다. 만
해 시를 산문시로 보지 않고, 문제 제기를 한 김재홍은 "外見上 만해
詩는 散文詩로 보이기 때문에 律格이나 行의 構造에 관해서는 자세한
관심이 주어지지 않은 것이다. 그러나 만해 詩는 詩行이 일정한 文法

해 가며, 거기에 전심 전력을 기울인다. 그 산문 시집의 제목 역시 그런 노력의
결과를 반증하듯 '고독한 산보자', '파리의 소요객', '빛과 연기' 등 다양하며,
시 자체도 '밤의 시들', '광인의 시들'이라는 이름을 부여받고 있다."

165) "보들레르와 솔로굽으로 대표되는 서구 상징파 시는 산문시의 정착 전과정에서
지속적인 영향을 미치고 있다. 물론 투르게네프의 산문시도 중요한 역할을 맡고
있다. 이들 러시아 및 프랑스 시인들의 산문시는 양식면에서뿐 아니라 의식면에
서도 영향을 주고 있는데, 1910년대 창작 산문시에 나타나는 데카당틱한 시 정
서와 허무주의적 세계 인식은 이러한 프랑스 및 러시아 상징파 시인들의 영향이
었던 것이다.(김영철, 한국 산문시의 정착 과정 연구, 『한국 문학의 양식론』, 한
양출판, 1997, 86쪽)"는 점에서 김영철도 송욱의 개념을 빌리고 있다.

166) 『詩學評傳』, 401쪽.

　客: …… 이 나라의 문학이 현재 혼란 상태에 빠져 있는 이유의 대부분이 이러
한 기본적인 착각에 있습니다. 산문시를 산문적인 시라고 하든지 시적인 산문이
라고 하든지 이 두 가지 정의는 모두가 어떠한 소설과 시에도 적용될 수 있습니
다. 즉 同義語의 반복이지요. 산문과 시의 명백한 구분은 추상적이며 구체적 사
실이 아닙니다. 따라서 이러한 추상적인 개념에 입각한 산문시라는 개념도 추상
적이며 구체적인 작품을 정당화할 수 있는 힘이 없는 것입니다.

　主: 그러한 그릇된 연역으로부터 오는 착각을 이용하여 시도 아니고 소설도 아
니고 수필도 아닌, 말하자면 산문시를 〈표방하는〉 混沌文學이 유행하고 있는 사
실을 우리는 흔히 볼 수 있지요. 이 나라에도 보들레르나 타고르의 산문시와 같
은 문학 형식에 속한다고 인정받을 만한 산문시가 나타나기를 바라는 마음은 저
도 간절합니다마는.

的 規則性과 構造를 가지고 있다는 점에서 단순히 散文詩로 규정하는 것은 잘못된 일이다"[170]라고 했다. 김재홍은 산문시와 자유시는 한 연 전체 혹은 시 전체가 산문적 줄글로 되어 있느냐 혹은 그렇지 않느냐에 따른 기준을 세운 뒤, "『님의 沈默』은 散文行으로 되어 있으나 줄글로 되어 있지 않으며 行에 獨立性이 주어지고, 行이 일정한 法則性을 지닌다는 점에서 自由詩로 규정하는 것이 타당하다"[171]고 했다.

한국 산문시의 사적 지속성을 접맥시키려고 시도한 송혁은 『한국 산문시 연구』에서 "本格的인 散文詩는 鄭芝溶의 「白鹿潭」, 「老人과 꽃」그리고 李箱의 「꽃나무」 등 일련의 詩에서 發見할 수 있다"[172]고 했지만, 만해의 시를 거론하지 않았다. 그렇다면 송욱이 말하는 산문시 형

---

167) 1960년대 대표적 시론가인 정한모(『한국 현대 시문학사』, 일지사, 1977)는 리듬의 기준으로 산문시 개념을 정립했다. 그리고 장도준(『현대 시론』, 태학사, 1995, 133쪽)은 "산문시는 자유시처럼 리듬의 어떤 반복적인 요소를 갖추고 있다는 점에서, 그 흐름이 불규칙하고 무질서한 산문과 구별된다. 그리고 산문시는 일반적인 산문과는 달리 그 서정적 호흡에 합당하게 1~2 페이지 정도의 짧은 길이를 가지는 것이 통례이다"라고 하였다.

168) 이상섭(《문학 비평 용어 사전》, 민음사, 1976, 125쪽)은 "산문시는 시행을 나누지 않는다는 점에서 자유시와 다르다. 이것은 산문시가 리듬의 단위를 행에다 두지 않고 한 문장, 나아가서는 한 문단에다 두고 있음을 말한다. 자유시나 정형시는 행 단위의 리듬 구성으로 말미암아 읽기가 다소 늦어지나 산문시에서는 읽기가 거침없이 진행되어 다소 호흡이 가빠진다. 그 때문에 긴 산문시는 대개 성공하지 못하든가 그냥 시적인 산문, 일종의 수필이 되어 버린다"고 하였다.
《시학 사전》(Preminger, Alex.《Princeton Encyclopedia of Poetry & Poetics》, Princeton Uni. Press, 1974, 664~665쪽)에서는 "산문으로서 페이지에 쓰여진다는 점을 제외하고는 서정시가 갖는 모든 특징 또는 어떠한 특징도 가질 수 있다. …… 그것의 길이는 보통 서정시의 길이로 반장에서 3~4장까지 정도이다. 이 길이가 더 길어진다면 강렬함과 효과가 희석된다"고 한다.

169) 산문시가 갖는 장르적 특성을 언급한 조의홍(『한국 산문시의 형성 과정 연구』, 동아대 대학원 박사 학위, 1993, 12~26쪽)은 1) 시 정신과 산문 정신 2) 형태와 리듬 3) 표현 방법 4) 기술 태도 5) 주안점 등을 들고 있다.

170) 김재홍, 앞의 책, 132쪽.

171) 위의 책, 139~140쪽.

식이라는 것은 김재홍이 말한 "『님의 沈默』은 散文行으로 되어 있으나 줄글로 되어 있지 않으며 行에 獨立性이 주어지고, 行이 일정한 法則性을 지닌다는 점에서 自由詩"라는 독특한 형식이라고 볼 수 있다. 적어도 『님의 沈默』의 가치를 평가하는데 사용한 산문시 개념이라면, 정확한 개념 규정과 이에 따른 치밀한 분석이 이루어져야 함에도 불구하고 송욱은 이를 간과해 버렸다. 송욱은 자신이 산문시 형식에 대한 구체적 개념을 정립한 것과 『님의 沈默』이 부합된 작품이라는 논증을 통하여 산문시 형식의 가치를 인정해야 했다. 그러나 그는 『님의 沈默』

---

172) 송혁, 「한국 산문시 연구」, 『한국 불교시 문학론』, 동국 대학교 출판부, 1986, 239쪽.
　　"近代 散文詩의 起點은 六堂, 春園 그리고 岸曙의 時代로 보고, 이를 散文詩의 摸索期라고 規定했다. …… 本格的인 散文詩는 鄭芝溶의 「白鹿潭」, 「老人과 꽃」, 그리고 李箱의 「꽃나무」 등 일련의 詩에서 發見할 수 있다. 이 두 詩人은 그 詩精神이 判異하다. 그러나 이들은 '散文으로 쓸 수밖에 없는 散文詩'를 보여 준 詩人이다"(238~239쪽).
　　한국 산문시의 정착 과정을 1910년대를 기점으로 《소년》, 《학지광》, 《청춘》, 《태서문예신보》 등을 연구한 김영철(「한국 산문시의 정착 과정 연구」)의 논의를 참고하면, "산문시가 한국 시단에 처음 선보인 것은 1910년 8월 《소년》에서였다. 그리고 그것은 번역시였다. 홍명희가 폴란드 시인인 안드레에 네모에프스키의 〈사랑〉을 일역본을 대상으로 중역해 놓았다는 것이다. '산문시'라는 명칭이 처음 사용된 것도 여기에서 비롯되었는데 번역시 서두에서 역자는 다음과 같이 밝히고 있다. '이 산문시는 波蘭壯士 안드레에 네모에프스키氏가 고국 산하를 바라보고 강개한 회포를 이기지 못하여 지은 것이다. …… 제군 중에 이 산문시를 나의 重譯에서 얻어 아시는 분이 계시면 나의 뜻을 달하였다 하리라'. …… 아무튼 이 시문은 우리 시단에서 '산문시'라는 명칭이 처음 사용된 것이라는 문헌상의 의미를 갖는다(58~59쪽)."
　　한국 산문시의 발생을 한국 문학의 통시적 배경에 그 발생 근거를 두고 우리 나라 산문시 형태의 처음으로 볼 수 있는 18세기의 사설 시조로 파악하였다. 그 전제가 사설 시조가 갖는 서술적 요소의 형태로 논급하였다(조의홍, 「한국 산문시 고찰」, 동아 대학교 국어국문학 제9집, 1989, 151~165쪽 참고). 또한 조의홍은 "1910년 1월 《대한증흥보(9호)》에 발표된 춘원의 〈옥중호걸〉을 한국 산문시 효시로 볼 수 있는 환경에 이르게 되었다"는 것이다(「한국 산문시 발생 연구」, 동아 대학교 국어국문학, 1992, 101쪽).

을 산문시라고 단정할 만한 깊이 있는 연구를 보여 주지 못했다. 이것
은 그의 비평 태도에서 종종 보이는 한계이기도 하다. 이는 자신의 직
관적 비평 태도가 빚어낸 송욱 특유의 독선과 아집의 태도라고 하겠
다.

송욱은『님의 沈默』을 연구하면서 만해의 시작이 산문시의 형식 속
에 사회와 역사를 용해시킨 점을 주목했다. 그러나 송욱은『詩學評傳』
에서 산문시 형식으로 단지 네 작품(「당신을 보았습니다」,「오서요」,
「秘密」,「讚頌」 등)만을 평설하고 있을 뿐이다. 중요한 것은 송욱의
『님의 沈默-全篇解說』이 "만해에 대한 崇拜心의 露出과 佛敎理論의 一
方的 適用으로 인해 만해 詩를 불교적인 目的詩로 규정하게 됨"[173]으로
써 만해에 대한 사회와 역사에 대한 폭넓은 내용을 담은 산문시라는
구체적인 비평 작업을 몇 작품 외에는 이루지 못했다는 점이다. 적어
도 송욱은 시집『님의 沈默』에서 사회와 역사에 대한 의미를 밝혀야
함에도 불구하고, 이에 대한 치밀한 분석을 하지 않았다. 그렇기 때문
에 송욱의 만해 연구가 만해의 가치를 평가한 점과 일치하지 않는 한
계점을 노출시켰다. 나아가서 산문시 형식에 대한 자신의 시 창작 태

---

173) 김재홍, 앞의 책, 18쪽
   만해 시의 어휘와 그 활용 구조를 본격적으로 연구한 이는 신비평의 이론가인
   이상섭이다. 그는 시집『님의 沈默』89편의 시(〈讀者에게〉)와 시적인 서문(〈군말
   〉)에 대한 용례 색인을 만들었다. 이는 '만해' 연구에 도움이 되고자 하는 소박한
   참고 자료'로 중요성이 있다(이상섭,『님의 침묵의 어휘와 그 활용 구조-용례 색
   인」-, 탐구당, 1984). 비록 참고 자료일 뿐이라 하더라도 불교적인 어휘의 활용
   구조가 아니기 때문에 정작 송욱의 만해 시 분석의 불교적인 원리와는 달리 이상
   섭의 논의는 가치가 있다.
   이상섭과는 달리『님의 沈默』을 하나의 連作詩로 파악하여 연구한 윤재근은 "萬
   海의 詩集『님의 沈默』을 七群으로 나누어 註解한 것은 편의에 따른 것이 아니라
   詩的 人物인 〈나〉의 詩的 行爲가 필연적으로 그 방향을 변화시키는 데 따라 가름
   한 것이다. 萬海詩는 그 사랑의 詩話를 〈님〉과 〈나〉 사이의 이별로 시작해서 만남
   으로 이어지는 因果論的인 詩世界로써 필연적으로 전개시키고 있음을 各詩의 註

도의 일면이 보이지 않는다는 점 또한 그의 한계로 지적할 수 있다.[174]
송욱의 만해 연구가 어떤 의미인지를 탐색하는 것이 본 연구의 부가적
목적인 점을 감안한다면, 산문시 형식인『님의 沈默』에서 사회와 역사
를 파악한 그의 시론을 주목할 차례이다.

그의 시론은 송욱이 산문시 형식의 작품이라고 언급하면서 사회와
역사에 대한 의식을 보여 준 만해의 네 작품 분석에서 추출할 수밖에
없다. 왜냐하면 송욱이 언급한 부분이『님의 沈默』의 전편에 대한 것
일지라도 구체적인 논증은『詩學評傳』에서 네 작품밖에 없기 때문이
다. 우선 송욱이 '사회적, 역사적 정의에 현실을 비추어 보았을 때 느
낄 수 있는 의분의 불기둥'을 본 작품은「당신을 보았습니다」이다. 또
사홍서원(四弘誓願)의 제일서원〔衆生無邊誓願度〕에 따라 무상(無上)

解를 통하여 확인하려고"(윤재근, 앞의 책, 18쪽)한 관점은 송욱의 만해 시 연구
가 경도된 연구임을 확인할 수 있다. 물론 송욱의 만해 연구가 잘못된 것이 아니
라 불교적인 원리에 경도된 것임을 보여 준다는 뜻이다.

여기서 참고할 만한 논의는 임성조의『한용운 시의 禪解的 연구』(연세대 대학원
박사 학위, 1995)이다. 이는『님의 沈默』을 만해의 선 사상의 핵심이 담겨 있는
『十玄談註解』의 내용과 관련하여 선해적 방법으로 고찰하였다. 불교적인 원리로
서 만해 시의 정체를 규명한 논의이다. 이 외에도 불교 지식에 해박한 것을 십분
활용하여 만해 문학을 불교 문학으로 이해하려는 경향이 있다. 이러한 경향을 보
인 연구(임성조, 위의 책, 12쪽의 각주 36에만 임성조의 비판이 해당됨. 또한 본
고의 Ⅱ. 1. 2. 선취와 언어 형태 참고)에 대해서 "문학 연구 자체로는 적지 않은
문제점을 내포하고 있다(임성조, 앞의 책, 12쪽)"고 하여 그의 논의를 전개했다.
여기서 한종만(「한용운의 〈十玄談註解〉에서 본 眞理觀과 禪論」,『한용운 사상 연
구』, 1981. 9, 민족사), 최원규의 논의(『한국 근대시에 나타난 불교적 영향에 관
한 연구-고유적 사유의 전통을 중심으로-』, 충남대 대학원 박사 학위, 1975)에서
도 만해의 시 세계를 선해적 방법으로 논의한 앞선 연구가 있음을 임성조는 간과
한 것 같다. 임성조는『十玄談註解』의 내용 구성에 따라『님의 沈默』을 체계적으
로 대응시켜 해석하고 있는 데 비해 최원규는 한국 근대시의 정신사적인 내용의
일면인 불교적인 영향의 측면에서 하나의 고유한 사유의 전통을 모색하기 위해
『님의 沈默』을『十玄談註解』의 내용과 관련하여 연구했으나 불교 이론의 깊이 있
는 천착이 부족한 것으로 받아들여진다.

의 불도(佛道)에 다다르는 길과 우리 민족을 일제로부터 해방·독립
시키고 구제하는 길은 꼭 같은 것이라는 관점을 보여 준 작품이 「오서
요」이다. 물론 여기서 일방적인 불교의 원리를 설명한 것이 아니라 불
교적인 원리에 따른다 하더라도 타고르와는 사회와 역사에 대한 변별
되는 점을 송욱이 부각시킨 것이다. 그리고 사색과 명상에 잠겨 생명
의 기쁨을 노래한 타고르와는 달리 만해의 「秘密」, 「讚頌」은 아공(我
空)과 혁명(革命) 속을 자유롭게 갈마들며 민족과 종교와 문학에 몸을
바친다는 관점을 비평하고 있다.

송욱이 말한 산문시 형식에 담긴 네 작품을 한 연 전체 혹은 시 전체
가 산문적인 줄글로 되어 있느냐 혹은 그렇지 않느냐에 따라 판별한다
면, '만해의 시행은 서술적인 장형의 만연체'라고 할 수 있다. 행의 구
분 없이 그냥 계속해서 기술되어 비교적 큰 단위인 각 단락으로써 통
일적으로 구성된 "『님의 沈默』은 대부분이 口語體로 표현"[175]되었기
때문에 산문적인 줄글일 수밖에 없고, 산문적인 줄글이 서술적인 장형
의 만연체가 된 것이다. 그렇다면 본고가 의도하는 것이 송욱 시론인
점을 감안한다면, 송욱의 주체적인 시론은 산문성이라는 점이다. 그래
서 산문성은 민족의 정신 형성과 관련해서는 모국어로, 시적 표현으로
는 낭송하기 알맞도록 된 구어체의 속성으로 된 시집이 바로 『님의 沈
默』이라 할 수 있다. 이는 엘리어트가 리듬의 바탕이 일상어의 회화체
에 있다고 한 점과 무관한 것은 아니다. 그래서 송욱 시론에서 엘리어
트의 영향을 볼 수 있다.

---

174) 정한모는 송욱의 『月精歌』 시집에서 4편의 산문시를 지적하였다. 물론 이는 구체
적인 논증이 뒤따른 것은 아니다. 「自由」, 「안개」, 「白雪의 傳說」, 「개의 理由」 등
이다.
175) 「五. 萬海의 말씨」, 『님의 沈默-全篇解說』, 13쪽.

3. 시질(詩質)의 접근 : 선(禪)의 미학

송욱의 만해에 대한 연구는 산문시라는 형식 속에 사회와 역사에 대한 가치를 평가했다. 이런 평가에 대한 뒷받침되는 논의가 있어야 함에도 불구하고 송욱은 『님의 沈默』을 선사상(禪思想)을 중심으로만 논의했다. 이런 점 때문에 그의 비평 태도가 보인 한계라는 지적을 받을 수 있다.

이 점을 전제하고서야 본고가 의도하는 송욱의 시론적 가치를 찾을 수 있을 것이다. 송욱은 만해의 작품 중 연구의 편의상 『님의 沈默』 88편을 연구 대상으로 제한하였다. 그 이유는 『님의 沈默-全篇解說』의 서문에서 "깨달음의 證驗을 내용으로 한 詩를 證道歌라고 하는데, 詩集 『님의 沈默』은 전체로서 하나의 證道歌를 이루고 있다. 만해가 序文과 跋文을 부쳐서 한 권의 詩集으로서 세상에 내놓은 것도 바로 이 때문이다. 그러므로 나는 만해가 남긴 다른 詩는 다루지 않고, 다만 이 詩集의 내용을 밝히는 데 도움이 되는 것만을 論文에서 언급하였을 뿐이다"고 하였다. 이제 남은 문제는 『님의 沈默』에서 밝힌 선의 방법으로 파악한 내용(주제)이 무엇인가이다.

송욱은 『님의 沈默』을 연구하면서 문학 연구자로서 가장 중요한 원전을 확정하는 원전 비평의 태도를 보여 준다. 원전 비평은 원전 확정의 태도이다. 즉 초판본(匯東書館本, 1926. 5. 20), 재판본(漢城圖書本, 1934. 7. 30) 그리고 해방 후 한성도서본(漢城圖書本, 1950)과 현재 유통본(A. B. C. D 형)을 교정(校正)하여 이를 바탕으로 연구했

---

176) 만해 한용운의 시집 『님의 沈默』이 1926년 匯東書館에서 처음 나온 뒤 이 시집은 현재까지 20여 종(1998년 현재 60여 종 정도)이 출판사를 달리하여 나왔다. 그런데 이 책들이 정도는 다르지만 모두 誤字, 脫字, 行間 띄기 무시, 改惡 등 誤謬가 많은 것으로 드러났다. 이는 출판사의 성실성 혹은 출판 문화 수준이라는 문

다.[176] 그는 이처럼 원전 비평을 한 다음에 만해의 저서에서 밝힌 선의 내용을 『님의 沈默』에 적용하여 선에 맞는 작품을 제시하였다. 『님의 沈默』에 담긴 선의 사상적 측면을 살펴보자. 첫째는 주로 선과 관계가 있는 불교 사상, 둘째는 의정에서 깨달음에 이르는 선의 체험, 셋째는 말과 이미지로서 나타난 시가 그것이다.

송욱이 밝힌 만해 저서에서 인용한 선과 『님의 沈默』의 관계를 요약적으로 제시하면 다음과 같다(Ⅰ. 시집 『님의 沈默』과 禪思想 참고). 이는 송욱의 관점에서 불교적 세계관인 선에 경도되었음을 의미하기 때문에 서양 시론의 비판과 달리 초월적 세계관인 내면 공간이라 할 수 있는 그의 주체적 시론을 실천 비평한 점에서 의의를 가진다.

그리고 『님의 沈默』을 '칼날과 불덩이'라는 이중 구조로서 주로 시의 이미지를 통해서 시의 주제를 밝혔다. 이는 송욱이 밝힌 『님의 沈默』의 세 번째 접근은 말과 이미지로서 나타난 시라는 것이다. 말과 이미지로 이루어진 시를 '칼날과 불덩이'라는 이중 구조로서 만해 시를 파악한 송욱은 "불덩어리와 같은 猛烈함과 서릿발 칼날 같은 차가움이 共存하는 것이 바로 만해에서만 볼 수 있는 이미지며 표현이고, 이야말로 다른 시인에게는 없는 것이다"[177]라고 하였다. 그래서 송욱은 이

제와 함께 학계의 原典研究 소홀이라는 문제점까지를 제기한다는 데서 중대성을 띠고 있다. 萬海思想연구회(회장 金觀鎬)가 지난 1년 간 『님의 沈默』正本을 확정하기 위해 이 시집의 최초 출간 이래 55년 동안 나온 판본 23종을 비교·검토하는 과정에서 이러한 숱한 오류가 발견되었다. …… 가장 오류가 적은 것은 故 송욱 교수가 엮은 『韓龍雲 詩集 님의 沈默 全篇解說』이다. 74년 과학사에서 나온 이 책은 故 宋 교수가 시 한편 한편을 해설했을 뿐만 아니라 原典의 많은 오류까지도 꼼꼼히 바로잡아 놓은 것이다. 최초의 原典批判書로서 뜻이 크다. 그리고 김재홍은 판본별로 어휘를 중심으로 정리하였고(『한용운 문학 연구』, 일지사, 1982), 송욱의 유고 시집을 정리한 김현은 『님의 沈默』에 대해 '참어'와 '찔러서'의 시어 해석 문제를 짚었다(《심상》, 1978. 9).

177) 『님의 沈默-全篇解說』, 410쪽.

를 만해 미학의 독창성이라고 부를 수 있고 대선사의 시학이 지닌 본
질이라 했다. 또 송욱은 『님의 沈黙』이 "지금까지 悟道의 境地는 모두
問答이나 詩의 形式을 빌려 어려운 漢文으로 표현된 것뿐이다. 그러나
만해는 禪宗史上 처음으로 깨달음의 境地를 〈사랑의 詩〉로서 드러내
어서, 누구나 어느 정도는 가까이 할 수 있게"(『님의 沈黙-全篇解説』
의 서문, 2쪽) 했다고 평가했다. 이런 점에서 송욱은 『님의 沈黙』을
'만해가 우리에게 베풀어 준 자비'로까지 극찬했던 것이다.

〈만해 저서에서 인용한 선(禪)과 『님의 沈黙』의 관계〉

禪과 관련된 萬海의 저서	송욱의 관점	『님의 沈黙』의 시제	기 타
「禪과 人生」 (전집 2권, 311면)	禪은 우리 인격 전체에 관계가 있는 동시에 至上의 藝術	「二. 이별은 美의 創造」 「九. 예술가」 「八二. 生의 藝術」 등	
「禪과 人生」 (전집 2권, 312면)	隨流의 衆生性	「六七. 最初의 님」	① 隨流 : 끊임없이 流轉하는 生死를 따른다는 뜻 ② 衆生心 : 衆生이 지니고 있는 法身인 如來藏
※『碧巖錄』권 3 제二十二則, 〈評唱〉 권 1 제十則 〈評唱〉	만해의 시에서 〈疑情〉의 단서를 보여 준 시	「男兒到處是故鄉」 이하 생략	※ 한시
「禪과 人生」 (316면)	見性	「二八. 秘密」	見性 : 자기 마음을 깨닫는 것. 이는 곧 자기가 지닌 佛性을 깨달음 (生佛一如)
※『般若心經』 『維摩經』(390면)	眞空妙有	「四三. 先師의 説法」	眞空 : 참된 공(존재에 어긋나지 않는 공) 妙有 : 가장 훌륭한 존재(공에 어긋나지 않는 존재)
	生命이 자기를 犧牲하면서 無限化하는 경지		구체적 작품이 없음
「精進」 (전집 2권, 333- 335면)	G님의 沈黙 H 번번히 나타나는 희생		구체적 작품이 없음
「나와 너」 (전집 2권, 351면)	불교의 정수인 布施와 忍辱은 〈나와 다른 사람〉 혹은 〈나와 다른 것〉의 관계. 差別과 平等의 관계는 〈님의 沈黙〉에 있어 나와 〈님〉의 관계를 밝히는 단서		구체적 작품이 없음
「静中動」 (전집 2권, 350면)	動卽静 静卽動 → 動静非二 非動非静非静 → 動静非一 ⇒ 만해의 차별과 평등의 관계를 설명		구체적 작품이 없음
『조선불교유신론』 (전집 2권, 104면)	一切唯心	「一. 님의 沈黙」	서양의 논리학과 비교 同一의 原理 / 矛盾의 原理 / 排中의 原理
「文字非文字」 (전집 2권, 304면~305면) → 「가갸날에 대하여」 (전집 1권, 386면)	禪에서 문자를 보고 문자에서 선을 얻는 태도 = 母國語		구체적 작품이 없음

「禪과 自我」 (전집 2권, 320면)	불교에 다다르는 세 가지 인 식 방법 : 教禪兼修	「二二. 슬픔의 三昧」	『님의 沈默』의 내용을 검 토할 때 세 가지 측면 검토

만해 미학의 독창성이라 할 '칼날과 불덩어리'의 이중 구조의 의미는 무엇인가. 물론 송욱은 이를 불교적인 원리로 설명하면서 다의적 의미로 해석하고 있다. 시집 『님의 沈默』의 주제는 알기 쉽게 말하면 〈생명과 희생〉이며, 의정에서 깨달음에 이르는 과정인 선정(禪定)의 체험과 개오(開悟)의 증험을 내용으로 한다. 따라서 이 시집에 나오는 모든 이미지와 표현은 의정의 이미지인 〈불덩이〉와 〈칼날〉을 숨기고 있다고 해설할 때에 비로소 그 뜻과 깊이를 드러낸다. 그렇다면 어떤 측면에서 칼날과 불덩이라는 개념을 설정했는지 짚고 가야 할 것이다.

의정에서 깨달음에 이르는 과정을 사랑의 시라는 형식으로 시집 『님의 沈默』이 표현되었다고 송욱은 파악했는데, 이러한 과정이 생명에서 죽음에 이르는 과정으로 흔히 나타난다는 것이다. 즉 의정(疑情)→과정(過程:생명에서 죽음에 이르는 과정)→깨달음의 경우이다. 여기서 만해는 정(靜)에서 동(動)을 볼 수 있고, 동에서 정을 볼 수 있는 이는 생사에 있어서 자유로운 사람이라는 뜻으로 설명하고 있다. 즉 '나의 죽음(動的, 「三九. 참어주서요」)'과 '님의 죽음(靜的, 「八四. 거문고 탈 때」)'에서처럼 정과 동이 다름이 아니라는 것이다. 이처럼 통합된 지점이 '죽음이 만능'이라는 것이다. 이를 보여 준 작품이 「八五. 오서요」이다. 여기서 더 나아가 칼날과 불덩이→생사의 자유로움(정과 동과의 관계)→열화(熱火)과 한냉(寒冷)의 공존으로 자재(自在)로움까지 연결시켰다. 열화와 한냉의 이미지를 보여 준 작품이 「三四. 님의 손길」, 「六四. 눈물」, 「二. 이별은 美의 創造」 등이다. 또한 칼과 불덩이의 이미지가 「一○. 이별」에서는 꽃(이별)과 칼(주검)로 변하여 얻게 된 깨달음은 이별의 눈물로 표현된다는 것이다.

송욱은 만해 시가 의정에서 깨달음의 과정인 선종(禪宗)을 시와 이미지로 표현되었다고 하였다. 그렇다면 만해 시는 사회와 민족의 문제를 고민한 저항 시인으로 칭송되지 못했을 것이다. 이러한 깨달음이 바로 사회적, 정치적으로까지 확산되어 표현되었기에 만해 시는 민족 시사에서 주목받게 된 것이다. 송욱은 의정이 남과 나의 관계로서 사회적으로 혹은 정치적으로 표현되어 몹시 감동을 주는 작품으로 「三六. 당신을 보았읍니다」라는 작품을 분석했다. 즉 만해가 선을 규정하여 〈희생을 통한 자아의 무한화〉라고 할 때에, 그 〈무한화〉 속에는 자아의 역사화 혹은 혁명화까지도 포함되었음을 강조한 것이다. 여기서 만해 시가 선의 깨달음이 모국어의 시로, 모국어의 시에서 사회와 역사를 확대시키는 태도를 보여 준 것이다. 송욱은 바로 만해의 시가 의정→과정:나와 사회와 역사의 관계→깨달음을 보여 준 시집이라는 것이다. 이처럼 송욱은 사회와 역사의 관계를 선의 원리로 대부분 비평하였다.

「五二. 論介의 愛人이 되야서 그의 廟에」에서는 〈黃金의 칼〉이 민족을 위하여 목숨을 바친 논개의 정신이라 한다면, 〈옥(獄)에 묻힌 썩은 칼〉은 학정에 시달려 죽게 된 민족의 정기라는 역사화의 의미를 이끌어내고 있다. 그리고 칼날이 「五二. 論介의 愛人이 되야서 그의 廟에」에서는 〈바늘과 가시〉로 변한다고 하였다. 여기서 칼날이 〈바늘과 가시〉로만 머무는 것이 아니라 나아가 의정에서 깨달음에 이르는 과정이 〈키쓰〉, 〈입술〉, 〈微笑〉, 그리고 〈알몸〉까지 상징된다는 것이다. 〈키쓰〉, 〈입술〉 등과 같은 관능적인 표현이 오히려 부처님과 중생이 하나라는 생불 일여라는 신념의 표현이라는 것이 또한 송욱의 주장이다.[178] 또한 「四九. 참말인가요」에서는 불덩어리가 〈당신〉 혹은 〈님〉을 대할 때에는 〈생명의 꽃가지〉로 변하지만, 원수를 만나면은 〈피와 더운 눈물〉이 된다는 것이다.

송욱은 만해 미학을 다음과 같이 평가하고 있다.

> 지금까지 우리는 불덩어리와 칼날이라는 疑情의 象徵이, 여러 가지로 변하
> 면서 강렬하고도 놀라운 이마쥬를 빚어내는 거의 모든 구절을 살펴보았다. 그
> 리고 이러한 구절은 보통 우리가 이해하기 곤란한 것이지만, 알고 보면, 바로
> 만해의 獨創性을 가장 훌륭하게 드러내는 것이기 때문에, 오히려 매우 귀중한
> 보배가 아닐 수 없다. 우리는 그러한 놀라운 이마쥬에서 만해의 美學이 禪에서
> 비롯했지만, 그것을 훨씬 普遍化하고 확대한 사실을 알아차릴 수 있는 까닭이
> 다(『님의 沈默-全篇解說』, 420쪽).

위의 인용에서 송욱은 만해의 미학이 선에서 비롯되었다는 점과 이 미학이 선이라는 까다로운 화두를 시로 보편화시켰다는 것이다. 그래서 송욱은 만해 시가 한국 선시 사상 시로서 중생에게 자비를 베풀었다고 평가한 것이다.

만해에 대한 기존 연구자들의 '님'의 정체성에 대한 논의가 많았지만, 이들은 '님'이 왜 침묵하는가에 대한 근본적인 문제의 접근이 부족했다. 송욱은 이미 그의 『님의 沈默-全篇解說』에서 의미 있는 해석을 내리고 있다. 『님의 沈默』이 시제인 까닭은 깨달음이란 모두 말로써 표현할 수 없는 까닭이라는 것이다. 즉 님이 침묵하는 이유는 깨닫기 위해서 침묵한다는 것이다. 무엇을 깨닫기 위해서인가? 의정에서 깨달음의 과정을 표현한 시가 시집 『님의 沈默』이라고 송욱은 말했는데 깨달음은 도대체 무엇인가? 그런데 송욱은 그 깨달음을 모두 말로 표현할 수 없다고 했다. 여기서 침묵에 관한 이미지의 표현을 통해서 깨달음의 의미를 찾아야 할 것이다. 그래서 송욱은 시집 『님의 沈默』에서 침묵과 관련된 이미지를 찾아 정리하였다. 즉 침묵의 이미지를

---

178) 송욱은 만해 연구에 몰두했기 때문에 만해의 관능적 표현이 그의 시에서 성유화
　　라는 시적 장치를 낳게 한 영향으로 볼 수 있다.

'침묵의 音譜, 비와 침묵, 금강산의 침묵, 계월향의 침묵, 소리와 침묵'
등으로 정리했다. 이는 님의 침묵이 갖는 다의적인 의미를 표현한 것이
다. 이런 다의적인 의미가 역시 구체적인 의미까지 드러내지 못하기 때
문에 깨달음이란 비밀일 수밖에 없다는 것이 송욱의 주장이다. 그래서
송욱은 만해의 시에 〈숨는다〉, 〈가린다〉는 표현이 잦다(「二八, 秘密」)
는 것이다.

송욱은 만해의 깨달음이 비밀을 간직하지만 깨달음의 과정을 수놓는
일에 비유하여 '연잎의 옷, 별을 수놓음, 연꽃의 옷' 등으로 표현되기
도 한다고 하였다. 이처럼 침묵의 정체는 깨닫기 위해서인데, 그 깨달
음이란 비밀이기 때문에 좀처럼 깨달음의 의미를 해석해 내기 어렵다.
그 이유인즉 만해가 시에서 표현할 수 없는 선을 보고, 선에서 표현할
수 있는 시를 얻으려고 할 때에 『님의 沈默』을 해석할 수 있기 때문이
라는 것이다. 송욱은 선과 시에 공통된 요소는 의정의 표현인 이미지
뿐이기 때문에 만해의 침묵에 관련된 의미는 이미지뿐이라 하였다. 그
렇기 때문에 송욱은 만해 연구에서 만해는 깨달음을 침묵 혹은 비밀이
라고 말하거나, 지극히 평범하게 〈봄〉, 〈꽃〉 등(의 이미지로:연구자 덧
붙임)으로 표현했다는 것이다.

송욱은 『님의 沈默』을 다음과 같이 평가하고 있다.

> 禪은 西洋에는 없을 뿐더러, 흔히 만해와 비교되는 타고르도 알지 못하는 것
> 이다. 禪은 고래로 中國, 韓國, 日本에만 있었다. 나는 二十世紀에 中國과 日本
> 에서 만해와 같은 大禪師가 있었다는 사실을 모른다. 하물며 현대의 母國語로
> 서 하나의 詩集을 證道歌로 채운 大禪師에 있어서랴! 또한 古來로 東洋에서도
> 禪宗史上 〈사랑의 證道歌〉가 없었던 것은 두말할 여지조차 없다.
>
> 그러므로 우리는 어쩔 수 없이 이렇게 결론을 내리게 된다. 詩集 『님의 沈
> 默』은 지금까지 世界에서 오직 한 권밖에 없는 〈사랑의 證道歌〉에 틀림없다고.
> 그리고 이러한 결론이 지닌 뜻에 대하여 우리 민족은 누구나 영원히 생각하고

또 생각하게 되리라. 또한 이 때문에 이 詩集은 장차도 文學史는 물론, 우리 思
想史에 있어서도 大乘禪의 눈부신 표현으로서 확고한 지위를 항시 차지하고도
남음이 있으리라(『님의 沈默-全篇解說』, 443~444쪽).

위와 같은 송욱의 평가가 구체적이고 논리적 분석을 가하지 못했
다는 한계점에도 불구하고 만해에 대한 문학 연구는 한국 문학사에
서 의미 심장함을 인정하지 않을 수 없다. 여기서 그의 시작 태도와
관련을 지어 본다면, '사랑의 증도가'라는 의미를 '海印戀歌'로 명
명한 그의 시제의 의미를 다소 짐작할 수 있을 것이다. '해인'을 불
교적인 의미로 이해하고 '연가'를 사랑의 시로 구분 짓는다면, 「海
印戀歌」의 시작 태도와 그의 시론에 불교적 선의 가치를 지향한다
는 것을 알 수 있다. 또한 한국 문학에서 선의 사상적 맥락을 찾았다
는 점에서도 송욱의 만해 연구는 의미를 지닌다. 송욱이 말하는 문
학 사상은 바로 『님의 沈默』의 연구를 통해서 얻은 침묵과도 같은
깨달음, 그 깨달음이란 '대승선(大乘禪)의 눈부신 표현'이다. 여기
서 송욱의 주체적 시론의 시질(詩質)이 선의 미학이라는 것이라는
알 수 있다.

송욱은 문학을 연구하면서 선이라는 전통과 사상을 찾는데 골몰했
다. 그래서 송욱이 말하는 문학 전통의 의미를 살펴볼 필요성이 있다.
20세기 유럽의 대표적 시인인 엘리어트와 한국 시문학사에서 만해를
비교한 관점에서 문학 전통을 추출해 볼 수 있을 것이다. 엘리어트의
전통이 '궁극적으로 기독교 서구 문명의 전통'[179]인 것처럼 송욱이 말
하고자 한 전통은 바로 불교의 대승선임을 알 수 있다. 그리고 엘리어
트의 유명한 평문인 「전통과 개인의 재능」에서 전통이 "호메로우스로

179) Grant Webster(정태진 편역), 앞의 책, 41쪽.

부터 로마 시대의 고전 문학, 단테, 말로우, 셰익스피어 및 17세기 초의 영국의 극작가들과 형이상학파 시, 19세기 말엽의 프랑스 상징파 시인들"[180]이라면 그에게 있어 전통은 황진이 시조 몇 수와 김소월의 시 몇 수, 정지용의 시 몇 수 그리고 한용운의 『님의 沈默』 등이다. 또한 엘리어트가 말한 "전통의 시간적 계속성의 개념보다는 그에게 바람직하다고, 실감되는 선대의 창작의 주제와 방법"[181]이라고 한다면 그에게 있어 선의 주제와 산문시의 방법이라 할 수 있다. 이를 좀더 확대 해석하자면, 대승선의 경지를 표현해야 한다는 것이 송욱의 문학 사상이라 할 수 있다.

만해 시를 연구하면서 송욱은 자신이 말한 비평의 기능을 가장 잘 실천한 비평가이다.[182] 즉 『님의 沈默』을 정리, 평가하고 독자들이 쉽게 이해하기 힘든 작품을 분석했다는 점이다. 그러나 송욱이 그토록 현대시의 운명을 리듬 의식에 두었는데 만해의 리듬에 관한 연구를 밝히지 않은 점이 의문으로 남는다.[183] 또한 시형에서 산문성에 대한 구체적인 논증이 없다는 점도 송욱의 만해 연구에 나타난 한계라 할 수 있다.

88편을 선과 관련된 치밀한 분석임을 염두에 둔다면, 송욱의 선시론 (禪詩論)이라 할 수 있는 시론의 가능성을 볼 수 있다. 송욱이 보여 준 '선에서 문자를 보고 문자에서 선을 보는' 비평 과정에서 그의 선시론

---

180) 위의 책, 18쪽.
181) 이상섭, 앞의 책, 18쪽.
182) 송욱은 비평의 기능에 대해서 세 가지의 생각을 가지고 있다. 이를 간략히 정리하면, ① 문학 비평이란 작가, 시인의 작품을 정리, 평가 ② 시인, 작가 그리고 독자 사이의 이해를 북돋아 주는 구실 ③ 문학 비평을 적극적 구실-새로운 작가와 시인이 나타날 수 있는 배경과 분위기를 마련, 새로운 작품(문예 사조)에 공명하는 독자를 양산함(『文物의 打作』, 57쪽).

의 모색 과정이 드러났다. 또한 후대 학자들에 의해 『님의 沈默』의 연구가 송욱의 연구를 바탕으로 이루어진 점을 상기할 때, 그의 연구 가치는 더욱 주목에 값하는 것이라 할 수 있다.

---

183) 만해 운율에 대한 논의를 자유시적 형식을 정착한 점으로 인식한 한계전(「자유시에 대한 인식의 발전」, 『한국 현대 시론사 연구』, 1998, 59~61쪽)은 "그의 자유시는 기존의 정형화된 전통적 운율에서 상당히 자유시 쪽으로 옮겨온 듯하다. 대체로 만해 시의 형태는 연 구분이 뚜렷하고, 한 행이 상당히 긴 호흡으로 되어 있는 것이 특징이다. …… 만해는 시행을 구성함에 있어 적절한 연음 표기 방식(윤재근, 「만해 시의 운율적 시상」, 《현대문학》, 1983, 3 참고)을 취하고 있다. 그리하여 일견 무질서하고 산만하게 보이는 (위: 알 수 없어요) 시행도 만해가 구성해 놓은 운율 체계에 따라 율독해 보면, 거기에는 묘한 리듬감이 존재함을 알 수 있다."
  만해 시의 운율에 대한 중요 참고 논의는, 윤재근(「2. (2) 詩韻律의 造形」, 앞의 책, 431~458쪽)의 책 참고.

Ⅳ. 시 창작과 주체적 시론의 접목과 거리

시 창작과 주체적 시론의 접목과 거리

　송욱은 김소월의 시론인 「詩魂」을 비판하면서 김소월이 비평 의식의 결여로 인해서 작품도 성숙하지 못했다는 평가를 했다. 또한 김기림의 모더니즘 시론 이해와 시 창작의 거리도 신랄하게 비판했다. 그렇다면 송욱의 비평에서 나타난 비평 의식의 소산인 시론과 시 창작의 관계도 관심을 가질 필요성이 있다. 송욱이 시 창작과 시론의 영향 관계를 직접적으로 언급하지는 않았다. 그래서 송욱의 시 창작과 시론의 영향 관계가 나타난 비평서의 내용을 검토할 필요성이 있다. 물론 이는 앞에서 연구자가 밝힌 송욱 시 세계와의 관계를 염두에 두고 있음을 전제로 한다. 우선 송욱이 시론에 대해서 어떤 고민을 했는지 인용하면 다음과 같다.

　　여기서 우리는 어쩔 수 없게 또 하나의 懷疑에 잠기게 된다. 자기의 여러 작품
　　을 꿰뚫는 一貫性은 없는 것인가? 또한 東西古今의 여러 작품을 比較하고 評價
　　할 때에 그 基準은 무엇인가? 이러한 의문을 느끼게 되는 까닭이다…… 이와 같

이, 創作과 批評에서 우리가 느끼는 의문은, 우리가 글을 쓰는 사람으로서 자신
의 行爲와 存在의 바탕에 관해서 지니는 문제와 연결되어 있음을 생각할 때, 이
는 곧 하나의 哲學的 懷疑로 그 모습을 바꾸게 된다(『文學評傳』, 220~221쪽).

작품을 꿰뚫은 일관성이 무엇인지를 검토하는 것은 송욱이 말한 창
작과 비평에 관한 철학적 회의를 해결할 수 있는 실마리를 찾는 행위
가 된다. 따라서 송욱의 시론을 검토하여 그가 말한 비평의 일관성 혹
은 기준이 무엇인지 검토하고자 한다.

송욱은 시 창작을 위하여 외국시와 시론을 연구하였다. "문학 연구
는 창작과 비평을 직접 도와 주는 것이기 때문"[1]이라는 그의 문학 연
구 태도에서도 시와 시론의 상관 관계가 있음을 알 수 있다. 송욱은 시
가 시론보다 넓은 것이며, 시를 빚어내는 창조적 노력은 논리나 과학
적 합리성을 뛰어넘는다는 생각을 했다. 그런데 시론에 관심을 가지게
된 것은, "시작을 계속해서 온 지 십 년 남짓한 세월이 흘렀으니, 이제
시론을 통해서 한번쯤 자기를 골고루 챙겨 보는 것도 어떠할까—이것이
우선 시론을 써 보려는 이유가 될지도 모른다"[2]고 하였다. 송욱은 시
창작을 위한 시론 연구가 자신을 챙기는 일임을 자각한 것이다. 이는
송욱의 시 창작 의식과 시론이 어느 정도 상관성을 가지고 있음을 짐
작할 수 있다.

송욱 시와 시론의 상관 관계를 검토할 때, 영문학에 관한 그의 이해
를 주목해야 한다. 왜냐하면 송욱이 영문학에 관심을 가지고 있었기
때문이다. "나는 처음부터 영문학 자체를 위해 영문학을 공부해 보겠
다는 생각은 전혀 없었고, 근본 목적은 한국말로 시를 쓰는 데 도움을
얻기 위한 것이었다"[3]고 했다. 그렇지만 "外國의 詩論을 이것 저것 읽

---

1) 『詩學評傳』, 222쪽.
2) 위의 책, 1쪽.
3) 『文物의 打作』, 69쪽.

어 보아도 우리말로 작품을 쓰는 데 그리 도움이 되지 않는다"[4]고 할
만큼 부정적이었다.

> 外國의 詩論과 우리말로써 詩를 쓰는 행동 사이에는 또 하나의 엄청난 거리
> 가 가로질러 있다. 그 詩論이란 文化傳統이 다르고 言語가 다른 그 나라의 文
> 化背景을 바탕으로 하여, 주로 자기 나라의 詩文學을 대상으로 삼고 이룩된 것
> 이다. 따라서 그것이 한국 시인에게 곧 쓸모 있는 구실을 하기에는 매우 드문
> 노릇이다. 이렇게 살펴보면 外國의 詩論이 우리에게 대하여는 오히려 三重의
> 間隔을 두고 있다고 해도 좋으리라(『詩學評傳』, 1쪽).

송욱은 외국 시론의 수용과 시 창작 사이에 상당한 거리가 있다는
것을 생각했다. 그 거리는 시론과 시 창작 사이에 '이중의 간격'이 내
재하기 때문에 생긴다. 그 이중의 간격이 생긴 이유는 우선, '시인의
시 작품과 그의 시론 사이에 반드시 있게 되는 거리-마치 경험과 이론
이 동안 뜨는 것처럼', 또 하나의 간격은 '이보다 앞서 작자의 의도와
완성된 작품 사이가 이미 동떨어지게 되는 사실이다' 는 것이다. 이런
간격을 절감했기 때문에 송욱은 외국 시론의 수용에 있어 주체적 시론
을 전개하려고 노력했다. 시론이라는 것은 자기 나라의 시문학을 대상
으로 삼고 이룩된 것이다. 그래서 우리 나라 시문학에 쓸모 있는 시론
을 찾는 송욱의 비평 태도에서 그의 주체적 시론을 모색할 수 있다. 그
의 시 창작과 외국 시론 비판을 통해서 표출된 주체적 시론이 어떤 관
련성이 있는지를 검토할 필요성이 있다.

외국의 시론과 우리 말로써 시를 쓰는 행동 사이에는 하나의 엄청난
거리가 있기에 한국 시인에게 쓸모 있는 시론이 필요함을 송욱은 역설
한 것이다. 그리하여 송욱은 뉴크리티시즘의 수용을 통한 한계와 비판
을 지적하면서 송욱 나름의 내면 공간이라는 정신 세계의 시론을 찾았

---

4)『詩學評傳』, 1쪽.

다. 그리고 엘리어트의 모더니즘을 적극 수용하여 한국 현대시의 모더
니즘 수용론자인 김기림과 정지용을 비판했다. 비판을 통해서 한국시
의 전통과 역사 의식, 리듬과 주제를 자신의 중요한 주체적 시론으로
입론하였다. 또한 서양 시론이라 할 뉴크리티시즘, 모더니즘의 수용,
비판과 달리 그 시론의 정점에 동양 미학인 불교적 선의 수용을 통한
선의 정신 세계, 노장 사상인 무하유향의 세계를 밝혔다. 그리고 송욱
의 시 정신을 담는 용기로써 성유화, 비문서술화, 용사의 패러디화는
독창적인 시형의 패러다임이다. 이는 송욱이 말한 작품의 기준 내지는
일관성을 추구하면서 이룩한 그의 창작과 비평의 방법론이다.

　이제까지 송욱 문학에 대한 연구 결과를 바탕으로 송욱 시에 나타난
창작 태도와 시론 수용이 어떤 관점에서 접목되었으며, 또한 어떤 지
점에서 변용되어 거리를 가지는가를 두 갈래로 나누었다. 첫째는 시의
주제적 측면 혹은 내용적 측면이라 할 시질의 접목과 거리에 관한 것
이고, 둘째는 시의 방법론적 측면인 시형에 관한 접목과 송욱 특유의
시형이라 할 패러다임을 고려하는 것이다.

시질(詩質)의 접목과 거리

1. 선취(禪趣)와 무하유향(無何有鄕)의 내면 공간

송욱은 일제 시대와 전쟁 상황 속에서 새로운 정신 세계를 갈망했다. 이 새로운 정신 세계는 바로 송욱의 문학 세계이다. 이런 문학 세계는 곧 정신 세계의 표상이면서 동시에 한국 시사의 자리 매김에 가늠되는 기준이기도 하다. 그래서 연구자는 송욱의 문학 세계를 탐색하여 시인의 독창성과 초시간적인 보편성을 발견해 내는 노력을 기울였다.

송욱은 황진이 시조 「동짓둘 기나긴 밤」을 뉴크리티시즘의 분석을 통해서 과일의 화학적 성분만 분석하고 과일맛을 모르는 것에 비유하여 뉴크리티시즘이 갖는 한계성을 비판하였다. 그래서 황진이 시조에서 한국시의 진정한 내면 공간의 한 단면을 밝혔다. 이 내면 공간은 「詠半月」을 통해서 '푸른 虛空에 뜬 황진이의 심정'을 표현하는 것이 바로 작품의 내면 공간이라는 것이다. 이처럼 송욱이 말한 내면 공간은 선취와 무하유향의 정신 세계라는 시론과 시 창작으로 접목된다.
선취와 무하유향의 정신 세계는 뉴크리티시즘의 시론 수용과 비판을
통해서 이룩된 시질의 접목이면서 동시에 송욱이 황진이 시조의 비평
을 통해서 모호한 내면 공간의 개념을 직접적으로 보여 준 것이다. 그
렇다면 송욱 시에서 독창성과 초시간적인 보편성의 정신 세계는 무엇
인가. 송욱 시의 독창성과 초시간적인 보편성이란 것은 바로 초월적
세계관인 내면 공간이다.

송욱이 말하는 내면 공간의 시론을 시 창작과의 관련성을 찾는다면,
첫 시집 『誘惑』과 연작 「海印戀歌」에 나타난 선취의 세계와 유고 시집
『詩神의 住所』에 나타난 무하유향의 세계라 할 수 있다. 선취의 세계
는 불교적 정서의 유사 복제 현상이 활기를 띠는 오늘날에 이르기까지
가장 본질적으로 불교와 시의 융합을 성취한 시인인 만해를 송욱이 연
구하면서 이룩한 정신 세계라 할 수 있다. 송욱은 만해를 연구하면서
만해의 시작 태도에 주목하게 된다. 이는 송욱이 『님의 沈默』을 이해
하면서 선에서 시를 보고, 시에서 선을 보아야 한다는 관점에서 그의
시를 이해할 수 있는 한 방법론임을 알 수 있다. 그래서 송욱 시에 나
타난 선취의 세계와 시론의 접목으로 파악할 수 있다.

선취의 내면 공간은 우선 황진이의 시조 「詠半月」을 통해서 밝힌
'신심조차 타락한 진여의 허공, 즉 불교적 내면 공간'이다. 『誘惑』 시
집이 1954년에 출판되었고, 『님의 沈默-全篇解說』이 1974년에 출판
된 것임을 감안한다면 이 사이에 출판하여 주목받은 1961년 『何如之
鄕』 시집의 연작 「海印戀歌」가 놓인다면, 불교에 대한 송욱의 관심이
지속되었음을 알 수 있다. 그리고 송욱의 구체적 시론의 하나인 내면
공간의 의미를 밝히기 위해 『文學評傳』에서 나옹의 한시를 '고승의 득
도한 경지가 반영된 선적 체험의 기록'이라는 평문은 그의 불교적 이
해의 한 단면을 드러내었다는 점도 간과해서는 안 되는 부분이다.

송욱 시는 선취시를 보여 주기 때문에 선시의 관점에서 논의해야 할 것이다. 본고는 첫 시집에서 선취시인 「觀音像 앞에서」, 「僧舞의 춤」, 「生生回轉」을 검토하였다. 이는 현실적인 삶의 고뇌를 불교적인 선의 세계로 노래한 초월적 내면 공간을 보여 준 것이다.

무하유향의 세계는 유고 시집 『詩神의 住所』에서 송욱이 안착하고자 유유자적했던 이태백과 노장적 삶의 자세를 담고 있다. 송욱은 1970 년대에는 세상과 거리를 두고자 했다. 그래서 그는 소요산에 가고자 했고 소요유하고자 했다. '왜 消遙山이 있지 않는가? / 逍遙遊가 있지 않는가?'라고 하면서 인생을 '거닐다 노닐다가 바람(이나) 쐬며 시간(을) 보내'고자 한 것이다. 이것이 바로 장자가 인간 수양으로서 무하유향과 광막야의 경(境)에서 노는 진인(眞人)의 모습이다. 송욱은 이를 닮고자 했다. 이는 현실의 부적응 상태에서 세상의 번거로운 일이 없는 무위 자연의 낙토(樂土)를 찾고자 한 송욱의 시 세계가 바로 장자의 무하유향의 패러디이다.

송욱은 「應帝王」편에서 자연에 인공을 더하므로 불행을 초래하였다는 내용을 패러디하였다. 또한 '너무 지나친 행위를 하여 자기(自己) 목적(目的)을 망쳐 놓은' 사족(蛇足)의 고사를 패러디하기도 하였다. 이처럼 송욱은 동양 정신을 통하여 자신의 초월적 내면 공간을 표현했다. 송욱의 정신 세계는 바로 선취와 무하유향의 광대 무변한 세계를 꿈꾸고 있다. 이는 송욱 시와 시론에서 내면 공간이라는 정신 세계로 접목된 것이다.

2. 현실 비판과 역사 의식의 문제

송욱은 엘리어트 문학론 가운데 전통과 역사 의식에 상당히 경도되었다. 송욱이 영문학과에 다니는 동안 가장 영향을 받고 좋아했던 사

람이 엘리어트였음을 염두에 둔다면, 얼마나 영향을 받았는지 짐작할
수 있을 것이다. 송욱은 엘리어트의 모더니즘 개념으로부터 한국 현대
시의 대표 시인인 김기림과 정지용을 비판했다. 즉 김기림의 전통과
역사 의식의 부재를 비판하였고, 정지용의 리듬과 주제 의식의 한계를
비판했다.

엘리어트에 대한 송욱의 천착은 시 창작과의 접목으로 나타나게 된
다. 이 가운데 김기림의 역사 의식의 비판은『何如之鄕』에서 현실 비
판의 방향으로 시대성과 풍자의 정신으로 표현되었다. "詩로 말하더라
도 우리가 가진 현실적인 복잡한 경험의 모든 면을 어떻게 다루는가
이것이 중요한 과제라 하겠다. 時代精神과 대결하지 못하는 詩文學은
잊어버림을 당해도 당연한 노릇"[5]이다는 송욱의 시 창작 태도에서도
엘리어트의 시대성의 접목을 찾을 수 있다.

엘리어트가 말하는 시의 전통은 역사 감각에 대한 이해를 바탕으로
하고 있다. 즉 그것은 '자신의 세대를 뼈에 사무치도록 느끼는(특수한
상황에서)' 시이며, 나아가 '호오머에서 비롯하여 유럽 문화 전체와
자기 나라 문학 전부가 하나의 동시적 존재이며 하나의 동시적 질서를
이룩한다고 느끼면서 작품을 쓰는' 시가 전통이라는 것이다. '자신이
차지하고 있는 시간상의 위치, 즉 자신의 시대성을 가장 날카롭게 의
식'하는 것이 바로 전통이며, 이러한 전통이 바로 역사 감각이다. 그래
서 당대의 시대성이 전통으로 자리하기 위해서 역사 감각이 필요하다
는 것이다. 송욱 시론의 가치는 한국 비평 문학사에 있어 모더니즘의
기법적 측면만을 강조한 데 대해 역사 감각을 강조한 점에 있다. 여기
에 그의 시론을 주목해야 한다. 이런 시론과 시 창작의 접목은『何如之
鄕』에 뚜렷이 나타난다. 그래서 작품집『何如之鄕』은 모더니스트의 역

---

5)『詩學評傳』, 390쪽.

사 감각을 보여 준 시작이라는 평가가 가능한 것이다. 이는 작품과 그의 시론이 접목되어 일관성을 유지하는 점에서 가치가 있는 것이다. 송욱은 그냥 아름다운 말과 내용으로 된 작품이 훌륭한 작품이 아니라 과거의 훌륭한 걸작과 창작된 작품이 상황 변화를 일으킬 수 있는 작품이 훌륭하다고 주장하였다. 훌륭한 작품은 바로 문학의 전통이다. 그렇다면 과거의 훌륭한 작품의 패러다임으로 꼽을 수 있는 문학 전통과 송욱의 시가 어느 정도 상호 변화가 있는지를 짚어 볼 필요성이 있다. 송욱은 전통과 역사 의식의 문제를 시(론)에서 상당히 큰 문제로 제기해 왔다. 그런 까닭으로 그는 한국 현대시에서 전통의 부재를 지적했기 때문에 그 나름의 문학에서 전통 의식을 수립하기 위해 노력했다. 엘리어트의 전통은 기독교의 서구 문명으로부터 19세기 프랑스 상징파 시인들, 선대의 주제와 창작 방법이라 한다면 송욱에 있어 문학 전통의 확립은 그의 시 창작과 시론을 통해서 확인할 수 있다. 즉 문학에서 엘리어트의 전통에 대응하는 것은, 만해를 통한 불교(대승선)이고, 황진이의 시조, 김소월의 시(「招魂」, 「진달래꽃」), 정지용의 시(「鄕愁」, 「小曲」), 만해의 시(『님의 沈默』) 등이다. 그리고 만해시에 있어 주제(의정에서 깨달음이라는 사랑의 증도가, 황진이의 내면 공간)와 방법(산문시 형식)이라 할 수 있다. 여기에서 송욱의 작품을 통해서 어느 정도 일치한 노력을 보여 주었는지 살펴보면, 그의 시 작품에 있어 불교적 형태(그의 시에 나타난 선취시), 산문시 형태(연작 「何如之鄕」, 「海印戀歌」와 정한모가 선별한 몇 작품) 그리고 작품으로써 보여준 리듬의 문제는 한자음의 독특한 반복이라는 새로운 세계를 개척했다. 그렇다면 송욱이 보여 준 문학에서의 전통 의식은 한국 문학사에서 전통의 한 기점으로 볼 수 있을 것이다.

이제까지 검토한 송욱 시의 〈시질의 접목과 거리〉을 도식화하면 다음과 같다.

〈시질의 접목과 거리〉

시 (집)	외래적 시론 수용	주체적 시론	시 질
『誘惑』 연작「海印戀歌」 『詩神의 住所』	뉴크리티시즘의 구조 분석의 한계 지적	정신 세계(초월적 세 계, 내면의 공간)	선취(禪趣) 선취(禪趣)의 깊이 무하유향(無何有鄕)
연작「何如之鄕」	모더니즘의 전통과 역사 의식	한국시의 전통과 역 사 의식 강조	(한자음의 반복을 통한) 현실 비판

시형(詩形)의 접목과 패러다임

1. 한자음의 반복과 연작

송욱은 현대시의 생명을 리듬이라고 했다. 현대시의 운명을 쥐고 있는 시의 음악성이라는 그의 극단적인 발언이 이를 증명해 준다. 리듬에 대한 시론은 김소월과 김기림, 정지용의 신랄한 비판을 통해서 짐작할 수 있다. 이는 1950~60년대 현대시의 특징이 언어 실험이라고 할 때,[6] 이 언어 실험에 대한 특징을 송욱은 리듬의 변용으로 보여 준다. 엘리어트는 「시의 음악성」에서 일상어에서 리듬을 찾아야 된다고 했지만, 송욱은 한국어의 일상어뿐만 아니라 한자음의 반복이라는 리듬을 보여 주었다.

본고에서는 한자음의 반복이라는 새로운 형태의 리듬으로 변용되었

---

6) 김종길(「실험과 재능」, 『詩論』)은 서정주, 성찬경, 송욱, 전봉건 등을 논하였고, 윤정룡(『1950년대 한국 모더니즘 시 연구』)은 김경린, 박인환, 송욱, 김수영 등의 언어 실험을 논하였다.

음을 연작 「何如之鄕」에서 두드러짐을 밝혔다. 또 하나는 한자음의 위
치 반복을 통한 리듬의 변용으로 나타난다. 송욱 시에 자주 등장하는
한자음 운(韻)의 효과와 음운의 도치는 단순한 말의 결합이나 재치 놀
음으로 떨어지지 않고 의미와의 관련을 갖고 의미 내용을 심화·확대
시키고 있음을 주목해야 할 것이다. 우리의 시가에 압운의 전통이 없
었기 때문에 송욱 시의 형태적 가치성을 주목하는 것이다. 송욱은 리
듬이 변화의 반복이라고 주장했지만, 정작 자신의 창작시에서는 오히
려 한자음의 반복이라는 독특한 의미와 형식 결합을 보여 주고 있다.
"意味와 분리된 詩의 音樂性이란 하나의 추상적인 개념에 불과하다"[7]
는 송욱의 리듬에 대한 인식은 단순한 음상의 결합만을 의미하는 것은
아니라 시대상을 반영한 것이다. 그래서 운의 효과에 그치는 것이 아
니라 사회와 역사의 비판이 곁들여서 시의 형식과 내용의 일치성을 보
여 주는 모습을 송욱에게서 발견할 수 있다. 이는 바로 송욱 시론에서
강조한 리듬에 대한 그의 시 창작의 특징으로 나타난 것이다.

송욱 시와 시론의 영향 관계에서 주목해야 할 또 한 가지는 산문시
의 문제다. 산문시의 용어가 문학적으로 드러난 것은 보들레르에서였
다.[8] 송욱은 이를 주목했고, 더불어 투르게네프, 타고르 등도 산문시
를 썼다는 점에 주목했다. 그래서 송욱 자신도 산문시를 쓰고자 노력
했다. 산문 시형에 대한 창작 의식이 강하게 작용했음을 알 수 있다.

---

7) 『詩學評傳』, 399쪽.
8) 한국에서 산문시적인 형태를 최초로 보인 시가는 18세기 말엽의 사설 시조인데, 그
   것이 이론적 배경을 얻은 것은 1919년 《창조》에 실린 주요한의 「불노리」에서이다.
   18세기 중엽부터 시작된 사대부 사회의 모순에 대한 시적인 반응은 사대부 예술이
   던 시조를 산문화시킨다. ...... 그 사설 시조가 서구라는 변수의 작용을 받아 변모
   한 것이 「불노리」로 대표되는 구어 자유시 운동이다. 「불노리」의 구어 자유시 운동
   은 소설의 자유 연애론과 뚜렷하게 대응하여 일상어의 도입, 감정의 자유로운 토로
   를 주된 내용으로 한다(『김현 전집 3』, 97쪽). ...... 「불노리」 이후, 한국시로서 상

송욱이 스스로 산문시라고 밝힌 작품은 없지만 그의 시에서는 연작 형태로 변용되어 나타났다.

송욱의 산문시에 주목한 것은 정한모와 김현이었다. 김현은 1970년대에 한국 문학을 장시의 빈번한 시도와 산문시의 시적 성공이라는 두 측면을 고려하여 서정주와 더불어 '한국적 리듬 발견에 총력을 기울인 송욱의 산문시 실험'을 주목했다.[9] 김현은 1970년대 산문시의 의미를 서정주와 송욱에게서 찾고자 했다. 그리고 송욱의 산문시는 '주체와 대상과 말이라는 세 개의 철학적 문제'를 주로 다루고 있다고 했다. 산문시의 정신에 해당하는 시질의 차원만 언급했을 뿐, 구체적 논증이 없다는 점이 아쉽다. 그래서 연구자는 산문시에서 장형의 형태를 띤 연작에 주목한 것이다. 시집 『何如之鄕』에는 연작 두 편이 있는데, 「何如之鄕」 연작 12편과 「海印戀歌」 연작 10편이 있다. 송욱이 창작한 모든 시집을 통해서 연작은 두 편밖에 없다. 이 둘은 「何如之鄕」, 「海印戀歌」라는 제목하에 번호를 붙여 연작한 것이다.

송욱이 프랑스 상징주의 시인 보들레르, 인도의 시성인 타고르, 만해의 시가 산문시임에 주목했다. 보들레르와 타고르의 시가 산문시가 아니라는 윤재근의 논의에 따르면, 송욱의 구체적 논증이 부족한 점은 그의 비평의 한계이기도 하다. 그럼에도 불구하고 이런 주목은 송욱의 분절 형태의 연작시라는 창작의 변용으로 나타난다. 이 역시 송욱이

당한 감명을 준 대부분의 시는 산문시이다. 이상화, 한용운, 정지용, 이상, 백석, 윤동주, 서정주, 박두진 등의 탁발한 시인들의 대표작이 거의 산문시라는 것은 주목을 요한다(98쪽).

그러나 윤여탁(「〈불노리〉는 최초의 자유시도 산문시도 아니다」, 시와 시학사, 1998. 여름호 200~209쪽 참고)은 "주요한의 「불노리」가 최초의 근대 자유시도 산문시도 아님이, 1910년대의 다른 시인들의 창작적 성과와 주요한 개인의 창작 과정에서 밝혀졌다"고 하였다.

9) 김현, 『김현 전집 3』, 92쪽.

시 창작에 있어 만해 연구와 프랑스 상징주의의 산문시 경향의 변용에 나타난 시형이라 할 수 있다. 특히『님의 沈默』이 연작 형태로 되었다는 백낙청, 윤재근, 김재홍의 논의는 송욱 시의 연작 형태에 영향을 주었다고 판단된다. 타고르의『원정』시집에는 85번까지 번호가 붙여져 있었던 점으로 보아『님의 沈默』또한 88편의 묵시적인 연작 형태로 볼 수 있을 것이다. 그렇다면 송욱 시에서「何如之鄉」,「海印戀歌」라는 제목하에 번호를 붙인 연작 형태는 산문시의 변용으로 이루어졌다고 볼 수 있을 것이다. 산문시에 대한 변용이 바로 분절 형태의 연작 시형으로 접목된 경우이다. 그러나 시집『何如之鄉』이후에는 뚜렷한 산문시 창작 형태는 변화를 보이지 않는다.   ·

2. 시형(詩形)의 패러다임

송욱의 시 창작과 서구 시론 수용을 통한 접목에서 시형의 패러다임이라 할 수 있는 것은 성유화, 비문서술화, 용사의 패러디화이다. 이는 송욱의 모든 시집을 통해 발견할 수 있는 시 창작상의 특징이라 할 수 있다. 이러한 특징을 밝히기 위해 본고는 작품의 주제를 꿰뚫은 일관성을 전제로 지속과 변화 양상을 검토했다. 이 일관성은 바로 송욱이 창작 기법상 확립한 전통이라 할 수 있기 때문이다. 송욱 시 창작 기법의 패러다임을 정리하면 다음과 같다.

1) 성유화(性喻化)

연작「海印戀歌」에서는 선취의 성유화, 시집『月精歌』에서는 자연 탐미의 성유화의 시형을 특징으로 꼽을 수 있다. 선취의 성유화는『誘惑』시집에서부터 출발하여 시집『何如之鄉』에 와서 선취의 깊이로 지속된 한 패러다임이다. 이와 동시에 만해 시를 사랑의 형식을 빌려 표현했다는 그의 연구 관점에서도 상관 관계를 갖는다.

선취의 성유화 표현은 시질에서 선취를 말하는 것이고, 시형에서는 성유화를 의미한다. 송욱이 만해의 『님의 沈默』 전편을 해설하면서 선의 미학으로 규정하여 의정에서 깨달음의 표현을 사랑의 형식을 빌려 노래한 증도가(證道歌)라 하였다. 이는 송욱이 『님의 沈默』을 연구하면서 시집 전체에 나타난 〈키쓰〉, 〈입술〉, 〈알몸〉 나오는 구절을 주목하여 만해가 깨달음의 상징으로서 〈키스〉와 〈입술〉, 그리고 껴안음을 선택한 점에서, 만해시를 결코 관능미나 낭만적인 면만을 보아서는 안 될 일이다. 오히려 만해의 〈키스〉는, 부처님과 중생이 다르지 않고 하나[生佛一如]라고 간파한 데서도 송욱 시에 나타난 관능적 표현은 단순한 것이 아님을 알 수 있다. 즉 만해의 관능적인 표현이 생불 일여의 표현이라면, 송욱 시는 선취라는 성의 관능적 표현을 빌려 존재에 대한 문제로 귀결시키고 있다.

송욱 시는 선취의 성유화에만 머문 것이 아니라 자연 탐미의 성유화까지 진전되었다. 자연 탐미의 내용을 성유화라는 시형의 패러다임으로 송욱 자신의 시 창작의 중요한 요소로 사용하고 있다. 이는 자연에 대한 관념을 새롭게 인식하는 송욱의 표현 수단이다. 그는 현실의 부정적 인식에서 출발했기 때문에 자연(특히 산) 속에 있기를 갈망한다. 이는 송욱이 자연의 아름다움에 흠뻑 취한 상태인 엑스터시(ecstasy)의 상태를 보여 준다. 이러한 황홀감 때문에 송욱은 산에 대한 인식을 새롭게 표현하게 된다. 즉 송욱 시의 표현 방법과 관련된 점은 육화된 실체로 바꾸어 노래하고 있다는 것이다. 우선 첫 시집 『誘惑』에 나타난 육화된 실체로 바꾸어 노래하는 점과는 다름을 지적하고 싶다. 첫 시집 『誘惑』에서 인간 육체에 비유한 관능적인 수사법[性喩化]으로 노래했다면, 『月精歌』의 시집은 자연의 관능적인 묘사로 인해 자연 탐미라는 성유화의 빛을 발하고 있다.

2) 비문서술화(非文敍述化)

시의 형식화, 형태화에 대한 관심은 언어 실험에서 가장 손쉽게 취할 수 있는 창작 방법론이다. 그렇기 때문에 많은 시인들과 비평가들이 관심을 가지고 있다. 의미의 단절과 의미의 증폭을 잉태하는 시어의 실험은 바로 송욱 시의 특징이다. 새로운 글쓰기를 갈망하는 시인에게 비문서술화의 시형은 현대시의 기법적 측면에서 새로움이라 할 수 있다. 특히 비문서술화의 형태는 연작 「何如之鄕 八, 九」에서 잘 보여 준다. 가령 「何如之鄕 八」에서 현실을 '돈과 政黨에 / 경풍일었다.' 그리고 '老人과 賣春婦와 孤兒뿐인' 현실이 사회의 병폐와 비리라는 것을 안다면, '이런 / 法이 / 法이 / 없다'는 주장이다. 이는 바로 시인이 주장하고자 하는 의미를 비문서술화의 기법으로 표현한 것이다.

현실 사회에 대한 풍자뿐만 아니라 역사의 통곡도 송욱은 비문서술화로 다룬다. 즉 '까마귀떼처럼 / 왜놈들이 날라간 뒤라 / 李朝末葉이 / 우수수 진다'는 것에서 지나간 역사의 회고를 통해 그는 '미쳐 / 처 / 미치지 / 치지 / 못해' 스스로 감정의 복받침으로 해서 '못물처럼 / 칠칠넘쳐' 중얼거리는 것으로 비문서술화했다. 또한 민족적 수난에 대해서 이유를 따지듯이 '왜 / 왜 / 왜 / 요(그래요)' 라는 것이며, '할 / 너나 굽힐 / 수 / 없다! / 밖에!' 나 '로 / 리껏 / 되는 / 안되는 / 것이 모두가 없는' 중얼거림의 표현으로 사회와 역사를 풍자하고 있음을 알 수 있다. 자칫 언어도단일 것 같은 시어들을 통해서 숨가쁜 사회와 역사의 현상을 풍자하고 있다. 이는 끝없이 숨막히는 듯한 사회와 역사, 단절이라는 의미로 표현한 고도의 시적 장치가 숨겨져 있음을 알 수 있다. 이러한 풍자는 시인이 갖추어야 할 시대의 의식망이라 할 수 있다.

3) 용사(用事)의 패러디화

송욱은 현대시에서 주제적 측면 못지 않게 기법적 측면에 상당히 관심을 보였다. 그래서 앞에서 검토한 한자음의 반복, 연작의 시 형태는 이러한 기법적 측면을 대표적으로 보여 준 것이다. 또한 시집『誘惑』에서 셰익스피어의 비극적 작품 주인공을 소재화하는 기법을 취한 점, 이와는 달리 한국 설화의 주인공을 소재화하는 변화도 보여 주고 있다. 이는 일종의 소재의 패러디를 통한 갈등의 양상이라 할 수 있다. 물론 이는 서양의 모더니티 지향에서 한국 문학의 전통성 확보라는 갈등을 보여 준 것이다. 특히 송욱 시에 주목되는 것은 한시의 용사를 통해서 패러디하는 기법의 독창성에 있다. 한시 비평 중에 원류 비평이 있다. 즉 패러디의 원전 작품(source-text)과 패러디한 작품(parodied-text)의 관계를 따지는 패러디 비평이다.[10] 이는 한시론 가운데 용사론의 환골탈태론(換骨奪胎論)과의 관련성을 짚어 볼 수 있다. 환골 탈태론의 한 형태인 환골법(換骨法)은 특정 작품의 시상을 그대로 두고 다른 어휘를 사용하는 방법, 즉 동일한 통사 구조에 어휘만 바꾸어 놓은 것이다.[11] 본

---

10) 강명관,「고전 시학과 패러디, 한시 비평을 중심으로」,『한국 현대시와 패러디』, 현대미학사, 1996, 286쪽.

11) 송나라의 황산곡으로부터 전수 받은 이인로의 '換骨奪胎論'은 상당히 주목된다. 그래서 이를 인용하면 다음과 같다. "黃庭堅의 전례에 따라 이인로도 換骨奪胎를 거론했는데, 의도한 바는 조금 다르다. 황정견은 詩意는 무궁하다면서 시로써 나타낼 수 있는 바는 얼마든지 있지만 시 짓는 사람의 재주가 모자라기 때문에 함부로 지으면 공교로운 표현을 얻지 못하므로 고전의 규범을 익혀 활용할 필요가 있다고 했다. 그러므로 환골탈태에 의해 용사를 하는 것이 권장할 만한 창작 방법이다. …… 그런데 이인로는 황정견이 말한 함부로 시도한 조잡한 독창을, 묘한 표현까지 갖춘 독창으로 대치해서 가치의 서열이 달라지게 했다. 어찌 보면 황정견보다 앞서서 독창을 더욱 존중한 것 같다. 그러나 이인로는 황정견을 모범으로 해서 시 짓는 지혜를 터득했다고 했다."(조동일,「13세기 詩論에서 문제된 心과 物」,『문학사와 철학사의 관련 양상』, 한샘, 1992, 19쪽).

고에서는 송욱이 이태백 시의 시상을 빌려 와 창작을 한 탈태법(奪胎法)의 경우가 이에 속한다는 전제에서 검토하였다.[12] 그래서 송욱 시 창작의 방법적 미학인 용사의 패러디가 원전에서 target-text (ㄱ), (ㄴ), (ㄷ)으로 점차 행과 연, 그리고 주제를 확대해 가는 독특한 형태를 가진다는 사실을 보여 주었다. 지금까지 검토한 송욱 시의 〈시형의 접목〉을 도식화하면 다음과 같다.

〈시형의 접목〉

시 (집)	수용 시론	시 형식의 변용
연작 「海印戀歌」	상징주의 / 모더니즘의 리듬 수용	리듬의 수용과 변용 : 한자음의 반복
연작 「海印戀歌」	만해 시와 보들레르 등의 시에서 산문시 형태	산문시 수용과 변용 : 연작 형태
Target -text (ㄱ), (ㄴ), (ㄷ)	한시론과 서구의 현대시론	용사의 패러디화 (주체적 시론)

12) 이러한 기법은 현대시에서도 발견할 수 있다. 예를 들면 김춘수 「꽃」과 장정일 「라디오같이 사랑을 끄고 켤 수 있다면」 등이다. 그리고 탈태법은 '시상 자체만을 빌려 오는 것'이다. 탈태법으로 볼 수 있는 작품으로는 널리 알려진 소월의 「예전엔 미처 몰랐어요」와 송욱의 「달을 디딘다(『月精歌』, 113쪽)」, 원효의 「一體惟心造」와 관련된 《惟心》지 창간호에 실린 만해의 권두시 「心」, 박상배의 「戱詩-원효 日記」, 이방원과 정몽주의 「何如歌」와 「丹心歌」의 패러디인 박상배의 「어따리」, 「프로메테우스 신화」와 「龜兎之說」의 「간(肝)」을 패러디한 윤동주의 「肝」 등이다.
    박상배의 불교적 차원과 달리 마태복음 5장(3~12)을 시화한 윤동주의 「八福」이나 처용, 바리데기 무가를 시화한 작품들도 종교적인 차원에서 본고의 방법론으로 접근해 볼 만하다고 판단된다. 그리고 박상배의 시는 또 다른 입장에서 고려해 볼 만한 작품이다. 김준오의 논의를 참고하면, "그의 시는 패러디 시다. ...... 연작시 「잠언집」과 「戱詩」는 제목부터 전통 장르 내지 기존 장르들을 패러디한 것이며 「풀잎頌」은 자연 예찬의 테마와는 전연 무관한, 제재 선택의 패러디다. 조선조 후기 김삿갓의 희시가 전통 한시의 패러디 시이듯이 언어 골계를 구사한 그의 시 문체도 패러디화에 기여하고 있다(김준오, 「패러디 시와 희극적 거리」, 『잠언집』, 세계사, 1994, 108쪽).

V. 결 론

결 론

송욱은 전후 한국 현대시와 시론의 새로운 가능성을 확대했다. 즉 시의 내용과 형식을 미학의 차원으로 끌어 올렸으며, 시론을 학문적 차원으로 상승시키는 데 이바지하였다. 그의 시가 보여 준 내용의 미학적 변모는 '현실의 비극적 인식(수용)→현실 비판→사회 현실의 이탈로 자연 추구→정신적 정점을 찾은 동양 정신에 나타난 초월 지향의 세계'로 나타난다. 모두 5권의 시집을 통해서 1950년대 전후의 비극적 인식을 보여 주었고, 1960년대 타락한 시대상과 사회를 비판하는 데 있어 독특한 방법적인 미학을 보여 주었다. 그 방법적인 미학은 '도발적인 시어 혁명'이라 할 수 있다. 즉 그는 한자음의 반복을 통한 시대성 비판과 비문서술의 표현으로 날카로운 풍자성을 보여 준 것이다. 또한 송욱은 시어에 있어 내면성(정신성)의 심화를 보여 주었다. 그리고 초월적 세계를 담는데 동양 정신의 패러디화라는 새로운 미학을 시도하였다. 이는 송욱 시가 갖는 전후 시사에 있어 독자적인 의의라 할 수 있다.

　송욱 시의 내용과 형식적 미학을 시집별로 나누어 시 세계의 지속과
변화 양상의 특징을 정리하면 다음과 같다.

　첫째, 『誘惑』은 1950년대의 현실을 시로 수용하였고, 동시에 현실의
길항(拮抗)으로 강렬한 생명 의식 앙양이라는 축을 구축하였다. 나아
가 정신적 지향의 한 방법론인 선취의 세계를 보여 주었다. 선취의 세
계는 이후 『何如之鄕』과 『님의 沈默-全篇解說』에까지 이어지는 지속
성을 보여 준다.

　둘째, 『何如之鄕』에서 보여 준 1960년대 타락한 사회 현실에 대한
그의 비판적 시 세계는 단순히 시어의 날카로움에 그치는 것이 아니라
한자음의 독특한 반복이라는 시적 장치와 동시에 언어도단처럼 보이
는 비문서술이 가지는 사회, 역사에 대한 풍자성을 보여 주었다. 그리
고 『誘惑』 시집에서 이어진 선취의 세계는 『何如之鄕』에서는 진일보하
여 관능적 표현의 선취라는 미학적 장치인 성유화를 보여 주었다. 이
는 한국 시사에서 송욱이 가지는 하나의 뚜렷한 변별점임을 부정하기
어려울 것이다. 이것이 송욱 시의 시사적 의의라 할 수 있다.

　셋째, 『月精歌』는 사회 비판의 한계를 노정시켰으나 그의 또 다른 시
적 고뇌인 자연 추구를 엿볼 수 있다. 즉 『何如之鄕』에서 보여 준 독특
한 미학적 방법으로 비판한 사회 현실을 이탈하여 관능적인 자연 탐미
의 세계에 몰입함으로써 산을 주제로 한 자연시의 한 면모를 한국 시
사에 제공한 것으로 판단된다.

　넷째, 『詩神의 住所』는 현상적 인식을 넘어서서 사상적 고민을 보여
준 사상서의 성격을 지닌다. 1950년대 사회 현실의 수용과 60년대 사
회 비판에서 70년대의 사회 현실을 이탈하여 자연 탐미의 몰입을 거쳐
궁극적으로 정신적인 지향점을 찾는 데 『詩神의 住所』가 놓인다. 그
정신적 지향점은 동양정신의 무하유향(無何有鄕)의 세계를 용사의 패
러디화라는 독특한 시작 태도로 보여 준다. 또한 그의 독특한 언어 실

험(시집『何如之鄕』)이『詩神의 住所』에서 소멸되는 아쉬움은 남지만 '말의 가치'에 대한 사상적 고민이 깔린 시의 사상집이라는 점에서 한국 시인에게서는 찾기 드문 특징이라고 하겠다. 이는 만해의 모국어에 대한 영향일지라도 송욱 나름의 모국어에 대한 사랑의 표현을 실천한 것이다.

그러나 송욱 시가 지닌 아쉬움도 적지 않다. 송욱은 시 창작에 도움을 얻고자 외국 문학론을 공부했지만, 정작 그가 외국 문학론의 압력과 영향에서 벗어나 한국어가 갖는 특징을 시 속에 제대로 살리지 못한 것으로 보인다. 즉 시집『何如之鄕』의 경우처럼 우리 시가 아니라 영시의 영향을 받은 시를 창작했다는 점이다. 그리고『詩神의 住所』가 송욱 시작의 사상집이라 한다면 긍정적 평가를 가질 수 있으나 송욱 시의 특징인 사회 비판과 언어 실험이 소멸되었다는 아쉬움이 남는다.

한편 송욱 시론의 의의를 정리하면 다음과 같다.

첫째, 송욱은 서구 문학론의 수용과 비판을 주체적으로 소화하고자 했다. 즉 주체적 비평 의식을 가진 시론을 모색하고자 노력했다.

둘째, 학문을 바탕으로 한 체계적인 실제 비평의 성과는 이후 비평가들에게 모범이 되었다. 특히 황진이 시의 분석은 뛰어난 실제 비평의 한 예다.

셋째, 김소월, 김기림, 정지용 등과 같은 한국 시사의 중심 부분에 대한 비판은 한국시 비평사에서 의미 있는 내용이다. 이러한 의미는 개인의 감상 내지 인상주의 비평에서가 아니라 탁월한 안목과 체계적인 바탕 위에서 비판이 이루어졌다는 점에서 다시 한번 비평가로서의 그의 면모를 확인할 수 있다.

넷째, 송욱의 비평 철학이 바탕한 그의 시론은 (1) 서구 문학론에서 취할 수 없는 내면 공간의 동양 시학, (2) 전통 위에서 확립된 리듬, (3) 모더니즘의 시대성, (4) 모더니즘의 현대성 등이다. 이는 곧 진정한 비평가는 비평에 대한 확신과 원칙을 가지고, 지식과 경험을 가진 사람이라야 한다는 엘리어트의 말을 환기시킨다는 점에서 그 의의를 지닌다.

송욱이 수용한 엘리어트의 '전통'의 개념을 사상적 측면과 문학적 측면, 기법적 측면으로 나누어 비교하면 다음과 같다.

전통에 대한 엘리어트의 개념을 하위 구분하면, 그것은 기독교의 서구 문명, 호메로스로부터 로마 시대의 고전 문학, 단테, 말로우, 셰익스피어 및 17 세기 초의 영국의 극작가들과 형이상학파 시, 19세기 말엽의 프랑스 상징파 시인들, 선대의 주제와 창작 방법 등으로 나눌 수 있다. 여기에 대응하는 것은 만해를 통한 불교(대승선)이고, 황진이의 시조, 김소월의 시(「招魂」, 「진달래꽃」), 정지용의 시(「鄕愁」, 「小曲」), 만해의 시(『님의 沈默』) 등이다. 그리고 만해의 시에 있어 주제(의정에서 깨달음이라는 사랑의 중도가, 황진이의 내면 공간)와 창작 방법(산문시 형식)이라 할 수 있다. 여기에서 엘리어트의 문학 전통에 부합하는 송욱의 작품을 찾아보면, 그의 시 작품에 있어 불교적 형태(그의 시에 나타난 선취시의 경우), 산문시 형태(연작 「何如之鄕」, 「海印戀歌」와 정한모, 김현이 선별한 몇 작품), 그리고 작품으로써 한자음 반복의 리듬 등이다. 물론 리듬의 문제는 한자음의 독특한 반복이라는 새로운 세계를 개척했다.

그의 시론이 갖는 한계점 또는 문제점도 지적되어야 할 것이다. 즉 김소월의 시는 리듬이 결여되어 있다고 주장했지만 그 논거의 타당성은 차치한다 하더라도 그 구체적인 논증을 하지 않았다는 점에서 그의 시론은 문제점을 지닌다. 또한 소월 시론의 영향 관계에 있는 아더 시몬즈 외에 예이츠의 직접적인 영향을 언급하지 않았다는 점도 아울러 비판받아야 한다.

김기림에 대한 모더니즘 비판의 경우, 해방 전에 쓰여진 『시론』에만 머물러 좀더 체계적이고 이론적인 『시의 이해』에 대해서 논의가 없었다. 이로 인해 김기림에 대한 정당한 평가가 이루어졌다고 볼 수 없다. 또한 엘리어트 이론의 중요한 대목만 선별하여 김기림을 비판하는 인상을 지울 수 없다는 것이 역시 송욱 시론의 한계점이다. 김기림의『기상도』비판에서 시의 양식적 특징을 패러디한 점을 간과해서 비판한 점을 그가『詩神의 住所』에서 여러 작품을 패러디한 점과 비교한다면, 그의 비평 태도와 시작 태도의 큰 거리를 확인할 수 있다. 물론 이는 그의 시와 시론의 한계를 동시에 표현한 점이기도 하다.

정지용의 경우, 한국 현대시의 모더니즘 성격상 주지주의와 이미지즘의 양갈래임에도 불구하고 그를 이미지즘의 대표적인 시인으로 비판한 편향된 시각은 그의 시론이 갖는 한계이다. 그리고 정지용의 리듬에 대한 부족을 지적했지만 정작 자신은 리듬에 대한 이론을 바탕으로 한 비판을 구체적으로 분석하지 않았다. 그래서 무조건적인 부정 일변도의 비평 태도라는 한계를 벗어나기는 어렵다고 판단된다. 말하자면 그의 비평의 문제점은 비교적 정당한 방향성과 논거에도 불구하고 편견과 선입견, 그리고 독선적인 태도와 엘리트의 권위주의가 암암리에 작용하고 있다는 점에서 문제점을 지닌다.

외래적 시론인 뉴크리티시즘과 모더니즘의 비판과 달리 동양 정신의 불교적 세계관인 선(禪)의 미학에 몰두한 만해 연구에서 그의 주체적 시론을 엿볼 수 있다. 송욱은 『님의 沈默』을 연구하면서 산문시의 형식 속에 사회와 역사를 용해시킨 점(「당신을 보았습니다」, 「오서요」, 「秘密」, 「讚頌」 등)을 주목했다. 그러나 정작 송욱은『님의 沈默-全篇 解說』에서 만해에 대한 개인적 숭배심의 노출과 불교 이론의 일방적 적용으로 인해, 만해의 시가 사회와 역사에 대한 폭넓은 내용을 담은 산문시라는 구체적인 비평 작업을 이루지 못했다는 점이다. 또한 보들레르와 타고르 시를 구체적 논증이 없이 산문시라고 단정했다. 그리고 타고르 시에서 사회와 역사에 투철한 1913년도 노벨상 수상작인 『키탄잘리』와 『시들(Poems)』 등을 비교 대상으로 삼지 않은 것은 쉽게 납득이 되지 않는다.

여기서 한 가지 덧붙인다면, 김기림은 시론의 근본적 가치를 운율의 철저한 배제(음악과 작별한 때부터 20세기는 가장 혁명적인 변천을 한다)에 둔 데 비해 송욱은 현대시의 운명을 쥐고 있는 것을 음악성이라고 평가한 점에서 그들의 근본적인 차이를 찾을 수 있다. 그리고 이들이 한결같이 산문화의 경향을 지향했다는 점에서 공통 분모를 찾을 수 있다. 또한 정지용에 대한 가치 평가를 긍정한 김기림과 완전히 부정한 송욱의 태도도 주목할 만하다. 현대시의 운명이라는 리듬에 대한 만해 연구가 이루어지지 않은 점도 아쉽다. 그럼에도 불구하고 1960년대 한국 시론 연구에 앞장서서 체계적인 연구, 분석적인 태도, 다양한 문학론의 소개 및 접목 등은 한국시 비평의 수준을 높였다는 점에서 문학사적 의의를 지닌다.

송욱의 시 창작과 주체적 시론의 상관 관계를 정리하면 다음과 같다.

시 창작과 시론의 접목과 거리에서 시질의 경우는 다음과 같이 평가할 수 있다. 첫째, 뉴크리티시즘의 비판을 통해서 주장한 내면 공간의 세계는 선취와 무하유향의 정신 세계로 접목되어 그의 시에 표현되었다. 둘째, 모더니즘 비판을 통해서 강조한 역사 의식은 현실 비판의 접목으로 나타났다.

시형의 경우는 첫째, 뉴크리티시즘, 모더니즘 비판을 통해서 줄곧 주장한 리듬에 대한 인식이 그의 시에서는 한자음의 반복으로 변용되었다. 둘째, 만해 연구를 통해서 밝힌 산문시에 대한 가치는 송욱 시에서 연작시 형태로 접목되었다. 그리고 송욱의 시형 가운데 독특한 창작의 패러다임은 성유화(性喩化), 비문서술화(非文敍述化), 용사(用事)의 패러디화 등이다.

송욱의 『詩學評傳』과 『文學評傳』, 『님의 沈默-全篇解說』을 검토한 결과, 그의 비평 태도는 반드시 방법과 근거를 아울러 밝히는 원전 비평의 단계, 구조 분석을 통한 객관적인 특징을 밝히는 단계, 작품의 정신적 가치 체계를 밝히는 단계로 압축할 수 있다. 이는 송욱이 『文物의 打作』에서 밝힌 바와 같이 작품의 정리, 평가와 독자의 쉬운 이해를 돕는 비평의 기능을 실천한 것이다. 송욱의 비평 태도가 문학 연구의 보편적인 축이라고 볼 때, 철저한 그의 연구 태도는 후대 연구자의 한 본보기가 되는 것이다.

이 외에도 앞으로 이 연구는 연구 범위의 한정으로 제외된 그의 문학론의 정신사적 궤적이라 할 수 있는 『詩學評傳』, 『文學評傳』, 『文物의 打作』 등에 대한 천착도 시일을 두고 검토할 것이다. 또한 일상 생활, 학계와 문단에 심심찮게 보였던 문단 기행(文壇奇行) 등을 정리하여 한 문학인의 행동과 일대기를 통한 진정한 정신을 밝히는 것도 연구자의 몫이다. 이는 송욱 문학의 뿌리를 밝히는 보조적 자료일 뿐만 아니라 문학의 자산 보존이라는 가치를 지니게 되기에 본 논의 다음에 연구자가 계속 이루어야 할 과제이다.

부 록

■

송욱 연구의 연대별 목록(1957~1998)

참고문헌

찾아보기

〈 송욱 연구의 연대별 목록(1957~1998) 〉

1. 1950년대 목록

이어령, 「1957년 시 총평」, 《사상계》, 1957. 12.

유종호, 「인상-8월의 시-」, 《사상계》, 1958. 9.

박목월, 「瘦雲錄-1958년도 시문학 총평-」, 《사상계》, 1958. 12.

2. 1960년대 목록

유종호, 「비순수의 선언(《사상계》, 1960. 3), 『유종호 전집 1』,
　　　　민음사, 1995.

김춘수, 「전후 15년의 한국시」, 『한국 전후 문제 시집』,
　　　　신구문화사, 1961.

김종길, 「아카데미시즘과 나르씨시즘-송욱 著 『詩學評傳』을 두고-
　　　　(《사상계》, 1963. 9)」, 『詩에 대하여』, 민음사, 1986.

이재선, 「풍자 시론 서설(1963)」, 『한국 문학의 해석』,
　　　　새문사, 1981

이유식, 「전후의 한국 풍자시론」, 《현대문학》, 1963. 5.

서정주, 「詩의 體驗」, 《문학춘추》, 1964. 6.

김수영, 「〈現代性〉에의 도피(1964. 6)」, 『전집 2』, 민음사, 1981.

김종길, 「우리 詩에 끼쳐진 英詩의 影響-詩를 中心으로-」, 『詩論』,
　　　　탐구당, 1965.

박철희, 「1. 전통과 외래 사조 (1967)」, 『서정과 인식』, 이우,
　　　　1982.

3. 1970년대 목록

구중서,「작품해설〈장미〉」,《월간문학》, 1970. 6.

박두진,「無極說-송욱」,『한국 현대 시인론』, 일조각, 1970.

정현종,「감각의 깊이 관능 그리고 순진성-宋稶 著 詩集『月精歌』-」,
1971. 12.

오규원,「시적 변용과 그 의미-송욱과 고은의 경우」,
《문학과 지성》, 1972. 3.

김윤식 · 김현,「제3절 眞實과 그것의 探究로서의 言語-⑤송욱」,
『한국 문학사』, 민음사, 1973.

홍기창,「송욱의 自然과 人間」,《문학과 지성》, 1973. 여름호.

전봉건 외,「(속) 시와 에로스」,《현대시학》, 1973. 10.

정한모, 김용직 공저,「송욱」,『한국 현대시 요람』, 박영사, 1974.

이해녕,「우주의 질서와 생명의 리듬」,《현대시학》, 1974. 10.

김재홍,「대지적 사랑과 우주적 조응」,《현대문학》, 1975. 5.

김춘수,「형태 의식과 생명 긍정 및 우주 감각」,《세계의 문학》,
1977.

이상섭,「부끄러운 한국 문학과 경이로운 동양 사상」,
《문학과 지성》, 1978. 겨울호.

김 현,「말과 우주-송욱의 상상적 세계」,《세계의 문학》, 1978. 봄호.

이철범,「이데올로기의 시대」,『문학과 자유』, 동아문화사, 1979.

4. 1980년대 목록

홍신선,「형태와 시대(1980)」,『한국시의 논리』, 동학사, 1994.

정한숙,「해방 문학과 산업화 시기의 문학」,『현대 한국 문학사』,
고려 대학교 출판부, 1982.

정한모,『한국 현대시의 현장』, 박영사, 1983.

김재홍,「해방 후의 현대시 개관(1983)」,『한국 대표시 평설』,
　　　　문학 세계사, 1993(증보판).

전영태,「비판적 知性과 풍자의 詩-何如之鄕 壹-(1983)」,『한국 대
　　　　표시 평설』, 문학 세계사, 1993(증보판).

조남현,「70년대 詩의 主潮」,『知性의 둥풍을 위한 文學』, 평민사,
　　　　1985.

강희근,「삶의 체현과 다양한 전개(《현대시학》, 1985. 1)」,
　　　　『우리 시문학 연구』, 예지각, 1985.

정현종,「말과 자유 연상의 세계-宋稶 遺稿 詩集『詩神의 住所』
　　　　에서」,《월간조선》, 1981. 6.

이기철,「(8) 송욱의 비판적 시론」,『시학』, 일지사, 1985.

천이두,「50년대 문학의 재조명」,《현대시학》, 1985. 1.

이형기,「한국시의 잠재력(1985)」,『시와 언어』, 문학과 지성사,
　　　　1987.

김재홍,「6 · 25와 한국의 현대시」,『현대시와 역사 의식』,
　　　　인하 대학교 출판부, 1988.

김영수,「3. 현대의 性詩와 풍자성」,『한국 문학의 맥락』, 일지사,
　　　　1988.

채규판,「김춘수, 문덕수, 송욱의 실험 정신(1988)」,『한국 현대
　　　　비교 시인론』, 탐구당, 1989(개정판).

민　영,「1950년대 시의 물길」,《창작과 비평》, 1989. 봄.

한계전,「사변적 문체와 사상 탐구의 형식 -송욱론-」,『한국 현대
　　　　시인 연구』, 민음사, 1989.

5. 1990년대 목록

이동하, 「1970년대의 비평」, 『혼돈 속의 항해』, 청하, 1990.

정종진, 「한국 현대시와 성의 표현」, 『한국 현대 문학의 성 묘사
　　　전략』, 우리문학사, 1990.

신동욱, 「시론의 양상」, 『詩想과 목소리』, 민음사, 1991.

김유중, 「사상의 창조와 실험 정신-송욱의 시론-(《현대문학》,
　　　1991. 7)」, 『한국 현대 시론사』, 모음사, 1992.

이재선, 「기형의 탄생-그로테스크의 계보」, 『한국 문학 주제론』,
　　　서강 대학교 출판부, 1991.

유근조, 「현대시의 모더니즘」, 《현대문학》, 1991. 7.

한원균, 『송욱 문학 연구』, 경희대 대학원 석사 학위, 1992.

이병헌, 「지식인의 가락」, 《현대시학》, 1992. 8.

이성모, 「말놀이의 시적 체험과 그 틀-송욱론의 〈하여지향〉을 중심
　　　으로」, 경남어문논집(제5집), 1992. 12.

윤정룡, 『1950년대 한국 모더니즘 시 연구』, 서울대 대학원 박사
　　　학위, 1992.

김선굉, 「송욱의 〈장미〉」, 『한국 현대 시문학의 이해와 감상』,
　　　학문사, 1993.

권영민, 「전후의 현실과 문학의 분열」, 『한국 현대 문학사』, 민음사,
　　　1993.

최원규, 「문제 의식-문제작」, 『한국 현대시의 성찰과 비평』, 국학
　　　자료원, 1993.

황정산, 「새로운 시어의 운용과 비순수의 추구-송욱의 〈何如之鄕〉」,
　　　『1950년대의 시인들』, 나남, 1994.

진순애, 『송욱 시의 은유 연구』, 성균관대 대학원 석사 학위, 1994.

조미영, 『송욱 시 연구』, 서울대 대학원 석사 학위, 1994. 6.

이순욱, 『1950년대 한국 풍자시 연구-송욱, 전영경, 민재식을
　　　　중심으로-』, 부산대 대학원 석사 학위, 1995.

김은영, 『1950년대 시의 유형과 특성에 관한 연구』, 아주대 대학원
　　　　석사 학위, 1995. 8.

장도준, 『현대 시론』, 태학사, 1995.

최동호 편저, 『한국 명시 (하)』, 한길사, 1995.

조동구, 「풍자와 언어 실험-송욱의 50년대 시를 중심으로-」,
　　　　『1950년대 남북한 시인 연구』, 국학자료원, 1996.

이승원, 「송욱론-비평 정신의 고양과 방법의 모색-」, 『한국 현대
　　　　비평가 연구』, 강, 1996.

이승하, 「풍자, 자기 비하의 아이러니-송욱론-」, 《문예 2000》,
　　　　1997. 1.

이지엽, 『한국 전후시 연구』, 태학사, 1997.

김학동 외, 『현대 시론』, 새문사, 1997.

조영복, 「송욱 연작시의 성격과 '말'의 탐구」, 『한국 시학 연구』
　　　　(제1호), 1998.

박종석, 「현대 시론과 고전 시론의 한 접점 연구-용사와 parody를
　　　　중심으로」, 『한국 시학 연구』(제1호), 1998.

송희복, 웃음의 형이상, 웃음의 리얼리즘, 『한국시:감성의 계보』,
　　　　태학사, 1998.

〈 참고문헌 〉

1. 기본 자료

@ 시 집
『誘惑』, 사상계사, 1954.
『何如之鄕』, 일조각, 1961.
『月精歌』, 일조각, 1971.
『나무는 즐겁다(시선집)』, 일조각, 1978.
『詩神의 住所(유고집)』, 일조각, 1981.

@ 저 서
『詩學評傳』, 일조각, 1963.
『文學評傳』, 일조각, 1969.
『님의 沈默-全篇解說』, 과학사, 1974.
『文物의 打作』, 문학과 지성사, 1978.

@ 논 문
『東西 事物觀의 比較』, 한국문화연구소, 1970.
『李滉 自筆 校正本』, 역사학보(제47집), 1970.
『東西 生命觀의 比較』, 성곡논총(제2집), 1971.
「자아와 창조」, 《세계의 문학》(38∼57쪽), 1979. 6.

@ 번 역
『美國 文學史』(M. 칸릿후 著), 을유문화사, 1956.
『大轉換期』(프리드릭, 루이스, 아렌 著), 을유문화사, 1958.
『小說技術論』(P. 라복크 著), 일조각, 1960.

@ 기타 자료

《조선일보》(1966. 12. 17), 〈灰色眼鏡〉이 본 民政 3년.

《조선일보》(1974. 3. 23), 大學과 動物園.

《조선일보》(1979. 1. 30), 꿈에라도 〈純粹性〉을 잊지 말아야.

《경향신문》(1978. 8. 23), 內資文化 꽃 피울 때-4번째 평론집
『文物의 打作』펴낸 송욱 씨.

《대학신문》(1980. 4. 21), 김용직, 송욱-그 인간과 시 세계.

《독서신문》(1971. 11. 21), 시집 〈월정가〉의 시인-송욱 씨.

《동아일보》(1981. 4. 16), 정명환, 기벽과 비타협의 일생.

《서울신문》(1980. 4. 18), 박성룡, 좀더 오래 반짝이려니 했는데.

《한국일보》(1982. 12. 25), 김용성, 문학사 탐방(〈월정가〉의 송욱)

《동아일보》(1984. 2. 6), 김원룡, 세 친구 靈前선 남몰래 눈물이
    ……

이외 기타 신문 참고.

2. 논문

김윤태,『한국 모더니즘 시론 연구』, 서울대 대학원 석사 학위, 1985.

김인성,『리처즈의 비평론 연구』, 이화여대 대학원 석사 학위, 1981.

김 훈,『한국에 있어서의 모더니즘의 시와 시론』, 서울대 대학원
    석사 학위, 1969.

민병기,『편석촌의 시 세계』, 마산대학 논문집(제5권 제1호), 1983.

박노균,『1930년대 한국시에 있어서의 서구 상징주의 수용 연구』,
    서울대 대학원 박사 학위, 1992. 8.

박인기,『한국 현대시 리듬 試論』, 단국 대학교 논문집(23집), 1988.

박종석, 『유치환 시의 男性話者 연구』, 동아대 대학원 석사 학위,
　　1994.
　　── , 『김수영의 〈性〉 시론』, 운대 차한수 선생 회갑 기념 논총,
　　　　세종문화사, 1996.
　　── , 『정현종의 시 세계-사물과 사물 사이의 性-』, 동남어문논집
　　　　(제6집), 1996.
　　── , 『송욱의 『詩學評傳』 硏究-뉴크리티시즘의 가치 평가와
　　　　주체적 시학-』, 국어국문학(제15집), 동아 대학교, 1996.
　　── , 『시 분석의 과학적 접근론-이승훈의 「당신의 방」을 중심
　　　　으로』, 국어국문학(제16집), 동아 대학교, 1997.
　　── , 『송욱 시 연구(1)-『誘惑』 시집을 중심으로-』, 동남어문논
　　　　(제7집), 1997.
　　── , 『이한직론-생의 방향 잡기, 그리고 향수』, 동남어문논집
　　　　(제8집), 1998.
서준섭, 『한국 현대 문학 비평사에 있어서의 시 비평 이론 체계화
　　　　작업의 한 양상-1935~1950년간의 I. A. 리차즈의 수용과
　　　　그 극복 문제를 중심으로-』, 비교 문학 5집, 한국 비교
　　　　문학 연구회, 1980. 12.
손광은, 『한국시의 상징주의 수용 양상 연구』, 충남대 대학원
　　　　박사 학위, 1986.
신　진, 『정지용 시의 상징성 연구』, 성균관대 대학원 박사 학위,
　　　　1991.
신진숙, 『전후시의 풍자 연구』, 경희대 대학원 석사 학위, 1994.
연용순, 『김기림 시 연구-〈太陽의 風俗〉을 중심으로-』, 중앙대
　　　　대학원 박사 학위, 1995.
윤지관, 『MATTHEW ARNOLD의 비평 연구』, 서울대 대학원
　　　　박사 학위, 1993.

이광수,『1950년대 모더니즘 시 연구』, 고려대 대학원 박사 학위,
        1995.

이숭원,『김기림 시 연구』, 국어국문학(104), 1990.

이승복,『정지용 시의 운율 체계 연구-1930년대 시 창작 방법의
        모형화 구축을 중심으로-』, 홍익대 대학원 박사 학위,
        1993.

이진성,『발레리의 순수시론과 브리몽의 순수시론』, 인문과학(63
        집), 연세 대학교 인문과학연구소, 1996. 6.

이창배,『현대 영미시가 한국 현대시에 미친 영향』, 동국대 대학원
        박사 학위, 1974.

이창준,『20세기 영미 시 비평이 한국 현대 시 비평에 미친 영향』,
        단국대 논문집(7집), 1973.

임성조,『한용운 시의 선해(禪解)적 연구』, 연세대 대학원 박사
        학위, 1995.

장윤익,『한국 주지시의 문명 비판적 성격』, 명지어문학(제9호),
        명지대 국어국문학과, 1977.

정영호,『1930년대 문예 비평관 연구』, 동아대 대학원 박사 학위,
        1991.

조달곤,『김기림 연구』, 동아대 대학원 박사 학위, 1992.

조동구,『안서 김억 연구-시론과 시의 변모 과정을 중심으로-』,
        연세대 대학원 박사 학위, 1988.

조의홍,『한국 산문시의 형성 과정 연구』, 동아대 대학원 박사
        학위, 1993. 6.

최원규,『한국 근대시에 나타난 불교적 영향에 관한 연구-고유적
        사유의 전통을 중심으로-』, 충남대 대학원 박사 학위,
        1975.

최학출,『1930년대 한국 모더니즘 시의 근대성과 주체의 욕망 체계
        에 대한 연구』,서강대 대학원 박사 학위, 1994.
한수영,『1950년대 한국 문예 비평론 연구』, 연세대 대학원 박사
        학위, 1995.
한종만,「한용운의 〈十玄談註解〉에서 본 眞理觀과 禪論」,『한용운
        사상 연구』(제2집), 1981. 9. 민족사.

3. 잡 지

김용권,「뉴크리티시즘」,《문학예술》, 1967. 4 - 6.
   ― ,「뉴크리티시즘과 한국 비평 문학」,《자유문학》, 1960. 10.
구본희,「옹고집과 명강의의 영문학자」,《월간 2000년》, 1984. 11.
김윤식,「이상 문학과 지방성 극복의 과제」,《문학 사상》,
        1997. 10.
김춘수,「해방 후 20년 시사」,《문학춘추》, 1965. 7.
김현승,「인생파와 모더니즘」,《현대문학》, 1956. 2.
   ― ,「현대시의 재음미-한국적인 주류를 위하여」,《현대문학》,
        1959. 2.
류근조,「현대시의 모더니즘」,《현대문학》, 1991. 7.
박인환,「현대시의 변모」,《신태양》, 1955. 2.
백 철,「뉴크리티시즘에 대하여」,《문학예술》, 1956, 11.
   ― ,「클리언스 브룩스-비평 정신의 모색」,《사상계》, 1957. 11.
   ― ,「I. A. 리처즈와의 문학 대화」,《사상계》, 1958. 5.
   ― ,「뉴크리티시즘의 제문제」,《사상계》, 1958. 11.
   ― ,「뉴크리티시즘의 행방」,《 세대》, 1966. 2.
서연선,「랭보 시 사상의 변증법적 구조」,《시와 시학》, 1991, 가을호.

서준섭, 「1960년대 이후의 한국 모더니즘 시의 전개-김수영에서
　　　　최승호까지-」,《현대시 사상》, 1990. 봄호.
송 경, 「나의 오빠 宋稑-달 속에 있는 한 詩人」,《문학사상》, 1980. 8
이동순, 「문화의 민족주의와 문체의 대중화-김기림의 시 세계-」,
　　　　《문학사상(183호)》, 1988.
이봉래, 「현대시의 새로운 기능」,《자유세계》, 1952. 4.
　　─ , 「한국의 모더니즘(상 · 하)」,《현대문학》, 1956. 4, 5호.
이철범, 「순수시와 현대시-그 개념을 위한 소고」,《자유문학》,
　　　　1959. 2.
　　─ , 「시와 지적 작용-현대시의 위상 (2)」,《자유문학》, 1959. 5.
윤호병, 「한국 현대시에 끼친 랭보의 영향」,《시와 시학》, 1991.
　　　　가을호.
전봉건, 「시와 산문성과 지성」,《현대시학》, 1973. 10.
조지훈 외, 「단절이냐 접합이냐-한국 현대시 50년이 남긴 제문제-」,
　　　　《사상계》, 1962. 5.
　　─ , 「3월의 시단」,《현대문학》, 1955. 4.
천이두, 「50년대 문학의 재조명」,《현대문학》, 1985. 1.
최문규 외, 「보들레르 논쟁」,《문학동네》, 1998. 겨울호.
최일수, 「모더니즘 백서-그 본질의 분석과 비판」,《자유문학》,
　　　　1959. 2.
현대시 사상, 「한국모더니즘 60년(기획)」,《고려원》, 1995. 가을호.

4. 국내 저서

강은교, 「1930년대 김기림의 모더니즘 연구」,『한국 근대 문학 비평
　　　　사 연구』, 세계, 1989.

강희근, 『우리 시문학 연구』, 예지각, 1985.

고명수, 『한국 모더니즘 시인론』, 문학아카데미, 1995.

고석규, 『여백의 존재성』, 지평, 1990.

고 은, 『1950년대 (고은 전집 10)』, 청하, 1989.

구연식, 『한국시의 고현학적 연구』, 시문학사, 1986.

구인환 외, 『한국 전후 문학 연구』, 삼지원, 1995.

구인환, 『한국 문학 그 양상과 지표』, 삼영사, 1978.

구중서, 『한국 문학과 역사 의식』, 창작과 비평사, 1995.

권기호, 『禪詩의 세계』, 경북 대학교 출판부, 1991.

권성우, 「60년대 비평 문학의 세대론적 전략과 새로운 목소리」,
   『1960년대 문학 연구』, 예하, 1993.

김기림, 『김기림 전집』, 심설당, 1988.

   ─ , 『김기림의 시론』, 앞선책, 1994.

김기봉, 「상징주의」, 『문예 사조』, 고려원, 1983.

김경린 편저, 『한국 모더니즘 시 운동 대표 동인 시선』, 앞선책,
   1994.

김대행 편, 『운율』, 문학과 지성사, 1990.

김동환, 『한국 전후 문학의 형성과 전개』, 태학사, 1993.

김병택, 『한국 근대 시론 연구』, 민지사, 1988.

김병철, 『한국 근대 번역 문학사 연구』, 을유문화사, 1988.

   ─ , 『한국 근대 서양 문학 이입사 연구 (하)』, 을유문화사, 1982.

김붕구, 『문학과 사회』, 일조각, 1995.

   ─ , 『보들레르』, 문학과 지성사, 1977.

김수영, 『김수영 전집 2』, 민음사, 1981.

김시태, 『현대시와 전통』, 성문각, 1978.

김영수, 『한국 문학의 맥락』, 일지사, 1988.

김영철, 「한국 산문시의 정착 과정 연구」, 『한국 문학의 양식론』, 한
　양출판, 1997.

김용권, 「작품의 기술과 평가」, 『영미 비평 연구』, 민음사, 1986.

김용성, 『한국 문학사 탐방』, 현암사, 1984.

김용직, 『한국 현대시 연구』, 일지사, 1974.

　― , 『한국 근대 문학론고』, 서울 대학교 출판부, 1985.

　― , 『한국의 전후 문학』, 한국현대문학연구회, 1991.

　― , 『한국 현대시 해석 비판 (시론집)』, 시와 시학사, 1993.

　― , 『한국 현대 시사 1. 2』, 한국문연, 1996.

김우창, 『전집 1』, 민음사, 1993.

김유중, 『한국모더니즘의 세계관과 역사 의식』, 태학사, 1996.

김윤식, 『근대시와 인식』, 시와 시학사, 1992.

　― , 『근대 한국 문학 연구』, 일지사, 1973.

　― , 『한국 근대 문학 사상사』, 1984, 한길사.

　― , 『한국 근대 문학 사상 연구 1-陶南과 崔載瑞-』, 1992, 일지사.

　― , 『한국 근대 문학 사상 연구 2-문협 정통파의 사상 구조-』,
　　아세아문화사, 1994.

김윤식 · 김현, 『한국 문학사』, 민음사, 1973.

김은전, 『한국 상징주의 시 연구』, 한샘, 1991.

김장호, 『한국시의 전통과 그 변격』, 정음문화사, 1984.

김재홍, 『한용운 문학 연구』, 일지사, 1992.

　― , 『현대시와 역사 의식』, 인하 대학교 출판부, 1988.

　― , 『한국 현대시의 사적 탐구』, 일지사, 1998.

김정근, 『콜리지의 문학과 사상』, 한신문화사, 1996.

김종길, 『詩에 대하여 (詩論集)』, 민음사, 1986.

김주연, 『상황과 인간』, 박문사, 1969.

김창원,「전통 논의의 전개와 의의-50, 60년대 전통론」

　　　『한국 현대 시사의 쟁점』, 시와 시학사, 1991

김창호,『한국시의 비교 문학』, 태학사, 1994.

김춘수,『김춘수 전집 2 (詩論)』, 문장사, 1984.

김학동,『한국 근대 시인 연구』, 일조각, 1979.

　─ ,『한국 근대시의 비교 문학적 연구』, 일조각, 1981.

　─ ,『김기림 연구』, 새문사, 1988.

　─ ,『정지용 연구』, 민음사, 1997.

김학동 외,『정지용 연구』, 새문사, 1988.

김학동 엮음,『김기림 연구』, 시문학사, 1991.

김학동 편집,『정지용 전집 (詩)』, 민음사, 1993.

김 활,『현대 문학 이론과 의미의 부재』, (주)탑출판사, 1992.

김현자,『시와 상상력의 구조』, 문학과 지성사, 1982.

문덕수,『한국 모더니즘 시 연구』, 시문학사, 1981.

문혜원,『한국 현대시와 모더니즘』, 신구문화사, 1996.

박두진,『한국 현대시론』, 일조각, 1970.

박상률 엮음,『불교 문학 평론선』, 민족사, 1990.

박상천,「김기림의 시론 연구」,『한국 근대시의 비평적 성찰』,

　　　국학자료원, 1990.

박철희,『한국 시사 연구』, 일조각, 1991.

　─ ,『서정과 인식』, 이우, 1982.

백운복,『한국 현대 시론사 연구』, 계명문화사, 1993.

백 철,『비평의 이해』, 민중서관, 1968.

　─ ,『신문학 사조사 (중판)』, 신구문화사, 1992.

범대순,『백지와 기계의 시학』, 사사연, 1987.

서우석,『시와 리듬』, 문학과 지성사, 1988.

서준섭,「구인회와 모더니즘」,『1930년대 민족 문학의 인식』,
　　한길사, 1990.

석지현 엮음,『선시 감상 사전 (한국편)』, 민족사, 1997.

송기한,『한국 전후시와 시간 의식』, 태학사, 1996.

송백헌 외,『한국 문학 사조론』, 새문사, 1992.

송영목,「50년대의 한국시」,『한국 문학의 작품 세계』, 그루, 1987.

송　혁,『한국 불교 시문학론』, 동국 대학교 출판부, 1986.

송희복,『김소월 연구』, 태학사, 1994.

신동욱,「김기림 시 작품의 한 이해」,『1930년대 민족 문학의
　　인식』, 한길사, 1990.

신동욱 편,『김소월』, 문학과 지성사, 1980.

신동욱 편,『한용운』, 문학 세계사, 1993.

신범순,『한국 현대 시사의 매듭과 혼』, 민지사, 1992.

심재상,『노장적 시각에서 본 보들레르의 시 세계』, 살림, 1995.

양왕용,『정지용 시 연구』, 삼지원, 1988.

오세영,『20세기 한국시 연구』, 새문사, 1991.

　── ,『문학 연구 방법론』, 시와 시학사, 1993.

　── ,『한국 근대 문학론과 근대시』, 민음사, 1996.

오하근,『김소월 시어법 연구』, 집문당, 1995.

유　영,『동서 문학의 미학적 인식』, 연세 대학교 출판부, 1994.

유제식,『뽈 발레리 연구』, 신아사, 1989.

유종호,「영미 현대 비평이 한국 비평에 끼친 영향」,『동시대의
　　시와 진실』, 민음사, 1982.

　── ,『비순수의 선언 (유종호 전집 1)』, 민음사, 1995.

윤병로,『한국 현대 비평 문학론』, 청록출판사, 1984.

　── ,『문예 비평론』, 서문당, 1982.

윤호병, 『문학의 파르마콘』, 국학자료원, 1998.

윤석산, 『김소월 연구』, 태학사, 1992.

윤재근, 『만해시의 〈님의 沈默〉 연구』, 민족문화사, 1985.

이강수, 『노자와 장자』, 길, 1997.

이경수, 『상상력과 부정의 시학』, 문학과 지성사, 1986.

이상보 외, 『불교 문학 연구 입문』, 동화출판공사, 1991.

이상섭, 『뉴크리티시즘』, 민음사, 1990.

　　─ , 『님의 沈默의 어휘와 그 활용 구조-用例索引-』, 탐구당, 1984.

　　─ , 『언어와 상상』, 문학과 지성사, 1991.

　　─ , 『영미 비평사 1. 2. 3』, 민음사, 1996.

　　─ , 『문학 이론의 역사적 전개』, 연세 대학교 출판부, 1983.

　　─ , 『문학 연구의 방법』, 탐구당, 1980.

　　─ , 『자세히 읽기로서의 비평』, 문학과 지성사, 1988.

이승훈, 『모더니즘 시론』, 문예출판사, 1995.

이양지, 『이상시 연구』, 양문각, 1989.

이원섭 · 최순열 엮음, 『현대 문학과 선시』, 불지사, 1992.

이정호 편저, 『포스트모던 T. S. 엘리어트』, 서울 대학교 출판부, 1996.

이정기, 『엘리어트, 그의 문학 세계』, 성균관 대학교 출판부, 1981.

이창배, 『T. S. 엘리어트 연구』, 민음사, 1993.

　　─ , 「뉴크리티시즘의 詩學」, 『영미비평연구』, 민음사, 1986.

이철범, 「이데올로기의 시대」, 『문학과 자유』, 동아문화사, 1979.

이형기, 『시와 언어』, 문학과 지성사, 1987.

이형기 외, 『불교 문학이란 무엇인가』, 동화출판공사, 1991.

이호철, 『문단골 사람들』, 프리미엄북스, 1997.

이 활, 『정지용, 김기림의 세계』, 명문당, 1991.

임문혁, 『한국 현대시와 설화』, 계명문화사, 1996.

임 화(임규찬, 한진일 편), 『신문학사』, 한길사, 1993.

임환모, 『문학적 이념과 비평적 지성』, 태학사, 1993.

양왕용, 『정지용 시 연구』, 삼지원, 1988.

윤석산, 『김소월 연구』, 태학사, 1992.

윤재근, 『만해시의 〈님의 沈默〉 연구』, 민족문화사, 1985.

장도준, 『정지용 시 연구』, 태학사, 1994.

장백일, 『현대 문학론』, 관동출판사, 1988.

전기철, 『한국 전후 문예 비평 연구』, 도서출판 서울, 1994.

전규태, 『비교 문학-그 국문학적 연구-』, 반도출판사, 1995.

전미정, 「안서의 시에 미친 프랑스 상징주의 영향」, 『김안서 연구』,
        새문사, 1996.

전영태, 「비판적 지성과 풍자의 시」, 『한국 대표시 평설』,
        문학 세계사, 1983.

전홍실, 『영미 모더니스트 시학』, 한신문화사, 1994.

정끝별, 『패러디의 시학』, 문학 세계사, 1997.

정명환, 「의태로서의 반항과 자기 부정」, 《작가》, 1999. 여름호.

정명환, 『한국 작가의 지성』, 문학 사상사, 1974.

정순진, 『김기림 문학 연구』, 국학자료원, 1991.

정의홍, 『정지용의 시 연구』, 형설출판사, 1995.

정태진, 『뉴크리티시즘-신비평의 이론과 실제-』, 원광 대학교
        출판부, 1989.

정한모, 「한국시 개관 (해방 후)」, 『한국시선』, 일조각, 1968.

   ─ , 『현대 시론 (개정판)』, 보성문화사, 1989.

   ─ , 『한국 현대 시문학사』, 일지사, 1994.

─ ,『한국 현대시의 현장』, 박영사, 1983.

정한모 외,『김소월 연구』, 새문사, 1982.

정한숙,『현대 한국 문학사』, 고려 대학교 출판부, 1982.

조동일,『한국 민요의 전통과 시가 율격』, 지식산업사, 1996.

조남현,『한국 문학의 사실과 가치』, 서울 대학교 출판부, 1995.

조운제,『동서 비교시론』, 대제각, 1981.

조재훈,『한국 시가의 통시적 연구』, 국학자료원, 1996.

조재훈, 「당시와 한국 현대시의 운율 비교 연구」,『한국 시가의
        통시적 연구』, 국학자료원, 1996.

조창환,『한국 현대시의 운율론적 연구』, 일지사, 1986.

차한수,『이상화 시 연구』, 시와 시학사, 1993.

채규판,『한국 현대 비교 시인론』, 탐구당, 1989.

최동호,『현대시의 정신사』, 열음사, 1985.

  ─ ,『1930년대 민족 문학의 인식』, 한길사, 1990.

  ─ ,『삶의 깊이와 시적 상상』, 민음사, 1985.

  ─ ,『하나의 道에 이르는 시학』, 고려 대학교 출판부, 1997.

최승호,『한국 현대시와 동양적 생명 사상』, 다운샘, 1995.

최원규,『한국 현대시의 성찰과 비평』, 국학자료원, 1993.

최재서,『문학 원론(증보)』, 신원도서, 1962.

한계전,『한국 현대 시론 연구』, 일지사, 1983.

한계전 외,『한국 현대 시론사 연구』, 문학과 지성사, 1998.

홍기삼,『상황 문학론』, 동화출판공사, 1975.

  ─ ,『불교 문학 연구』, 집문당, 1997 .

홍효민,『행동 지성과 민족 문학』, 동문사, 1967.

황동규 편,『엘리어트』, 문학과 지성사, 1978.

황동규 외,『현대 영미시 연구』, 민음사, 1986.

허윤희, 「1950년대 모더니즘 시론의 시사적 이해」, 『1950년대 문학
        의 이해』, 성균관 대학교 출판부, 1996.

Kevin O' Rourke, 『한국 근대시의 영시 영향 연구』, 새문사, 1984.

5. 역서 및 국외 저서

劉笑敢(최진석 옮김), 『장자 철학』, 소나무, 1998.

王 弼(임채우 역), 『왕필의 노자』, 예문서관, 1997.

入矢義高(辛奎卓 역), 『禪과 文學-구도의 기쁨』, 자아경각, 1993.

莊子(김달진 역해), 고려원, 1994.

進鼓應(최진석 옮김), 『老莊 新論』, 소나무, 1997.

馮友蘭(정인재 역), 『중국 철학사』, 형설출판사, 1989.

리샤르(윤영애 옮김), 『詩와 깊이』, 민음사, 1995.

리처즈(김영수 역), 『문예 비평의 원리』, 현암사, 1977.

   ─   (이국자 역), 『시와 과학』, 이삭, 1983.

리처드 포스터(정태진 역), 『뉴크리티시즘의 재평가』, 한신문화사,
        1990.

매슈 아놀드(윤지관 옮김), 『삶의 비평』, 민지사, 1985.

브룩스(이경수 역), 『잘 빚어진 항아리』, 홍성사, 1983.

   ─   (이영걸 옮김), 『숨은 신』, 명문당, 1994 .

브룩스&웜 2세(한기찬 역), 『문예 비평사-현대 문학편』, 청하,
        1984.

테이트(김수영. 이상옥 역), 『현대 문학의 영역』, 중앙문화사,
        1962.

아이작스(이경식 역), 『The Background of Modern Poetry』,
        학문사, 1986.

아이스타인손(임옥희 옮김), 『The Concept of Modernism』, 현대

미학사, 1996.

오그든 & 리처즈(차봉주 역), 『The Meaning of Meaning』, 한신
　　문화사, 1990.

오가와 가즈오(김동룡 옮김), 『뉴크리티시즘 애매의 7형』, 신아사,
　　1993.

죠르즈 풀레(김붕구 옮김), 『현대 비평의 이론』, 기린원, 1993.

크리슈나 크리팔라니(김양식 옮김), 『R. 타고르의 생애와 사상』,
　　세창출판사, 1996.

후고 프리드리히(장희창 옮김), 『현대시의 구조』, 한길사, 1996.

Coleridge, S. T. (김정근 역), 『Biographia Literaria』, 한신
　　문화사, 1995.

Eliot, T. S. (최종수 역), 『文藝 批評論』, 박영사, 1976.

─ (최창호 옮김), 『엘리어트 문학론』, 서문당, 1984.

─ (이승근 역), 『The Use of Poetry and the Use of Criticism』,
　　학문사, 1981.

Faulkner, Peter. (황동규 역), 『모더니즘』, 서울 대학교 출판부,
　　1987.

Frye, Northrop. (홍윤기 역), 『T. S. 엘리엣의 시 세계』, 명문당,
　　1991.

Hawkes, Terence. (심명호 역), 『Metaphor』, 서울 대학교
　　출판부, 1986.

Leitch, Vincent. B. (김성곤 외 공역), 『American Literary
　　Criticism』, 한신문화사, 1993.

Muecke, D. C. (문상득 역), 『아이러니』, 서울 대학교 출판부,
　　1986.

Pound, E. (이덕형 역), 『詩를 어떻게 읽을 것인가』, 문예출판사,

1991.

Raymond, Marcel. (김화영 역), 『프랑스 현대 시사-보들레르에서 초현실주의까지』, 문학과 지성사, 1995.

Wellek, Rene. & Warren, Austin. (이경수 역), 『문학 이론』, 문예출판사, 1989.

Brooks, C. 『Modern Poetry & The Tradition』, Oxford Universty Press, 1965.

Brooks, C. & Warren, R. P. 『Understanding Poetry』, Holt Rinehart & Winsto, 1960.

— , 『Modernism Rhetoric』, Harcourt Brace Jovanovich, 1979.

Eliot, T. S. 『The Sacred Wood(Essays on Poetry & Criticism)』, University Paperbacks, 1967.

Matthiessen, F. O. 『The Achievement of Eliot』, Boston and New York Houghton Mifflin Company, 1935.

Preminger, Alex. 『Princeton Encyclopedia of Poetry & Poetics』, Princeton Uni. Press, 1974.

〈찾 아 보 기〉

〈ㄱ〉

감상주의 149, 182, 183, 207, 208
개오(開悟) …………………………247
〈객관주의〉 …………………………195
「겨울에 山에서」 …………………104
고사(古事) …………………………188
고은 …………………………………108
『공교롭게 만든 遺骨 항아리(The Wrought Urn - 詩構造에 관한 研究』 …………………………158, 201
공민왕 ………………………………230
공시적 …………………………………14
공자 …………………………………146
〈과학 정신〉 ………………………195
『과학과 시』 …………151, 154, 201
과학의 시론 ………………………151
과학의 언어 ………………………156
과학적 시관 ………………………152
과학적 시론 ………………………157
「觀音像 앞에서」 …50, 51, 66, 263
광막야(廣漠野) ……………………115
구조론 …………………………21, 22
「國境의 밤」 ………………………211

권오만 ………………………………217
극적 맥락(dramatic context) 159
기독교 …………………………251, 280
〈氣分의 詩學〉 ……………………
………………………174, 175, 177, 184
『기상도』 ………197, 204, 208, 281
「기상도」 ……………………………
202, 204, 206, 210, 211, 212, 214
기음 …………………………………189
김기림 ………………………………
16, 17, 18, 19, 24, 30, 60, 63, 72,
75, 127, 141, 145, 151, 152, 170,
184, 190, 194, 195, 196, 197,
198, 199, 200, 201, 202, 204,
207, 208, 209, 210, 211, 213,
214, 215, 229, 233, 257, 260,
264, 267, 279, 281, 282
김달진 …………………………………48
김대행 ………………………………219
김삿갓 …………………………………14
김소월 ………………………………
18, 19, 24, 30, 62, 127, 141, 145,
170, 171, 179, 182, 230, 252,
257, 265, 267, 279, 280

김수영 ……………………………
…………63, 64, 75, 76, 77, 79, 99
김억 ……………………179, 180
김영랑 …………………………62
김용직 …178, 204, 211, 212, 213
김우창 ………83, 204, 223, 224
김유중 …………………………22, 24
김윤식 …………………199, 212
김은영 …………………………21, 22
김재홍 ………………240, 270
김종길 …………………………
16, 22, 23, 24, 44, 74, 75, 76, 77,
78, 93, 147, 168, 204, 205, 212,
216, 228, 229
김지하 …………………………108
김춘수 …………………………
…………63, 64, 71, 102, 104, 211
김학동 …………………………193
김현 ………………135, 269, 280
「꽃」……………………………14
「꽃나무」………………………239
『꽃다발』………………………235

〈ㄴ〉

「나는 어느 어스름」……………97
나옹(懶翁) ………………167, 230
난해성 …………………………193
남근(男根:phallic symbol)……103

남녀 상열(男女相悅) ………45, 102
낭유만전체(稂莠滿田體)…125, 126
「내 마음에……」 …………135, 136
「내가 다닌 蓬萊山」……………104
내면 공간………………………
166, 168, 230, 245, 259, 261,
262, 263, 265, 280, 282
내면성 …………………25, 193, 202,
207, 212, 213, 228, 277
內面的 깊이 ……………………193
내편(內篇) ………………116, 121
「너는……」 …………105, 107, 108
「老人과 꽃」……………………239
노자 ………………114, 121, 127
노장(老莊) …………112, 113, 128
노장 사상 ……………144, 260
『論語』……………………………146
「눈물, 덧없는 눈물(TEARS, IDLE
TEARS」……………………158, 162
뉴크리티시즘 …………………
18, 30, 141, 148, 149, 150, 156,
157, 158, 164, 165, 166, 170,
171, 182, 231, 259, 260, 261,
262, 281, 282
니힐리즘(Nihilism) …………54, 70
「님의 노래」……………………180
『님의 沈默』……………………
16, 19, 23, 26, 49, 83, 85, 94,

137, 141, 169, 230, 232, 233,
236, 237, 239, 240, 241, 242,
243, 244, 245, 246, 247, 249,
250, 251, 252, 270, 271, 280, 281
『님의 沈默-全篇解說』 ··················
19, 28, 48, 49, 141, 144, 232,
241, 244, 246, 249, 281, 283

〈ㄷ〉

단테 ························251, 280
「당신을 보았습니다」··················
·····················241, 242, 281,
「大同江」 ·····················126
대승선(大乘禪) ·····················
·················251, 252, 265, 280
「大宗師」 ·····················121
道의 生理學 ·····················111
「道의 生理學-莊子를 위하여」···117
『東國李相國集』 ·····················129
두보 ·············143, 172, 223
「따리아」 ·························203
「똑똑한 사람은」 ·········113, 121
뜻겹침 ·························170

〈ㄹ〉

「랑데부」 ·····················95, 96
랜섬 ·····························156
랭보(Rimbaud) ·····················193

로렌스 ·····························44
『로미오와 줄리엣』 ·················37
리처즈 ·····························
141, 150, 152, 153, 154, 155,
156, 157, 161, 163, 165, 171,
195, 197, 201
「리처즈의 文藝價値論」 ·········151
린다 허천 ·············120, 123, 126
릴케 ·····························167

〈ㅁ〉

마르크시스트 ·····················149
만해 ·····························23
「말과 몸」 ·················133, 134
「말과 事物」 ·················135, 136
말라르메 ·························193
말로우·····················251, 280
「말에 대한 四重奏」··················131
「말은 造物主」 ·················132
「望盧山瀑布」 ·············121, 122,
123, 124, 125, 126, 127
「〈맥베스〉의 노래」··················39
「모과」 ·····················203
모국어 ···136, 137, 243, 248, 279
모더니스트·················21, 75, 76,
170, 188, 189, 190, 213, 214
모더니즘 ·························
18, 24, 25, 63, 141, 148, 188,

189, 190, 191, 192, 195, 196, 197, 198, 200, 201, 202, 203, 208, 213, 214, 215, 216, 219, 223, 224, 225, 227, 228, 229, 231, 257, 260, 264, 279, 280, 281, 282
「모더니즘의 歷史的 位置」········198
「毛細管속을 - 달아 달아 밝은 달아 李太白이 죽은 달아」·······126
무위 자연(無爲自然)·····················
·······················112, 113, 124
「爲政」·····························146
無治主義 ·····························117
무하유향(無何有鄕)·····················
29, 113, 114, 115, 124, 127, 129, 144, 260, 262, 263, 278, 282
문단 기행(文壇奇行) ······114, 283
문덕수 ·····························
·····211, 212, 213, 219, 223, 224
『文物의 打作』·····················
·······················23, 24, 199, 230, 283
《文藝》·····················13, 35, 44
『문예 비평 원리』·····················156
『문예비평소사』·············156, 157
《문장》·····························56
「文學批評의 批評」·················145
『文學原論』·····················17
『文學評傳』·····················

16, 24, 25, 28, 125, 141, 166, 167, 170, 174, 176, 177, 180, 182, 230, 258, 262, 283

〈ㅂ〉
「바다」 ·····························228
「바다 2」 ·····························215
「바라는 芝溶詩集」·················216
바슐라르 ·············125, 126, 127
박남철 ·····························61
박목월 ·····························20
박정희 ·····························90
박철희 ·················22, 23, 207
반모더니스트 ·····················149
「半月의 노래」·····················168
반전통론자 ·····················184
발레리·····················
·········19, 83, 146, 173, 189, 194
배제의 시 ·····················171
백낙청 ·····························270
『白鹿潭』·····················218, 223
「白鹿潭」·····················239
『백조는 날고(Swan's Wing)』·····
·····························235
백철 ·····················199, 209
法海 ·····························83
베를렌느 ·····················193
보들레르 ·····························

19, 83, 84, 143, 171, 172, 193, 194, 228, 232, 233, 237, 268, 269, 281

부착지흔(斧鑿之痕) ·····················
······························125, 126, 129

불교시 ··48

「不死鳥」·····························218, 220

브룩스 ··
141, 149, 150, 152, 156, 157, 158, 159, 160, 161, 162, 163, 164, 201

「비」·····································203, 222

非個性主義 藝術論 ·················146

비교 문학 ··············16, 144, 231

비문서술 ···
78, 80, 81, 82, 91, 137, 277, 278

비문서술화(非文敍述化) ··············
·············29, 60, 131, 270, 272, 282

「秘密」·····························241, 243, 281

비술적 견해(Magical View) ···153

「비오는 窓」·······························14

「批評과 科學」···························151

〈ㅅ〉

「四九. 참말인가요」·················249

사랑의 증도가 ·····················251

思無邪 ·································146

사원소론 ·····························127

사이비진술(似而非陳述) ··············
································155, 156, 161

사족(蛇足) ···············116, 263

사홍서원(四弘誓願) ·············242

산문성 ·····················243, 252

산문시 ···
131, 171, 232, 233, 234, 235, 236, 237, 238, 241, 242, 244, 252, 265, 268, 269, 270, 280, 281

산문화 ·····················22, 282

「三九. 참아주서요」···········247

「三四. 님의 손길」···········247

「三六. 당신을 보았습니다」······248

상고주의(尙古主義) ·····················
················147, 188, 189, 199, 191

상징 ·································155

상징주의 ·············25, 176, 192, 193, 194, 228, 269, 270

생불 일여(生佛一如)·········58, 85

「生生回轉」·····50, 52, 58, 66, 263

서정주 ·····················48, 61

선기(禪機) ···············50, 53

선리(禪理) ···············50, 53

선사상(禪思想) ·············244

선시 ·············49, 50, 249, 263

선시론 ·································148

선정(禪定) ···············247

선취(禪趣) ································

29, 57, 85, 89, 91, 94, 190, 230,
262, 270, 271, 278, 278, 282
선취시(禪趣詩) ·····························
··········50, 53, 59, 263, 265, 280
성유화(性喩化) ·····························
29, 46, 47, 85, 94, 102, 103, 104,
106, 108, 137, 270, 271, 272,
273, 278, 282
셰익스피어 ·································
··············35, 36, 109, 251, 280
「小曲」 ·············218, 265, 280
소망 충족(wish-fulfillment)······99
소요산 ································263
소요유 ·············114, 115, 124
소월 ···································23
송혁 ··································239
「水仙의 慾望」 ··········105, 107
순수 · 참여 논쟁 ····················18
「숲」·································46
스펜더 ································189
「슬픈 새벽」··············40, 41
「僧侶의 춤」····························
··············55, 56, 57, 58, 59, 66
「僧舞」·····················56, 57
「僧舞의 춤」·················50, 263
시대성 ·································
······72, 73, 81, 91, 213, 264, 277
『시들(Poems)』·············235, 282

시몬즈 ·································
175, 176, 177, 178, 179, 184, 280
시선(詩仙) ·························112
시선일여(詩禪一如) ·················55
『詩神의 住所』·····························
100, 107, 108, 110, 111, 125,
130, 135, 136, 137, 144, 169,
206, 263, 278, 279, 281
〈시의 과학자〉 ·····················195
「시의 르네상스」 ·····················197
시의 언어 ·························156
「시의 음악성」 ·····················267
『詩의 理解』············17, 196, 281
『詩의 理解 - 리차즈를 중심으로』···
·································196
시의 질서 ·························154
「시의 회화성」 ·····················210
「시적 체험(The Poetic Experience)」
·································156
시적 화자(Persona) ··············57
시정어(市井語) ·············65, 69
시질(詩質) ·································
········94, 251, 260, 262, 265, 282
「時體圖」············40, 41, 42
『詩學評傳』·································
16, 17, 23, 24, 25, 28, 127, 141,
142, 143, 145, 146, 147, 150,
154, 160, 161, 162, 166, 167,

173, 180, 186, 194, 199, 200, 201, 210, 226, 231, 232, 234, 241, 242, 259, 283

시형 ·············260, 272, 274, 282

「詩魂」 ·······························

172, 173, 174, 179, 196, 197, 257

신경림 ·····························108

《新文界》 ·························191

신비성 ·····························193

『신비평』 ·························157

신석정 ·····························236

신석초·······························48

실존주의(實存主義) ···········40, 53

실험·······························20

실험시·······························76

심리학 ·····························152

〈ㅇ〉

아쁘리네르····················189, 190

「아아 소나기」···················107

아이러니 ············30, 155, 160, 161, 164, 165, 166, 170

아포리즘(Aphorism) ···54, 87, 113

압운법(押韻法) ····················71

앙가주망(Engagement) ············79

애매성 ·····························155

양왕용 ·····························

······217, 219, 225, 226, 227, 228

양재 ·····························126

언어 실험 ···············62, 82, 109, 111, 131, 272, 278, 279

언어도단 ·················272, 278

「言語와 그 配置」 ················61

엑스터시 ·········101, 102, 104, 271

엘리아르 ·························189

엘리어트 ·························

18, 19, 25, 74, 75, 141, 143, 147, 186, 188, 189, 190, 194, 197, 198, 200, 201, 202, 204, 212, 213, 227, 228, 243, 251, 252, 260, 263, 264, 267, 280, 281

《女性》 ·························218

「女精」 ·······················44, 46

역사 의식 ·························25

歷史的 變容(deformation) ······89

역설 ············21, 155, 161, 170

『擽翁稗說』·····················129, 130

연작 형태 ·················269, 270

「詠半月」 ·············169, 261, 262

영원불변론(永遠不變論) ········173

〈藝術卽餘技〉 ·················146

예이츠 ·············179, 184, 280

「오감도」·························75

오룩(Kevin O' Rourke) ········181

「오서요」·················241, 281

오오든 ············19, 173, 189, 194

〈오오든 그률〉·····················205

「五二. 論介의 愛人이 되야서 그의
廟에」·····················248

「王과 造物者-莊子를 위하여」···117

외편(外篇) ·····················116

「龍꿈」·····················101

〈慾望의 三角形 理論〉··············112

용사 ···········111, 112, 129, 273

용사의 패러디·····················

·················128, 129, 130, 274

용사의 패러디화·····················

·················29, 270, 278, 282

「友人會宿」·····················123, 124

「宇宙時代 中道讚」···············98

원류 비평 ·····················273

원선 입시(援禪入詩)···········51, 55

원전 비평 ·····················244, 283

『園丁』·················234, 237, 270

원죄설(原罪說) ·····················44

『月精歌』·····················

···22, 92, 93, 94, 100, 101, 104,
106, 108, 111, 112, 270, 271, 278

「月精歌」·····················105

윔셋트 ·····················156

유사 법칙(Law of Similarity) ······

·····················46

유유자적(悠悠自適) ··············112

유종호·············16, 20, 44, 168

『誘惑』·····················

···22, 28, 35, 49, 58, 59, 66, 101,
102, 108, 110, 230, 262, 270,
271, 273, 278

「六四. 눈물」·····················247

「六花孕胎」·····················95

윤재근 ·················235, 269, 270

윤정룡 ·····················21, 26

은유 ·····················155

은유구조론 ·····················21, 22

음악성 ·····················

182, 193, 194, 208, 210, 214,
221, 224, 282

〈陰影詩學〉·····················174

「應帝王」·······116, 117, 133, 263

「二. 이별은 美의 創造」···········248

이광수 ·····················48

이규보 ·····················129

이기철 ·····················22, 24

이미지즘 ··············216, 224, 281

이상 ·····················60, 75

이상향 ·····················112

이상섭·············22, 23, 24, 147

이순옥 ·····················21, 22

이승원 ·····················22

이승복 ·········25, 219, 220, 221

「二十世紀初頭歐洲諸大文學家를
追憶홈」·····················191

이양하 ·················151, 152, 216

이어령 ·····················16, 20, 64

이인로 ··························129

이제현 ················126, 129, 130

이지엽 ·························20, 21

이태백 ·····························
110, 111, 112, 113, 117, 118,
119, 120, 121, 122, 123, 125,
126, 128, 129, 130, 263, 273

「이태백을 打倒하기 위하여」 ········
·····························121, 128

「二八. 秘密」·····················250

「人間世」·······················114

《人文評論》 ·······················198

인상주의 ·······149, 180, 182, 279

「一〇. 이별」····················248

「일요행진곡」·······················75

임화 ·····························204

입체파 ····························63

〈ㅈ〉

「자나 깨나 앉으나 서나」 ········180

자연 탐미··························
93, 94, 98, 100, 101, 102, 104,
105, 108, 271, 278

자연시 ···························228

자연의 중성화 ···················153

「자유」····························98, 99

〈작시법〉 ··························193

「薔薇」 ······13, 42, 43, 44, 46, 47

「長壽山」 ·························226

「長壽山1」·························223

장윤익·······················208, 209

장자(莊子)······110, 111, 113, 114,
116, ·················117, 121, 129

「莊子의 詩學」··················116

재귀영거체(載鬼盈車體) ········129

재도지기(載道之器) ············131

전고(典故) ·······················188

전통 ····························
74, 154, 157, 172, 184, 185, 186,
187, 188, 190, 194, 202, 205,
214, 231, 251, 252, 264, 265,
270, 280

전통 부재 ·························25

「傳統과 個人의 才能」······186, 251

전통 단절 ·························25

전통론 ·····················18, 186

〈전통론자〉 ·····················184

전통성 ···························273

傳統主義者 ······················188

점귀부(點鬼簿) ·················129

점화(點化) ·················129, 130

정끝별 ···························205

정명환 ···························136

「靜菴」·····················168, 230

〈情調의 詩學〉 ·····················174
정지상 ·····················125, 126
정지용 ·····························
16, 18, 19, 30, 127, 141, 145,
170, 184, 190, 194, 214, 215,
216, 217, 218, 219, 220, 221,
223, 225, 227, 228, 229, 252,
260, 264, 265, 267, 279, 280, 282
『정지용 시 연구』·····················217
정한모·····16, 100, 102, 104, 265,
269, ·····························280
「제11장. 唯美的 超越과 革命的 我
空-만해 한용운과 R. 타고르」·········
·····························232
「제7장 정지용 즉 모더니즘의 자기
부정」·····························225
〈조각난 散文〉 ·············202, 207
조달곤 ·····························206
조동구 ·····························20
조미영 ·····················21, 22, 26
《조선일보》 ·············197, 199, 216
《朝鮮之光》 ·····················218
조지훈·····48, 56, 57, 58, 196
조향 ·····················60, 61
존 던 ·····························170
「座右銘抄」·····························97
주지주의 ·····················216, 281
주체적 시론·····30, 147, 165, 167,

231, 243, 245, 251, 259, 282
중얼거림 ·····························81
『'쥬리엣트'에게』』·····················
·····················36, 37, 38, 40, 44
證道歌 ·········83, 244, 265, 280
「智異山 메아리」·····················104
「智異山 讚歌」·········102, 103, 104
「진달래꽃」·····························
·····················181, 183, 217, 265, 280
진순애 ·····················21, 22, 25
진술 ·····························156
『眞實과 言語』·····················16

〈ㅊ〉

「讚歌」·····························63
「讚頌」 ·····················241, 243, 281
「天地」·····························116
「天地는 萬物을 - 李太白을 위하여」
·····················118, 119, 120, 121
첩자(疊字) ·····························64
「첫날 바다」 ·····················105, 107
「招魂」 ···181, 183, 217, 265, 280
최남선 ·····························48
최동호 ·····························16
최재서 ·····17, 151, 152, 204, 212
「쵸코레에트」 ·····················203
「春夜宴桃李園序」 ···118, 119, 120
카톨릭 ·····················48, 53, 221

키탄쟐리 ·······················235, 282

〈ㅌ〉

타고르 ····························
16, 23, 232, 233, 234, 235, 236,
237, 243, 269, 281, 282
탈사회성 ··········93, 95, 96, 106,
탈속성 ·······························94
『太陽의 風俗』······················
·······················197, 201, 202, 204
테니슨 ···158, 159, 162, 164, 165
통시적 ·······························14
투르게네프 ·················233, 268

〈ㅍ〉

파운드 ··························213
『破閑集』·····················129
「八四. 거문고 탈 때」··············247
「八五. 오서요」·····················247
패러다임 ·························
··········260, 265, 270, 271, 282
패러독스 ·······················
30, 158, 159, 160, 161, 163, 164,
165, 166
패러디 ·························
61, 77, 111, 113, 115, 116, 117,
119, 120, 121, 122, 123, 124,
125, 126, 127, 128, 129, 130,

205, 206, 263, 273, 277, 281
펀(pun) ·····························61
편내용주의 ·····················149
포괄의 시 ······················171
「抱擁無限」······················63
「瀑布-李太白을 위하여」·········122
「瀑布의 造化 - 李太白을 위하여」···
·······················123, 124, 126
풍자 ·································
20, 21, 91, 93, 97, 108, 264, 272
풍자성 ·······························
60, 61, 78, 80, 81, 93, 94, 108,
277, 278
풍자적 ·····························64
프레이져 ·························46

〈ㅎ〉

「何如之鄕」·······················
14, 21, 26, 62, 63, 64, 66, 75, 76,
77, 82, 88, 89, 225, 236, 265,
268, 269, 270, 280
『何如之鄕』·······················
20, 22, 29, 49, 50, 59, 60, 85, 92,
93, 94, 95, 96, 97, 99, 109, 111,
112, 113, 189, 230, 262, 264,
269, 270, 278, 279
「何如之鄕 四」·················70, 88
「何如之鄕 三」·····················69

「何如之鄕 五」·············72, 73

「何如之鄕 六」·············74, 80

「何如之鄕 二」·················67

「何如之鄕 一」··········63, 65, 66

「何如之鄕 八」············81, 272

《學之光》·····················191

『한국 산문시 연구』·············239

한시(漢詩)·············110, 222

한용운 ··························

·········16, 24, 62, 230, 232, 252

한원균 ····················22, 24

한자음 ··························

26, 53, 60, 61, 64, 68, 69, 81, 82,

88, 137, 265, 267, 268, 273, 277,

280, 282

「咸鏡線五百킬로旅行風景」·········

·····························202

『海印戀歌』················21, 94

「海印戀歌」

·····························

49, 50, 59, 82, 83, 84, 85, 87,

251, 262, 265, 269, 270, 280

「海印戀歌 四」·············87, 89

「海印戀歌 三」·················87

「海印戀歌 五」·················91

「〈햄릿〉의 노래」·················39

「鄕愁」·············218, 265, 280

허무주의·························65

「革命幻想曲」·············98, 99

『現代詩論』·····················16

『現代詩文學史』··················17

《現代詩學》······················17

현상학·······················21, 22

형이상학파 시 ···········252, 280

호오머························187

「호텔」·························203

혼돈(混沌)··········116, 133, 134

홍기창 ·················44, 50, 104

환골법(換骨法)················273

환골탈태론(換骨奪胎論)·········273

『황금가지』······················46

「황무지」························

198, 199, 200, 204, 205, 206, 214

황지우·························61

황진이··························

18, 23, 30, 141, 163, 164, 165,

167, 169, 170, 182, 183, 252,

261, 265, 279, 280

회화성·········190, 209, 215, 219

휴지(休止)·····················226

「喜方瀑布」·············105, 106

송욱 문학 연구

초판인쇄 · 2000년 7월 20일
초판발행 · 2000년 7월 25일

지은이 · 박종석
펴낸이 · 최정헌
펴낸곳 · **좋은날**
주소 · 서울시 서대문구 충정로 3가 8-5호 동아 아트 1층
전화번호 · 392-2588~9
팩시밀리 · 313-0104

등록일자 · 1995년 12월 9일
등록번호 · 제 13-444호